Michael Scott
Der unsterbliche Alchemyst

DER AUTOR

Michael Scott ist einer der erfolgreichsten und profiliertesten Autoren Irlands und ein international anerkannter Fachmann für mythen- und kulturgeschichtliche Themen. Seine zahlreichen Fantasy- und Science-Fiction-Romane für Jugendliche wie für Erwachsene sind in mehr als zwanzig Ländern veröffentlicht. Seine Reihe um die »Geheimnisse des Nicholas Flamel« ist ein internationaler Bestseller. Michael Scott lebt und schreibt in Dublin.

Von Michael Scott ist bei cbj erschienen:

»Der dunkle Magier«
(Die Geheimnisse des Nicholas Flamel Band 2, 13378)
»Die mächtige Zauberin«
(Die Geheimnisse des Nicholas Flamel Band 3, 13784)
»Der unheimliche Geisterrufer«
(Die Geheimnisse des Nicholas Flamel Band 4, 13785)

Michael Scott

DER UNSTERBLICHE
ALCHEMYST

{ *Die Geheimnisse des*
NICHOLAS FLAMEL }

Aus dem amerikanischen Englisch
von Ursula Höfker

cbj

cbj
ist der Kinder- und Jugendbuchverlag
in der Verlagsgruppe Random House

MIX
Papier aus verantwor-
tungsvollen Quellen
FSC® C014496

Verlagsgruppe Random House FSC-DEU-0100
Das FSC®-zertifizierte Papier *München Super Extra*
für dieses Buch liefert Arctic Paper Mochenwangen GmbH.

5. Auflage
Erstmals als cbj Taschenbuch April 2010
Gesetzt nach den Regeln der Rechtschreibreform
© 2008 für die deutschsprachige Ausgabe cbj, München
Alle deutschsprachigen Rechte vorbehalten
© 2007 by Michael Scott
Die Originalausgabe erschien 2007 unter dem Titel
»The Secrets of the Immortal Nichals Flamel – The Alchemyst«
bei Delacorte Press/Random House Children's Books, New York
Aus dem amerikanischen Englisch von Ursula Höfker
Umschlaggestaltung: Hilden Design, München,
www.hildendesign.de
Umschlagillustration: © Michael Wagner
MI · Herstellung: CZ
Satz: Uhl + Massopust, Aalen
Druck und Bindung: GGP Media GmbH, Pößneck
ISBN: 978-3-570-40000-5
Printed in Germany

www.cbj-verlag.de

Natürlich für Claudette

iamque opus exegi

Ich bin eine Legende.

Der Tod hat keine Herrschaft über mich, Krankheit kann mich nicht anfechten. Schau mich an, so wie ich jetzt bin, und du würdest mich nicht für alt halten. Und doch wurde ich im Jahre des Herrn 1330 geboren, vor mehr als sechshundertundsiebzig Jahren.

Ich war so vieles im Laufe der Zeit: Arzt und Koch, Buchhändler und Soldat, Lehrer für Sprachen und Chemie, Gesetzeshüter und auch Dieb.

Doch zuallererst war ich Alchemyst. Ich war *der* Alchemyst. Als der Größte galt ich von allen, und meine Dienste wurden weithin gesucht – von Königen und Prinzen, vom Kaiser und selbst vom Papst. Ich konnte gewöhnliches Metall in Gold verwandeln und aus Kieseln schuf ich kostbare Edelsteine. Aber das war noch nicht alles: Verborgen in einem Buch über alte Magie entdeckte ich das Geheimnis ewigen Lebens.

Und jetzt wurde Perenelle, meine Frau, entführt und das Buch gestohlen.

Ohne das Buch werden sie und ich altern. Innerhalb eines Mondzyklus werden wir dahinsiechen und sterben. Und wenn wir sterben, wird das Böse, das wir so lange bekämpft haben, endgültig triumphieren. Das Ältere Geschlecht wird unsere Erde wieder in Besitz nehmen und die Menschheit für immer vernichten.

Aber ich werde mich nicht kampflos ergeben.

Denn ich bin der unsterbliche Nicholas Flamel.

Aus dem Tagebuch von Nicholas Flamel, Alchemyst
Niedergeschrieben am heutigen Tag, Donnerstag, den 31. Mai,
in San Francisco, der Stadt meiner Wahl

DONNERSTAG, 31. Mai

KAPITEL EINS

*O*kay, dann sag mir doch bitte: Warum trägt jemand in San Francisco mitten im Sommer einen Mantel?« Sophie Newman drückte beim Sprechen den Finger auf ihren Bluetooth-Ohrstöpsel.

Auf der anderen Seite des Kontinents erkundigte sich ihre modebewusste Freundin Elle sachlich: »Welche Art von Mantel?«

Sophie wischte sich die freie Hand an dem Tuch ab, das sie in den Schürzenbund gesteckt hatte, kam hinter dem Tresen des leeren Cafés hervor und ging zum Fenster, um die Männer, die auf der gegenüberliegenden Straßenseite aus einem Wagen stiegen, besser beobachten zu können. »Dicke schwarze Wollmäntel. Dazu auch noch schwarze Handschuhe und Hüte. Und Sonnenbrillen.« Sie drückte die Nase an die Scheibe. »Das ist selbst für San Francisco ein bisschen zu schräg.«

»Vielleicht sind sie von einem Bestattungsunternehmen?«, vermutete Elle. Ihre Stimme kam brüchig und abgehackt über das Handy. Im Hintergrund hörte Sophie laute, düstere Musik – Lacrimosa vielleicht oder Amorphis. Elle hatte ihre Gothic-Phase nie wirklich überwunden.

»Möglich.« Überzeugt war Sophie nicht. Sie hatte gerade mit ihrer Freundin telefoniert, als ihr vor wenigen Augenblicken das ungewöhnliche Auto aufgefallen war. Es war lang und schnittig und sah aus, als käme es geradewegs aus einem alten Schwarz-Weiß-Film. Im Vorbeifahren hatten die getönten Scheiben das Sonnenlicht reflektiert. Das Café wurde kurz in ein intensives goldenes Licht getaucht und Sophie wurde geblendet. Sie hatte die schwarzen Punkte, die vor ihren Augen tanzten, weggeblinzelt und beobachtet, wie der Wagen am Ende der leicht abfallenden Straße gewendet hatte und langsam zurückgekommen war. Ohne den Blinker zu setzen, hatte er direkt vor der »Kleinen Buchhandlung« auf der gegenüberliegenden Straßenseite angehalten.

»Vielleicht sind es auch Mafiosi«, raunte Elle. »Mein Dad kennt einen von der Mafia. Aber der fährt einen Prius«, fügte sie hinzu.

»Ein Prius ist das mit Sicherheit nicht«, sagte Sophie. Sie schaute wieder hinüber zu dem Wagen und den beiden Männern, die in ihren dicken Mänteln mit Handschuhen und Hut auf der Straße standen, die Augen hinter übergroßen Sonnenbrillen verborgen.

»Vielleicht ist ihnen auch nur kalt«, kam Elles nächste Vermutung. »Kann es nicht ziemlich frisch werden in San Francisco?«

Sophie Newman warf einen Blick auf die Uhr und das Thermometer, die über dem Tresen hinter ihr hingen. »Wir haben hier Viertel nach zwei und 27 Grad«, sagte sie. »Glaub mir, denen ist nicht kalt. Die müssen sich zu Tode schwitzen. Warte mal, da tut sich was.«

Die hintere Wagentür ging auf und ein weiterer Mann stieg mit steifen Bewegungen aus. Er war noch größer als die ersten beiden. Als er die Wagentür schloss, fiel kurz Licht auf sein Gesicht, und Sophie sah für einen Augenblick blasse, kränklich wirkende grauweiße Haut. Sie drehte am Lautstärkeregler ihres Ohrstöpsels. »Du solltest sehen, was da gerade aus dem Auto gestiegen ist. Ein riesiger Kerl mit grauer Haut. Grau, sag ich dir. Das wäre eine Erklärung: Vielleicht haben sie eine Hautkrankheit.«

»Ich hab mal einen Bericht im Fernsehen gesehen über Leute, die nicht in die Sonne gehen können …«, begann Elle, doch Sophie hörte nicht mehr zu.

Eine vierte Gestalt stieg aus dem Wagen.

Es war ein Mann von relativ kleiner Statur, eine elegante Erscheinung in einem grauschwarzen Dreiteiler, der zwar etwas altmodisch wirkte, aber ohne Zweifel teuer, wenn nicht maßgeschneidert war. Das eisengraue Haar war aus dem eckigen Gesicht gekämmt und im Nacken zu einem straffen Pferdeschwanz zusammengebunden. Mund und Kinn waren hinter einem akkurat geschnittenen schwarzen Spitzbart verborgen, in dem nur wenige graue Strähnen waren. Er trat unter die gestreifte Markise, die die Buch-Angebotstische auf dem Bürgersteig vor der Sonne schützte. Als er ein schreiend buntes Taschenbuch herausnahm und es umdrehte, bemerkte Sophie, dass er graue Handschuhe trug. Ein Perlmuttknopf am Handgelenk blitzte in der Sonne auf.

»Sie gehen jetzt in die Buchhandlung«, sagte sie.

»Arbeitet Josh noch dort?«, erkundigte sich Elle sofort.

Sophie ignorierte das plötzliche Interesse in der Stimme ihrer besten Freundin. Die Tatsache, dass Elle ihren Zwillingsbruder mochte, war irgendwie zu seltsam. »Ja. Ich ruf ihn gleich mal an. Wenn ich weiß, was Sache ist, hörst du wieder von mir.« Sie zog den Ohrstöpsel heraus und rieb sich geistesabwesend das heiße Ohr, während sie immer noch fasziniert zu dem kleinen untersetzten Mann hinüberschaute. Er hatte irgendetwas an sich … etwas Merkwürdiges. Vielleicht ist er Modedesigner, überlegte sie, oder Filmproduzent, oder vielleicht auch Schriftsteller – ihr war aufgefallen, dass manche Schriftsteller sich gern ausgefallen kleideten. Sie wollte ihm ein paar Minuten Zeit geben, um sein Anliegen in der Buchhandlung vorzubringen, dann würde sie ihren Bruder anrufen und sich Bericht erstatten lassen.

Sophie wollte sich gerade abwenden, als der Mann in Grau plötzlich herumwirbelte und sie direkt anzusehen schien. Sein Gesicht lag im Schatten der Markise, und doch sah es für den Bruchteil einer Sekunde so aus, als glühten seine Augen.

Sophie wusste – sie *wusste* es einfach –, dass der kleine Graue sie unmöglich sehen konnte. Sie stand auf der gegenüberliegenden Straßenseite hinter einer Schaufensterscheibe, die das Licht des frühen Nachmittags reflektierte. In der relativen Dunkelheit hinter der Scheibe war sie nicht zu erkennen.

Und dennoch …

Und dennoch war es Sophie, als würden ihre Blicke sich für einen kurzen Augenblick treffen, und sie spürte, wie die Härchen auf ihren Unterarmen sich aufstellten und ein kalter Windhauch über ihren Nacken strich. Sie ließ ihre Schultern kreisen und bog den Kopf leicht nach rechts und links, sodass ihr ein paar ihrer langen blonden Locken über die Wangen fielen. Das Ganze hatte nur eine Sekunde gedauert, dann hatte der Fremde sich wieder abgewandt.

Noch bevor der kleine graue Mann mit seinen drei viel zu warm angezogenen Begleitern in der Buchhandlung verschwand, stand für Sophie fest, dass sie ihn nicht mochte.

Pfefferminze.

Und faule Eier.

»Das stinkt ja hier gewaltig!«

Josh Newman stand im Keller der Buchhandlung und atmete tief durch. Woher kam der Gestank nur? Er schaute an den Regalen entlang, die bis unter die Decke mit Büchern beladen waren, und fragte sich, ob vielleicht irgendein Tier dahintergekrochen und verendet war. Anders konnte er sich den üblen Gestank nicht erklären. Für gewöhnlich roch es in dem winzigen vollgestopften Keller einfach ein bisschen muffig – eine Kombination der Gerüche von trockenem Papier und verstaubten Spinnweben, in die sich das intensivere Aroma alter Ledereinbände mischte. Josh liebte diese Gerüche; für ihn waren sie warm und tröstlich, so wie der Duft von Zimt und anderen Gewürzen, die er mit Weihnachten verband.

Pfefferminze.

Frisch und rein durchschnitt der Geruch die Kellerluft. So rochen Zahnpasta oder die Kräutertees, die seine Schwester in dem Café gegenüber servierte. Die Minze legte sich über die schwereren Düfte von Papier und Leder und war so intensiv, dass es Josh in der Nase kitzelte. Er hatte das Gefühl, jeden Augenblick niesen zu müssen. Rasch zog er die Ohrstöpsel seines iPod heraus. Niesen mit Ohrstöpseln war keine gute Idee – das Trommelfell konnte platzen.

Eier.

Er erkannte den Schwefelgeruch fauler Eier, der jetzt den frischen Minzeduft verdrängte... und einfach ekelerregend war. Er spürte, wie der Gestank sich wie eine körperliche Schicht auf seine Zunge und Lippen legte, und seine Kopfhaut begann zu jucken, als krabbele etwas darauf herum. Josh fuhr sich mit den Fingern durch sein zerzaustes blondes Haar und schüttelte sich. Oder kam das alles vielleicht von einem verstopften Abwasserkanal?

Mit den Ohrstöpseln um den Hals checkte er die Bücherliste in seiner Hand und suchte erneut die Regale ab. *Charles Dickens' gesammelte Werke*, siebenundzwanzig Bände, roter Ledereinband. Wo konnten die sein?

Josh arbeitete schon seit über zwei Wochen in der Buchhandlung und hatte noch immer keine Ahnung, wo er was finden konnte. Es gab einfach kein Archivierungssystem. Das heißt: Es gab eines, aber das kannten nur Nick und Perry Fleming, die Eigentümer der »Kleinen Buchhandlung«. Nick und seine Frau fanden jedes Buch sowohl oben im Laden als auch hier unten im Keller innerhalb weniger Minuten.

Wieder waberten Pfefferminzduft und gleich darauf der Gestank von faulen Eiern durch den Keller. Josh musste husten und Tränen traten ihm in die Augen. Das war ja nicht auszuhalten! Er stopfte die Bücherliste in die eine Tasche seiner Jeans und die Ohrstöpsel in die andere und schob sich an Bücher- und Kistenstapeln vorbei Richtung Treppe. Nicht eine Minute länger konnte er bei diesem Gestank hier unten bleiben. Er rieb sich mit den Handballen die Augen, die inzwischen höllisch brannten. Dann zog er sich am Treppengeländer hoch. Er brauchte dringend frische Luft, sonst musste er sich übergeben. Doch seltsam, je näher er dem Ende der Treppe kam, desto schlimmer wurde der Gestank.

Er streckte den Kopf durch die Kellertür und schaute sich um.

Und in diesem Augenblick wusste Josh Newman, dass die Welt nie mehr so sein würde wie bisher.

Kapitel Zwei

*J*osh lugte aus dem Keller; seine Augen tränten. Das Erste, was ihm auffiel, war, dass der Laden, in dem es normalerweise eher ruhig zuging, voll war. Vier Männer standen vor Joshs Chef Nick Fleming. Drei von ihnen waren groß und bullig, einer war eher klein. Der Kleine wirkte irgendwie unheimlich. Joshs zweiter Gedanke war: ein Überfall.

Nick Fleming stand den Fremden gegenüber mitten im Laden. Er sah ziemlich unauffällig aus: durchschnittliche Größe und Statur ohne besondere Merkmale außer den Augen, die so hell waren, dass sie fast farblos wirkten. Das schwarze Haar war sehr kurz geschnitten, und mit dem stoppeligen Kinn erweckte Joshs Chef immer den Eindruck, als hätte er sich zwei Tage nicht rasiert. Er trug einfache schwarze Jeans, ein schwarzes Shirt mit dem Aufdruck von einem Konzert, das vor 25 Jahren stattgefunden hatte, und ein Paar alte Cowboystiefel. Am linken Handgelenk hatte Nick Fleming eine billige Digitaluhr und am rechten ein schweres silbernes Gliederarmband sowie zwei ausgefranste bunte Freundschaftsbändchen.

Direkt vor ihm stand der kleine Mann in einem eleganten grauen Anzug.

Josh fiel auf, dass die beiden Männer nicht miteinander redeten … Und doch passierte etwas zwischen ihnen. Beide standen reglos da, die Arme an den Seiten, Ellbogen an den Körper gelegt, die offenen Handflächen nach vorn gedreht. Fleming stand in der Mitte der Buchhandlung, der graue Mann und seine drei in schwarze Mäntel gehüllte Begleiter zwischen ihm und der Tür. Seltsamerweise bewegten beide Männer die Finger, ließen sie zucken und tanzen. Die Daumen berührten leicht die Zeigefinger, dann die kleinen Finger, dann wurden Zeigefinger und kleiner Finger ausgestreckt und so ging es weiter. In Flemings Handflächen sammelten sich grüne Nebelfetzen, ringelten sich in verschlungenen Bändern aus seinen Händen und sanken zu Boden, wo sie wie Schlangen hin und her zuckten. Aus der behandschuhten Hand des grauen Mannes fielen gelblich gefärbte Rauchstücke, die sich wie Schmutzwasserflecken auf dem Holzfußboden sammelten.

Von dem Nebel und Rauch ging der Gestank nach Pfefferminze und faulen Eiern aus. Josh spürte, wie sich ihm der Magen umdrehte. Er musste würgen und schluckte hart.

Mittlerweile war der Raum zwischen den beiden Männern ganz von den grünen und gelben Rauchfetzen angefüllt; wenn die sich berührten, zischte es, und Funken sprühten. Fleming ließ noch immer die Finger tanzen und in seiner Handfläche erschien jetzt ein langer, armdicker grüner Rauchkringel. Er blies darauf, kurz und zischend, und der Rauchkringel stieg hoch und rollte sich in Höhe der Köpfe der beiden Männer zu einer Kugel zusammen. Die kurzen, dicken Finger des grauen Mannes tippten ihren eigenen Rhythmus und ein Ball aus gelber Energie glitt aus seinen Händen und schwebte davon. Er berührte den grünen Rauchkringel, der sich sofort um den Ball zu wickeln begann. Funken sprühten, es knallte – und eine ohrenbetäubende Explosion warf beide Männer rückwärts durch den Raum und schleuderte sie gegen die Bücherregale. Glühbirnen und die Neonröhren unter der Decke zersprangen und ließen pudrig feine Glassplitter auf den Boden regnen. Zwei der großen Fensterscheiben zerbarsten und flogen nach draußen; in etlichen kleinen Sprossenfenstern bildeten sich Spinnwebrisse.

Nick Fleming stürzte nicht weit vom Kellerabgang zu Boden. Fast wäre er auf Josh geprallt, der wie angenagelt auf der Treppe stand, die Augen vor Entsetzen weit aufgerissen.

Als Nick sich aufrappelte, drückte er Josh die Treppe hinunter. »Bleib unten, egal was passiert, bleib unten«, zischte er. Er sprach Englisch mit einem undefinierbaren Akzent. Beim Umdrehen straffte er die Schultern, und Josh sah, wie er die rechte Hand hob und erneut in die Handfläche blies. Dann machte er eine Bewegung, als wolle er einen Ball in die Mitte des Raumes werfen.

Josh reckte den Hals, um zu sehen, was passierte. Aber es gab nichts zu sehen... Bis es plötzlich schien, als würde alle Luft aus dem Raum herausgesogen. Bücher wurden aus den Regalen gerissen und zur Mitte der Buchhandlung hingezogen, wo sie in einem chaotischen Haufen liegen blieben. Gerahmte Drucke flogen von den Wänden, der schwere Teppich hob sich vom Boden und wurde wie von Geisterhand in Richtung Bücherberg gezerrt.

Und dann explodierte der Berg.

Zwei der bulligen, schwarz gekleideten Männer traf die volle Wucht der Explosion. Josh sah, wie Bücher, einige schwer und hart, andere mit biegsamem Einband, dafür scharfkantig, wie aufgeregte Vögel um sie herumflatterten. Er zuckte mitfühlend zusammen, als einen der beiden ein dickes Wörterbuch mitten ins Gesicht traf. Sein Hut und die Sonnenbrille flogen davon – und zum Vorschein kamen eine erdige, graue Gesichtshaut und Augen, die aussahen wie schwarze, polierte Steine. Ein ganzes Regal voller Liebesromane kippte seinen Inhalt seinem Kameraden ins Gesicht. Die billige Sonnenbrille zerbrach in zwei Teile, und Josh stellte fest, dass auch er Augen wie Steine hatte.

Da wusste er plötzlich, dass es *tatsächlich* Steine waren.

Josh wandte sich zu seinem Chef um und öffnete den Mund, wie um eine verzweifelte Frage zu stellen. Nick Fleming warf ihm nur einen kurzen Blick zu. »Unten bleiben!«, schrie er. »Er hat Golems mitgebracht.«

Fleming duckte sich, als der kleine Mann drei lange, speerähnliche Energiestäbe durch den Raum schickte. Sie flogen zischend durch Bücherregale und bohrten sich in den Boden. Alles, was sie berührten, begann augenblicklich zu verrotten und zu vermodern. Ledereinbände brachen, Papier wurde schwarz, Holzdielen und Regalbretter zerfielen zu feinem Staub.

Fleming warf einen weiteren unsichtbaren Ball in eine Ecke des Raumes. Josh folgte der Bewegung seines Armes. Ein Sonnenstrahl traf den Ball in seinem Flug durch die Luft, und für einen Augenblick sah Josh ihn aufleuchten, in verschiedenen Grüntönen funkelnd und schimmernd wie eine Smaragdkugel. Dann flog er aus dem Licht und wurde wieder unsichtbar.

Die Folgen seines Aufpralls waren verheerend, weit schlimmer noch als beim vorherigen Mal. Diesmal war kein Laut zu hören, doch das gesamte Gebäude erbebte. Tische mit billigen Taschenbüchern darauf zerfielen zu streichholzgroßen Spänen und Papierschnipsel flogen wie bizarres Konfetti durch die Luft. Zwei der Männer in Schwarz – Golems, wie Fleming sie genannt hatte – krachten rückwärts in Regale und wurden unter Büchern begraben, während der dritte, der größte, mit solcher Wucht gegen die Tür prallte, dass sie aufschlug und er auf die Straße flog.

In der Stille, die darauf folgte, hörte man das Klatschen von behandschuhten Händen.

»Wie ich sehe, hast du deine Technik perfektioniert, Nicholas.« Der Graue sprach Englisch in einem seltsam singenden Tonfall.

»Ich habe geübt, John«, erwiderte Nick Fleming, wobei er langsam wieder näher an die offene Kellertür rückte und Josh weiter hinunterdrückte. »Ich wusste, dass du mich früher oder später finden würdest.«

»Wir haben sehr lange nach dir gesucht, Nicholas. Du hast etwas, das uns gehört. Und wir wollen es zurückhaben.«

Ein gelber Rauchfetzen bohrte sich in die Decke über Flemings und Joshs Kopf. Es knisterte und vermoderter schwarzer Putz fiel herunter wie giftige Schneeflocken.

»Ich habe es verbrannt«, sagte Fleming. »Schon vor langer Zeit.« Er drückte Josh noch weiter in den Keller hinunter, trat selbst auf die Treppe und zog dann die Schiebetür hinter sich zu. »Frag nicht«, warnte er, und seine hellen Augen leuchteten im Dämmerlicht, »nicht jetzt.«

Fleming fasste Josh am Arm und zog ihn in die dunkelste Ecke des Kellers. Dort packte er ein Regal mit beiden Händen und zog es mit einem Ruck zu sich her. Etwas klickte und das Regal schwang auf. Dahinter kam eine verborgene Treppe nach oben zum Vorschein.

Fleming schob Josh vorwärts. »Schnell jetzt, schnell und leise«, sagte er.

Er trat hinter Josh durch die Öffnung und versuchte, das Regal wieder davorzuziehen. Im selben Augenblick sah Josh, wie die Kellertür zu einer fauligen schwarzen Flüssigkeit zusammensackte und die Treppe hinunterfloss.

»Hinauf!« Das Regal hinter ihnen rastete ein. Nick Flemings warmer Atem streifte Joshs Ohr. »Die Treppe führt in den leeren Laden neben unserem. Wir müssen uns beeilen. Dee wird nur wenige Augenblicke brauchen, bis er merkt, was los ist.«

Josh Newman nickte; er kannte den Laden nebenan. Es war eine Reinigung, die den ganzen Sommer über leer gestanden hatte. Während er weiterhastete, tanzten durch Joshs Kopf Hunderte von Fragen, und keine der möglichen Antworten, die ihm in den Sinn kamen, war befriedigend, da in den meisten ein einziges, unglaubliches Wort vorkam: *Magie*. Josh hatte gerade gesehen, wie zwei Männer sich mit Bällen und Speeren aus – aus *Energie* beworfen hatten! Er war höchstpersönlich Zeuge der Zerstörung gewesen, die diese Energie angerichtet hatte.

Josh war Zeuge von Magie gewesen.

Aber natürlich wusste er, dass es Magie nicht gab und nicht geben konnte. Das wusste schließlich jeder.

Kapitel Drei

Woher kam nur dieser eklige Gestank?

Sophie Newman wollte gerade wieder ihr Headset ins Ohr drücken, als ihr ein beißender Geruch in die Nase stieg. Ihre Nasenflügel bebten. Sie klappte ihr Telefon zu, steckte das Headset in die Tasche, beugte sich über eine offene Dose mit schwarzem Tee und atmete tief ein.

Seit sie und ihr Bruder für diesen Sommer nach San Francisco gekommen waren, arbeitete sie in der »Kaffeetasse«, einem Café, das Dutzende verschiedener Kaffee- und Teesorten anbot. Der Job war okay, nichts Besonderes. Die meisten Kunden waren nett, einige wussten nicht, wie man sich benahm, und gelegentlich war auch mal einer dabei, der schlicht unverschämt war. Aber die Arbeitszeit stimmte, die Bezahlung war gut, die Trinkgelder waren noch besser, und der Laden hatte den zusätzlichen Vorteil, dass er genau gegenüber der Buchhandlung lag, in der ihr Zwillingsbruder arbeitete. Sie waren letzten Dezember fünfzehn geworden und hatten bereits angefangen, auf ein eigenes Auto zu sparen. Ihrer Schätzung nach hatten sie das Geld in frühestens zwei Jahren zusammen – falls sie keine CDs, DVDs, Computerspiele, Klamotten und Schuhe (Sophies große Schwäche) kauften.

Normalerweise waren sie zu dritt im Café, aber eine Kollegin hatte sich krank gemeldet, und Bernice, die Besitzerin, war nach dem mittäglichen Ansturm zum Großhändler gefahren, um die Tee- und Kaffeevorräte aufzustocken. Sie hatte versprochen, in einer Stunde wieder zurück zu sein, aber Sophie wusste aus Erfahrung, dass es mindestens doppelt so lang dauern würde.

In den vergangenen Tagen hatte Sophie gelernt, die unterschiedlichen exotischen Tee- und Kaffeesorten, die sie verkauften, am Duft zu erkennen. Sie konnte Earl Grey und Darjeeling auseinanderhalten und kannte den Unterschied zwischen javanischem und kenianischem Kaffee. Sie mochte den Kaffeeduft gern, nur der bittere Geschmack war ihr zuwider. Aber sie liebte Tee. Nach und nach hatte sie alle Teesorten ausprobiert, vor allem die Kräutertees in fruchtigen Geschmacksrichtungen und mit ungewöhnlichen Aromen.

Aber jetzt roch etwas ganz widerlich.

Fast wie faule Eier.

Sophie hielt sich eine Teedose unter die Nase und atmete wieder tief ein. Das frische Aroma des Assams drang bis in ihre Kehle. Daher kam der Gestank nicht.

»Eigentlich ist er zum Trinken da, nicht zum Inhalieren.«

Sophie drehte sich um. Perry Fleming hatte das Café betreten. Sie war eine große, elegante Erscheinung, die jedes Alter zwischen vierzig und sechzig hätte haben können. Früher musste sie eine Schönheit gewesen sein und auch heute noch zog sie die Blicke auf sich. Sophie hatte noch nie so leuchtend grüne Augen gesehen und hatte sich im Stillen gefragt, ob die Frau wohl gefärbte Kontaktlinsen trug.

Perry hatte offensichtlich einmal rabenschwarzes Haar gehabt, doch inzwischen war es von Silberfäden durchzogen. Sie trug es zu einem kunstvollen Zopf geflochten, der ihr über den Rücken fiel und fast bis zur Taille reichte. Sie hatte wunderschöne Zähne und von ihren Augenwinkeln gingen winzige Lachfältchen aus. Sie war immer sehr viel eleganter gekleidet als ihr Mann, und an diesem Tag trug sie ein minzgrünes, ärmelloses Sommerkleid, das zu ihren Augen passte und, wie Sophie annahm, wahrscheinlich aus reiner Seide war.

»Ich dachte eben, er riecht etwas seltsam«, sagte Sophie und steckte noch einmal ihre Nase in den Tee. »Jetzt ist es okay, aber einen Augenblick lang dachte ich tatsächlich, er riecht nach … nach faulen Eiern.«

Sie hatte Perry Fleming angeschaut, als sie das sagte, und erschrak richtig, als sie sah, wie Perry zusammenzuckte, die Augen aufriss, herumwirbelte und zur anderen Straßenseite hinüberschaute – genau in dem Moment, als die kleinen Scheiben in den Sprossenfenstern der Buchhandlung Sprünge bekamen und zwei große Scheiben einfach explodierten und zu Staub zerfielen. Grüne und gelbe Rauchwölkchen zogen heraus auf die Straße und die Luft war erfüllt vom Gestank fauler Eier. Sophie roch noch etwas anderes: den scharfen, frischen Duft von Pfefferminze.

Perry Fleming bewegte die Lippen, und Sophie hörte sie flüstern: »Oh nein … nicht jetzt … nicht hier.«

»Perry …?«

Die Frau drehte sich wieder zu Sophie um. In ihren Augen lag schieres Entsetzen und ihr für gewöhnlich akzentfreies Englisch hatte jetzt einen leicht fremdländischen Einschlag. »Bleib hier! Egal was passiert, bleib hier und halt dich unten.«

Sophie wollte gerade etwas sagen, als eine Druckwelle sie erreichte. Sie schluckte, um ihre Ohren wieder freizubekommen, – und dann flog die Tür der Buchhandlung auf, und einer der kräftigen Männer, die Sophie vorher hatte hineingehen sehen, wurde auf die Straße geschleudert. Sein Hut und die Sonnenbrille waren weg und Sophie sah kurz Haut, die wie die eines Toten aussah, und Augen wie schwarzer Marmor. Einen Augenblick lang kauerte der Mann reglos mitten auf der Straße, dann hob er die Hand, um sein Gesicht vor dem Sonnenlicht zu schützen.

Sophie spürte, wie sich in ihrem Magen ein kalter, harter Klumpen bildete.

Die Haut an der Hand des Mannes kam in Bewegung. Sie rutschte langsam wie zäher Brei in seinen Ärmel. Es war, als würden seine Finger schmelzen. Ein Klecks, der aussah wie grauer Schlamm, platschte auf den Boden.

»Golems«, keuchte Perry Fleming. »Mein Gott, er hat Golems erschaffen.«

»Gollums?«, fragte Sophie. Ihr Mund war wie ausgetrocknet und ihre Zunge fühlte sich plötzlich entschieden zu groß an. »Wie der Gollum aus ›Herr der Ringe‹?«

Perry ging langsam zur Tür. »Nein, Golems«, erwiderte sie geistesabwesend. »Menschen aus Lehm.«

Sophie konnte mit dem Begriff nichts anfangen. Mit einer

Mischung aus Fassungslosigkeit und Panik beobachtete sie, wie das Wesen – der Golem – von der Straße in den Schatten der Markise kroch. Wie eine riesige Schnecke ließ er eine feuchte, schlammige Spur hinter sich, die in der Sonne sofort trocknete. Bevor er zurück in die Buchhandlung kroch, sah Sophie noch einmal sein Gesicht. Es war zerflossen wie geschmolzenes Wachs und die Haut war von einem Netz von Rissen überzogen. Sie erinnerte an Wüstenboden.

Perry stürzte auf die Straße. Sophie sah, wie sie in Sekundenschnelle ihren kunstvollen Zopf löste und den Kopf schüttelte. Doch das offene Haar legte sich danach nicht auf ihren Rücken, sondern wurde wie von einer sanften Brise um ihr Gesicht geweht. Und das, obwohl es absolut windstill war.

Sophie zögerte nur einen Moment, dann schnappte sie sich einen Besen und rannte Perry nach. Josh war in der Buchhandlung!

In dem Buchladen herrschte völliges Chaos.

Die Bücher aus den sonst ordentlich eingeräumten Regalen und von den sauber aufgeschichteten Tischen lagen im ganzen Laden verstreut. Die Regale und Tische selbst waren zerbrochen und zerschmettert. Auf dem Boden lagen zerknitterte Kunstdrucke und Landkarten. Der Geruch von Fäulnis und Verwesung hing in der Luft. Selbst die Decke war in Mitleidenschaft gezogen, Putz war abgefallen, die Holzbalken waren zu sehen und elektrische Kabel hingen herunter.

Der kleine Mann in Grau stand mitten im Raum. Er klopfte sich sorgfältig den Staub von den Jackettärmeln, während zwei seiner Golems lautstark den Keller zu durchsuchen schienen.

Der dritte Golem lehnte steif und mitgenommen von seinem unfreiwilligen Aufenthalt in der Sonne an einem kaputten Buchregal. Fetzen von grauer, erdiger Haut lösten sich von dem, was von seinen Händen noch übrig war.

Der kleine Mann drehte sich um, als Perry, gefolgt von Sophie, in die Buchhandlung stürmte. Er verneigte sich leicht. »Ah, Madame Perenelle. Ich habe mich schon gefragt, wo du bist.«

»Wo ist Nicholas?«, wollte Perry wissen. Sie sprach den Namen »Nikola« aus.

Sophie sah, wie sich an Perrys Haar statische Elektrizität entlud und blaue und weiße Funken heraussprühten.

»Unten, nehme ich an. Meine Geschöpfe suchen ihn.«

Den Besen fest in der Hand, schlüpfte Sophie an Perry vorbei und schlich zum hinteren Teil der Buchhandlung. Josh. Wo war Josh? Sie hatte keine Ahnung, was hier vorging, und sie wollte es auch lieber gar nicht wissen. Sie musste nur ihren Bruder finden.

»Du bist so hübsch wie eh und je«, sagte der graue Mann zu Perry. »Und keinen Tag älter bist du geworden.« Er verbeugte sich noch einmal, eine altmodische Höflichkeitsgeste, die er mühelos beherrschte. »Es ist immer eine Freude, dich zu sehen.«

»Ich wünschte, ich könnte dasselbe auch von dir sagen, Dee.« Perry kam weiter in den Laden herein und sah sich nach allen Seiten um. »Ich habe dich an deinem faulen Geruch erkannt.«

Der Mann, den Perry Dee nannte, schloss die Augen und atmete tief durch. »Ich liebe Schwefelduft. Er ist so...« Er hielt kurz inne. »...so dramatisch.« Dann öffnete er die grauen Augen wieder und sein Lächeln verflog. »Wir sind wegen des

Buches gekommen, Perenelle. Und erzähl mir nicht, dass ihr es vernichtet habt«, fügte er hinzu. »Deine anhaltend gute Gesundheit ist Beweis genug für seine Existenz.«

Welches Buch?, überlegte Sophie und schaute sich verwundert um. Der ganze Laden war voller Bücher.

»Du weißt sehr gut, dass wir die Hüter des Buches sind«, sagte Perry, und etwas in ihrer Stimme veranlasste Sophie, sich zu ihr umzudrehen. Mit offenem Mund, die Augen vor Entsetzen weit aufgerissen, hielt Sophie mitten in der Bewegung inne. Ein silberner Nebel umgab Perry Fleming; in hauchdünnen Schwaden stieg er von ihrer Haut auf. Fast überall war er zart und durchsichtig, doch um ihre Hände herum ballte er sich zusammen, sodass es aussah, als trüge sie metallene Schutzhandschuhe. »Du wirst es nie bekommen«, sagte Perry leise.

»Oh doch. Wir haben uns im Lauf der Jahre all die anderen Schätze angeeignet. Fehlt nur noch das Buch. Mach es dir leicht und sage mir, wo es ist.«

»Niemals!« Jetzt war Perrys Stimme laut und fest.

»Ich wusste, dass du das sagst«, erwiderte Dee. Er gab dem riesigen Golem ein Zeichen und der warf sich auf Perry. »Menschliches Verhalten ist so leicht vorherzusehen.«

Nick Fleming und Josh wollten gerade die Tür öffnen, die von der Reinigung hinaus auf den Gehweg führte, als sie sahen, wie Perry, gefolgt von Sophie, über die Straße in die Buchhandlung rannte.

»Sieh zu, dass du die Tür aufkriegst«, befahl Nick atemlos und griff unter sein Shirt. Aus einem einfachen rechteckigen Stoffbeutel, den er um den Hals trug, zog er etwas heraus, das aussah wie ein kleines, mit kupferfarbenem Metall beschlagenes Buch.

Josh schob die Riegel zurück, riss die Tür auf, und Nick rannte hinaus, wobei er rasch die abgegriffenen Seiten des Buches durchblätterte. Offenbar suchte er nach etwas. Josh konnte, als er hinter Nick zurück in die Buchhandlung lief, auf dem gelben Papier kurz eine verschnörkelte Schrift und geometrische Muster erkennen.

Im Laden sahen sie gerade noch, wie der Golem sich auf Perry stürzte.

Und explodierte.

Feiner, körniger Staub erfüllte die Luft und der dicke schwarze Mantel fiel auf den Boden. Einen Augenblick lang wirbelte eine Miniaturwindhose über der Stelle und blies lehmigen Staub auf, dann drehte sie ab.

Doch das Eintreffen von Nick und Josh lenkte Perry, die den Golem abgewehrt hatte, ganz offensichtlich ab. Sie drehte sich halb um – und in dem Moment fuhr Dee sich mit dem linken Arm über die Augen und warf eine winzige Kristallkugel auf den Boden.

Es war, als explodiere die Sonne in dem Raum.

Das Licht war unbeschreiblich grell und blendend und überzog die gesamte Buchhandlung mit seinem gleißenden Schein. Und mit dem Licht kam der Geruch: ein Gestank nach angesengtem Haar und verkochtem Kohl, nach modrigem Laub und stechenden Dieseldämpfen.

Im selben Moment, in dem Dee die Kugel geworfen hatte, hatte Josh ganz kurz erfasst, dass auch seine Schwester im Raum war. Dann hatten Nick und Perry, die das gleißende Licht zu

Boden warf, ihn mit sich gerissen. Als er sich langsam wieder aufrappelte, tanzte vor Joshs geblendeten Augen ein Kaleidoskop aus schwarz-weißen Funken. Dann sah er, wie Fleming das metallbeschlagene Buch fallen ließ ... sah zwei schwarz gekleidete Gestalten neben Perry auftauchen und hörte Flemings Frau wie aus weiter Ferne schreien ... sah, wie Dee sich das Buch mit einem triumphierenden Laut schnappte, während Nick blind über den Boden tastete.

»Du hast verloren, Nicholas«, rief Dee. »So wie immer. Jetzt kann ich dir rauben, was dir am wertvollsten ist: deine geliebte Perenelle und dein Buch.«

Josh setzte sich in Bewegung, noch bevor er sich dessen bewusst war. Er warf sich auf Dee, was für den völlig unerwartet kam. Josh war groß für seine fünfzehn Jahre und kräftig. So groß und kräftig, dass es zum Verteidiger in seinem Fußballverein gereicht hatte, und das, obwohl er der jüngste Spieler dort war. Er warf Dee zu Boden. Das Buch fiel dem kleinen Mann aus der Hand und Josh spürte den metallenen Einband bereits in seinen Fingern ... Aber da wurde er vom Boden hochgehoben und in eine Ecke geschleudert. Er landete auf einem Bücherberg, der seinen Sturz nicht ganz so schmerzhaft werden ließ. Schwarze Punkte und regenbogenfarbene Pfeile tanzten vor seinen Augen.

Sofort war Dees graue Gestalt über Josh und seine behandschuhte Hand griff nach dem Buch. »Ich glaube, das ist meines.«

Joshs Hand krampfte sich um und in das Buch, doch Dee riss es ihm einfach aus den Fingern.

»*Lass ... meinen ... Bruder ... in ... Ruhe!*« Sophie Newman ließ ihren Besen fünfmal auf Dees Rücken niedersausen, einmal pro Wort.

Dee schaute sie kaum an. In der einen Hand hielt er das Buch, mit der anderen griff er nach dem Besen. Ein einziges gemurmeltes Wort und der Besen zerfiel in Sophies Händen zu Sägespänen. »Du hast Glück, dass ich heute gute Laune habe«, flüsterte Dee, »sonst wäre dasselbe mit dir passiert.« Damit rauschte er aus dem verwüsteten Buchladen.

Die beiden übrig gebliebenen Golems folgten ihm mit Perry Fleming zwischen sich und schlugen laut die Tür hinter sich zu. Einige schier endlose Sekunden lang herrschte Stille, dann krachte das letzte unversehrte Bücherregal auf den Boden.

Kapitel Vier

Dass wir die Polizei rufen, kommt wahrscheinlich nicht infrage.« Sophie Newman lehnte an den kläglichen Überresten eines Bücherregals und schlang die Arme um sich, damit das Zittern aufhörte. Sie war selbst erstaunt, wie ruhig und vernünftig sie klang. »Aber wir müssen jemandem sagen, dass Perry gekidnappt wurde …«

»Perry ist im Moment nicht in Gefahr.« Nick Fleming saß auf einer der unteren Stufen einer kurzen Trittleiter. Er hielt sich mit beiden Händen den Kopf und atmete tief ein und aus. Gelegentlich hustete er, um Staub und Sandkörnchen aus seiner Luftröhre zu befördern. »Aber du hast recht, wir gehen nicht zur Polizei.« Er brachte ein mattes Lächeln zustande. »Ich wüsste nicht, was wir ihnen erzählen könnten, damit es in ihren Augen einen Sinn ergibt.«

»Ich fürchte, es macht auch in unseren Augen wenig Sinn«, erwiderte Josh. Er saß auf dem einzigen heil gebliebenen Stuhl der Buchhandlung. Auch wenn er sich nichts gebrochen hatte, tat ihm alles weh, und er wusste, dass er in den nächsten Tagen mit lilablauen Flecken in höchst interessanten Schattierungen würde aufwarten können. Als er sich das letzte Mal so gefühlt hatte, war er von drei Spielern auf dem Fußballfeld überrannt worden. Aber das hier war noch schlimmer. Damals hatte er wenigstens gewusst, was passiert war.

»Ich könnte mir vorstellen, dass vielleicht Gas in den Laden geströmt ist«, begann Fleming vorsichtig. »Und dass das, was wir gesehen haben, nichts weiter war als eine Halluzination.« Er blickte von Sophie zu Josh.

Die Zwillinge hoben die Köpfe und sahen ihn an, beide gleichermaßen ungläubig und beide mit vor Entsetzen immer noch ganz großen Augen.

»Schwach«, meinte Josh schließlich.

»Sehr schwach«, stimmte Sophie zu.

Fleming zuckte mit den Schultern. »Ich hielt es eigentlich für eine ziemlich gute Interpretation. Sie hätte die Gerüche erklärt, die Explosion im Laden und all die ... all die anderen seltsamen Dinge, die ihr vielleicht *glaubt*, gesehen zu haben.«

Erwachsene, das hatte Sophie schon vor langer Zeit festgestellt, waren im Ausreden-Erfinden nicht wirklich gut. »Wir haben uns das alles nicht eingebildet«, sagte sie bestimmt. »Wir haben uns die Golems nicht eingebildet.«

»Die was?«, fragte Josh.

»Die kräftigen Kerle waren Golems. Sie waren aus Lehm«, erklärte ihm seine Schwester. »Perry hat mir das gesagt.«

»Ah, hat sie?«, murmelte Fleming. Er schaute sich in seinem verwüsteten Laden um und schüttelte den Kopf. Es hatte keine vier Minuten gedauert, um ihn komplett zu zerlegen. »Dass er Golems mitgebracht hat, überrascht mich. Sie sind in warmen Ländern normalerweise sehr unzuverlässig. Aber sie haben ihren Zweck erfüllt. Er hat bekommen, was er wollte.«

»Das Buch?«, fragte Sophie. Sie hatte es kurz in Joshs Hand gesehen, bevor der graue Mann es ihm entrissen hatte. Obwohl sie in einem Laden voller Bücher stand und ihr Vater eine riesige Bibliothek mit antiquarischen Büchern besaß, hatte sie noch nie ein Buch wie dieses gesehen. Es hatte den Anschein gehabt, als sei es in angelaufenes Metall gebunden.

Fleming nickte. »Er war schon lange hinter ihm her«, sagte er leise, den Blick in die Ferne gerichtet. »Schon sehr lange.«

Josh stand langsam auf, sein Rücken und die Schultern schmerzten. Er hielt Nick zwei zerknitterte Seiten hin. »Alles hat er nicht bekommen. Als er mir das Buch aus der Hand riss, hatte ich das wohl noch zwischen den Fingern.«

Fleming schnappte sich die Seiten mit einem unartikulierten Schrei. Er kniete sich auf den Boden, wischte geschredderte Bücher und Regalteile beiseite und legte die beiden Seiten nebeneinander vor sich hin. Seine Hände mit den langen, schlanken Fingern zitterten leicht, als er das Papier glatt strich.

Die Zwillinge knieten sich neben ihn, einer rechts, einer links, und betrachteten die Seiten eingehend. Sie versuchten, sich einen Reim auf das zu machen, was sie sahen.

»Und *das* hier bilden wir uns auch nicht ein«, flüsterte Sophie und tippte mit dem Zeigefinger auf eine der Seiten.

Die dicken Blätter waren etwa 10 cm breit und 15 cm hoch und schienen aus gepresstem Naturmaterial zu bestehen. Faserstücke und Blätter waren an der Oberfläche deutlich zu erkennen. Und beide Seiten waren in einer eckigen Schrift mit deutlichen Ober- und Unterlängen beschrieben. Der erste Buchstabe in der oberen linken Ecke war jeweils wunderschön in Rot und Gold ausgemalt, während der Rest des Textes mit rötlich schwarzer Tinte geschrieben war.

Und die Worte bewegten sich.

Sophie und Josh beobachteten, wie sich die Buchstaben auf der Seite verschoben wie winzige Käfer, einmal diese Form annahmen, dann wieder eine andere, wie sie für einen kurzen Augenblick fast leserlich wurden und sich in erkennbare Sprachen wie Latein oder Altenglisch fügten, um sich dann sofort wieder aufzulösen oder als Symbole, ägyptischen Hieroglyphen oder keltischen Runen nicht unähnlich, neu zu erscheinen.

Fleming seufzte. »Nein, ihr bildet euch das nicht ein«, sagte er schließlich. Er griff in den Ausschnitt seines Shirts und zog an einer schwarzen Kordel einen Zwicker heraus, eine altmodische Brille ohne Bügel, die man sich auf die Nase klemmen konnte. Nick Fleming benutzte die Brille als Vergrößerungsglas und ließ sie über den sich windenden und verschiebenden Zeichen hin und her wandern. »*Ha!*«

»Gute Nachrichten?«, fragte Josh.

»Ausgezeichnete Nachrichten. Ihm fehlt ›Der letzte Aufruf‹.« Er drückte Joshs lädierte Schulter, sodass der zusammenzuckte. »Wenn du zwei Seiten aus dem Buch hättest herausreißen wollen, um es nutzlos zu machen, hättest du dir keine besseren aussuchen können.« Das breite Lächeln verschwand von Flemings Gesicht. »Und wenn Dee das merkt, kommt er augenblicklich wieder zurück, und ich garantiere euch, dass er dann nicht nur Golems mitbringt.«

»Wer war der graue Typ überhaupt?«, wollte Sophie wissen. »Perry nannte ihn auch Dee.«

Fleming nahm die beiden Buchseiten und stand auf. Als Sophie ihn anschaute, fiel ihr auf, dass er plötzlich alt und müde aussah, unendlich müde. »Der graue Typ war Dr. John Dee, einer der mächtigsten und gefährlichsten Männer der Welt.«

»Ich habe noch nie von ihm gehört«, bekannte Josh.

»In dieser modernen Welt unerkannt zu bleiben – das bedeutet, wirklich Macht zu haben. Dee ist Magier, Zauberer und Totenbeschwörer, und das ist längst nicht alles ein und dasselbe.«

»Magie?«, fragte Sophie.

»Ich dachte eigentlich, es gibt keine Magie«, meinte Josh sarkastisch – und hätte sich nach dem, was er gerade gesehen und erlebt hatte, glatt auf die Zunge beißen können.

»Und doch hast du eben gegen Zauberwesen gekämpft. Die Golems sind aus Erde und Lehm geschaffene Menschen, die ein einziges machtvolles Wort zum Leben erweckt. Ich schätze, dass in den letzten hundert Jahren nicht einmal ein halbes Dutzend Menschen einen Golem gesehen, geschweige denn eine Begegnung mit ihm überlebt hat.«

»Hat Dee sie zum Leben erweckt?«, wollte Sophie wissen.

»Golems zu erschaffen, ist relativ einfach. Der Zauber ist so alt wie die Menschheit. Sie mit Leben zu füllen, ist schon etwas schwieriger, und sie zu kontrollieren praktisch unmöglich.« Er seufzte. »Aber nicht für Dr. John Dee.«

»Wer ist er?«, fragte Sophie.

»John Dee war Hofmagier während der Herrschaft von Königin Elisabeth I. in England.«

Sophie lachte unsicher; sie wusste noch immer nicht, ob sie

Nick Fleming nicht einfach für verrückt erklären sollte. »Aber das war vor über vierhundert Jahren! Und der Mann, den wir gesehen haben, kann nicht älter gewesen sein als fünfzig.«

Nick Fleming kauerte sich wieder hin und wühlte in einem Berg von Büchern, bis er fand, was er suchte: *England zur Zeit Elisabeth I.* Er schlug es auf. Auf einer Seite – gegenüber einem Porträt der Königin – war ein alter Stich zu sehen, der einen Mann mit kantigem Gesicht und Spitzbart zeigte. Er trug andere Kleider, aber es bestand kein Zweifel, dass es sich um denselben Mann handelte, dem sie gerade begegnet waren.

Sophie wurde schwindelig. Sie nahm Fleming das Buch aus der Hand. »Hier steht, dass Dee 1527 geboren wurde«, sagte sie leise. »Damit wäre er jetzt fast fünfhundert Jahre alt.«

Josh trat neben seine Schwester. Er betrachtete das Bild, dann sah er sich in der Buchhandlung um. Wenn er tief einatmete, roch er immer noch die seltsamen Düfte von … Magie. Das war es gewesen, was er gerochen hatte – nicht Minze und faule Eier, sondern den Duft der Magie. »Dieser Dr. Dee kannte dich«, sagte er gedehnt, »er kannte dich sehr gut.«

Fleming ging durch den Laden, hob hier und da etwas auf und ließ es wieder fallen. »Ja, er kennt mich«, sagte er. »Und Perry genauso. Er kennt uns seit langer Zeit … seit sehr langer Zeit.« Er schaute die Zwillinge an und seine sonst fast farblosen Augen waren plötzlich dunkel und voller Sorge. Es war, als gäbe er sich einen Ruck. »Ihr steckt jetzt leider mit drin«, fuhr er fort, »und das heißt, die Zeit der Lügen und Tricks ist vorbei. Wenn ihr überleben wollt, müsst ihr die Wahrheit kennen.«

Josh und Sophie sahen sich an. Hatten sie richtig verstanden? *Wenn ihr überleben wollt …?*

»Mein richtiger Name ist Nicholas Flamel. Ich wurde im Jahr 1330 in Frankreich geboren. Perrys richtiger Name ist Perenelle; sie ist zehn Jahre älter als ich. Aber sagt ihr nicht, dass ich euch das verraten habe!«, fügte er hastig hinzu.

Josh spürte, wie sich in seinem Kopf alles drehte. Er wollte »Ausgeschlossen!« sagen und lachen und sauer sein auf seinen Chef, weil der ihnen eine so bescheuerte Geschichte erzählte. Aber er hatte Prellungen und ihm tat alles weh, weil er durch die Buchhandlung geschleudert worden war von... ja, von was denn? Er sah den Golem vor sich, der nach Perry gegriffen hatte – *Perenelle* – und durch die Berührung zu Staub zerfallen war.

»Was... was bist du?« Sophie stellte die Frage, bevor ihr Zwillingsbruder sie aussprechen konnte. »Was seid ihr?«

Fleming lächelte, doch sein Blick war kalt und humorlos, und in diesem Augenblick ähnelte er fast Dee. »Wir sind Legende«, erwiderte er. »Einmal, vor langer Zeit, waren wir einfache Leute, doch dann fiel mir ein Buch in die Hände, ›Abrahams Buch der Magie‹, allgemein auch als ›Der Codex‹ bekannt. Von diesem Moment an war alles anders. Perenelle veränderte sich. Ich veränderte mich. Ich wurde der Alchemyst.«

»Der was?«, fragte Josh entsetzt.

»Ich wurde der größte Alchemyst aller Zeiten, dessen Dienste Könige und Prinzen, Kaiser und selbst der Papst in Anspruch nahmen. Verborgen in diesem Buch voll uralter Magie entdeckte ich den Stein der Weisen. Ich lernte, wie man gewöhnliches Metall in Gold verwandelt und normale Steine in kostbare Juwelen. Doch es kam noch besser, noch viel besser: Ich entdeckte die Anleitung für eine Rezeptur aus Kräutern und

Zaubersprüchen, mit der man sich Krankheit und Tod vom Leib halten kann. Das ewige Leben. Perenelle und ich wurden praktisch unsterblich.«

Er hielt die zerfledderten Buchseiten hoch. Josh und Sophie starrten ihn wortlos an. »Das ist alles, was mir vom Codex bleibt«, fuhr Fleming fort. »Dee und seinesgleichen waren seit Jahrhunderten hinter Abrahams magischem Buch her. Jetzt haben sie es. Und Perenelle dazu«, fügte er bitter hinzu.

»Aber du hast doch gesagt, das Buch sei ohne diese Seiten nutzlos.« Josh schien seine Sprache wiedergefunden zu haben.

»Das ist richtig. In dem Buch steht zwar noch genug, um Dee jahrhundertelang zu beschäftigen, aber diese Seiten sind die alles entscheidenden. Dee wird zurückkommen, um sie sich zu holen.«

»Da ist noch etwas, nicht wahr?«, fragte Sophie rasch dazwischen. Sie wusste einfach, dass er trotz all dieser unglaublichen Eröffnungen mit noch etwas hinter dem Berg hielt; das machten Erwachsene immer so. Ihre Eltern hatten Monate gebraucht, um Josh und ihr zu sagen, dass sie den Sommer in San Francisco verbringen würden – bevor sie dann wieder in die Schule zurückgehen würden.

Fleming schaute sie durchdringend an. Wieder erinnerte sein Blick sie an Dee. Es lag etwas zutiefst Kaltes und Unmenschliches darin. »Ja ... da ist noch etwas«, gab er zögernd zu. »Ohne das Buch werden Perenelle und ich sehr schnell älter. Das hochkomplizierte Mittel für unsere Unsterblichkeit muss jeden Monat neu angemischt werden. Ohne die Rezeptur und ohne die körperliche Nähe des Buchs selbst werden wir bis zum nächsten Neumond rasend schnell altern und sterben. Und wenn wir sterben, wird das Böse, das wir so lange bekämpft haben, gewinnen. Das Ältere Geschlecht wird die Herrschaft über die Erde wieder an sich reißen.«

»Das Ältere Geschlecht?«, wiederholte Josh. Es klang, als sei er im Stimmbruch.

Josh schluckte, und erst jetzt wurde ihm bewusst, dass sein Herz wie verrückt hämmerte. Was als gewöhnlicher Donnerstagnachmittag angefangen hatte, war zu etwas ganz und gar Ungewöhnlichem und Erschreckendem geworden. Josh liebte Computerspiele und las gelegentlich Fantasyromane, und ein Begriff wie »Das Ältere Geschlecht« klang, als wäre er einem solchen Roman entsprungen – oder jedenfalls steinalt und gefährlich. »Das Ältere Geschlecht bedeutet alt?«

»Sehr alt«, bestätigte Fleming.

»Willst du damit sagen, dass es außer dir und Dee noch mehr von eurer Sorte gibt?«, fragte Josh und zuckte zusammen, als Sophie ihn vors Schienbein trat.

Fleming wandte sich Josh zu und seine hellen Augen funkelten vor Zorn. »Es gibt noch mehr wie Dee, ja, und auch noch mehr wie mich, aber man kann uns nicht über einen Kamm scheren. Dee und ich sind und waren immer sehr verschieden«, fügte er bitter hinzu. »Wir sind unterschiedliche Wege gegangen und seiner hat ihn in den Abgrund geführt. Auch er ist unsterblich, aber nicht einmal ich weiß mit Sicherheit, wie er sich am Leben erhält. Doch wir sind beide Menschen.« Fleming bückte sich zur Ladenkasse hinunter, die auf den Boden gefallen und dabei aufgegangen war, und holte Geld heraus. Als er sich den Zwillingen wieder zuwandte, erschreckte sein grimmiger Gesichtsausdruck sie. »Diejenigen, denen Dee dient, gehören nicht und gehörten nie der menschlichen Rasse an.« Er stopfte das Geld in seine Tasche und hob eine speckige alte Lederjacke vom Boden auf. »Wir müssen hier weg.«

»Wohin willst du? Was hast du vor?«, fragte Sophie.

»Und was passiert mit uns?« Josh führte ihren Gedanken fort – so wie sie es auch oft bei ihm tat.

»Zuerst muss ich euch an einen sicheren Ort bringen, bevor Dee merkt, dass die beiden Seiten fehlen. Dann mache ich mich auf die Suche nach Perenelle.«

Die Zwillinge schauten sich an. »Warum musst du uns an einen sicheren Ort bringen?«, fragte Sophie, und ihre Stimme zitterte.

»Wir wissen doch gar nichts«, sagte Josh.

»Sobald Dee merkt, dass das Buch nicht vollständig ist, wird er wiederkommen, um die fehlenden Seiten zu holen. Und eines kann ich euch garantieren: Er wird keine Zeugen zurücklassen.«

Josh begann zu lachen, doch das Lachen blieb ihm im Hals stecken. »Willst du ...« Er fuhr sich mit der Zunge über die Lippen. »Willst du damit sagen, dass er uns umbringen will?«

Nicholas Flamel legte den Kopf schief und überlegte. »Nein«, sagte er schließlich, »umbringen nicht.«

Josh atmete erleichtert auf.

»Aber glaub mir«, fuhr Flamel fort, »Dee kann dir noch viel Schlimmeres antun. Viel Schlimmeres.«

Kapitel Fünf

Die Zwillinge standen auf dem Bürgersteig vor der Buchhandlung und beobachteten, wie Joshs Chef einen Schlüssel aus der Tasche zog. Glas von den zerbrochenen Scheiben knirschte unter ihren Füßen. »Aber wir können nicht einfach so abhauen«, sagte Sophie bestimmt.

Josh nickte. »Wir bleiben.«

Nick Fleming – oder Flamel, wie sie ihn in Gedanken bereits nannten – drehte den Schlüssel in der Tür zur Buchhandlung um und rüttelte an der Klinke. Sie hörten, wie im Laden Bücher auf den Boden fielen. »Ich mochte den Laden wirklich gern«, murmelte er. »Er hat mich immer an meinen ersten Job erinnert.« Er sah Sophie und Josh an. »Ihr habt keine andere Wahl. Wenn ihr diesen Tag überleben wollt, müsst ihr jetzt mitkommen.« Damit drehte er sich um und lief über die Straße zu dem Café, wobei er sich im Laufen die alte Lederjacke überzog. Die Zwillinge warfen sich einen kurzen Blick zu, dann folgten sie ihm.

»Hast du einen Schlüssel, damit du abschließen kannst?«

Sophie nickte und zog zwei Schlüssel an einem Golden-Gate-Schlüsselring aus der Hosentasche. »Wenn Bernice zurückkommt und der Laden zu ist, ruft sie wahrscheinlich die Polizei…«

»Ein gutes Argument«, sagte Flamel. »Hinterlasse ihr eine Nachricht, irgendetwas Kurzes – dass du dringend wegmusstest, ein Notfall oder so. Sag, dass ich bei euch bin. Kritzele die Nachricht hin, damit es aussieht, als seist du überstürzt weggegangen. Sind eure Eltern immer noch bei ihren Ausgrabungen in Utah?« Die Eltern der Zwillinge waren Archäologen und arbeiteten zurzeit für die Universität von San Francisco.

Sophie nickte. »Noch mindestens sechs Wochen.«

»Wir wohnen immer noch bei Tante Agnes in Pacific Hights«, fügte Josh hinzu. »Tante Getue.«

»Wir können nicht einfach so verschwinden. Sie wartet mit dem Abendessen auf uns«, sagte Sophie. »Wenn wir auch nur fünf Minuten zu spät kommen, regt sie sich fürchterlich auf. Als letzte Woche die Straßenbahn einfach stehen blieb und wir eine Stunde später heimkamen, hatte sie schon unsere Eltern angerufen.«

Tante Agnes war 48 Jahre alt, und auch wenn sie die Zwillinge in den Wahnsinn trieb mit ihrem Getue, mochten sie sie sehr.

»Dann müsst ihr euch auch für sie eine Ausrede einfallen lassen«, bestimmte Flamel rigoros und marschierte in das Café, dicht gefolgt von Sophie.

Josh tauchte nicht sofort in das kühle, süßlich duftende Halbdunkel der »Kaffeetasse« ein. Er stand noch auf dem Bürgersteig, seinen Rucksack über einer Schulter, und sah die Straße hinauf und hinunter. Von den glitzernden Scherben vor der Buchhandlung einmal abgesehen, sah alles völlig normal aus, ein gewöhnlicher Wochentag. Alles war ruhig und still und in der Luft lag ein Hauch von Ozean. Auf der anderen Seite der Bucht, gegenüber von Fisherman's Wharf, ertönte eine Schiffssirene. Der tiefe Ton aus der Ferne klang irgendwie verloren. Alles war mehr oder weniger genauso wie vor einer halben Stunde auch.

Und doch...

Und doch war es nicht mehr dasselbe. Es konnte nie mehr dasselbe sein. In der vergangenen halben Stunde hatte Joshs geordnete Welt sich unwiderruflich verändert. Er war ein ganz gewöhnlicher Schüler; seine Noten in der Highschool waren nicht unbedingt herausragend, aber auch nicht schlecht. Er spielte Fußball, sang – schlecht – in der Band eines Freundes. Es gab ein paar Mädchen, für die er sich interessierte, aber eine richtige Freundin hatte er noch nicht. Er machte das eine oder andere Computerspiel, wobei er Ego-Shooter wie »Quake« und »Doom« und »Unreal Tournament« bevorzugte, schaffte kein einziges Rennspiel, und bei »Myst« verirrte er sich. Er liebte die Simpsons und konnte ganze Passagen auswendig hersagen, mochte auch Shrek sehr, obwohl er das nie zugeben würde, hielt den neuen Batman für ganz okay und X-Men für wirklich cool. Josh war ein ganz gewöhnlicher Junge.

Aber gewöhnliche Teenager waren nicht plötzlich in einen Kampf zwischen steinalten Magiern verstrickt.

Es gab keine Magie auf dieser Welt. Magie – das waren Spezialeffekte im Film. Magie – das waren Bühnenshows mit Kaninchen und Tauben und einem Zauberer, der Leute zersägte oder über dem Publikum schwebte. Wirkliche Magie gab es nicht.

Aber wie ließ sich dann das, was gerade in der Buchhandlung passiert war, erklären? Er hatte gesehen, wie Regale innerhalb von Sekunden vermoderten und in sich zusammenfielen, hatte gesehen, wie Bücher sich in Papierbrei auflösten, hatte den Gestank von faulen Eiern gerochen, der von Dees Zauber ausging, und das frische Aroma von Pfefferminze, das Flemings – *Flamels* – Magie verströmte.

Josh Newman fröstelte trotz der warmen Nachmittagssonne. Er betrat das Café, öffnete seinen Rucksack und zog seinen verschrammten Laptop heraus. Er musste noch kurz den Internetanschluss im Café nutzen; es gab da ein paar Namen, die er überprüfen wollte: Dr. John Dee, Perenelle und vor allem Nicholas Flamel.

Sophie kritzelte rasch eine Nachricht auf eine Serviette und kaute dann auf dem Bleistiftende herum, als sie das Geschriebene noch einmal durchlas.

Buchhandlung hatte Leck in der Gasleitung. Begleite Mrs Fleming ins Krankenhaus. Mr Fleming kommt mit. Sonst alles OK. Rufe später an.

Wenn Bernice am späten Nachmittag kurz vor dem zweiten großen Ansturm zurückkam und feststellte, dass das Café geschlossen war, war sie bestimmt nicht glücklich. Sophie musste damit rechnen, dass sie möglicherweise sogar ihren Job verlor. Sie seufzte und setzte dann ihre Unterschrift so schwungvoll unter die Nachricht, dass das Papier riss. Danach steckte sie die Serviette an die Kasse.

Nicholas Flamel schaute ihr über die Schulter und las, was sie geschrieben hatte. »Das ist gut, sehr gut. Es erklärt auch, warum die Buchhandlung ebenfalls geschlossen ist.« Er blickte zu Josh hinüber, der seine Tastatur bearbeitete. »Gehen wir!«

»Ich hab nur nach meinen Mails geschaut«, murmelte Josh, schaltete den Laptop aus und klappte ihn zu.

»Ausgerechnet jetzt?«, fragte Sophie ungläubig.

»Das Leben geht weiter. E-Mails hören nie auf.« Er versuchte zu lächeln, doch es gelang ihm nicht.

Sophie schnappte ihre Tasche und ihre Jeansjacke und sah sich noch einmal in dem Café um. Der Gedanke, dass sie es lange Zeit nicht mehr sehen würde, schoss ihr durch den Kopf, aber das war natürlich Quatsch. Sie machte die Lichter aus, schob ihren Bruder und Nick Fleming – Flamel – vor sich durch die Tür und stellte die Alarmanlage an. Dann ließ sie ihren Schlüsselring durch den Briefkastenschlitz fallen.

»Und was jetzt?«, fragte sie.

»Jetzt lassen wir uns helfen und verstecken uns, bis ich weiß, was ich mit euch beiden anstellen soll.« Flamel lächelte. »Im Verstecken sind wir gut. Perry und ich tun es seit über einem halben Jahrtausend.«

»Was wird aus Perry?«, fragte Sophie weiter. »Wird Dee… ihr etwas antun?« Sie hatte die große, elegante Frau, die öfter ins Café gekommen war, in den vergangenen Wochen ganz gut kennengelernt und mochte sie. Sie wollte nicht, dass ihr etwas zustieß.

Flamel schüttelte den Kopf. »Das kann er nicht. Sie ist zu

mächtig. Ich habe die Kunst des Zauberns nie wirklich studiert, aber Perry schon. Im Augenblick kann Dee nur versuchen, sie so weit im Zaum zu halten, dass sie ihre Kräfte nicht einsetzen kann. Aber schon in den nächsten Tagen wird sie älter und schwächer werden. Vielleicht schon in einer Woche, ganz bestimmt aber in zwei, wird er in der Lage sein, seine Kräfte gegen sie zu richten. Er wird aber immer noch vorsichtig sein, wird sie mit Runen und Schutzzeichen in Schach halten …« Flamel sah Sophies Verwirrung. »Magische Barrieren«, erklärte er. »Er wird erst angreifen, wenn er ganz sicher ist, dass er sie besiegen kann. Zunächst wird er versuchen herauszufinden, über wie viel magisches Wissen sie verfügt. Dees Wissensdurst war immer seine größte Stärke … und seine Schwäche.« Gedankenverloren klopfte er seine Taschen ab, als suche er etwas. »Meine Perry kann selbst auf sich Acht geben. Erinnert mich daran, dass ich euch bei Gelegenheit die Geschichte erzähle, wie sie zwei griechische Lamias in ihre Schranken verwiesen hat.«

Sophie nickte, auch wenn sie keine Ahnung hatte, was griechische Lamias waren.

Flamel ging mit großen Schritten die Straße hinunter und fand endlich, wonach er gesucht hatte: eine Sonnenbrille mit kleinen, runden Gläsern. Er setzte sie auf, steckte die Hände in die Taschen seiner Lederjacke und pfiff vor sich hin, als gäbe es keine Sorgen auf dieser Welt. Er schaute über die Schulter zurück. »Auf geht's.«

Die Zwillinge sahen sich verständnislos an und eilten dann hinter ihm her.

»Ich hab ihn im Internet gesucht«, murmelte Josh und sah seine Schwester kurz von der Seite an.

»Das war es also! Ich dachte mir schon, dass E-Mails nicht so wichtig sein können.«

»Alles, was er sagt, stimmt: Er ist in Wikipedia und bei Google gibt's fast zweihunderttausend Einträge über ihn. Zu John Dee sind es noch viel mehr. Selbst Perenelle wird erwähnt und das Buch und alles. Es heißt sogar, dass nach Flamels Tod Leichenfledderer auf der Suche nach Wertsachen sein Grab geöffnet und es leer vorgefunden haben – ohne Leiche und ohne Schatz. Sein Haus in Paris soll immer noch stehen.«

»Er sieht so überhaupt nicht nach einem unsterblichen Magier aus«, murmelte Sophie.

»Ich weiß eigentlich nicht, wie ein Magier auszusehen hat«, erwiderte Josh leise. »Die einzigen Magier, die ich kenne, sind Siegfried und Roy.«

»Ich bin kein Magier«, sagte Flamel, ohne sie anzusehen. »Ich bin Alchemyst, also Wissenschaftler, wenn auch wahrscheinlich nicht die Art Wissenschaftler, die ihr so kennt.«

Sophie ging schneller, um ihn einzuholen. Sie streckte die Hand aus, wollte ihn am Arm fassen, damit er sein Tempo etwas drosselte, aber ein Funke – wie statische Elektrizität – fuhr ihr in die Fingerspitzen. »Au!« Sie riss die Hand zurück; die Fingerkuppen kribbelten. »Was war das denn?«

»Tut mir leid«, entschuldigte Flamel sich, »das sind die Nachwirkungen von … na ja, von dem, was ihr Magie nennt. Meine Aura – das elektrische Feld, das meinen Körper umgibt – ist immer noch aufgeladen. Sie reagiert, wenn sie mit deiner Aura in Berührung kommt.« Er lächelte und zeigte dabei seine schönen weißen Zähne. »Das bedeutet, dass du auch eine kraftvolle Aura hast.«

»Wie muss ich mir eine Aura vorstellen?«

Flamel ging schweigend ein paar Schritte weiter, dann zeigte er auf ein Schaufenster. In Leuchtschrift stand da das Wort TATTOO. »Siehst du das? Das Leuchten um die Buchstaben herum?«

»Ja.« Sophie nickte mit leicht zusammengekniffenen Augen. Die Umrisse der einzelnen Buchstaben leuchteten gelb.

»Der Körper jedes Menschen ist von einem ähnlichen Leuchten umgeben. Früher konnten die Leute es deutlich sehen und nannten es die Aura. Es kommt aus dem Griechischen und bedeutet Atem. Im Laufe der Zeit haben die meisten Menschen die Fähigkeit verloren, diese Aura zu sehen. Einige können es aber immer noch.«

Josh schnaubte spöttisch.

Flamel sah ihn über die Schulter hinweg an. »Das stimmt. Ein russisches Ehepaar namens Kirlian hat die Aura sogar fotografiert. So ein elektrisches Feld umgibt jeden lebenden Organismus.«

»Aber wie sieht sie aus?« Sophie wollte es genau wissen.

Flamel tippte mit dem Finger auf die Schaufensterscheibe. »Genau wie das hier – ein Leuchten um den Körper herum. Jeder Mensch hat eine andere Aura, verschiedene Farben, unterschiedliche Stärken. Bei einigen leuchtet sie beständig, bei anderen pulsiert sie. Bei einigen erscheint sie nur an gewissen Umrissen des Körpers, andere hüllt sie vollkommen ein. An der Aura eines Menschen kann man viel ablesen: ob er krank ist oder unglücklich oder wütend oder ob er Angst hat zum Beispiel.«

»Und du kannst die Aura sehen?«, fragte Sophie.

Dass Flamel den Kopf schüttelte, überraschte sie. »Nein, ich nicht. Perry kann es manchmal, ich nicht. Aber ich weiß, wie ich ihre Energie in bestimmte Bahnen lenken kann. Das habt ihr vorhin gesehen: reine Aura-Energie.«

»Ich würde gern lernen, wie man das macht«, sagte Sophie.

Flamel warf ihr einen raschen Blick zu. »Sei vorsichtig mit deinen Wünschen. Jeder Einsatz von solchen Kräften hat seinen Preis.« Er streckte die Hand aus. Sophie und Josh traten auf der ruhigen Seitenstraße neben ihn. Flamels Hand zitterte. Und als Sophie ihm ins Gesicht schaute, sah sie, dass seine Augen blutunterlaufen waren. »Wenn man Aura-Energie einsetzt, verbraucht man so viele Kalorien wie bei einem Marathonlauf. Es ist, als würde man eine Batterie verbrauchen. Wahrscheinlich hätte ich Dee vorhin im Laden nicht sehr viel länger standhalten können.«

»Ist Dee mächtiger als du?«

Flamel lächelte grimmig. »Er hat unendlich viel Macht.« Er steckte seine Hände wieder in die Taschen und ging weiter. Sophie und Josh nahmen ihn in die Mitte. In der Ferne zeigte sich schon die Golden-Gate-Brücke über den Dächern. »Dee hat in den letzten fünfhundert Jahren nichts anderes getan, als seine Kräfte zu stärken. Ich musste meine in dieser Zeit verborgen halten und konzentrierte mich nur auf die paar Kleinigkeiten, die es brauchte, um Perenelle und mich am Leben zu erhalten. Dee war schon immer sehr mächtig, und ich mag gar nicht daran denken, wozu er jetzt in der Lage ist.« Am Fuß des Hügels blieb er kurz stehen, schaute nach rechts und links und bog dann rasch nach links in die California Street ein. »Zeit für Fragen haben wir später. Jetzt müssen wir uns beeilen.«

»Kennst du Dee schon lange?« Josh blieb hartnäckig. Er wollte unbedingt ein paar Antworten.

Nicholas Flamel lächelte grimmig. »John Dee war ein erwachsener Mann, als ich ihn als Lehrling einstellte. Ich hatte damals immer noch Lehrlinge und viele von ihnen haben mich später stolz gemacht. Ich träumte davon, die nächste Generation von Alchemysten, Naturwissenschaftlern, Astronomen, Astrologen und Mathematikern heranzubilden – die Männer und Frauen, die eine neue Welt erschaffen würden. Dee war wahrscheinlich der beste Schüler, den ich je hatte. Man kann also sagen, dass ich ihn seit fast fünfhundert Jahren kenne, auch wenn wir uns in den letzten Jahrzehnten nur noch sporadisch begegnet sind.«

»Was hat ihn zu deinem Feind gemacht?«, fragte Sophie.

»Gier, Eifersucht … und der Codex, Abrahams Buch der Magie. Den wollte er seit Langem haben und nun hat er ihn.«

»Nicht den ganzen«, erinnerte Josh ihn.

»Nein, nicht den ganzen.« Flamel lächelte. Er ging weiter und die Zwillinge hielten Schritt mit ihm. »Dee erfuhr von dem Codex, als er mein Lehrling in Paris war. Ich erwischte ihn dabei, wie er ihn stehlen wollte. Da wusste ich, dass er sich mit den Dunklen Älteren verbündet hatte. Ich weigerte mich, ihn in die Geheimnisse des Codex einzuweihen, und es kam zu einer heftigen Auseinandersetzung. In dieser Nacht schickte er Perenelle und mir zum ersten Mal Mörder auf den Hals. Es waren Menschen und wir wurden leicht mit ihnen fertig. In der nächsten Nacht waren die Mörder deutlich weniger menschlich. Da nahmen Perenelle und ich das Buch, packten unsere paar Habseligkeiten zusammen und flohen aus Paris. Seither verfolgt er uns.«

An einer roten Ampel blieben sie stehen. Drei englische Touristen warteten ebenfalls darauf, dass es grün wurde, und Flamel schwieg. Ein kurzer, warnender Blick sagte Josh und Sophie, dass auch sie still sein sollten. Die Ampel wechselte zu grün, die Touristen gingen nach rechts, Nicholas Flamel und die Zwillinge nach links.

»Wohin seid ihr von Paris aus gegangen?«, fragte Josh.

»London«, antwortete Flamel kurz angebunden. Dann fuhr er fort: »Dort hat Dee uns 1666 fast erwischt. Er ließ einen Feuergeist auf uns los, ein wildes, hirnloses Wesen, das fast die ganze Stadt verschlang. In den Geschichtsbüchern wird das Ereignis ›Das große Feuer‹ genannt.«

Sophie schaute zu Josh hinüber. Von dem großen Feuer von London hatten sie beide im Geschichtsunterricht gehört. Es wunderte Sophie, dass sie so ruhig war. Da ging sie durch San Francisco und hörte einem Mann zu, der behauptete, über sechshundert Jahre alt zu sein, und der von historischen Ereignissen berichtete, als sei er dabei gewesen. Und sie glaubte ihm!

»Dee kam uns 1763 in Paris noch einmal gefährlich nah«, erzählte Flamel weiter. »Und 1835 in Rom, wo wir zufällig auch als Buchhändler arbeiteten. Da hätte er uns fast geschnappt. Buchhändler war immer mein Lieblingsberuf«, fügte er hinzu.

Flamel schwieg wieder, als sie sich einer Gruppe japanischer Touristen näherten, die aufmerksam ihrem Fremdenführer zuhörten, der einen leuchtend gelben Schirm über seinen Kopf hielt. Als sie außer Hörweite waren, berichtete Flamel weiter von Ereignissen, die mehr als eineinhalb Jahrhunderte zurücklagen, in seiner Erinnerung aber offenbar immer noch ganz frisch waren und immer noch schmerzten. »Wir flohen nach

Irland, weil wir dachten, auf dieser Insel am Rand Europas würde er uns nie finden. Doch er folgte uns. Zu der Zeit hatte er bereits die Dämonen unter seine Kontrolle gebracht und hatte zwei davon bei sich: einen Krankheitsdämon und einen Hungerdämon, die er beide auf uns ansetzen wollte. Irgendwann entglitten sie ihm. Hunger und Krankheit kamen über das arme Land. Eine Million Menschen starben während der großen Hungersnot in den Vierzigerjahren des 19. Jahrhunderts in Irland.« Nicholas Flamels Gesicht wurde zu einer starren Maske. »Ich bezweifle, dass Dee sich jemals die Zeit genommen und darüber nachgedacht hat. Für die Menschen empfand er noch nie etwas anderes als Verachtung.«

Sophie schaute wieder verstohlen zu ihrem Bruder hinüber. An seinem Gesichtsausdruck sah sie, dass er sich mächtig konzentrierte, um den Schwall an Informationen aufnehmen zu können. Sie wusste, dass er am liebsten sofort online gegangen wäre und Einzelheiten davon überprüft hätte. »Aber gekriegt hat er euch bisher nicht«, sagte sie zu Flamel.

»Bis heute.« Er zuckte mit den Schultern und lächelte traurig. »Es musste so kommen, denke ich. Das gesamte zwanzigste Jahrhundert über kam er uns immer näher. Er wurde immer mächtiger, brachte die Erkenntnisse uralter Magie und moderner Technologie zusammen. Perenelle und ich versteckten uns lange Zeit in Neufundland, bis er Werwölfe auf unsere Spur setzte. Dann zogen wir von Stadt zu Stadt. 1901 begann unsere Flucht in New York und von dort aus ging es immer weiter nach Westen. Es war nur noch eine Frage der Zeit, bis er uns einholte«, fügte er hinzu. »Kameras, Videos, Telefone und das Internet machen es heutzutage sehr viel schwerer, unentdeckt zu bleiben.«

»Dieses Buch … Dieser Codex, hinter dem er her war …«, begann Josh.

»Abrahams Buch der Magie«, half Flamel aus.

»Was ist das Besondere daran?«

Nicholas blieb so plötzlich mitten auf dem Bürgersteig stehen, dass die Zwillinge es erst nach ein paar Schritten merkten und sich dann zu ihm umdrehten. Der ziemlich gewöhnlich aussehende Mann breitete weit die Arme aus, als spanne er einen Bogen. »Schaut mich an. Schaut mich an! Ich bin älter als Amerika. *Das* ist das Besondere an diesem Buch.« Flamel senkte die Stimme und fuhr eindringlich fort: »Aber soll ich euch etwas sagen? Das Geheimnis ewigen Lebens ist wahrscheinlich das kleinste Geheimnis im Codex.«

Sophie griff nach der Hand ihres Bruders. Er drückte sie leicht, und sie wusste, ohne dass er etwas sagte, dass er genauso viel Angst hatte wie sie.

»Mit dem Codex kann Dee sich daranmachen, die Welt zu verändern.«

»Verändern?«, flüsterte Sophie heiser. Plötzlich ließ die Mailuft sie frösteln.

»Wie verändern?«, wollte Josh wissen.

»Neu erschaffen«, antwortete Flamel leise. »Dee und die Dunklen des Älteren Geschlechts, denen er dient, wollen die Welt wieder zu dem machen, was sie vor unvorstellbar langer Zeit war. Und Menschen haben darin nur einen Platz als Sklaven. Oder als Nahrungsmittel, das man verschlingt.«

KAPITEL SECHS

Auch wenn es andere Kommunikationsmittel für ihn gegeben hätte, bevorzugte Dr. John Dee das beliebteste Mittel dieses Jahrhunderts: das Handy. Er lehnte sich in das kühle Leder des Limousinensitzes zurück, klappte sein Handy auf, richtete es auf Perenelle Flamel, die bewusstlos neben einem tropfenden Golem hockte, und machte rasch ein Foto.

Madame Perenelle Flamel. Seine Gefangene. Das war ja nun wirklich was fürs Fotoalbum.

Dee tippte eine Nummer ein und drückte auf »Senden«. Dann betrachtete er die elegante Frau neben ihm auf dem Rücksitz. Dass er Perenelle hatte entführen können, war riesiges Glück gewesen, und er wusste, dass es ihm nur gelungen war, weil sie bei der Vernichtung seines Golems so viel Energie verbraucht hatte. Er strich sich über den kleinen Spitzbart. Bald würde er neue Golems erschaffen müssen. Er betrachtete den, der neben Perenelle saß. In der kurzen Zeit, die er der frühen Nachmittagssonne ausgesetzt war, hatte er schon angefangen, Risse zu bekommen und zu zerfließen. Schwarzer Flussschlamm tropfte auf die Ledersitze.

Vielleicht war es doch besser, das nächste Mal keine Golems mehr zu nehmen. Die rohen Gesellen funktionierten in einem feuchteren Klima ganz gut, aber für einen Sommer an der Westküste waren sie ganz und gar nicht geeignet.

Das wahre – und wirklich ernste – Problem stellte jedoch Perenelle dar. Dee wusste ganz einfach nicht, welche Kräfte sie besaß. Seit Jahrhunderten hatte er die große, elegante Französin immer bewundert. In der ersten Zeit, als er Lehrling bei Nicholas Flamel, dem Alchemysten, gewesen war, hatte er den Fehler gemacht, sie zu unterschätzen. Aber er hatte schnell gemerkt, dass Perenelle Flamel mindestens so mächtig war wie ihr Mann. Auf ein paar Gebieten übertraf sie ihn sogar. Die Eigenschaften, die Flamel zu einem brillanten Alchemysten hatten werden lassen – seine Detailverliebtheit, seine Kenntnis alter Sprachen, seine unendliche Geduld – machten ihn gleichzeitig zu einem lausigen Zauberer und katastrophalen Totenbeschwörer. Flamel fehlte ganz einfach der Funke Fantasie, die reine Vorstellungskraft, die es für diese Arbeit brauchte. Perenelle dagegen war eine der mächtigsten Zauberinnen, die er je getroffen hatte.

Dee zog einen seiner grauen Lederhandschuhe aus und ließ ihn neben sich auf den Sitz fallen. Er beugte sich vor, tauchte den Finger in die Schlammpfütze neben dem Golem und malte ein geschwungenes Symbol auf Perenelles linken Handrücken. Dann malte er das Symbol spiegelverkehrt noch einmal auf ihre rechte Hand. Er tauchte den Finger erneut in den zähen schwarzen Schlamm und hatte gerade drei Wellenlinien auf ihre Stirn gemalt, als sie plötzlich die grünen Augen aufschlug. Dee zog die Hand rasch zurück.

»Perenelle Flamel, ich kann dir gar nicht sagen, wie sehr ich mich freue, dich wiederzusehen.«

Perenelle öffnete den Mund und wollte etwas sagen, brachte jedoch kein Wort heraus. Sie versuchte, sich zu bewegen, doch davon abgesehen, dass der Golem ihren Arm festhielt, gehorchten ihr ihre Muskeln nicht.

»Ah, du musst entschuldigen, aber ich habe mir die Freiheit genommen, dich unter einen Fesselzauber zu stellen. Ein einfacher Zauber, aber er genügt, bis ich etwas Dauerhafteres organisieren kann.« Dee lächelte, doch er wirkte alles andere als heiter. Sein Handy klingelte und er klappte es auf. »Entschuldigung«, sagte er zu Perenelle.

»Du hast das Foto bekommen?«, fragte Dee. »Ja, ich dachte mir, dass du Spaß daran haben würdest. Die legendäre Perenelle Flamel in unseren Händen. Oh, ich bin mir ziemlich sicher, dass Nicholas sie suchen wird. Und dann sind wir vorbereitet. Das nächste Mal entkommt er uns nicht.«

Perenelle hörte deutlich das meckernde Lachen am anderen Ende.

»Ja, natürlich.« Dee griff in die Innentasche seines Jacketts und brachte das in Kupfer gebundene Buch zum Vorschein. »Wir haben den Codex. Endlich.« Er begann in den zerlesenen Seiten zu blättern, während er weitersprach. Dann senkte er die Stimme, und es war nicht klar, ob er mit sich selbst oder dem Anrufer redete. »Zehntausend Jahre magisches Wissen zwischen zwei Buchdeckeln …«

Seine Stimme war immer leiser geworden. Plötzlich fiel ihm

das Telefon aus der Hand. Es rutschte über den Boden der Limousine und klappte zu.

Ganz hinten in dem Buch fehlten zwei Seiten, waren brutal herausgerissen worden.

Dee schloss die Augen und leckte sich mit seiner spitzen Zunge einmal ganz kurz über die Lippen. »Der Junge«, krächzte er, »der Junge, als ich es ihm aus der Hand riss.« Er öffnete die Augen wieder und schaute sich die Seiten, die jetzt die letzten waren, genau an. »Vielleicht sind sie nicht von Bedeutung …«, murmelte er. Seine Lippen bewegten sich, während er mit Blicken den sich ständig verändernden und hin und her wandernden Worten folgte. Er konzentrierte sich auf die prachtvoll ausgemalten Buchstaben am Anfang der Seiten, die ein Hinweis auf das waren, was folgte. Dann hielt er abrupt inne; seine Hände zitterten. Als er den Kopf hob, glühten seine Augen.

»Es fehlt ›Der letzte Aufruf‹!«, brüllte er. Gelbe Funken tanzten um seinen Kopf und die Rückscheibe hinter ihm wies plötzlich weiße, spinnennetzartige Sprünge auf. »Umkehren!«, brüllte er den Fahrer an. »Sofort umkehren! Nein, halt, ich nehme den Befehl zurück. Flamel ist kein Idiot. Sie sind bestimmt längst weg.« Er hob rasch das Handy vom Wagenboden auf und sammelte sich einen Moment lang. Dabei vermied er Perenelles Blick. Nachdem er ein paar Mal tief durchgeatmet und sich sichtlich beruhigt hatte, öffnete er das Telefon und wählte. »Es gibt da ein kleines Problem«, sagte er in geschäftsmäßigem Ton. »Am Ende des Buches scheinen ein paar Seiten zu fehlen. Nichts Wichtiges, da bin ich mir sicher. Vielleicht könntest du mir einen Gefallen tun«, fügte er beiläufig hinzu. »Sag doch der Morrigan, dass ich sie brauche.«

Dee sah, wie Perenelle erschrocken die Augen aufriss, als sie den Namen hörte. Er grinste hämisch. »Sag ihr, ich brauche ihre ganz speziellen Talente.« Damit klappte er das Handy zu und wandte sich wieder an Perenelle Flamel. »Es wäre so viel leichter gewesen, wenn sie mir den Codex einfach gegeben hätten. Jetzt kommt die Morrigan. Und du weißt, was das bedeutet.«

Kapitel Sieben

Sophie sah die Ratte als Erste.

Die Zwillinge waren in New York aufgewachsen und hatten die Sommer meistens in Kalifornien verbracht. Ratten waren also nichts Neues für sie. Wenn man in einer Hafenstadt wie San Francisco lebte, gewöhnte man sich rasch an den Anblick dieser Tiere. Besonders am frühen Morgen und späten Abend kamen sie aus den Löchern und Kanälen. Sophie hatte nicht unbedingt Angst vor ihnen, obwohl sie wie alle anderen auch gewisse Horrorgeschichten über Ratten gehört hatte, Stadtlegenden und »wahre« Begebenheiten, die ein Freund von einem Freund erlebt hatte. Sophie wusste aber, dass die meisten Ratten harmlos waren, solange man sie nicht in die Enge trieb. Sie glaubte, dass sie irgendwo gelesen hatte, sie könnten unglaublich hoch springen. In einem Artikel im Sonntagsmagazin der *New York Times* hatte außerdem gestanden, dass es in den Vereinigten Staaten genauso viele Ratten wie Menschen gab.

Aber diese Ratte war anders.

Ihr Fell war glatt und schwarz, nicht das übliche schmutzige Braun. Die Ratte kauerte reglos am Eingang zu einer Gasse, und Sophie hätte schwören können, dass sie leuchtend rote Augen hatte. Und sie sah sie an.

Vielleicht war es eine zahme Ratte, die ausgebüxt war?

»Ah, du hast sie auch bemerkt«, murmelte Flamel, fasste Sophie am Arm und schob sie weiter. »Wir werden beobachtet.«

»Von wem?«, wollte Josh wissen. Er drehte sich rasch um, da er erwartete, Dees lange schwarze Limousine die Straße herunterkommen zu sehen. Aber es war nirgendwo ein Wagen zu sehen und niemand schien ihnen spezielle Aufmerksamkeit zu schenken. »Wo?«

»Die Ratte in der Gasse dort«, sagte Nicholas Flamel. »Nicht hinschauen.«

Aber es war zu spät. Josh hatte die Ratte bereits entdeckt. »Die Ratte da? Die Ratte beobachtet uns? Das kann nicht dein Ernst sein!« Josh fixierte die Ratte in der Erwartung, dass sie sich umdrehte und davonhuschte. Doch sie hob nur den Kopf und blickte zurück. Dann öffnete sie das Maul und zeigte ihre spitzen Zähne. Josh lief es kalt über den Rücken. Schlangen und Ratten – er konnte beide nicht ausstehen. Noch mehr allerdings hasste er Spinnen. Und Skorpione.

»Ratten haben doch normalerweise keine roten Augen, oder?«, fragte er seine Schwester, die, soweit er wusste, vor gar nichts Angst hatte.

»Normalerweise nicht«, antwortete sie.

Als er sich wieder zur Gasse hin umdrehte, saßen schon zwei

pechschwarze Ratten dort. Eine dritte kam aus dem Dämmerlicht, setzte sich daneben und schaute zu ihnen herüber.

»Okay«, sagte Josh schließlich, »ich habe Menschen gesehen, die aus Lehm waren, warum soll es dann keine Rattenspione geben? Ob sie auch sprechen können?«, überlegte er laut.

»Mach dich nicht lächerlich«, fauchte Flamel. »Es sind Ratten.«

Josh hielt seine Frage keineswegs für so lächerlich.

»Hat Dee sie geschickt?«, wollte Sophie wissen.

»Er folgt uns. Die Ratten haben am Laden unsere Spur aufgenommen. Ein simpler Spähzauber lässt ihn sehen, was sie sehen. Sie sind primitive, aber effektive Werkzeuge, und wenn sie unseren Geruch erst einmal aufgenommen haben, können sie uns folgen, bis wir durchs Wasser gehen. Aber die da machen mir mehr Sorgen.« Er wies mit dem Kinn nach oben.

Sophie und Josh schauten hoch. Auf den Dächern der umliegenden Häuser saßen ungewöhnlich viele schwarze Vögel.

»Krähen«, sagte Flamel nur.

»Sie haben etwas Schlimmes zu bedeuten?«, vermutete Sophie. Von dem Moment an, in dem Dee die Buchhandlung betreten hatte, war so ziemlich alles schlimm gewesen.

»Es könnte etwas sehr Schlimmes sein. Aber ich denke mal, uns passiert nichts. Wir sind fast da.« Flamel wandte sich nach links und führte die Zwillinge ins Herz von San Franciscos exotischer Chinatown. Sie gingen am Sam-Wong-Hotel vorbei, bogen dann rechts in eine enge Seitenstraße ein und gleich darauf links in eine noch engere Gasse. Abseits der relativ sauberen Hauptstraßen stapelten sich hier in den Gassen leere Kartons, und dazwischen standen offene Mülltonnen, aus denen der charakteristische süßsaure Gestank von verdorbenen Lebensmitteln strömte. In der Gasse, in der sie sich befanden, stank es besonders schlimm, die Luft war praktisch schwarz von Fliegen, und die Gebäude auf beiden Seiten waren so hoch, dass der gesamte Weg im Dämmerlicht lag.

»Mir wird gleich schlecht«, murmelte Sophie. Erst am Tag zuvor hatte sie zu ihrem Zwillingsbruder gesagt, dass die Arbeit im Café in den vergangenen Wochen ihren Geruchssinn geschärft hatte. Sie hatte sich damit gerühmt, Gerüche unterscheiden zu können, die sie früher nicht einmal wahrgenommen hatte. Jetzt war das ganz entschieden ein Nachteil. In der Luft lag der ranzige Geruch nach verfaultem Obst und Fisch.

Josh nickte nur. Er konzentrierte sich darauf, durch den Mund zu atmen, auch wenn es ihn bei der Vorstellung, dass sich die stinkende Luft auf seine Zunge legte, ekelte.

»Gleich haben wir es geschafft«, sagte Flamel. Der Gestank schien ihm nichts auszumachen.

Die Zwillinge hörten ein Rascheln, drehten sich um und sahen gerade noch fünf pechschwarze Ratten über die offenen Mülltonnen huschen. Eine riesige schwarze Krähe setzte sich auf eine der vielen Leitungen, die die Gasse überspannten.

Vor einer unscheinbaren Holztür, die so schmutzig war, dass sie sich kaum von der Hauswand unterschied, blieb Nicholas Flamel unvermittelt stehen. Es gab weder eine Klinke noch ein Schlüsselloch. Flamel spreizte die Finger seiner rechten Hand, legte die Fingerspitzen an bestimmten Stellen aufs Holz und drückte. Es klickte und die Tür ging auf. Er packte Sophie und Josh, zog sie ins Dunkel und drückte die Tür hinter ihnen zu.

Nach dem Gestank in der Gasse roch es in dem Flur wunderbar: Jasmin und andere zarte, exotische Düfte lagen in der Luft. Die Zwillinge atmeten tief durch.

»Bergamotte«, verkündete Sophie, die den leichten Orangenduft erkannte. »Und Ylang-Ylang und Patschuli, glaube ich.«

»Ich bin beeindruckt«, sagte Flamel.

»Im Café habe ich die Aromen zu unterscheiden gelernt. Ich mochte den Duft der exotischen Teesorten.« Sie hielt inne, weil ihr plötzlich auffiel, dass sie redete, als würde sie nie mehr in den Laden zurückgehen. Gerade jetzt setzte dort der erste Ansturm der Nachmittagsgäste ein, die Cappuccino und Cafè Latte bestellten, Eistee und Kräutertee. Sie blinzelte die Tränen weg, die ihr plötzlich in den Augen brannten. Sie sehnte sich nach der »Kaffeetasse«, weil sie so gewöhnlich und *normal* war.

»Wo sind wir hier?«, fragte Josh, der sich, nachdem seine Augen sich an das Dämmerlicht gewöhnt hatten, umschaute.

Sie standen in einem langen, schmalen, blitzsauberen Flur. An den Wänden war glattes, helles Holz und auf dem Boden lagen kunstvoll gewebte weiße Schilfmatten. Am Ende des Korridors war eine schlichte, offenbar tapezierte Tür. Josh wollte einen Schritt darauf zu machen, als Flamels Hand sich in seine Schulter krallte.

»Nicht bewegen«, murmelte er. »Warten. Beobachten. Wahrnehmen. Wenn du dir diese drei Worte merkst, hast du vielleicht eine Chance, die nächsten Tage zu überleben.« Flamel griff in seine Tasche und zog eine Münze heraus, legte sie auf seinen Daumen und schnippte sie in die Luft. Sie drehte sich ein paar Mal, dann begann sie zu fallen ...

Etwas zischte und ein nadelspitzer Pfeil bohrte sich durch die Münze, spießte sie in der Luft auf und pinnte sie an die Wand.

»Ihr habt die sichere und geregelte Welt, die ihr bisher kanntet, verlassen«, sagte Nicholas Flamel ernst und schaute die Zwillinge an. »Nichts ist mehr, wie es scheint. Ihr müsst lernen, alles infrage zu stellen. Zu warten, bevor ihr euch bewegt, zu schauen, bevor ihr einen Schritt macht, und alles genau zu beobachten. Ich habe diese Lektionen in der Alchemie gelernt. Ihr werdet feststellen, dass sie für euch in dieser Welt, in die ihr ohne es zu wollen hineingeraten seid, von unschätzbarem Wert sein werden.« Er wies auf den Flur. »Schaut hin und beobachtet genau. Und dann sagt mir: Was seht ihr?«

Josh entdeckte das erste, winzige Loch in der Wand. Es war so getarnt, dass es aussah wie ein Astloch. Nachdem er das erste gesehen hatte, fielen ihm noch Dutzende weitere Löcher in den Wänden auf. Ob hinter jedem Loch ein kleiner Pfeil saß, der Metall durchbohren konnte?

Sophie fiel auf, dass Wand und Boden nicht genau aneinanderstießen. An drei Stellen – sowohl auf der linken als auch auf der rechten Seite – war nahe der Fußleiste ein sichtbarer Spalt.

Flamel nickte. »Gut. Und jetzt schaut her. Wir haben gesehen, was die Pfeile können, aber es gibt noch eine andere Gefahr ...« Er zog ein Taschentuch aus der Tasche und warf es neben einen der schmalen Schlitze in der Wand. Ein metallisches Klicken war zu hören, dann stieß eine große, halbmondförmige Klinge aus der Wand, zerschnitt das Taschentuch zu Konfetti und verschwand wieder.

»Wenn dich die Pfeile verfehlen ...«, begann Josh.

»... erwischen dich die Klingen«, vollendete Sophie den Satz. »Und wie kommen wir dann zur Tür?«

»Gar nicht«, erwiderte Flamel, drehte sich um und drückte

auf die Wand zu seiner Linken. Mit einem Klicken öffnete sich ein ganzer Wandabschnitt und schwang zurück, sodass sie einen großen, luftigen Raum betreten konnten.

Die Zwillinge wussten sofort, wo sie sich befanden: in einem Dojo, einer Kampfsportschule. Schon als Kinder hatten sie in Dojangs wie diesen überall in den Staaten Taekwondo gelernt, während sie mit ihren Eltern von einer Universität zur anderen zogen. Viele Schulen hatten eigene Kampfsportclubs auf dem Gelände, und ihre Eltern hatten sie immer im besten Dojo angemeldet, den sie nur ausfindig machen konnten. Sowohl Sophie als auch Josh hatten den roten Gürtel, eine Stufe unter dem schwarzen.

Im Gegensatz zu den anderen Dojos war dieser hier kahl und ohne jeden Schmuck. Er war ganz in Weiß und Cremetönen gehalten, mit weißen Wänden und schwarzen Matten auf dem Boden. Sophies und Joshs Blicke wurden jedoch sofort auf die Gestalt in weißem T-Shirt und weißen Jeans gelenkt, die mit dem Rücken zu ihnen ganz allein in der Mitte des Raumes saß. Ihr kurz geschorenes, leuchtend rotes Haar war der einzige Farbtupfer im gesamten Dojo.

»Wir haben ein Problem«, sagte Nicholas Flamel ohne Umschweife zu der Gestalt.

»*Du* hast ein Problem. Ich habe damit nichts zu tun.« Die Gestalt drehte sich nicht um, doch die Stimme war überraschenderweise die einer Frau, und sie klang auch noch jung und hatte einen leichten Akzent, irisch oder schottisch, vermutete Sophie.

»Dee hat mich heute entdeckt.«

»Das war nur eine Frage der Zeit.«

»Er kam mit Golems.«

Es entstand eine Pause. Die Gestalt drehte sich noch immer nicht um. »Er war schon immer ein Dummkopf. Man benutzt in einem trockenen Klima keine Golems. Das ist seine Arroganz.«

»Er hat Perenelle gekidnappt.«

»Ah. Das ist schlimm. Aber er wird ihr nichts tun.«

»Und er hat den Codex.«

Da kam Bewegung in die Gestalt. Sie stand langsam auf und drehte sich zu ihnen um. Die Zwillinge stellten schockiert fest, dass sie einem Mädchen gegenüberstanden, das nicht viel älter war als sie selbst. Sie hatte helle Haut und Sommersprossen und das runde Gesicht wurde von grasgrünen Augen beherrscht. Ihr Haar war von einem so kräftig leuchtenden Rot, dass Sophie vermutete, es könnte gefärbt sein.

»Den Codex?«

Sophie war jetzt sicher, dass es ein irischer Akzent war.

»Abrahams Buch der Magie?«

Nicholas Flamel nickte.

»Dann hast du recht. Wir *haben* ein Problem.«

Flamel griff in seine Tasche und zog die zwei Seiten heraus, die Josh gerettet hatte. »Er hat nicht das ganze Buch. ›Der letzte Aufruf‹ fehlt ihm.«

Die junge Frau gab ein Geräusch von sich, das sich anhörte wie Wasser, wenn es kocht, und ein Lächeln huschte über ihr Gesicht. »Den er natürlich haben will.«

»Natürlich.«

Josh beobachtete die rothaarige Frau sehr genau. Ihm fiel auf, dass sie vollkommen reglos dastand, wie die meisten Kampfsportlehrer, die er kannte. Er warf seiner Schwester einen Blick aus den Augenwinkeln zu und hob fragend die Augenbrauen, wobei er mit dem Kinn auf das Mädchen wies. Sophie schüttelte den Kopf. Auch sie war neugierig, weshalb Nicholas Flamel ihr so offensichtlichen Respekt entgegenbrachte. Sophie war außerdem zu dem Schluss gekommen, dass mit dem Gesichtsausdruck des Mädchens etwas nicht stimmte. Was es war, konnte sie jedoch nicht sagen. Es war ein ganz gewöhnliches Mädchengesicht – vielleicht waren die Wangenknochen etwas zu hoch und das Kinn etwas zu spitz –, aber die smaragdgrünen Augen zogen alle Blicke auf sich und fesselten den Betrachter. Und dann stellte Sophie erschrocken fest, dass das Mädchen nicht blinzelte.

Die junge Frau warf plötzlich den Kopf zurück und atmete tief und mit geblähten Nasenflügeln ein und aus. »Rieche ich deshalb Beobachter?«

Flamel nickte. »Ratten und Krähen überall.«

»Und du hast sie hergebracht?« Ein vorwurfsvoller Unterton lag in ihrer Stimme. »Ich habe Jahre gebraucht, bis ich das Haus so weit hatte.«

»Du weißt, was Dee mit dem Codex tut, sobald er ihn hat.«

Die junge Frau nickte. Dann ging ihr Blick zu den Zwillingen, die sie bisher vollkommen ignoriert hatte. »Und diese beiden?«, fragte sie.

»Sie waren dabei, als Dee angriff. Sie haben mit mir gekämpft und dieser junge Mann konnte die Seiten aus dem Buch reißen. Das ist Sophie und das ihr Zwillingsbruder Josh.«

»Zwillinge?« Die junge Frau kam auf sie zu und betrachtete sie nacheinander. »Nicht identisch, aber eine Ähnlichkeit ist da.« Sie wandte sich wieder an Flamel. »Du denkst doch nicht…?«

»Ich denke, dass es sich hier um einen interessanten Zufall handelt«, erwiderte Flamel geheimnisvoll. Er schaute die Zwillinge an. »Darf ich euch Scathach vorstellen? Da sie selbst euch wahrscheinlich nicht sehr viel über sich erzählen wird, sage ich euch, dass sie zu dem Älteren Geschlecht gehört und sämtliche legendären Krieger und Helden der letzten zweitausend Jahre ausgebildet hat. In der Mythologie ist sie bekannt als Kriegerprinzessin, als die Schattenhafte, als Dämonenschlächterin und Königsmacherin, als –«

»Nennt mich einfach Scatty«, sagte die junge Frau, die so rot geworden war wie ihr Haar.

Kapitel Acht

Dr. John Dee saß in seinem Wagen und versuchte – nicht zu hundert Prozent erfolgreich –, sein Temperament zu zügeln. Schwefelgeruch hing in der Luft und dünne gelblich weiße Feuerfäden züngelten um seine Fingerspitzen. Er hatte versagt, und auch wenn seine Gebieter ausgesprochen geduldig waren – sie leiteten oft Vorhaben ein, deren Verwirklichung sich über Jahrhunderte hinzog –, verloren sie nun doch langsam die Geduld. Und als besonders mitfühlend waren sie wirklich nicht bekannt.

Perenelle Flamel beobachtete ihn reglos – der Fesselzauber wirkte noch. In ihren blitzenden Augen lag eine Mischung aus Hass und etwas anderem, das fast Angst hätte sein können.

»Jetzt wird es kompliziert«, murmelte Dee, »und ich hasse Komplikationen.«

Dee balancierte eine flache silberne Schüssel auf den Knien, in die er eine Dose Limonade gegossen hatte – eine andere Flüssigkeit hatte er gerade nicht zur Hand gehabt. Er arbeitete am liebsten mit klarem Wasser, aber eigentlich ging es mit jeder Flüssigkeit. Er beugte sich über die Schale, starrte in die Limonade und ließ etwas von seiner Aura-Energie von seinen Fingern auf die Oberfläche tröpfeln, während er die Eingangsworte zu dem Spähzauber murmelte.

Einen Augenblick lang war nur sein eigenes Spiegelbild zu sehen, doch dann schlug die Limonade plötzlich Wellen und blubberte. Nachdem sich alles wieder beruhigt hatte, war nicht mehr Dees Gesicht in der Schale zu sehen, sondern ein seltsam flaches Bild in rotgrauen und grünlich schwarzen Tönen. Der Blickwinkel lag nahe am Boden, alles bewegte und veränderte sich in schwindelerregendem Tempo.

»Ratten«, knurrte Dee und verzog voller Abscheu das Gesicht. Er hasste es, wenn er mit den Augen von Ratten sehen musste.

»Ich kann immer noch nicht glauben, dass du sie hier hergebracht hast«, sagte Scatty, während sie Kleider in einen Rucksack stopfte.

Nicholas Flamel stand mit vor der Brust verschränkten Armen in der Tür zu Scattys winzigem Schlafzimmer. »Alles ging so schnell. Dass Dee den Codex hat, ist schlimm genug, aber als ich erfuhr, dass Seiten fehlen, wusste ich, dass die Zwillinge in großer Gefahr sind.«

Als das Wort »Zwillinge« fiel, schaute Scatty auf. »Sie sind der eigentliche Grund, weshalb du hier bist, habe ich recht?«

Flamel hatte an der Wand plötzlich etwas sehr Faszinierendes entdeckt.

Scatty ging durch den kleinen Raum, schaute den Flur hinauf und hinunter, um sich zu vergewissern, dass Sophie und Josh immer noch in der Küche waren, zog dann Flamel ins Schlafzimmer und schloss die Tür hinter ihm.

»Du hast doch irgendetwas im Sinn. Was ist es?«, wollte sie wissen. »Hier geht es um mehr als nur um den Verlust des Codex. Du wärst mit Dee und seinen Speichelleckern doch auch allein fertig geworden.«

»Sei dir da mal nicht so sicher. Mein letzter Kampf liegt lange zurück, Scathach«, sagte Flamel leise. »Alles, was ich auf dem Gebiet der Alchemie jetzt noch mache, ist, ein wenig von dem Lebenselixier zu brauen, das Perenelle und mich jung erhält. Gelegentlich mache ich auch noch ein bisschen Gold oder mal einen Edelstein, wenn wir Geld brauchen.«

Scatty lachte kurz und freudlos und machte sich wieder ans Packen. Sie trug inzwischen ein Paar schwarze Combat-Pants, Magnum-Stiefel mit Stahlspitzen und ein schwarzes T-Shirt, über das sie eine schwarze Weste mit unzähligen Taschen und Reißverschlüssen gezogen hatte. Sie stopfte ein zweites Paar Hosen in den Rucksack, fand eine Socke und machte sich unter dem Bett auf die Suche nach der zweiten.

»Nicholas Flamel«, begann sie, »du bist der mächtigste Alchemyst auf dieser Welt.« Ihre Stimme klang unter dem Bett etwas gedämpft. »Weißt du noch, wie du an meiner Seite gegen den Dämon Fomor gekämpft hast? Und du warst derjenige, der mich aus dem Verlies von An Chaor-Thanach gerettet hat, und nicht ich dich.« Sie kam mit der gesuchten Socke unter dem Bett hervor. »Als die Rusalka St. Petersburg terrorisierten, hast du sie ganz allein zurückgetrieben, und als Black Annis in Manitoba wütete, habe ich gesehen, wie du sie bezwungen hast. Du allein hast die Nachthexe und ihre Armee der Untoten bezwungen. Mehr als ein halbes Jahrtausend hast du den Codex studiert, keiner kennt die Geschichten und Legenden darin besser als du –«

Scatty hielt plötzlich inne, riss die grünen Augen auf und zog scharf die Luft ein. »Das ist es«, sagte sie. »Es hat etwas mit den Legenden zu tun ...«

Flamel streckte die Hand aus und legte seinen Zeigefinger auf Scattys Lippen, damit sie nicht weitersprach. Ein geheimnisvolles Lächeln lag auf seinem Gesicht. »Vertraust du mir?«, fragte er schließlich.

Die Antwort kam prompt. »Unbedingt.«

»Dann beweis es. Ich möchte, dass du die Zwillinge beschützt. Und sie ausbildest«, fügte er hinzu.

»Sie ausbilden? Weißt du, worum du mich da bittest?«

Flamel nickte. »Ich möchte, dass du sie auf das vorbereitest, was kommt.«

»Und was ist das?«

»Ich habe keine Ahnung.« Flamel lächelte. »Ich weiß nur, dass es etwas Schlimmes ist.«

»Uns geht es prima, Mom, ehrlich.« Sophie Newman kippte das Handy etwas zur Seite, damit ihr Bruder mithören konnte. »Ja, Perry Fleming ging es nicht gut. Sie hat wahrscheinlich etwas Falsches gegessen. Jetzt ist sie wieder in Ordnung.« Sophie spürte, wie sich in den feinen Härchen in ihrem Nacken Schweißperlen sammelten. Sie log ihre Mutter nur ungern an, auch wenn die so sehr in ihrer Arbeit aufging, dass sie sich ohnehin nie die Mühe machte, etwas nachzuprüfen.

Joshs und Sophies Eltern waren als Archäologen weltweit bekannt. Sie hatten in ihrer Fachwelt einen exzellenten Ruf und waren unter den Ersten gewesen, die in Indonesien die Existenz der neuen Spezies kleiner Hominiden nachweisen konnten, die heute allgemein Hobbits genannt werden. Josh sagte immer, seine Eltern lebten in der Vergangenheit, und zwar am liebsten vor fünf Millionen Jahren, und seien nur glücklich, wenn sie bis zu den Knöcheln im Dreck stünden. Die Zwillinge wussten, dass sie bedingungslos geliebt wurden, aber sie wussten auch, dass ihre Eltern sie ganz einfach nicht verstanden. So wie sie überhaupt den modernen Alltag an sich nicht verstanden.

»Mr Fleming fährt mit Perry in ihr Haus in der Wüste, und sie haben uns gefragt, ob wir uns nicht eine kleine Pause gönnen und mitkommen wollen. Wir sagten natürlich, dass wir zuerst euch fragen müssen. – Ja, mit Tante Agnes haben wir schon geredet. Ihr ist es recht, solange es für euch okay ist. Sag ja, Mom, bitte!«

Sie schaute ihren Bruder an und kreuzte die Finger. Er tat dasselbe. Sie hatten lange darüber diskutiert, was sie ihrer Tante und ihrer Mutter sagen sollten, aber was sie tun würden, falls ihre Mutter nicht zustimmte, wussten sie noch nicht.

Sophie gab ihrem Bruder mit hochgerecktem Daumen das Okay-Zeichen. »Ja, im Café würde ich freibekommen. – Nein, wir fallen ihnen bestimmt nicht auf die Nerven. – Ja, Mom. – Ja, ich dich auch. Und sag liebe Grüße an Dad.« Sophie lauschte in den Hörer und drehte das Handy dann von ihrem Mund weg. »Dad hat ein Dutzend fast unversehrte *Pseudoarctolepis sharpi* gefunden«, berichtete sie. Josh schaute sie verständnislos an. »Ein sehr seltenes kambrisches Krustentier.«

Ihr Bruder nickte. »Sag Dad, dass das absolut super ist. Wir melden uns wieder«, rief er.

Sophie beendete das Gespräch rasch mit einem »Ich hab dich lieb«. Kaum hatte sie das Handy zugeklappt, sagte sie: »Ich hasse es, wenn ich sie anlügen muss.«

»Ich weiß. Aber die Wahrheit konntest du ihr schlecht sagen, oder?«

Sophie zuckte mit den Schultern. »Wohl eher nicht.«

Josh drehte sich wieder zum Spülbecken um. Sein Laptop balancierte auf der Abtropffläche neben dem Handy. Das Handy brauchte er, um online gehen zu können, denn das Dojo hatte weder einen Telefonanschluss noch Internetzugang. Etwas, das Josh kaum fassen konnte.

Scatty lebte über dem Dojo in einer kleinen Zweizimmerwohnung mit der Küche am einen Ende des Flurs und dem Schlafzimmer mit einem winzigen Bad am anderen Ende. Eine kleine Galerie, die über dem darunterliegenden Dojo entlangführte, verband die beiden Zimmer. Die Zwillinge hielten sich in der Küche auf, während Flamel Scatty im Schlafzimmer am anderen Ende des Flurs auf den neuesten Stand der Dinge brachte.

»Was hältst du von ihr?«, fragte Josh beiläufig, während er sich auf seinen Computer konzentrierte. Er hatte es endlich geschafft, ins Internet zu kommen, aber es dauerte unfassbar lang, bis eine Verbindung hergestellt war. Er rief AltaVista auf und versuchte es mit verschiedenen Schreibweisen von Scathach, bevor er sie mit der richtigen endlich fand. »Da ist sie: siebenundzwanzigtausend Einträge für Scathach, die Schattenhafte«, sagte er und fügte lässig hinzu: »Ich finde sie cool.«

Der allzu lässige Tonfall machte Sophie sofort stutzig. Sie

grinste und zog die Augenbrauen hoch. »Wen? Oh, du meinst die zweitausend Jahre alte Kriegerin. Findest du nicht, dass sie ein bisschen zu alt für dich ist?«

Josh wurde knallrot. »Ich versuch's mal bei Google«, murmelte er und ließ die Finger über die Tastatur tanzen. »Hier sind es über sechsundvierzigtausend Einträge«, sagte er. »Sieht so aus, als ob es sie tatsächlich geben würde. Dann wollen wir mal schauen, was Wiki über sie weiß.« Als von Sophie keine Reaktion kam, drehte er sich zu ihr um und stellte fest, dass sie wie gebannt aus dem Fenster starrte.

Auf dem Dach des Hauses auf der anderen Straßenseite stand eine Ratte und schaute zu ihnen herüber. Während sie sie beobachteten, kam eine zweite und dann eine dritte dazu.

»Sie sind hier«, flüsterte Sophie.

Dee konzentrierte sich darauf, sein Mittagessen bei sich zu behalten.

Mit Rattenaugen zu sehen, war eine Übelkeit erregende Erfahrung. Da die Tiere ein so winziges Gehirn hatten, brauchte es eine Menge Willenskraft, um sie bei der Stange zu halten ... was in einer Gasse mit haufenweise verdorbenem Essen keine einfache Aufgabe war. Dee beglückwünschte sich kurz, dass er nicht die gesamte Wirkungskraft des Spähzaubers ausgeschöpft hatte. Damit wäre es ihm möglich gewesen, alles, worauf die Ratte stieß, zu hören, zu schmecken und – ein entsetzlicher Gedanke – zu riechen.

Es war, als sähe man einen schlecht eingestellten Schwarzweißfilm. Das Bild verschob sich, wackelte und kippte mit jeder Bewegung der Ratte. Sie konnte waagrecht über den Boden laufen, senkrecht eine Wand hinauf, dann kopfunter über ein Seil, und das alles innerhalb von Sekunden.

Irgendwann stabilisierte sich das Bild.

Direkt vor Dee waren die beiden Menschen, die er im Buchladen gesehen hatte. Sie waren grauschwarz und ihre Umrisse leuchteten in einem purpurrot getönten Grau. Ein Junge und ein Mädchen, vielleicht fünfzehn Jahre alt und sich ähnlich genug, dass sie verwandt sein konnten. Ein Gedanke schoss ihm durch den Kopf, bei dem er seine Konzentration verlor: Waren sie womöglich Bruder und Schwester …? Oder konnten sie noch etwas anderes sein? Nein, ausgeschlossen!

Dee schaute wieder in die Spähschale, nahm seine ganze Willenskraft zusammen und zwang die Ratte, die er befehligte, vollkommen still zu stehen. Dee konzentrierte sich auf die beiden jungen Leute und versuchte zu entscheiden, ob der Junge vielleicht älter war als das Mädchen, doch das Sehvermögen der Ratte war dazu zu schwach und das Bild zu verzerrt.

Aber falls sie tatsächlich gleichaltrig waren … bedeutete dies, dass sie Zwillinge waren. Das war seltsam. Er betrachtete sie erneut und schüttelte den Kopf. Sie waren Menschen. Er schob den Gedanken beiseite und gab einen einzigen Befehl, der durch sämtliche Ratten fuhr, die sich im Umkreis von einer halben Meile um den Aufenthaltsort der Zwillinge aufhielten: »Vernichte sie. Vernichte sie vollkommen.«

Die Krähen erhoben sich in die Luft und krächzten heiser, als wollten sie Bravo rufen.

Josh beobachtete mit offenem Mund, wie die riesige Ratte vom Dach gegenüber ohne sichtbare Anstrengung den zwei Meter breiten Spalt zwischen den Häusern übersprang. Sie hatte ein breites Maul und extrem spitze Zähne. Er brachte ein kurzes »Hey!« heraus und sprang vom Fenster zurück – im selben Augenblick, in dem die Ratte mit einem dumpfen Plopp gegen die Scheibe prallte. Sie rutschte ein Stockwerk tiefer auf die Gasse, wo sie orientierungslos umhertaumelte.

Josh packte Sophie an der Hand und zog sie hinaus auf die Galerie. »Es wird ernst!«, rief er. Und hielt abrupt inne.

Unter ihnen schoben sich drei riesige Golems durch die weit offene Tür zur Gasse. Sie zogen eine Spur aus trockenen Schlammklumpen hinter sich her – und in einer langen, gewundenen Kette die Ratten.

KAPITEL NEUN

ie drei Golems betraten mit ungelenken Schritten den Korridor, sahen die offene Tür am anderen Ende und bewegten sich darauf zu. Die fingerlangen Metallpfeile schossen aus den Wänden und bohrten sich in ihre gehärtete Schlammhaut, konnten sie aber nicht einmal zu langsamerem Gehen zwingen.

Die halbmondförmigen Klingen dicht über dem Boden waren eine andere Geschichte. Sie klickten aus ihren in den Wänden verborgenen Scheiden und schnitten in die Knöchel der Männer aus Lehm. Der erste stürzte zu Boden, und es hörte sich an, als hätte jemand einen Klumpen feuchter Erde hingeworfen. Der zweite balancierte auf einem Fuß, bevor er langsam gegen die Wand kippte und daran herunterrutschte, wobei er eine Schmutzspur hinterließ. Die halbrunden Klingen klickten erneut und schnitten die beiden Golems in zwei Hälften, woraufhin diese sich in ihren lehmigen Ausgangsstoff zurückverwandelten. In Sekundenschnelle war alles voller Dreckklumpen.

Der dritte und größte Golem blieb stehen. Der Blick aus seinen schwarzen Steinaugen glitt emotionslos über die Reste seiner beiden Kameraden. Dann drehte er sich um und drosch mit seiner gewaltigen Faust gegen die Wand, zuerst gegen die rechte, dann gegen die linke. Auf der linken Seite brach ein ganzer Wandabschnitt in sich zusammen und gab den Blick auf den dahinterliegenden Raum frei. Der Golem betrat das Dojo und schaute sich um; die schwarzen Augen bewegten sich nicht.

Währenddessen stürmten die Ratten auf die offene Tür am Ende des Korridors zu. Die meisten überlebten die scharfen Klingen…

Während die Limousine dahinbrauste, hob Dr. John Dee den Spähzauber auf, mit dem er die Ratten belegt hatte, und konzentrierte sich stattdessen auf den überlebenden Golem. Dieses künstlich erschaffene Wesen zu kontrollieren, war sehr viel einfacher. Golems waren hirnlose Gesellen, geformt aus Erde, die mit Kies oder Schotter vermischt wurde, damit sie stabil waren, und zum Leben erweckt mit einem simplen Zauberspruch, der auf ein Stück Pergament geschrieben und ihnen in den Mund gedrückt wurde. Schon seit Tausenden von Jahren erschufen Zauberer Golems in allen Formen und Größen und so mancher berühmte Gruselroman beruhte auf ihrem Vorbild. Dee selbst hatte Mary Shelley an einem kalten Winterabend die Geschichte des berühmtesten aller Golems, des Roten Golems von Prag, erzählt, als sie, Lord Byron, der Dichter Percy Bysshe Shelley und der geheimnisvolle Dr. Polidori ihn 1816 in seinem Schloss in der Schweiz besucht hatten. Keine sechs Monate später schrieb Mary die Geschichte des *Modernen Prometheus*, jenes Buch, das unter dem Titel »Frankenstein« allgemein bekannt wurde. Das Monster in dem Buch glich in allem einem Golem und wurde wie er durch Magie zum Leben erweckt.

Golems waren immun gegenüber den meisten Waffen. Allerdings konnte ein Sturz oder Schlag ihre Schlammhaut zum Platzen bringen, vor allem dann, wenn sie trocken und hart war. Im feuchten Klima trocknete ihre Haut kaum jemals aus und konnte unwahrscheinlich viel aushalten, doch bei diesem warmen Wetter wurden sie spröde. Das war auch der Grund, weshalb sie den versteckten Klingen so schnell zum Opfer gefallen waren. Einige Zauberer benutzten Glas oder Spiegel für die Augen, doch Dee bevorzugte blank polierte schwarze Steine. Sie ermöglichten es ihm, fast rasiermesserscharfe Bilder zu sehen, wenn auch in Schwarz-Weiß.

Dee ließ den Golem den Kopf nach oben drehen. Direkt über ihm waren auf einem schmalen Innenbalkon, der in das Dojo ragte, die blassen, erschrockenen Gesichter der Jugendlichen zu sehen. Dee lächelte und die Lippen des Golems ahmten die Bewegung nach. Zuerst wollte er sich Flamel vornehmen, dann die Zeugen.

Plötzlich tauchte Nicholas Flamels Kopf auf und einen Augenblick später auch das unverwechselbare Stachelhaar der Kriegerin Scathach.

Das Lächeln verschwand aus Dees Gesicht, und er konnte es nicht verhindern, dass sein Herz unruhig zu klopfen begann. Warum ausgerechnet Scathach? Er hatte nicht gewusst, dass die rothaarige Kriegerin in der Stadt war – oder überhaupt auf diesem Kontinent. Das Letzte, was er von ihr gehört hatte, war, dass sie in einer Mädchenband in Berlin gesungen hatte.

Durch die Augen des Golems sah Dee, wie Flamel und Scathach sich über das Balkongeländer schwangen und nun direkt vor dem Lehmwesen standen. Scathach sagte etwas zu Flamel – da dieser Golem aber keine Ohren hatte, verstand Dee nicht, was sie sagte. Wahrscheinlich hatte sie eine Drohung geäußert und sicher auch ein Versprechen.

Flamel schob sich Richtung Tür, die jetzt dunkel war und von Ratten nur so wimmelte, und überließ es Scatty, sich mit dem Golem zu befassen.

Vielleicht ist sie nicht mehr so gut wie früher, sagte sich Dee nervös. Vielleicht haben ihre Kräfte mit der Zeit etwas nachgelassen.

»Wir sollten ihnen helfen«, sagte Josh.

»Und wie bitte?«, fragte Sophie ohne jede Spur von Sarkasmus. Sie standen beide auf der Galerie und schauten auf das Dojo hinunter. Mit offenem Mund hatten sie beobachtet, wie Flamel und Scatty über das Geländer gesprungen und unnatürlich langsam auf den Boden geschwebt waren. Das rothaarige Mädchen stand dem Golem gegenüber, während Flamel zur Tür ging, wo sich die Ratten sammelten. In den Tieren schien sich etwas dagegen zu sträuben, den Raum zu betreten.

Ohne Vorwarnung holte der Golem mit seiner gewaltigen Faust aus und setzte gleich noch einen kräftigen Tritt hinterher.

Josh öffnete den Mund, um Scatty zu warnen, doch bevor er einen Ton herausbrachte, hatte sie sich schon in Bewegung gesetzt. Gerade hatte sie noch vor dem Lehmwesen gestanden; jetzt warf sie sich nach vorn, duckte sich unter den Schlägen und Tritten hinweg und versetzte dem Golem so schnell, dass man fast nicht folgen konnte, mit der flachen Hand einen Schlag gegen das Kinn. Es war nur ein leises Klatschen zu hören, dann hängte sich der Unterkiefer aus und klappte herunter. In dem schwarzen Schlund konnten die Zwillinge deutlich ein gelbes Stück Papier erkennen.

Der Golem schlug wie wild um sich und Scatty tänzelte außer Reichweite. Bei einem zu tief angesetzten Tritt streifte sein Fuß über den gebohnerten Dielenboden und zerlegte die Bretter zu Kleinholz.

»Wir müssen helfen!«, sagte jetzt auch Sophie.

»Wie?«, rief nun Josh, doch seine Schwester war bereits in die Küche gerannt, wo sie sich verzweifelt nach einer Waffe umschaute. Einen Augenblick später kam sie mit einem kleinen Mikrowellenofen zurück.

»Sophie«, murmelte Josh, »was willst du denn damit …?«

Sophie hob den Ofen über das Geländer und ließ ihn fallen. Er traf den Golem mitten in die Brust – und blieb stecken. Dreckklümpchen flogen in alle Richtungen. Der Golem hielt inne, irritiert und orientierungslos. Scatty nutzte das aus, teilte mit Händen und Füßen aus allen Winkeln Schläge und Tritte aus, was den Golem noch mehr verwirrte. Der nächste Hieb des Lehmkolosses streifte Scattys rote Haarstacheln, doch sie ergriff seinen Arm und benutzte ihn als Hebel, um ihn aufs Kreuz zu legen. Dielen krachten und brachen, als der Golem umfiel. Dann schoss Scattys Hand nach vorn – und zog fast behutsam das Blatt Papier aus seinem Mund.

Augenblicklich wurde der Golem zu dem, woraus er erschaffen war. Faulig stinkendes Wasser und Lehm verteilten sich auf dem bis vor Kurzem noch blitzsauberen Boden des Dojo. Die Mikrowelle polterte über die Dielen.

»Die benutzt keiner mehr«, murmelte Josh.

Scatty wedelte mit dem Blatt Papier zu den Zwillingen herauf. »Jedes magische Wesen wird durch einen Zauberspruch am Leben erhalten, den es entweder im oder am Körper trägt. Man muss ihm den nur wegnehmen, um den Zauber zu brechen. Merkt euch das.«

Josh warf seiner Schwester einen raschen Blick zu. Er wusste, dass sie dasselbe dachte wie er: Sollten sie jemals wieder einem Golem begegnen, würden sie unter gar keinen Umständen nah genug an ihn herangehen, um ihm die Hand in den Mund stecken zu können.

Nicholas Flamel näherte sich den Ratten vorsichtig. Sie zu unterschätzen, wäre tödlich, doch während er keinerlei Probleme damit hatte, magische Wesen – die ja nicht wirklich lebendig waren – zu bekämpfen und zu vernichten, fiel es ihm schwer, echte Lebewesen zu töten. Selbst wenn es sich dabei um Ratten handelte. Perry hätte diese Gewissensbisse nicht, das wusste er, aber er war entschieden zu lange Alchemyst gewesen. Er hatte sich dem Erhalt von Leben verschrieben und nicht seiner Zerstörung. Die Ratten standen unter Dees Kommando. Die armen Wesen hatten wahrscheinlich entsetzliche Angst – was sie allerdings nicht davon abhalten würde, ihn aufzufressen.

Flamel kauerte sich auf den Boden, drehte die Handfläche der rechten Hand nach oben und bog die Finger nach innen. Dann blies er sacht in die Hand und sofort bildete sich ein winziger grüner Nebelball. Mit einem Ruck drehte er die Hand um und drosch sie in die gebohnerten Bodendielen. Seine Finger durchstießen das Holz. Der kleine grüne Energieball hüpfte durch den Raum. Dann schloss der Alchemyst die Augen und seine Aura flammte um seinen Körper herum auf. Er konzentrierte sich und schickte seine Aura-Energie durch die Finger in den Boden.

Das Holz begann zu leuchten.

Die Zwillinge standen noch immer auf der Galerie und beobachteten alles, hatten aber nicht die leiseste Ahnung, was Flamel vorhatte. Sie sahen den schwachen grünen Schimmer, der seinen Körper wie einen Nebel umgab, konnten sich jedoch nicht erklären, weshalb die Ratten in der Tür das Dojo nicht schon längst überschwemmt hatten.

»Vielleicht hält irgendein Zauber sie davon ab hereinzukommen«, vermutete Sophie. Instinktiv wusste sie, dass ihr Bruder dasselbe gedacht hatte.

Scatty hörte sie. Sie zerriss das gelbe Blatt Papier, das sie dem Golem aus dem Mund genommen hatte, systematisch in winzige Schnipsel. »Es ist lediglich ein einfacher Fesselzauber, der mir das Ungeziefer vom Leib hält«, rief sie zu den beiden hinauf. »Am Anfang habe ich hier jeden Morgen Mäuseköttel und tote Motten gefunden, und es hat immer ewig gedauert, bis ich sie alle weggefegt hatte. Der Fesselzauber hält die Ratten in Schach. Aber sobald es einer gelingt, vorzupreschen, ist er aufgehoben. Dann kommen sie alle.«

Nicholas Flamel war sich dessen bewusst, dass John Dee ihn wahrscheinlich durch die Augen der Ratten sehen konnte. Er nahm sich die größte vor, ein Vieh fast von der Größe einer kleinen Katze, das reglos dastand, während die Übrigen um sie herumhuschten und ständig in Bewegung waren. Seine rechte Hand steckte immer noch im Boden, mit der linken wies er auf die große Ratte. Sie zuckte und für einen kurzen Moment leuchteten ihre Augen in einem fahlen gelben Licht.

»Dr. John Dee, du hast den größten Fehler deines langen Lebens gemacht. Ich kriege dich«, sagte er laut.

Dee schaute von seiner Spähschale auf und sah, dass Perenelle Flamel hellwach war und ihn beobachtete. »Ah, Perenelle, zu gerne würde ich dir zeigen, wie meine Geschöpfe deinen Gatten überwältigen. Gleichzeitig habe ich endlich die Gelegenheit, mich dieser Pest Scathach zu entledigen, *und* ich kann mir die fehlenden Buchseiten holen.« Dee hatte nicht bemerkt, wie Perenelles Augen ganz groß geworden waren, als er den Namen Scathach erwähnte. »Alles in allem ein erfolgreicher Tag, würde ich sagen.« Er konzentrierte sich voll auf die größte Ratte und gab zwei Befehle aus: »Angreifen. Töten.«

Dee schloss die Augen, als die Ratte sich reckte und einen Satz in den Raum hineinmachte.

Das grüne Licht floss aus Flamels Fingern, lief über die Dielen und überzog sie mit einem grünen Schimmer. Plötzlich wuchsen aus den Brettern Zweige, Äste, Blätter und schließlich ein Baumstamm… und noch einer… und noch einer. Es dauerte nur zwölf Herzschläge lang und ein dichter Wald brach aus dem Boden. Man konnte zuschauen, wie sich die Stämme zur Decke reckten. Einige waren kaum dicker als ein Finger, andere armdick, und der Baum bei der Tür war so dick, dass er den Rahmen fast ausfüllte.

Die Ratten drehten sich um und stoben kreischend den Flur hinunter. Flamel rappelte sich auf und wischte sich die Hände ab.

»Eines der ältesten Geheimnisse der Alchemie besteht darin«, erklärte er Scatty und den erstaunten Zwillingen, »dass jedes Lebewesen, von den komplexesten Organismen bis hin zum einfachen Blatt, die Anlagen zu seinem vollkommenen Wesen im Kern in sich trägt.«

»DNA«, murmelte Josh. Er konnte den Blick nicht von dem Wald wenden, der in Flamels Rücken immer weiterwuchs.

Sophie schaute sich in dem ehemals sauberen Dojo um. Jetzt war es total ruiniert: überall Schmutz und kleine, dunkle Pfützen, die Dielenbretter aufgerissen von den Bäumen, die daraus wuchsen, und im Flur noch mehr stinkender Lehm. »Willst du damit sagen, dass die Alchemysten die DNA kannten?«, fragte sie.

Flamel nickte erfreut. »Ganz genau. Als Watson und Crick 1953 verkündeten, sie hätten ›Das Geheimnis des Lebens‹ entdeckt, waren sie lediglich auf etwas gekommen, das die Alchemysten schon seit jeher wussten.«

»Du behauptest also, du hättest die DNA in diesen Dielen irgendwie geweckt und aus dem Holz Bäume zum Wachsen gebracht?« Josh hatte sehr genau überlegt, was er sagte. »Wie?«

Flamel drehte sich zu dem Wald um, der langsam das gesamte Dojo einnahm. »Man nennt es Magie«, erklärte er vergnügt, »und ich war mir nicht sicher, ob ich es noch schaffen würde. Bis Scatty mich daran erinnerte«, fügte er hinzu.

Kapitel Zehn

*H*abe ich das richtig verstanden?« Josh gab sich alle Mühe, in einer gemäßigten Lautstärke zu sprechen. »Ihr könnt nicht Auto fahren? Keiner von euch?«

Josh und Sophie saßen vorne in dem Geländewagen, den Scatty sich von einem ihrer Schüler ausgeliehen hatte. Josh fuhr und Sophie hatte eine Karte auf dem Schoß. Nicholas Flamel und Scathach saßen hinten.

»Ich hab's nie gelernt«, erwiderte Flamel mit einem ausdrucksvollen Schulterzucken.

»Keine Zeit«, sagte Scatty kurz angebunden.

Sophie drehte sich zu ihr um. »Aber Nicholas hat uns gesagt, du wärst über zweitausend Jahre alt.«

»Zweitausendfünfhundertundsiebzehn, nach eurem derzeitigen Kalender«, murmelte Scatty. Dann wandte sie sich an Flamel. »Und wie alt sehe ich aus?«

»Keinen Tag älter als siebzehn«, antwortete er rasch.

»Hättest du da nicht Zeit gehabt, Auto fahren zu lernen?«, fragte Sophie weiter. Sie hätte den Führerschein am liebsten schon mit zehn Jahren gemacht. Einer der Gründe, weshalb die Zwillinge dieses Jahr Sommerjobs angenommen hatten, statt mit ihren Eltern zur Ausgrabungsstätte zu gehen, war ja, dass sie Geld für einen eigenen Wagen verdienen wollten.

Scathach runzelte ärgerlich die Stirn. »Ich wollte es ja, aber ich hatte einfach immer zu viel zu tun.«

»Ihr wisst aber«, sagte Josh zu niemand Bestimmtem, »dass ich eigentlich nicht fahren darf, wenn kein Erwachsener mit Führerschein mit im Auto sitzt?«

»Wir sind fast fünfzehneinhalb und können beide fahren«, meinte Sophie. »So einigermaßen jedenfalls.«

»Kann einer von euch reiten?«, fragte Flamel. »Oder eine Kutsche lenken oder einen Vierspänner?«

»Das nicht …«, gab Sophie zu.

»Einen Kriegswagen lenken und gleichzeitig einen Pfeil abschießen oder einen Speer schleudern?«, fügte Scatty hinzu. »Oder eine Federnatter fliegen und gleichzeitig mit einer Steinschleuder schießen?«

»Ich habe keine Ahnung, was eine Federnatter ist …. Und ich will es lieber auch gar nicht wissen.«

»Ihr seht also, dass ihr gewisse Fähigkeiten habt«, sagte Flamel, »und wir auch, nur andere, etwas ältere, aber genauso nützliche.« Und mit einem Seitenblick auf Scathach fügte er hinzu: »Auch wenn ich das Federnatter-Fliegen, glaube ich, nicht mehr so gut beherrsche.«

Josh hatte an einer Ampel auf Grün gewartet. Jetzt fuhr er an und bog rechts zur Golden-Gate-Brücke ab. »Ich kann mir einfach nicht vorstellen, wie ihr im einundzwanzigsten Jahrhundert ohne Führerschein auskommt. Wie bewegt ihr euch denn fort?«

»Öffentliche Verkehrsmittel«, erwiderte Flamel mit einem grimmigen Lächeln. »Hauptsächlich Züge und Busse. Mit ihnen kann man vollkommen anonym reisen, anders als mit Flugzeug oder Schiff. Mit einem Auto ist viel zu viel Papierkram verbunden, Papierkram, der direkt zu uns führen könnte, egal wie viele Decknamen wir benutzen.« Er schwieg kurz und fügte dann hinzu: »Außerdem gibt es andere, ältere Methoden der Fortbewegung.«

Es gab hundert Fragen, die Josh gern gestellt hätte, aber er musste sich darauf konzentrieren, die Kontrolle über den schweren Wagen zu behalten. Er wusste zwar theoretisch, wie man fährt, tatsächlich gefahren aber hatte er lediglich zerbeulte Jeeps, wenn sie ihre Eltern zu einer Ausgrabungsstätte begleitet hatten. Im normalen Straßenverkehr hatte er bisher noch nie am Lenkrad eines Autos gesessen, und wenn er ehrlich war, hatte er panische Angst. Sophie hatte gemeint, er solle sich einfach vorstellen, es sei ein Computerspiel. Das half, aber nur ein bisschen. Wenn es im Spiel krachte, fing man einfach wieder von vorn an. Auf der Straße käme man bei einem Zusammenstoß nicht so glimpflich davon.

Es ging nur langsam voran auf der berühmten Brücke. Eine graue Stretchlimousine war auf der Mittelspur liegen geblieben. Beim Näherkommen sah Sophie, dass sich auf der Beifahrerseite zwei Gestalten im dunklen Anzug über den Motor beugten. Sie merkte, dass sie den Atem anhielt, weil sie sofort an Golems dachte. Als sie auf gleicher Höhe waren und Sophie feststellte, dass die Männer eher wie gestresste Geschäftsleute aussahen, stieß sie einen erleichterten Seufzer aus. Josh schaute seine Schwester an und versuchte ein Grinsen. Sofort wusste sie, dass er dieselbe Befürchtung gehabt hatte.

Sophie drehte sich um und schaut nach hinten. In dem abgedunkelten, klimatisierten SUV erschienen Flamel und Scatty wie ganz gewöhnliche Leute. Flamel sah aus wie ein alternder Hippie und Scatty hätte trotz ihrer Vorliebe für militärische Kleidung auch hinter den Tresen der »Kaffeetasse« gepasst. Sie hatte das Kinn in die Hand gestützt und schaute durch die dunkle Scheibe über die Bay zur Gefängnisinsel Alcatraz hinüber.

Nicholas Flamel senkte den Kopf, um ihrem Blick folgen zu können. »Da drüben war ich schon eine ganze Weile nicht mehr«, murmelte er.

»Wir haben mal eine Führung dort gemacht«, sagte Sophie.

»Mir hat es gefallen«, warf Josh ein. »Sophie nicht.«

»Ich fand's gruselig.«

»Das sollte es auch sein«, sagte Flamel leise. »Die Insel wird von einer außergewöhnlichen Mischung von Geistern bewohnt. Als ich das letzte Mal dort war, musste ich einem besonders üblen Schlangenmenschen eine Zwangspause verordnen.«

»Ich will lieber nicht wissen, was ein Schlangenmensch ist«, murmelte Sophie und fügte, nachdem sie kurz überlegt hatte, hinzu: »Noch vor ein paar Stunden hätte ich mir nicht einmal vorstellen können, so etwas zu sagen.«

Nicholas Flamel lehnte sich auf seinem bequemen Sitz zurück und verschränkte die Arme vor der Brust. »Euer Leben – deines und das deines Bruders – wird nie mehr so sein wie früher. Das wisst ihr, ja?«

Sophie nickte. »Langsam wird mir das klar. Aber es passiert alles so schnell, dass man es kaum fassen kann. Golems aus Lehm, Magie, Bücher voller Zaubersprüche, Ratten …« Sie schaute Scathach an. »Kriegerinnen aus grauer Vorzeit …«

Scatty nickte kurz.

»Und nicht zu vergessen ein sechshundert Jahre alter Alchemyst …« Sophie hielt inne, als ihr plötzlich etwas einfiel. Sie schaute von Flamel zu Scatty und wieder zu Flamel. Sie nahm sich Zeit, um ihre Frage zu formulieren, und als sie sie dann stellte, sah sie den Alchemysten aus zusammengekniffenen Augen an. »Du bist doch ein Mensch, oder?«

Nicholas Flamel lächelte. »Ja, das sagte ich doch. Vielleicht bin ich noch etwas darüber hinaus, aber ich wurde geboren und werde immer der menschlichen Rasse angehören.«

Sophie schaute Scathach an. »Aber du bist …«

Scathach erwiderte den Blick aus großen grünen Augen und für einen Augenblick war in ihren Gesichtszügen etwas Uraltes zu erkennen. »Nein«, sagte sie sehr leise, »ich gehöre nicht den Humani an. Meine Leute, das Ältere Geschlecht, sind aus anderem Holz geschnitzt. Wir regierten diese Erde, bevor die Geschöpfe, die zu Humani wurden, von den Bäumen geklettert sind. Heutzutage kennt uns fast jedes Volk aus seinen Mythen. Wir sind die Vorbilder aller Legenden: die Werwolf-Clans, Vampire, Riesen, Drachen, Monster. In den Geschichten nennt man uns die Älteren. Manche nennen uns auch Götter.«

»Warst du je eine Göttin?«, fragte Sophie im Flüsterton.

Scatty kicherte. »Nein, eine Göttin war ich nie. Aber es gab welche aus meinem Volk, die ließen sich als Götter verehren. Andere wurden von den Humani zu Göttern gemacht.« Sie zuckte mit den Schultern. »Wir waren einfach eine andere Rasse, älter als die Menschen, mit anderen Gaben, anderen Fähigkeiten.«

»Und was ist mit euch passiert?«

»Die Sintflut kam«, erwiderte Scatty. »Unter anderem.«

»Die Erde ist sehr viel älter, als die meisten Menschen es sich vorstellen«, erklärte Flamel. »Geschöpfe und mächtige Wesen, die heute nur noch Mythos sind, haben sie einst bevölkert.«

Sophie nickte langsam. »Unsere Eltern sind Archäologen. Sie haben uns von einigen der unerklärlichen Dinge erzählt, auf die Archäologen manchmal stoßen.«

»Erinnerst du dich noch an den Ort in Texas, wo wir einmal waren, Taylor irgendwas...?«, warf Josh ein. Vorsichtig manövrierte er den schweren SUV wieder auf die mittlere Spur. Er hatte ständig Angst, mit einem anderen Wagen zusammenzustoßen. Ein paar Mal wäre das fast passiert, und er war überzeugt, einmal tatsächlich den Seitenspiegel eines Autos gestreift zu haben, doch er war weitergefahren, ohne etwas zu sagen.

»Der Taylor Trail«, sagte Sophie, »am Paluxy River in Texas. Es gibt dort, wie es aussieht, versteinerte Fußabdrücke von Dinosauriern und Menschen in ein und derselben Gesteinsschicht. Und die wird auf ein Alter von hundert Millionen Jahren geschätzt.«

»Ich habe sie gesehen«, sagte Flamel, »und ähnliche auf der ganzen Welt. Ich habe auch den Schuhabdruck untersucht, der in Antelope Springs in Utah gefunden wurde – in Gestein, das auf fünfhundert Millionen Jahre geschätzt wird.«

»Mein Dad sagt, dass man solche Funde locker als Fälschungen abtun kann«, warf Josh ein. Er hätte zu gern gewusst, was sein Vater zu dem, was sie heute erlebt hatten, zu sagen hätte.

Flamel zuckte mit den Schultern. »Stimmt. Was die Naturwissenschaft nicht versteht, tut sie ab. Nur kann nicht alles so einfach beiseitegewischt werden. Könnt ihr zum Beispiel das, was ihr heute gesehen und erlebt habt, als Fälschung ignorieren?«

Sophie schüttelte den Kopf.

Josh neben ihr zog unbehaglich die Schultern zusammen. Ihm gefiel nicht, wohin diese Unterhaltung führte. Dass Dinosaurier und Menschen zur selben Zeit gelebt hatten, war einfach undenkbar. Die bloße Vorstellung widersprach allem, was seine Eltern ihm und seiner Schwester beigebracht hatten, allem, wovon sie überzeugt waren. Aber da war diese leise Stimme in seinem Kopf, die ihn daran erinnerte, dass jedes Jahr Archäologen – manchmal auch seine Eltern – außergewöhnliche Entdeckungen machten. Da gab es die Zwergdinosaurier, die man in Deutschland entdeckt hatte, die hundertfünfundsechzig Millionen Jahre alten Dinosaurierspuren in Wyoming und erst vor Kurzem die acht neuen prähistorischen Spezies, die in einer Höhle in Israel entdeckt worden waren. Aber was Flamel andeutete, hätte unglaubliche Folgen. »Du behauptest also, dass Menschen und Dinosaurier zur selben Zeit auf der Erde lebten?«, sagte er und wunderte sich selbst, wie wütend er klang.

»Ich behaupte, dass Menschen zusammen mit noch viel seltsameren und wesentlich älteren Wesen auf der Erde gelebt haben«, erwiderte Flamel ernst.

»Woher willst du das wissen?«, fragte Sophie. Er behauptete, 1330 geboren zu sein. Da konnte er doch keine Dinosaurier gesehen haben … oder?

»Es steht alles im Codex. Und ich selbst habe im Lauf meines langen Lebens Tiere gesehen, die als bloße Erfindung gelten, ich habe gegen Wesen aus Legenden gekämpft, ich habe Kreaturen in ihre Schranken verwiesen, die aussahen, als kämen sie direkt aus einem Albtraum.«

»Wir haben letztes Jahr in der Schule Shakespeare durchgenommen. Es gibt da eine Stelle in *Hamlet*...« Sophie versuchte, sich zu erinnern. »Es gibt mehr Dinge im Himmel und auf Erden...«

Nicholas Flamel nickte erfreut. »...als eure Schulweisheit sich träumen lässt«, vollendete er das Zitat. »Hamlet, erster Akt, fünfte Szene. Ich kannte William Shakespeare. Will hätte ein überdurchschnittlich guter Alchemyst werden können. Doch dann fiel er Dee in die Hände. Der arme Will. Habt ihr gewusst, dass er sich für den Prospero in *Der Sturm* Dee zum Vorbild nahm?«

»Ich habe Shakespeare nie gemocht«, brummte Scatty. »Der Kerl hat seltsam gerochen.«

»Ihr habt Shakespeare gekannt?« Der zweifelnde Unterton in Joshs Stimme war unüberhörbar.

»Er war kurze Zeit ein Schüler von mir«, sagte Flamel. »Sehr kurze Zeit. Ich habe lange gelebt und hatte viele Schüler – einige hat die Geschichte berühmt gemacht, die meisten sind vergessen. Ich habe viele Leute getroffen, menschliche und nicht menschliche, sterbliche und unsterbliche. Leute wie Scathach zum Beispiel.«

Sophie schaute Scatty an. »Gibt es noch mehr, die sind wie du? Noch mehr Ältere?«

»Mehr als du vielleicht denkst. Allerdings versuche ich, mich von ihnen fernzuhalten«, erwiderte Scatty. »Manche von ihnen können nämlich nicht akzeptieren, dass unsere Zeit vorbei ist und dass dieses Zeitalter den Humani gehört. Sie wollen zurück zu dem, was einmal war, und glauben, dass ihre Marionette Dee und andere von seiner Sorte das ermöglichen können. Sie werden die Dunklen Älteren genannt.«

»Ich weiß nicht, ob es schon jemand gemerkt hat«, unterbrach sie Josh, »aber meint ihr nicht auch, dass sich da ziemlich viele Vögel sammeln?«

Sophie drehte sich wieder nach vorn, während Scatty und Flamel durch die Rückscheibe schauten.

Die Holmen und Pfeiler, Stützen, Stahlseile und Leitungen der Golden-Gate-Brücke füllten sich langsam mit Vögeln; es mussten schon viele Hunderte sein. Hauptsächlich Amseln und Krähen ließen sich auf sämtlichen verfügbaren Landeplätzen nieder und jeden Augenblick kamen mehr dazu.

»Sie kommen von Alcatraz herüber«, sagte Josh. Er zog das Genick ein, um über das bewegte Wasser zur Insel schauen zu können.

Eine dunkle Wolke stand über Alcatraz. Sie schien aus dem leer stehenden Gefängnis aufzusteigen und hing wie Rauch in der Luft – aber es war ein Rauch, der sich nicht verflüchtigte, sondern hin und her waberte und als dichte Masse ständig in Bewegung war.

Josh schluckte. »Das müssen Tausende sein.«

»Zehntausende«, korrigierte ihn Sophie. Sie drehte sich zu Flamel um. »Was hat das zu bedeuten?«

»Es sind die Kinder der Morrigan«, erwiderte er rätselhaft.

»Die Ärger bedeuten«, fügte Scatty hinzu, »haufenweise Ärger.«

Plötzlich bewegte sich der riesige Vogelschwarm wie auf ein Kommando hin von der Insel weg und kam über die Bay direkt auf die Brücke zugeflogen.

Josh drückte auf den Fensterheber und die getönte Scheibe senkte sich ab. Jetzt konnte man das Geräusch hören, das die Vögel machten, ein raues Krähen, das fast wie ein verzerrtes Lachen klang. Die Autos fuhren langsamer, einige Leute hielten an und stiegen aus, um mit Digitalkameras und Handys Aufnahmen zu machen.

Nicholas Flamel beugte sich vor und legte Josh die linke Hand auf die Schulter. »Du solltest weiterfahren«, sagte er eindringlich. »Nicht anhalten – egal, was passiert, selbst wenn du einen anderen Wagen streifst. Fahr einfach zu. So schnell du kannst. Bring uns von dieser Brücke.«

Flamels beherrschter Tonfall jagte Sophie mehr Angst ein, als wenn er geschrien hätte. Sie schaute kurz zu Scatty, doch die wühlte in ihrem Rucksack und zog schließlich einen kurzen Bogen und eine Handvoll Pfeile heraus und legte sie neben sich.

»Mach dein Fenster wieder zu, Josh«, sagte Scatty ruhig. »Wir wollen nicht, dass etwas hereinkommt.«

»Wir stecken in der Tinte, nicht wahr?«, flüsterte Sophie, wobei sie den Alchemysten ansah.

»Nur wenn die Krähen uns kriegen«, erwiderte Flamel mit einem dünnen Lächeln. »Könnte ich mir bitte dein Handy ausleihen?«

Sophie zog ihr Handy aus der Tasche und klappte es auf. »Willst du einen Zauber damit wirken?«, fragte sie hoffnungsvoll.

»Nein, ich werde jemanden anrufen. Drück die Daumen, dass nicht nur der Anrufbeantworter dran ist.«

Kapitel Elf

Die Sicherheitstore öffneten sich und Dees schwarze Stretchlimousine bog auf die Zufahrt ein. Der Golem-Chauffeur manövrierte den Wagen gekonnt durch vergitterte Tore in eine Tiefgarage. Perenelle Flamel kippte zur Seite und fiel auf den zweiten aufgeweichten Golem, der rechts neben ihr saß. Es gab ein glucksendes Geräusch und faulig riechende Dreckspritzer flogen durch den Wagen.

Dr. John Dee, der auf der anderen Seite neben dem Golem saß, verzog angeekelt das Gesicht und rutschte zurück in seine Ecke. Er telefonierte und redete dabei in einer Sprache, die seit mehr als dreitausend Jahren nicht mehr auf der Erde gesprochen wurde.

Ein Spritzer Golem-Schlamm landete auf Perenelles rechter Hand. Der zähe Schmutz lief über ihren Handrücken – und wischte dabei das gewundene Symbol ab, das Dee dort aufgemalt hatte.

Der Bindezauber war teilweise gebrochen. Perenelle Flamel senkte leicht den Kopf. Das war ihre Chance. Um mit ihrer Aura-Energie wirklich arbeiten zu können, brauchte sie eigentlich beide Hände, und der Fesselzauber, den Dee ihr auf die Stirn gemalt hatte, hinderte sie leider am Sprechen.

Aber dennoch…

Perenelle Delamere hatte sich immer für Magie interessiert, auch schon bevor sie den armen Buchhändler kennengelernt hatte, der später ihr Ehemann geworden war. Sie war die siebte Tochter einer siebten Tochter, und in dem winzigen Dorf Quimper im Nordwesten von Frankreich, wo sie aufgewachsen war, hielt man sie für etwas Besonderes. Sie konnte durch Handauflegen heilen, nicht nur Menschen, sondern auch Tiere. Sie konnte mit den Toten reden und manchmal sogar ein wenig in die Zukunft schauen. Da sie jedoch in einer Zeit aufgewachsen war, in der solche Fähigkeiten mit großer Skepsis betrachtet wurden, hatte sie gelernt, sie für sich zu behalten. Als sie nach Paris kam, sah sie, wie die Wahrsager, die auf den Märkten hinter der gewaltigen Kathedrale von Nôtre Dame arbeiteten, leichtes und gutes Geld verdienten. Sie nahm den Namen »Chatte Noire« an, »Schwarze Katze« – wegen ihrer pechschwarzen Haare –, und richtete sich in einem kleinen Stand mit Blick auf die Kathedrale ein. Innerhalb weniger Wochen hatte sie den Ruf, wirklich begabt zu sein. Ihre Kundschaft veränderte sich. Bald waren es nicht nur die Händler und Budenbesitzer, die zu ihr kamen, sondern auch Kaufleute und selbst Adlige.

Ganz in der Nähe ihres kleinen, überdachten Standes saßen die Amtsschreiber und Kopierer, Menschen, die sich ihren Lebensunterhalt mit dem Schreiben von Briefen für diejenigen verdienten, die weder lesen noch schreiben konnten. Einige von ihnen, wie zum Beispiel der schlanke, dunkelhaarige Mann mit den auffallend hellen Augen, verkauften gelegentlich auch Bücher an ihrem Stand. Und bereits als sie ihn zum ersten Mal sah, wusste Perenelle Delamere, dass sie diesen Mann heiraten würde und dass sie ein langes und glückliches Leben miteinander verbringen würden. Wie lang es tatsächlich werden sollte, war ihr allerdings nicht klar gewesen.

Keine sechs Monate nach ihrer ersten Begegnung heirateten sie. Inzwischen waren sie seit über 600 Jahren zusammen.

Wie die meisten gebildeten Männer seiner Zeit faszinierte auch Nicholas Flamel die Alchemie – eine vielversprechende Kombination aus Naturwissenschaft und Magie. Sein Interesse war geweckt worden, nachdem ihm gelegentlich alchemistische Bücher und Schaubilder zum Verkauf angeboten worden waren und man ihn gebeten hatte, einige der selteneren Werke zu kopieren. Im Gegensatz zu den meisten Frauen ihrer Zeit konnte Perenelle lesen und beherrschte mehrere Sprachen – ihr Griechisch war besser als das ihres Gatten –, und er bat sie oft, ihm etwas vorzulesen. Perenelle war rasch vertraut mit den verschiedenen Zweigen der Magie und begann, im kleinen Rahmen zu üben und ihre Fähigkeiten auszubauen. Dabei konzentrierte sie sich darauf, ihre Aura-Energie zu bündeln und in bestimmte Richtungen zu lenken.

Als der Codex in ihren Besitz kam, war Perenelle bereits eine Zauberin. Allerdings brachte sie für die mathematischen Berechnungen und Formeln der Alchemie wenig Geduld auf. Aber Perenelle war es gewesen, die erkannt hatte, dass es sich bei dem Buch in dieser seltsamen, sich ständig verändernden Schrift nicht nur um irgendein Zauberbuch handelte, sondern um eine weltumspannende Sammlung überlieferten Wissens, magischer und naturwissenschaftlicher Erkenntnisse. In einer bitterkalten Winternacht hatte sie über den Seiten gebrütet und zugeschaut, wie die Wörter darübergekrochen waren und die Buchstaben sich immer wieder neu geformt hatten, und einen Herzschlag lang hatte sie die Formel für den Stein der Weisen gesehen und sofort gewusst, dass in diesem Buch das Geheimnis ewigen Lebens lag.

In den folgenden zwanzig Jahren hatte das Paar bei dem Versuch, das seltsame Manuskript zu entziffern und zu übersetzen, ganz Europa bereist, sich dann nach Osten ins Land der Russen gewandt, nach Nordafrika im Süden und selbst nach Arabien. Sie begegneten Magiern und Zauberern aus vielen Ländern und studierten viele verschiedene Arten von Magie. Nicholas interessierte sich nur am Rande dafür; sein Hauptinteresse galt weiterhin der Wissenschaft der Alchemie. Der Codex deutete an, dass es ganz präzise Formeln gab für die Verwandlung von Steinen in Gold und von Kohle in Diamanten. Perenelle lernte, so viel sie konnte, über alle magischen Künste aller Länder. Doch es dauerte lang, bevor sie diese Künste auch tatsächlich ausübte.

In der Limousine, eingezwängt neben dem Golem, fiel ihr ein Trick ein, den sie von einer Strega, einer Hexe in den sizilianischen Bergen, gelernt hatte. Eigentlich war er dafür gedacht, mit Rittern in voller Rüstung fertig zu werden, aber wenn man ihn ein wenig veränderte …

Perenelle schloss die Augen und konzentrierte sich. Dann beschrieb sie mit dem kleinen Finger einen Kreis auf dem Autositz. Dee war so in sein Telefonat vertieft, dass er den bläulich weißen Funken nicht bemerkte, der von ihrer Fingerspitze in das raue Leder übersprang. Der Funke lief durch den Sitz, und Perenelle spürte, wie er sich um die Federn der Polsterung wand. Zischend und knisternd schoss er an den Federn entlang in die Karosserie des Wagens. Er schlängelte sich in den Motorraum, tanzte über die Zylinder und kreiste fauchend und spuckend einmal um die Räder. Eine Radkappe sprang ab und rollte davon … Und dann spielte plötzlich die Elektrik des Wagens verrückt. Die Fenster öffneten und schlossen sich selbsttätig. Das Sonnendach ging surrend auf und mit einem Schlag wieder zu. Die Scheibenwischer quälten sich über die trockenen Scheiben und bewegten sich plötzlich so schnell hin und her, dass sie absprangen. Die Hupe ertönte in einem ungleichmäßigen Rhythmus. Innenlichter flackerten. Es roch nach Metall. Statische Elektrizität flirrte durch den Innenraum des Wagens. Dee warf sein Handy weg und pustete auf seine plötzlich taub gewordenen Finger. Das Handy fiel auf den weichen Teppichboden und explodierte.

»Du …«, begann Dee, dann kam der Wagen mit einem Ruck zum Stehen.

Sämtliche Funktionen versagten. Aus dem Motorraum schlugen Flammen und giftige Dämpfe drangen ins Wageninnere. Dee wollte die Tür öffnen, doch die hatte sich automatisch verriegelt. Mit einem wilden Aufschrei ballte er seine rechte Faust und ließ seine ganze Wut emporsteigen. Der Gestank nach Rauch, brennendem Plastik und schmelzendem Gummi wurde kurzzeitig überdeckt von Schwefelgeruch und Dees Hand wurde wie von einem goldglänzenden Metallhandschuh überzogen. Sie fuhr in die Tür und riss sie praktisch aus den Angeln. Dee warf sich hinaus auf den Betonboden.

Sie befanden sich in der Tiefgarage der »Enoch Enterprises«, der riesigen Unterhaltungsfirma in San Francisco, die Dee gehörte und die er leitete. Er kroch rückwärts davon, als sein Hundertfünfzigtausend-Dollar-Wagen mit Sonderausstattung in Flammen aufging. Der vordere Teil verformte sich in der ungeheuren Hitze und die Windschutzscheibe schmolz wie Wachs. Der Golem-Chauffeur saß immer noch am Steuer. Die Hitze konnte ihm offensichtlich nichts anhaben; lediglich seine Haut veränderte sich und sah aus wie steinhart gebacken.

Dann schaltete sich die Sprinkleranlage der Garage ein und eiskaltes Wasser wurde von oben in die Flammen gesprüht.

Perenelle!

Völlig durchnässt und hustend wischte Dee sich Tränen aus den Augen. Er richtete sich auf und löschte die Flammen mit einer einzigen Handbewegung. Dann vertrieb er mit einer leichten Brise, die ebenfalls seinen Händen entstieg, den Rauch und streckte den Kopf in das schwarze Innere des Wagens. Fast hatte er Angst vor dem, was er vorfinden würde.

Der Golem, der rechts neben Perenelle gesessen hatte, war inzwischen so trocken, dass er zu zerbröseln begann. Doch von der Frau war keine Spur zu sehen. Die Tür auf der anderen Seite sah allerdings aus, als sei sie mit einer Axt geöffnet worden.

Dee ließ sich mit dem Rücken zu dem völlig demolierten Wagen auf den Boden sinken und hieb mit den Fäusten in eine schmierige Lache aus Schlamm und Öl. Was war es, was ihm jetzt blieb? Er hatte nicht den ganzen Codex sichergestellt und jetzt war auch noch Perenelle, seine kostbare Geisel, verschwunden. Konnte der Tag noch schlimmer werden?

Das Tip-Tap von Schritten war zu hören.

Aus den Augenwinkeln sah Dr. John Dee, wie sich spitze schwarze Stiefel mit Pfennigabsätzen näherten. Und im gleichen Moment wusste er die Antwort auf seine Frage: Ja, der Tag würde noch schlimmer werden – sehr viel schlimmer. Er zwang ein Lächeln auf seine Lippen, erhob sich steif und wandte sich einer der wenigen Dunklen des Älteren Geschlechts zu, die ihm ernsthaft Angst einjagten.

»Morrigan.«

In Irland hatte man sie früher »Krähengöttin« genannt und in den keltischen Königreichen wurde sie als Göttin des Todes und der Zerstörung verehrt und gefürchtet. Zu Anfang waren es drei Schwestern gewesen, Badb, Macha und die Morrigan, doch die anderen beiden waren im Lauf der Zeit verschwunden – Dee hatte seine eigene Theorie zu dem, was mit ihnen geschehen war. Und jetzt war die Morrigan die alleinige Herrin über die schwesterliche Macht.

Sie war größer als Dee, aber das waren die meisten Leute, und von Kopf bis Fuß in schwarzes Leder gekleidet. Ihre ärmellose Weste war über und über mit silbernen Nieten verziert und sah aus wie ein mittelalterlicher Brustpanzer und ihre Lederhandschuhe hatten rechteckige Silberplättchen auf den Fingerrücken. Die Fingerspitzen jedoch ließen die Handschuhe frei, damit die langen, speerähnlichen schwarzen Nägel der Morrigan gut zur Geltung kamen. Um die Taille trug die Krähengöttin einen schweren Ledergürtel mit kleinen aufgesetzten runden Schilden. Über die Schultern hatte sie sich einen langen

Umhang geworfen, der bis auf den Boden reichte und ganz aus Rabenfedern gemacht war. Die Kapuze hatte sie tief in ihr Gesicht gezogen, das darunter noch bleicher als sonst wirkte. Ihre Augen war pechschwarz; kein bisschen Weiß war in ihnen zu sehen. Selbst die Lippen der Morrigan waren schwarz. Die Spitzen ihrer überlangen Schneidezähne berührten ihre leicht geöffnete Unterlippe.

»Die gehört dir, nehme ich an.« Die Stimme der Morrigan war ein heiseres Flüstern, rau wie das Krächzen eines Vogels.

Perenelle Flamel trat vor. Sie bewegte sich langsam und vorsichtig. Zwei gewaltige Krähen hockten auf ihren Schultern und beide waren mit ihren rasiermesserscharfen Schnäbeln gefährlich nah an ihren Augen. Kurz nachdem sie sich aus dem brennenden Auto befreit hatte, stark geschwächt durch den Einsatz von Magie, hatten die Vögel sie angegriffen.

»Zeig es mir!«, befahl die Morrigan.

Dee griff in seine Jacke und brachte den mit Metall beschlagenen Codex zum Vorschein. Er war überrascht, dass die Krähengöttin nicht sofort danach griff.

»Öffnen«, sagte sie.

Verblüfft hielt Dee das Buch vor sie hin und blätterte die Seiten mit offensichtlichem Respekt vor dem uralten Werk um.

»Abrahams Buch der Magie«, flüsterte die Morrigan. Sie beugte sich vor, immer noch ohne nach dem Buch zu greifen. »Lass mich die letzte Seite sehen.«

Widerstrebend blätterte Dee zum Ende durch. Als die Morrigan die Reste der herausgerissenen Seiten sah, zischte sie erbost. »Ein Frevel! Es hat zehntausend Jahre überstanden, ohne dass es beschädigt wurde!«

»Der Junge hat sie herausgerissen«, erklärte Dee und klappte den Codex behutsam zu.

»Ich werde dafür sorgen, dass er das büßt.« Die Krähengöttin neigte den Kopf, als lausche sie. Ihre schwarzen Augen glitzerten, und dann verzogen sich ihre Lippen zu einem seltenen Lächeln, das den Rest ihrer spitzen Zähne zeigte. »Und er wird es bald schon büßen. Meine Kinder sind fast bei ihnen. Sie werden es alle büßen«, flüsterte sie.

Kapitel Zwölf

Josh entdeckte eine Lücke zwischen zwei Wagen, einem VW Beetle und einem Lexus. Er drückte das Gaspedal durch und der schwere Geländewagen schoss vorwärts. Doch die Lücke war nicht breit genug. Die Seitenspiegel der anderen Wagen schrammten über die Schutzverkleidung des SUV und wurden abgerissen.

»Huch…« Josh nahm sofort den Fuß vom Gas.

»Fahr weiter!«, befahl Flamel mit fester Stimme. Er hatte Sophies Handy am Ohr und redete eindringlich in einer kehligen, krächzenden Sprache, die die Zwillinge noch nie gehört hatten.

Josh blickte ganz bewusst nicht in den Rückspiegel und bretterte über die Brücke, ohne sich um das Geschrei und Gehupe hinter ihm zu kümmern. Er war jetzt auf der Außenspur, wechselte in die Mitte und scherte dann wieder rechts ein.

Sophie stützte sich am Armaturenbrett ab. Durch halb geschlossene Augen sah sie, wie ihr Wagen den nächsten Seitenspiegel mitnahm. Er kam fast in Zeitlupe angetrudelt und ritzte dann einen langen Kratzer in den schwarzen Lack ihres Wagens, bevor er seitlich hinunterrutschte.

»Mach dir nichts draus«, murmelte Sophie.

Ein kleiner italienischer Sportwagen mit offenem Verdeck hatte anscheinend dieselbe Lücke im Verkehr entdeckt, die auch Josh gerade anpeilte. Der Fahrer des Sportwagens, ein älterer Herr mit entschieden zu vielen Goldkettchen um den Hals, gab Gas und hielt auf die Lücke zu. Er schaffte es nicht.

Der schwere SUV erwischte den kleinen Hüpfer vorne rechts – das heißt, er berührte nur kurz dessen Stoßstange. Der Sportwagen drehte sich auf der verstopften Brücke einmal um seine eigene Achse und streifte dabei vier andere Wagen. Bremsen quietschten, Autos verkeilten sich scheppernd. Josh schoss durch die Lücke.

Flamel drehte sich um und schaute durch das Rückfenster auf das Chaos, das sie angerichtet hatten. »Hast du nicht gesagt, du könntest fahren?«, fragte er.

»Ich *kann* fahren«, erwiderte Josh und wunderte sich selbst, wie gelassen er klang. »Ich habe nicht behauptet, dass ich es gut kann. Glaubt ihr, dass sich einer unsere Nummer aufgeschrieben hat?« Das hier hatte mit seinen Fahrspielen am Computer absolut nichts mehr zu tun. Joshs Handflächen waren feucht und rutschig und der Schweiß rann ihm übers Gesicht. In seinem rechten Bein zuckte ein Muskel von der Anstrengung, die es ihn kostete, das Gaspedal die ganze Zeit voll durchzudrücken.

»Ich glaube, sie haben erst mal andere Sorgen«, flüsterte Sophie.

Die Krähen waren jetzt direkt über der Golden-Gate-Brücke. Tausende. Wie eine schwarze Welle hatten sie sie krächzend, kreischend und flügelschlagend überschwemmt. Sie standen über den Wagen in der Luft, kamen im Sturzflug ganz nah heran, und gelegentlich landeten sie sogar auf Dächern oder Kühlerhauben und pickten an Metall und Glas. Auf der gesamten Länge der Brücke kam es zu Zusammenstößen.

»Sie haben ihr Ziel aus den Augen verloren«, stellte Scathach fest, nachdem sie die Vögel, die hinter ihnen kreisten, eine Weile beobachtet hatte. »Sie suchen uns, haben aber unsere Beschreibung vergessen. Kein Wunder bei so winzigen Gehirnen«, meinte sie verächtlich.

»Etwas hat ihre Dunkle Herrin abgelenkt«, sagte Flamel. Dann ging ein Leuchten über sein Gesicht. »Perenelle! Ich wüsste zu gern, was sie getan hat. Bestimmt irgendetwas Hochdramatisches. Sie hatte immer einen Sinn für das Theatralische.«

Doch er hatte noch nicht zu Ende gesprochen, da erhoben sich die Vögel wieder in die Luft, und wie auf ein Kommando wandten sich alle dem dahinbrausenden schwarzen SUV zu. Jetzt klang ihr Krächzen wie Triumphgeschrei.

»Sie kommen zurück«, stellte Sophie atemlos fest. Ihr Herz hämmerte gegen ihre Rippen. Sie drehte sich zu Flamel und der Kriegerin um, in der Hoffnung, dass diese sie beruhigen würden, doch die grimmigen Gesichter der beiden waren ihr kein Trost.

Scathach erwiderte ihren Blick. »Jetzt geht's los«, sagte sie nur.

Als gewaltige, schwarz gefiederte Masse kamen die Krähen hinter dem Wagen her.

Der Verkehr auf der Brücke hinter ihnen war inzwischen fast vollständig zum Erliegen gekommen. Die Leute saßen starr vor Schreck in ihren Wagen, als die Vögel kreischend über ihre Dächer hinwegflogen. Der schwarze Geländewagen war das einzige Auto, das noch fuhr, und vor ihm war die Spur weiterhin frei. Josh drückte das Gaspedal durch und der Tacho zeigte knapp 80 Meilen. Er fühlte sich inzwischen etwas sicherer beim Fahren; schon fast eine Minute lang hatte er nichts mehr gestreift. Das Ende der Brücke war in Sicht. Er atmete tief. Sie würden es schaffen.

Und dann landete eine riesige Krähe auf ihrer Kühlerhaube.

Sophie schrie auf, und Josh riss das Lenkrad herum in dem Versuch, den furchteinflößend großen Vogel abzuschütteln, doch er hatte sich an den hochgebogenen Kanten des Kühlergrills festgekrallt. Als würde das Auto nicht rasen, sondern still stehen, legte er den Kopf schräg und schaute zuerst Josh an, dann Sophie. Dann kam er bis direkt an die Windschutzscheibe gesprungen, krallte sich dort in die Lüftungsschlitze und schaute herein. Die schwarzen Augen glitzerten.

Er hackte ans Glas … und ein kleiner, sternförmiger Riss wie von Steinschlag wurde sichtbar.

»Das dürfte er gar nicht können«, sagte Josh, der sich bemühte, den Blick auf der Straße zu lassen.

Die Krähe hackte erneut und ein zweiter Riss erschien. Dann gab es einen dumpfen Aufprall, gefolgt von einem zweiten und dritten, als weitere Krähen das Autodach anflogen. Ein metallisches Pling-Pling ertönte, als sie anfingen, mit ihren Schnäbeln darauf einzuhacken.

Scathach seufzte. »Ich hasse Krähen.« Sie wühlte in ihrem

Rucksack und zog ein Nunchaku-Set hervor, zwei mit Schnitzereien verzierte, 30 cm lange Rundhölzer, die über eine etwa 10 cm lange Kette miteinander verbunden waren. Sie ließ die Hölzer in ihre Handfläche klatschen. »Schade, dass wir kein Sonnendach haben«, sagte ich. »Sonst könnte ich hinausklettern und sie das hier mal kurz spüren lassen.«

Flamel deutete auf ein Loch im Dach, durch das ein Sonnenstrahl hereinfiel. »Vielleicht haben wir bald eines. Außerdem sind das keine normalen Krähen. Das sind magische Wesen – die ganz besonderen Lieblinge der Morrigan.«

Der riesige Vogel auf der Motorhaube hackte erneut gegen das Glas und dieses Mal durchstieß der Schnabel die Scheibe.

»Ich bin mir nicht sicher, ob ich dagegen etwas…«, begann Scathach.

Da beugte Sophie sich zu Josh hinüber und schaltete die Scheibenwischer ein. Die schweren Wischerblätter setzten sich in Bewegung und fegten den Vogel unter überraschtem Gekrächze und Geflattere einfach von der Kühlerhaube.

Die rothaarige Kriegerin lachte. »Na ja, so kann man es natürlich auch machen.«

Inzwischen hatte auch der Rest der Vögel den SUV erreicht. Wie ein dicker Teppich ließen sie sich auf dem Wagen nieder, und auf übernatürliche Weise gelang es ihnen, sich dort festzuhalten. Erst waren es Dutzende, dann Hunderte, die auf dem Dach landeten, auf der Kühlerhaube, den Türgriffen oder Seitenverkleidungen. Verlor ein Vogel den Halt und rutschte herunter, kämpften gleich Dutzende neue um den Platz. Bei Hunderten von Vögeln, die auf dem Metall und dem Glas herumhackten und -scharrten, war der Lärm im Wagen einfach ohrenbetäubend. Die Krähen rissen an den Gummidichtungen um die Fenster, machten sich über das Ersatzrad am Heck her und zerfetzten es. Da Josh vor lauter Vögeln nichts mehr sah, musste er endlich auch den Fuß vom Gas nehmen.

»Fahr weiter!«, rief Flamel. »Wenn du anhältst, sind wir verloren.«

»Aber ich sehe nichts!«

Flamel beugte sich zwischen den Sitzen nach vorn und streckte die rechte Hand aus. Zum ersten Mal bemerkte Sophie das kleine Tattoo auf der Unterseite seines Handgelenks: ein Kreis mit einem Kreuz darin, dessen Arme über den Kreis hinausragten. Es leuchtete, nur für den Bruchteil einer Sekunde, dann schnippte der Alchemyst mit den Fingern. Ein winziger, zischender Feuerball kam aus seinen Fingerspitzen. »Macht die Augen zu«, befahl er.

Ohne abzuwarten, ob sie gehorchten, schnippte Flamel den Feuerball Richtung Scheibe.

Auch durch die geschlossenen Lider sahen die Zwillinge das gleißende Licht.

»Und jetzt fahr weiter«, sagte Flamel.

Als die Zwillinge die Augen wieder öffneten, waren die meisten Krähen von der Windschutzscheibe verschwunden, und die paar, die noch auf dem Kühler hockten, wirkten benommen.

»Das wird sie nicht lange abhalten«, vermutete Scatty.

Sophie schaute sich suchend nach dem Seitenspiegel um, aber der baumelte an seiner Halterung, nur noch gehalten von einem verbogenen Stück Metall und etwas Draht. Immer neue Vogelschwärme kamen herangeflogen. Da wusste sie, dass sie es nicht schaffen konnten. Es waren einfach zu viele.

»Hört mal«, sagte Flamel plötzlich.

»Ich höre nichts«, erwiderte Josh grimmig.

Sophie wollte es gerade bestätigen, als sie das Geräusch wahrnahm. Und plötzlich spürte sie, wie es in ihrem Nacken zu prickeln begann und die Härchen an ihren Armen sich aufstellten. Leise und verloren verharrte der Ton am Rand ihrer Wahrnehmung. Er war wie eine Meeresbrise, einen Augenblick lang leise und einschmeichelnd, dann lauter, fast wütend. Ein seltsamer Duft drang in den Wagen.

»Was riecht hier so?«, fragte Josh.

Sophie atmete tief durch. »Gewürzorangen.«

»Granatäpfel«, sagte Flamel.

Und dann kam der Wind.

Er fegte über die Bucht, warm und exotisch, duftete nach Kardamon und Rosenwasser, nach Limone und Estragon. Er war förmlich sichtbar, wie er die ganze Länge der Brücke hinunterblies, die Vögel von den Pfeilern pflückte, von den Autos hob und aus der Luft mitnahm. Endlich erreichte der Granatapfelwind auch den SUV und im nächsten Moment waren sämtliche Vögel verschwunden.

Sophie drückte auf den Schalter für den elektrischen Fensterheber und die zerkratzte und mit kleinen Löchern übersäte Scheibe senkte sich ruckelnd ab. Sophie streckte den Kopf aus dem Fenster und atmete tief durch. Der riesige Vogelschwarm wurde vom Wind hoch hinaufgetragen in den Himmel. Wann immer sich ein Vogel aus dem Schwarm löste – eine von Morrigans magischen Krähen, wie Sophie vermutete –, fing ein warmer Windstoß ihn ein und drückte ihn zurück in den Schwarm. Von unten sahen die Massen von Vögeln aus wie eine schmutzige Wolke – die sich hoch in der Luft allmählich auflöste. Der Himmel war wieder blau und klar.

Sophie schaute die Brücke entlang. Die Golden Gate war völlig unpassierbar: Autos standen kreuz und quer und blockierten alle Spuren – und verhinderten, dass irgendjemand ihnen folgen konnte. Sämtliche Wagen waren mit weißem Vogelkot gesprenkelt.

Sophie zog ihren Kopf wieder ins Wageninnere und schaute ihren Bruder an. Sie erschrak, als sie einen kleinen Blutfaden auf seiner Unterlippe sah. Hastig zog sie ein Taschentuch aus der Tasche. »Du bist verletzt!«, sagte sie, befeuchtete eine Ecke des Taschentuchs mit Spucke und tupfte ihrem Bruder das Gesicht ab.

Josh schob ihre Hand weg. »Hör auf, das ist ja eklig!« Er berührte seine Lippe mit dem kleinen Finger. »Ich muss draufgebissen haben, ohne es zu merken.« Er nahm seiner Schwester das Taschentuch aus der Hand und rieb sich damit übers Kinn. »Es ist nichts.« Ein Lächeln huschte über sein Gesicht. »Hast du gesehen, was für eine Schweinerei die Vögel gemacht haben?«

Sophie nickte.

Er schnitt eine Grimasse. »Wer *das* wieder sauber machen muss!«

Sophie lehnte sich erleichtert zurück; ihrem Bruder war nichts passiert. Als sie das Blut gesehen hatte, war sie im ersten Moment zu Tode erschrocken. Plötzlich kam ihr ein Gedanke und sie drehte sich zu Flamel um. »Hast du den Wind gerufen?«

Er schüttelte lächelnd den Kopf. »Nein. Ich habe keine Gewalt über die Elemente. Das bleibt dem Älteren Geschlecht vorbehalten – und einigen ganz wenigen Menschen.«

Sophie schaute Scatty an, doch die schüttelte ebenfalls den Kopf. »Das übersteigt meine bescheidenen Fähigkeiten.«

Sophie ließ nicht locker. »Aber irgendjemand hat den Wind doch gerufen, oder?«

Flamel gab Sophie das Handy zurück. Wieder lächelte er. »Ich habe lediglich telefonisch eine Bitte geäußert.«

Kapitel Dreizehn

Bieg hier ab«, sagte Nicholas Flamel.

Josh nahm den Fuß vom Gaspedal und lenkte den schwer mitgenommenen SUV einen Pfad hinunter, der so schmal war, dass der Geländewagen gerade eben durchpasste. Sie hatten San Francisco Richtung Norden verlassen und waren etwa eine halbe Stunde gefahren. Während der Fahrt hatten sie die immer hysterischer klingenden Berichte im Radio gehört, in denen sich reihenweise Experten zu dem Angriff der Vögel auf der Golden-Gate-Brücke äußerten. Globale Erwärmung war der häufigste Erklärungsversuch. Die Sonneneinstrahlung störe das natürliche Navigationssystem der Vögel, hieß es.

Flamel hatte sie nach Norden Richtung Mill Valley und Mount Tamalpais dirigiert, doch sie hatten den Highway ziemlich schnell verlassen und sich an zweispurige Landstraßen gehalten. Der Verkehr wurde immer weniger, bis sie auf lange Strecken das einzige Auto weit und breit waren. Auf der schmalen

Straße, auf der sie sich jetzt befanden und die so kurvig war, dass einem übel werden konnte, hatte Flamel Josh gebeten, fast im Schritttempo zu fahren. Er hatte sein Fenster heruntergelassen und nach draußen gesehen; der dichte Wald reichte hier überall bis an den Wegrand. Sie waren dann auch schon fast an dem nicht ausgeschilderten Pfad vorbeigefahren, bevor Flamel ihn sah. »Stopp! Du musst ein Stück zurücksetzen und hier abbiegen.«

Josh schaute seine Schwester an, als er den Wagen über den schmalen Waldweg lenkte. Sie hatte die Hände im Schoß gefaltet, aber ihre Knöchel traten vor lauter Anspannung weiß hervor. Ihre Fingernägel, die bis vor wenigen Stunden noch schön gepflegt waren, waren nun abgeknabbert – bei ihr ein sicheres Zeichen für Stress. Josh drückte Sophies Hand und sie drückte fest zurück. Wie in so vielen Fällen waren auch jetzt zwischen ihnen keine Worte nötig. Da ihre Eltern so oft weg waren, hatten Sophie und Josh schon sehr früh gelernt, dass sie sich im Grunde nur auf sich verlassen konnten. Bei den vielen Umzügen war es oft schwierig gewesen, in den wechselnden Schulen oder der Nachbarschaft neue Freunde zu finden und Freundschaften zu pflegen. Aber beide wussten, dass sie, egal was passierte, immer füreinander da sein würden.

Auf beiden Seiten des überwucherten Pfades wuchsen die Bäume fast in den Himmel und das Unterholz war erstaunlich dicht. Wilde Brombeeren und Dornenhecken streiften den Wagen und Stechginster, Geißklee, Brennnesseln und dazwischen giftiger Efeu bildeten ein undurchdringliches Dickicht.

»So etwas habe ich noch nie gesehen«, murmelte Sophie. »Es ist fast schon unnatürlich.« Sie hielt inne, als sie merkte, was sie gerade gesagt hatte. Sie drehte sich rasch um und schaute Flamel an. »Es *ist* unnatürlich, habe ich recht?«

Er nickte. Plötzlich sah er alt und müde aus. Er hatte dunkle Ringe unter den Augen und die Falten auf seiner Stirn und um den Mund schienen tiefer zu sein. »Willkommen in unserer Welt«, flüsterte er.

»Da bewegt sich was im Unterholz«, verkündete Josh laut. »Etwas Großes ... und ich meine *wirklich* groß.« Nach allem, was er an diesem Tag schon gesehen und erlebt hatte, ging seine Fantasie mit ihm durch. »Es hält mit uns Schritt.«

»Solange wir auf dem Weg bleiben, kann uns nichts passieren«, beruhigte Flamel ihn.

Sophie versuchte, in dem dunklen Wald etwas zu erkennen. Zunächst sah sie nichts, doch dann merkte sie, dass das, was sie für einen Schattenfleck gehalten hatte, ein Tier war. Es bewegte sich und die Sonne tüpfelte sein Fell. Sie erhaschte einen Blick auf ein Gesicht mit einer platten Nase und gewaltigen gebogenen Hauern.

»Es ist ein Wildschwein – ein Keiler«, korrigierte sie sich. Und dann sah sie drei weitere auf ihrer Seite des Wagens.

»Bei mir hier sind auch welche«, sagte Josh. Vier der massigen Tiere schoben sich auf seiner Seite durchs Gebüsch. Er blickte in den Rückspiegel. »Und hinter uns ebenfalls.«

Sophie, Scatty und Nicholas drehten sich auf ihren Sitzen um und schauten durchs Rückfenster. Zwei riesige Keiler hatten das Dickicht durchbrochen und trotteten nun auf dem Weg hinter ihnen her. Erst jetzt sah Sophie, wie groß sie wirklich waren: Sie hatten beide die volle Größe eines Ponys und einen doppelt so breiten Brustkasten. Die gewaltigen Hauer, die aus ihrem Unterkiefer ragten, waren unten so dick wie Sophies Handgelenk und liefen nadelspitz aus.

»Ich wusste nicht, dass es in Amerika noch wilde Eber gibt«, sagte Josh, »und ganz gewiss nicht im kalifornischen Mill Valley.«

»Wildschweine gibt es überall in Amerika«, bemerkte Flamel abwesend. »Die Spanier haben sie im sechzehnten Jahrhundert herübergebracht.«

Josh ging vom Gas und ließ den Wagen ausrollen. Vor ihnen war die Straße zu Ende. Dichtes Buschwerk, Dornenhecken und Bäume wuchsen hier über den Weg und bildeten eine Schranke.

»Das war's dann«, sagte er und zog die Handbremse an. Er blickte nach rechts und links. Auch die Eber waren stehen geblieben. Er sah auf jeder Seite vier, die sie beobachteten. Ein Blick in den Rückspiegel sagte ihm, dass auch die beiden größten sich nicht mehr rührten. Sie waren umzingelt. Was jetzt?, fragte er sich. Was jetzt? Er blickte zu seiner Schwester hinüber und wusste, dass sie genau dasselbe dachte.

Nicholas Flamel lehnte sich zwischen den Sitzen nach vorn und betrachtete die grüne Schranke. »Ich nehme an, dass dies hier den Zweck hat, die Tollkühnen zu entmutigen, die es so weit geschafft haben. Und wenn jetzt jemand besonders dumm wäre, könnte er versucht sein, aus seinem Wagen auszusteigen.«

»Nur dass wir weder tollkühn noch dumm sind«, schnaubte Scatty. »Also, was machen wir jetzt?« Sie wies mit dem Kinn auf die Keiler. »Von der Sorte habe ich seit etlichen Jahrhunderten keine mehr gesehen. Sie sehen aus wie gallische Kriegseber – und wenn es tatsächlich welche sind, kann man sie so gut wie nicht töten. Für jeden, den wir hier sehen, stehen wahrscheinlich noch einmal drei im Hintergrund, von den Treibern ganz abgesehen.«

»Die hier sind nicht gallisch und diese Rasse braucht keine Treiber«, sagte Flamel leise. Kaum merklich kam sein französischer Akzent wieder durch. »Schaut euch ihre Hauer an.«

Sophie, Josh und Scatty drehten sich um und betrachteten die Hauer der beiden Tiere, die hinter ihnen auf dem Weg standen. Sophie kniff die Augen zusammen, da die Nachmittagssonne sie blendete. »Da wurde etwas hineingeschnitzt«, stellte sie fest. »Locken.«

»Spiralen«, sagte Scatty mit einem ehrfürchtigen Unterton. Sie schaute Flamel an. »Sind das tatsächlich Torc Allta?«

»Du sagst es«, erwiderte der Alchemyst. »Wereber.«

»Sind Wereber so etwas wie Werwölfe?«, fragte Josh.

Scatty schüttelte ungeduldig den Kopf. »Nein, mit Werwölfen haben sie nichts zu tun ...«

»Das erleichtert mich kolossal«, meinte Josh. »Eine Sekunde lang dachte ich tatsächlich, ihr redet von Menschen, die sich in Wölfe verwandelt haben.«

»Werwölfe sind Torc Madra«, fuhr Scatty fort, als hätte sie ihn nicht gehört. »Das ist ein völlig anderer Clan.«

Sophie betrachtete den wilden Eber, der ihr am nächsten stand, ganz genau. Sie glaubte, hinter dem Wildschwein-Äußeren langsam menschliche Züge erkennen zu können. Die Augen, die kühl und leuchtend, so leuchtend blau auf sie gerichtet waren, schauten verblüffend intelligent.

Josh drehte sich wieder um und packte das Lenkrad mit beiden Händen. »Wereber ... Klar haben sie mit Werwölfen nichts zu tun. Ein völlig anderer Clan«, murmelte er. »Wie dumm von mir!«

»Was machen wir jetzt?«, fragte Sophie.

»Wir fahren«, antwortete Nicholas Flamel.

Josh zeigte auf die Bäume und Büsche vor ihnen. »Und was ist damit?«

»Fahr einfach«, befahl der Alchemyst.

»Aber ...«

»Vertraut ihr mir?«, fragte Flamel zum zweiten Mal an diesem Tag. Die Zwillinge schauten sich an, dann Flamel, dann nickten sie gleichzeitig. »Dann fahr«, sagte er leise.

Josh legte den Gang ein und löste die Handbremse. Der schwere SUV kroch vorwärts. Die vordere Stoßstange berührte die anscheinend undurchdringliche Barriere aus Sträuchern und Büschen ... und verschwand darin. Es war, als hätten die Büsche sie verschluckt. Der Geländewagen rollte in die Sträucher. Für einen Augenblick wurde es dunkel und kalt und in der Luft lag etwas Bittersüßes wie verbrannter Zucker. Und dann war der Weg wieder da, machte eine Biegung nach rechts.

»Wie ...?«, begann Josh.

»Es war eine optische Täuschung«, erklärte Flamel, »weiter nichts. Licht, das umgeleitet wird und auf einem Vorhang aus Wasserdampf das Bild von Bäumen und Büschen reflektiert, in dem jeder Wassertropfen als Spiegel fungiert. Und ein kleines bisschen Magie«, fügte er hinzu. Er wies mit einer weit ausholenden Geste auf die Umgebung. »Wir befinden uns immer noch in Nordamerika, aber soeben haben wir das Reich eines der ältesten und großartigsten Wesen betreten. Hier sind wir für eine Weile sicher.«

Scatty schnaubte rüpelhaft. »Alt ist sie, das stimmt, aber bei *großartig* habe ich so meine Zweifel …«

»Scathach, ich möchte, dass du dich benimmst«, sagte Flamel und wandte sich der jung aussehenden und doch uralten Kriegerprinzessin zu.

»Ich mag sie nicht. Ich traue ihr nicht.«

»Du musst die alten Fehden vergessen.«

»Sie wollte mich umbringen, Nicholas«, protestierte Scatty. »Sie hat mich in der Unterwelt im Stich gelassen. Ich habe Jahrhunderte gebraucht, um wieder rauszufinden.«

»Das ist etwas über fünfzehnhundert Jahre her, wenn ich es richtig im Kopf habe«, erinnerte Flamel sie.

»Ich habe ein gutes Gedächtnis«, murmelte Scatty. Einen Augenblick lang sah sie aus wie ein schmollendes kleines Mädchen.

»Von wem redet ihr?«, wollte Sophie wissen.

Fast im selben Moment stieg Josh auf die Bremse und brachte den schweren Wagen zum Stehen. »Nicht zufällig von einer großen Frau mit dunkler Haut?«, fragte er.

Sophie drehte sich rasch wieder um und Flamel und Scatty beugten sich über die Vordersitze.

»Das ist sie«, sagte Scatty mürrisch.

Die Gestalt stand direkt vor dem Wagen mitten auf dem Weg. Sie war groß und breitschultrig und sah aus wie aus einem massiven Block pechschwarzen Marmors gehauen. Zartester weißer Flaum bedeckte ihren Schädel wie eine eng sitzende Kappe und ihre Züge waren hart und kantig: hohe Wangenknochen, spitze, gerade Nase, eckiges Kinn; Lippen, so schmal, dass sie fast nicht zu erkennen waren. Ihre Pupillen hatten die Farbe von Butter. Sie trug ein langes, einfaches Gewand aus schimmerndem Stoff, das sacht im Wind flatterte – auch wenn es um sie herum windstill zu sein schien. Bei jeder Bewegung liefen regenbogenfarbene Wellen darüber hinweg wie Ölschlieren auf Wasser. Sie trug keinen Schmuck, aber Sophie fiel auf, dass ihre kurzen, breiten Fingernägel alle in unterschiedlichen Farben lackiert waren.

»Sieht keinen Tag älter aus als zehntausend«, murmelte Scatty.

»Sei nett zu ihr«, bat Flamel.

»Wer ist das?«, fragte Sophie noch einmal. Sie betrachtete die Frau mit zusammengekniffenen Augen. Auch wenn sie aussah wie ein Mensch, war doch irgendetwas *anders*, sie hatte etwas aus einer anderen Welt an sich. Es zeigte sich in der Art, wie sie absolut reglos dastand und den Kopf königlich zur Seite neigte.

»Das«, sagte Flamel mit echter Ehrfurcht in der Stimme, »ist Hekate, eine Erstgewesene aus dem Älteren Geschlecht.«

»Die Göttin mit den drei Gesichtern«, fügte Scatty grimmig hinzu.

Kapitel Vierzehn

*B*leibt im Wagen«, wies Flamel die anderen an, als er die Tür öffnete und auf die Wiese trat.

»Mir recht.« Scatty verschränkte die Arme vor der Brust und schaute durch die gesprungene Windschutzscheibe.

Flamel ignorierte den patzigen Unterton und warf die Tür zu, bevor sie noch etwas sagen konnte. Er holte tief Luft und war um Haltung bemüht, als er auf die große, elegante Frau zuging, die unter hohen, unbelaubten Mammutbäumen stand.

Es raschelte im Unterholz und einer der riesigen Torc Allta stellte sich direkt vor den Alchemysten, den massigen Kopf gesenkt, sodass er mit dem Rücken eine Linie bildete. Flamel blieb stehen, verbeugte sich vor dem Tier und grüßte es in einer Sprache, die offenkundig nicht für menschliche Zungen erfunden worden war.

Plötzlich waren überall wilde Eber, mindestens zehn. Die intelligenten Augen glänzten in der Nachmittagssonne, das raue rötliche Fell auf Rücken und Schulterblättern war gesträubt und lange seildicke Speichelfäden tropften von ihren mit kunstvollen Schnitzereien verzierten Hauern.

Flamel beeilte sich, jeden Einzelnen von ihnen zu grüßen.

»Ich hätte nicht gedacht, dass es auf dem amerikanischen Kontinent noch Torc Allta gibt«, sagte er zu niemand Bestimmtem. Er sprach jetzt wieder englisch.

Hekate lächelte – ein kaum merkliches Verschieben der Mundwinkel. »Ah, Nicholas, wenigstens du solltest wissen, dass die Allta-Clans die Erde zurückerobern werden, wenn wir einmal nicht mehr sind, wenn das Ältere Geschlecht und selbst die Humani von hier verschwunden sind. Schließlich hat die Welt den Wer-Clans zuerst gehört.« Hekate hatte eine tiefe, fast männliche Stimme, und sie sprach mit einem Akzent, der an die auffälligen Zischlaute im Griechischen erinnerte und an die flüssigen Konsonanten des Persischen.

Nicholas verbeugte sich noch einmal. »Ich weiß, dass die Clans in Europa zahlenmäßig noch ziemlich stark sind – die Torc Madra insbesondere –, und ich habe gehört, dass es in Indien wieder Torc Tiogar gibt und zwei neue Clans der Torc Leon in Afrika. Dank dir.«

Hekate lächelte und dieses Mal sah man ihre kleinen, akkuraten Zähne. »Die Clans verehren mich immer noch als Göttin. Ich tue für sie, was ich kann.« Der nicht zu spürende Wind fuhr in ihr Gewand und ließ es um ihren Körper flattern, sodass es rot und golden schimmerte. »Aber ich nehme nicht an, dass du den weiten Weg hierher gemacht hast, nur um mit mir über meine Kinder zu reden.«

»Nein.« Flamel warf einen Blick auf den zerbeulten Geländewagen. Josh und Sophie schauten ihn mit großen Augen durch die geöffneten Seitenfenster an; sie folgten jedem Wort, das gesprochen wurde. Scathachs Gesicht war auf dem Rücksitz gerade eben noch zu erkennen. Sie hatte die Augen geschlossen und tat so, als schliefe sie. Flamel wusste, dass die Kriegerin keinen Schlaf brauchte. »Ich möchte dir für den Geisterwind danken, den du uns geschickt hast.«

Jetzt verneigte sich Hekate. Sie hob die rechte Hand etwas und öffnete sie, und zum Vorschein kam ein winziges Handy. »So nützliche Gerätschaften. Ich erinnere mich noch an Zeiten, als wir unsere Botschaften dem Wind anvertrauten oder speziell dafür ausgebildeten Vögeln. Mir kommt es vor, als sei es erst gestern gewesen«, fügte sie hinzu. »Es freut mich, wenn der Zauber genützt hat. Leider hast du damit wahrscheinlich der Morrigan und Dee dein jetziges Ziel verraten. Sie werden ahnen, wer den Wind geschickt hat, und ich bin sicher, dass sie von meinem kleinen Reich hier wissen.«

»Das ist mir bewusst. Und ich entschuldige mich dafür, dass ich ihre Aufmerksamkeit auf dich gelenkt habe.«

Hekate zuckte mit den Schultern. Die knappe Bewegung ließ einen leuchtenden Regenbogen über ihr Gewand perlen. »Dee fürchtet mich. Er wird toben und sich in Pose werfen, mich bedrohen und es vielleicht sogar mit ein paar kleineren Zauberformeln und Beschwörungen versuchen, aber er wird es nicht wirklich mit mir aufnehmen. Nicht allein... nicht einmal mit Hilfe der Morrigan. Er bräuchte mindestens zwei oder drei weitere Dunkle aus dem Älteren Geschlecht an seiner Seite. Und nicht einmal dann wäre ihm der Erfolg sicher.«

»Aber er ist hochmütig. Und jetzt hat er den Codex.«

»Aber nicht den ganzen, wie du am Telefon gesagt hast.«

»Nein, nicht den ganzen.«

Nicholas Flamel zog die zwei Seiten unter seinem Shirt hervor und wollte sie Hekate geben. Doch die wich unvermittelt zurück und hob die Hände schützend vor die Augen. Aus ihrem Mund kam ein Geräusch wie von ausströmendem Dampf. Im nächsten Augenblick umringten die wilden Eber Flamel, bedrängten ihn mit offenen Mäulern, die riesigen Hauer tödlich nah an seiner Haut.

Sophie holte Luft, um zu schreien, und Josh rief etwas, und dann war Scathach aus dem Wagen gesprungen, spannte einen Pfeil in ihren Bogen und richtete ihn auf Hekate. »Ruf sie zurück!«, befahl sie.

Die Torc Allta schauten nicht einmal in ihre Richtung.

Hekate wandte Flamel ganz bewusst den Rücken zu und verschränkte die Arme vor der Brust, dann schaute sie über die Schulter zu Scathach, die den Bogen sofort bis zum Anschlag spannte. »Du glaubst doch nicht, dass du *mir* damit schaden kannst?« Die Göttin lachte.

»Diese Pfeilspitze wurde in das Blut eines Titanen getaucht«, erwiderte Scathach leise. In der unbewegten Luft war ihre Stimme dennoch deutlich zu hören. »Ein Elternteil von dir, wenn ich mich recht erinnere. Und eine der wenigen Möglichkeiten, dich umzubringen, wie ich weiß.«

Die Zwillinge sahen, wie Hekates Augen für den Bruchteil einer Sekunde zu kalt blitzenden goldenen Spiegeln wurden. »Pack die Buchseiten weg«, befahl sie dem Alchemysten.

Flamel steckte die beiden Seiten rasch wieder unter sein Shirt.

Hekate murmelte nur ein Wort, und die Torc Allta wichen

zurück und trotteten ins Dickicht, wo sie sofort unsichtbar wurden – auch wenn alle wussten, dass sie immer noch da waren. Hekate drehte sich wieder zu Flamel um. »Ohne einen Befehl von mir hätten sie dir nichts getan.«

»Dessen bin ich sicher«, erwiderte Flamel bebend. Er schaute auf seine Hose und die Stiefel hinunter. Sie waren gesprenkelt mit weißem Torc-Allta-Speichel. Die Flecken würden wahrscheinlich nie mehr rausgehen.

»Zeige den Codex – oder auch nur Teile davon – nie mehr in meiner Gegenwart... und auch nicht in Gegenwart eines anderen Geschöpfs des Älteren Geschlechts. Wir haben eine...« Sie wählte das Wort sorgfältig, »... *Aversion* dagegen.«

»Auf mich hat er keine Wirkung«, sagte Scathach und nahm den Pfeil aus dem Bogen.

»Du gehörst auch nicht zu den Erstgewesenen, nicht zur ersten Generation des Älteren Geschlechts«, sagte Hekate, als sei dies ein schwerer Makel. »Wie die Morrigan gehörst du der Nächsten Generation an. Aber ich war dabei, als der Magier Abraham die ersten machtvollen Worte niederschrieb. Ich habe gesehen, wie er die Magie der Ersten Anfänge, die ältesten aller Zauber, auf die Buchseiten bannte.«

»Es tut mir leid«, sagte Flamel rasch, »das wusste ich nicht.«

»Es gibt auch keinen Grund, weshalb du das hättest wissen können.« Hekate lächelte kühl. »Diese Anfangsmagie ist so stark, dass die meisten Erstgewesenen es nicht ertragen können, auch nur die Buchstaben des Codex anzusehen. Diejenigen, die nach uns kamen, sind zwar auch noch von unserem Blut...« Hier wies sie auf Scathach. »Aber sie können Abrahams Buch anschauen – wenn auch nicht berühren. Die Wesen, die von den Affen abstammen, die Humani, können beides. Das war einer von Abrahams größten Späßen. Er heiratete eine der ersten Humani, und ich glaube, er wollte sichergehen, dass nur seine Kinder mit dem Buch umgehen können.«

»Die von den Affen abstammen, das sind wir!«, sagte Josh, wobei er unbewusst flüsterte.

»Die Humani – die menschliche Rasse«, ergänzte Sophie und schwieg wieder, als Flamel weitersprach.

»Ist das der Grund, weshalb das Buch in meine Obhut gegeben wurde?«

»Du bist nicht der erste Humani, der … den Codex hütet«, erwiderte Hekate vorsichtig. »Er hätte überhaupt nie geschaffen werden dürfen«, schnaubte sie unvermittelt, und über ihr Gewand liefen schimmernde rote und grüne Linien. »Ich war dafür, dass jede Seite einzeln in den nächsten Vulkan geworfen wird und Abraham gleich mit dazu.«

»Warum wurde es nicht vernichtet?«, fragte Flamel.

»Weil Abraham das zweite Gesicht hatte. Er konnte die sich abrollenden Fäden der Zeit sehen, und er prophezeite, dass der Tag käme, an dem der Codex und alles Wissen, das er enthält, gebraucht würde.«

Scatty trat zu Flamel. Ihre Hand mit dem Bogen hing locker an der Seite herunter, aber sie bemerkte, dass Hekate sie mit ihren buttergelben Augen ganz genau beobachtete.

»Das Buch der Magie hatte immer einen Hüter«, erklärte Scathach Flamel. »Einige werden über die Legenden, die es von ihnen gibt, immer als große Heldengestalten in Erinnerung bleiben. Andere – und zu denen gehörst auch du – sind weniger bekannt, und wieder andere blieben ganz im Verborgenen.«

»Und wenn ich, ein Mensch, zum Hüter dieses kostbaren Codex ausersehen wurde, weil die Erstgewesenen ihn nicht anschauen, geschweige denn anfassen können, ist folglich ganz klar, dass ein anderer Mensch dazu ausersehen werden musste, ihn ausfindig zu machen«, sagte Flamel. »Und zwar Dee.«

Hekate nickte. »Ein gefährlicher Feind, Dr. John Dee.«

Flamel spürte die kühlen, trockenen Buchseiten auf seiner Haut. Ihm war bewusst, dass er, obwohl der Codex nun schon über ein halbes Jahrtausend in seinem Besitz war, gerade eben angefangen hatte, an der Oberfläche seiner Geheimnisse zu kratzen. Er hatte immer noch keine genaue Vorstellung davon, wie alt er war. In Gedanken schob er den Zeitpunkt seiner Entstehung immer weiter nach hinten. Als er das Buch im 14. Jahrhundert zum ersten Mal in Händen hielt, dachte er, es sei 500 Jahre alt. Als er dann mit seinen Nachforschungen begann, gab er ihm erst 800 Jahre, dann 1000, dann 2000 Jahre. Im letzten Jahrhundert schließlich, nach den Erkenntnissen der neuesten Entdeckungen in den Grabstätten Ägyptens, hatte er das Alter des Buches noch einmal korrigiert und es auf 5000 Jahre geschätzt. Und jetzt behauptete Hekate, die über 10 000 Jahre alt war, dass Abraham, jener geheimnisumwitterte Magier, das Buch zu ihren Lebzeiten verfasst hätte. Aber wenn das Ältere Geschlecht – die Götter aus den Mythen und Legenden – das Buch weder anfassen noch anschauen konnten, was war dann Abraham, sein Schöpfer? War er ein Erstgewesener, ein Humani oder etwas anderes? Gehörte er einer der vielen uralten Rassen an, die in jenen ersten Tagen die Erde bevölkerten?

»Warum bist du gekommen?«, fragte Hekate. »Ich wusste sofort, nachdem es passiert war, dass dir der Codex gestohlen wurde, aber ich kann dir bei der Suche danach nicht helfen.«

»Ich bin aus einem anderen Grund hierhergekommen«, sagte Flamel. Er trat näher an Hekate heran und senkte die Stimme, sodass sie sich zu ihm herbeugen musste, um ihn zu verstehen. »Als Dee mich angriff, das Buch an sich nahm und Perenelle zu seiner Gefangenen machte, kamen uns zwei Humani zu Hilfe. Ein junger Mann und seine Schwester.« Er machte eine kleine Pause, bevor er hinzufügte: »Zwillinge.«

»Zwillinge?«, wiederholte sie, die Stimme so ausdruckslos wie ihr Gesicht.

»Ja, Zwillinge. Schau sie dir an, und dann sage mir, was du siehst.«

Hekates Blick ging Richtung Wagen. »Einen Jungen und ein Mädchen, die T-Shirts und Jeans tragen, die schäbige Uniform dieser Zeit. Mehr sehe ich nicht.«

»Schau genauer hin. Und denke an die Prophezeiung.«

»Ich kenne die Prophezeiung. Maße dir nicht an, mich meine eigene Geschichte lehren zu wollen!« Hekates Augen blitzten und wechselten kurz die Farbe, wurden dunkel und hässlich. »Humani? Ausgeschlossen!« Sie marschierte an Flamel vorbei und schaute in den Wagen, betrachtete zuerst Sophie, dann Josh.

Den Zwillingen fiel gleichzeitig auf, dass ihre Pupillen länglich und schmal waren wie die einer Katze und dass sie nadelspitze Zähne hatte.

»Silber und Gold«, flüsterte Hekate unvermittelt. Sie hatte sich erneut Flamel zugewandt und ihr Akzent war stärker geworden. Mit spitzer Zunge fuhr sie sich über die Lippen. Sie drehte sich wieder zu den Zwillingen um. »Steigt aus.«

Sophie und Josh schauten Flamel an, und als dieser nickte, stiegen sie aus. Sophie ging um den Wagen herum und stellte sich neben ihren Bruder.

Zu ihr ging Hekate zuerst. Sophie zuckte kurz zurück, als die Göttin ihre linke Hand ergriff und die Handfläche nach oben drehte. Als sie sich Josh zuwandte, legte der ohne zu zögern seine Hand in ihre. Er versuchte lässig zu wirken, so als gäbe er jeden Tag einer zehntausend Jahre alten Göttin die Hand. Ihre Haut fühlte sich überraschend rau an.

Hekate sagte nur ein einziges Wort in einer Sprache, die vermutlich auf eine Zeit vor der Ankunft der ersten menschlichen Zivilisationen zurückging.

»Orangen«, flüsterte Josh, der die Frucht plötzlich roch und dann auch schmeckte.

»Nein, Eis«, sagte Sophie, »frisch zubereitetes Vanilleeis.« Sie drehte den Kopf ... und sah, dass ihr Bruder sie ehrfürchtig anstarrte.

Ein silberner Schimmer umgab Sophie. Wie eine dünne zweite Haut hüllte er sie ein, flackerte auf und verschwand wieder. Als sie blinzelte, um ihren Bruder zu betrachten, wurden ihre Augen zu flachen Spiegeln.

Josh war von einem warmen Goldton umgeben. Das Schimmern konzentrierte sich bei ihm auf Kopf und Hände und pulsierte im Rhythmus seines Herzschlags. Die Iris seiner Augen glich goldenen Münzen.

Die Zwillinge konnten das Licht, das sie einhüllte, zwar sehen, an sich selbst und am anderen, spürten aber keinerlei Veränderung an sich. Nur der Duft war neu: nach Orangen und Vanille.

Wortlos ließ Hekate die Hände der Zwillinge los und sofort verblasste das Licht. Sie ging zu Flamel, nahm ihn am Arm und zog ihn den Weg hinunter, außer Hörweite von Scatty und den Zwillingen.

»Hast du eine Ahnung, was das sollte?«, fragte Sophie die Kriegerprinzessin. Ihre Stimme zitterte, und sie hatte noch den Geschmack von Vanille auf der Zunge und roch den Duft, der immer noch in der Luft lag.

»Die Göttin hat eure Aura getestet.«

»Der goldene Schimmer um Josh war seine Aura?«, fragte Sophie und sah ihren Bruder an.

»Deine war silbern«, sagte Josh.

Scathach hob einen flachen Kieselstein auf und warf ihn ins Gebüsch. Er traf etwas, das sofort durchs Unterholz davontrottete. »Die Aura ist meist vielfarbig. Sehr, sehr, sehr wenige Leute haben reine Farben.«

»So wie wir?«

»Wie ihr«, erwiderte Scatty mürrisch. »Die letzte Person mit einer reinen Silberaura, die ich traf, war eine als Johanna von Orléans bekannt gewordene junge Frau.«

»Und was hat es mit einer goldenen Aura auf sich?«, wollte Josh wissen.

»Die ist noch seltener. Der Letzte mit einer Aura in dieser Farbe war … lass mich überlegen … der junge König Tutanchamun.«

»Wurde er deshalb mit so viel Gold begraben?«

»Das war einer der Gründe, ja«, bestätigte Scathach.

»Sag jetzt nicht, du hast König Tut gekannt«, neckte Josh sie.

»Den nicht«, erwiderte Scatty ernst, »aber ich habe die kleine

Johanna ausgebildet und an ihrer Seite in Orléans gekämpft. Ich habe ihr gesagt, sie soll nicht nach Paris gehen«, fügte sie leise und traurig hinzu.

»Hey, meine Aura ist seltener als deine.« Mit dieser Neckerei versuchte Josh, die gedrückte Stimmung aufzulockern. Er wandte sich wieder an Scathach. »Aber was bedeutet es genau, eine reinfarbene Aura zu haben?«

Scathachs Gesicht verriet nichts, als sie antwortete: »Es bedeutet, dass ihr außergewöhnliche Kräfte habt. Alle großen Magier und Zauberer der Vergangenheit, die heroischen Befehlshaber und begnadeten Künstler hatten reinfarbige oder einfarbige Auren.«

Die Zwillinge schauten sich verunsichert an. Das war jetzt wirklich zu verrückt und etwas an Scathachs ausdrucksloser Miene erschreckte sie.

Plötzlich waren Sophies Augen voller Angst. »Mir ist gerade eingefallen, dass beide, Johanna von Orléans und Tutanchamun, jung gestorben sind.«

»Sehr jung«, bestätigte Josh ernüchtert. Er hatte in Geschichte immer gut aufgepasst. »Beide waren gerade mal neunzehn.«

»Stimmt.« Scathach drehte sich um und schaute hinüber zu Nicholas Flamel und der Göttin mit den drei Gesichtern.

»Humani!«, zischte Hekate. »Humani mit silberner und goldener Aura.« Sie klang verwirrt und wütend zugleich.

»Das kam schon vor«, erinnerte Flamel sie nachsichtig.

»Glaubst du, das weiß ich nicht?«

Sie standen am Ufer eines plätschernden Baches, der sich zwischen den Bäumen hindurchschlängelte und in einen achteckigen, mit weißen Wasserlilien gesprenkelten Teich mündete. Riesige rote und albinoweiße Kois schwammen in dem kristallklaren Wasser.

»Die beiden Aurafarben sind mir noch nie zusammen begegnet und noch nie bei Zwillingen. Sie besitzen gewaltige schlafende Kräfte«, sagte Flamel eindringlich. »Muss ich dich an den Codex erinnern? ›Die zwei, die eins sind, und das eine, das alles ist‹ – die allererste Prophezeiung Abrahams?«

»Ich kenne sie«, sagte Hekate und schnaubte. Ihr Gewand war jetzt von roten und schwarzen Adern durchzogen. »Ich war dabei, als der alte Dummkopf sie verkündete.«

Flamel wollte etwas fragen, hielt dann aber lieber den Mund.

»Allerdings hat er sich nie getäuscht«, fuhr Hekate leise fort. »Er wusste, dass Danu Talis in den Wellen versinken und unsere Welt untergehen würde.«

»Er hat aber genauso vorhergesagt, dass es einen neuen Anfang geben wird«, erinnerte Flamel sie. »Wenn ›die zwei, die eins sind, und das eine, das alles ist‹ da sind, wenn Sonne und Mond vereint sind.«

Hekate neigte den Kopf zur Seite und ließ den Blick aus ihren Katzenaugen noch einmal kurz hinüberhuschen zu Josh und Sophie. »Gold und Silber, Sonne und Mond.« Wieder an Flamel gewandt, fragte sie: »Glaubst du, dass die Prophezeiung sich auf sie bezieht?«

»Ja«, erwiderte er ohne Zögern. »Das glaube ich. Ich muss.«

»Warum?«

»Weil jetzt, wo ich den Codex nicht mehr habe, Dee anfangen kann, die Dunklen des Älteren Geschlechts zurückzuholen. Wenn die Zwillinge die sind, von denen die Prophezeiung spricht, könnte ich es – nach entsprechendem Training – zusammen mit ihnen schaffen, das zu verhindern – und Perenelle zu retten.«

»Und wenn du dich irrst?«

»Dann habe ich die Liebe meines Lebens verloren und diese Welt und alle Humani auf ihr sind ebenfalls verloren. Aber wenn wir auch nur die geringste Chance auf Erfolg haben wollen, brauche ich deine Hilfe.«

Hekate seufzte. »Es ist lange her … sehr lange her, dass ich einen Schüler ausgebildet habe.« Sie schaute zu Scathach hinüber. »Und der ist nicht besonders gut geraten.«

»Das ist etwas anderes. Dieses Mal würdest du mit unverbrauchtem Talent arbeiten, mit reinen, unverdorbenen Kräften. Aber wir haben nicht viel Zeit.« Flamel holte tief Luft und redete in formellem Ton weiter: »Tochter des Perses und der Asteria, du bist die Göttin der Zauberkunst und der Magie, ich bitte dich, die magischen Kräfte in den Zwillingen zu wecken.«

»Angenommen, ich tue es – was dann?«, fragte Hekate.

»Dann führe ich sie in die fünf Zweige der Magie ein. Gemeinsam werden wir den Codex zurückholen und Perenelle retten.«

Die Göttin mit den drei Gesichtern lachte bitter und zornig auf. »Sieh dich vor, Nicholas Flamel, Alchemyst, damit du nicht etwas hervorbringst, das uns alle vernichtet.«

»Wirst du es tun?«

»Ich muss es mir überlegen. Ich werde dich meine Antwort wissen lassen.«

Im Wagen auf der anderen Seite der Lichtung merkten Sophie und Josh plötzlich, dass Flamel und Hekate sich zu ihnen umgedreht hatten und sie anschauten. Ein Schauer überlief sie.

KAPITEL FÜNFZEHN

*J*rgendetwas stimmt mit diesem Haus nicht.« Sophie kam mit ihrem teuren Handy in das Zimmer ihres Bruders. »Ich finde nirgendwo ein Netz.« Sie ging im Zimmer umher, den Blick immer auf das Display gerichtet, aber es tat sich nichts.

Josh sah seine Schwester verdutzt an. »Etwas stimmt mit diesem Haus nicht?«, wiederholte er ungläubig. Sehr langsam fuhr er fort: »Sophie, wir befinden uns in einem Baum! Schon allein damit stimmt etwas nicht.«

Nachdem Hekate mit Flamel gesprochen hatte, war sie, ohne ein weiteres Wort mit ihnen gewechselt zu haben, im Wald verschwunden und hatte es Nicholas überlassen, sie zu ihrem Heim zu bringen. Er hieß sie den Wagen stehen lassen und führte sie auf einem schmalen, gewundenen Pfad durch den dichten Wald. Sie waren so fasziniert gewesen von der seltsamen Flora – riesige blau-rote Blüten, die sich drehten, um ihnen nachzuschauen, Ranken, die ihnen wie Schlangen hinterherkrochen, Gräser, die es seit dem Oligozän nicht mehr gegeben hatte –, dass sie gar nicht gemerkt hatten, dass der Weg breiter geworden war und sie vor dem Heim der Göttin standen. Selbst als sie aufschauten, dauerte es einige Augenblicke, bis ihnen klar wurde, was sie da sahen.

Vor ihnen, mitten auf einem offenen, leicht ansteigenden Gelände, das mit großen bunten Blumeninseln durchsetzt war, stand ein Baum. Er war so hoch und breit wie ein großer Wolkenkratzer. Auf den belaubten Ästen des Wipfels lag ein Kranz aus weißen Wolkenfetzen und die wie Krallenfinger über der Erde liegenden Wurzelteile hatten die Größe von Autos. Der Baumstamm war knorrig und verdreht und die Rinde wies tiefe Kerben auf. Lange Ranken wanden sich wie dicke Rohre um den Stamm und baumelten von den Ästen.

»Hekates Heim«, erklärte Flamel. »Ihr seid seit zweitausend Jahren die ersten lebenden Humani, die es zu sehen bekommen. Selbst ich habe bisher nur darüber gelesen.«

Scatty musste lachen, als sie die Gesichter der Zwillinge sah. Sie stieß Josh an. »Was hast du denn gedacht, wo sie wohnt? In einem Wohnwagen?«

»Ich habe gar nichts … also, ich weiß nicht … ich dachte nicht …«, stammelte Josh. Der Anblick war so atemberaubend, und von dem wenigen, das er in Biologie gelernt hatte, wusste er, dass kein lebendiger Organismus so groß werden konnte. Kein *normaler* lebendiger Organismus, korrigierte er sich in Gedanken.

Sophie fand, der Baum sähe aus wie eine uralte, bucklige Frau. Wenn Flamel über seine fast siebenhundertjährige Vergangenheit sprach oder eine zweitausend Jahre alte Kriegerin und eine zehntausend Jahre alte Göttin, dann war das gut und schön. Die Zahlen bedeuteten fast gar nichts, weil man sie ihren Gesichtern nicht ansah. Den Baum mit eigenen Augen zu sehen, war dagegen etwas ganz anderes. Sophie und ihr Bruder hatten schon vorher alte Bäume gesehen. Ihre Eltern hatten ihnen die gigantischen, dreitausend Jahre alten Mammutbäume gezeigt, und sie hatten eine Woche lang mit ihrem Vater in den White Mountains im Norden Kaliforniens gezeltet, als er den Methusalembaum untersuchte, der mit fast fünftausend Jahren als der älteste lebende Organismus auf unserem Planeten gilt. Wenn man vor dem Methusalembaum stand, einer knorrigen Grannenkiefer, fiel es einem nicht schwer, sein hohes Alter zu akzeptieren. Als Sophie Hekates Baumhaus betrachtete, war sie fest überzeugt, dass es noch Jahrtausende älter war.

Sie waren einem mit glatt polierten Steinen gepflasterten Weg gefolgt, der direkt zu dem Baum führte. Beim Näherkommen stellten sie fest, dass er einem Wolkenkratzer ähnlicher war, als sie anfangs gedacht hatten. Hunderte von Fenstern waren in die Rinde geschnitten und man sah Licht in den dahinter liegenden Räumen. Doch erst als sie vor dem Haupteingang standen, konnten sie ermessen, was für einen gewaltigen Umfang der Baum tatsächlich hatte. Die glatt geschliffene Doppeltür war mindestens sechs Meter hoch und doch öffnete sie sich auf lediglich einen leichten Fingerdruck von Flamel. Die Zwillinge betraten eine riesige runde Eingangshalle.

Und blieben wie angewurzelt stehen.

Der Baum war innen vollkommen hohl. Von da, wo sie standen, konnten sie hinaufschauen bis dorthin, wo Wolkenfetzen *im* Baum trieben. Eine Treppe wand sich innen am Stamm hinauf, und alle paar Stufen gab es eine Türöffnung, aus der Licht drang. Dutzende kleiner Wasserfälle sprudelten aus der Wand; das Wasser sammelte sich in einem riesigen runden Becken, das den größten Teil der Eingangshalle einnahm. Die Wände waren glatt und ohne Schmuck, mit Ausnahme der knotigen Ranken, die aus der Oberfläche wuchsen. Josh fand, sie sahen aus wie Venen.

Und außer ihnen war keine Menschenseele zu sehen.

Nichts und niemand bewegte sich in dem Baum, weder Mensch noch Tier kletterte die unzähligen Stufen hinauf und kein Vogel flog in der feuchten Luft.

»Willkommen in Yggdrasill«, sagte Nicholas Flamel und trat zur Seite, damit sie weitergehen konnten. »Willkommen im Weltenbaum.«

Jetzt hielt Josh sein Handy hoch; auf dem Display war nichts zu sehen. »Ist dir auch schon aufgefallen, dass es keine Steckdosen gibt?«, fragte er.

»Es *muss* welche geben«, widersprach Sophie, ging zum Bett und ließ sich auf Hände und Knie nieder. »Steckdosen sind immer hinter dem Bett...«

Aber da waren keine.

Die Zwillinge schauten sich in Joshs Raum um. Er sah ganz genauso aus wie der von Sophie. Alles um sie herum war aus einem hellen honigfarbenen Holz, der auf Hochglanz polierte Fußboden genauso wie die glatten Wände. In den Fenstern waren keine Scheiben, und die Tür war aus einem hauchdünnen hölzernen Rechteck, das aussah und sich anfühlte wie papierdünne Baumrinde. Das einzige Möbelstück war das Bett, ein niederer Futon mit einem schweren Überwurf aus Fell. Davor lag ein dicker Fellteppich. Er wies ein kunstvolles Tupfenmuster auf, das die Zwillinge keinem ihnen bekannten Tier zuordnen konnten.

Und in der Mitte des Zimmers wuchs ein Baum.

Hoch, schlank und elegant wuchs der Baum mit der roten Rinde direkt aus dem Boden. Er hatte keine Äste bis kurz unter der Decke, doch da bildeten sie dann einen dichten Baldachin. Die Blätter waren auf einer Seite von einem satten Dunkelgrün und auf der anderen weiß. Hin und wieder schwebten welche zu Boden und blieben weich und fast pelzig auf dem Boden liegen.

»Wo sind wir?« Sophie war sich nicht bewusst, dass sie den Gedanken laut ausgesprochen hatte.

«Kalifornien?«, antwortete Josh leise und in einem Ton, der vermuten ließ, dass er selbst nicht ganz glaubte, was er sagte.

»Nach allem, was wir heute gesehen haben? Ich glaube es nicht. Wir sind *in* einem Baum. Ein Baum, der so groß ist, dass man die gesamte Uni von San Francisco darin unterbringen könnte, ein Baum, der so alt ist, dass der Methusalembaum dagegen aussieht wie frisch gepflanzt. Und versuche gar nicht erst, mir einzureden, es sei ein Gebäude in Form eines Baumes. Alles hier ist aus Naturmaterialien.« Sie holte tief Luft und sah sich um. »Glaubst du, er lebt noch?«

Josh schüttelte den Kopf. »Ausgeschlossen. Er ist vollkommen ausgehöhlt. Vielleicht hat er vor langer Zeit einmal gelebt, aber jetzt ist er nur noch eine Hülle.«

Sophie war sich da nicht so sicher. »Josh, in diesem Zimmer ist nichts Modernes und nichts Künstliches, kein Plastik, kein

Metall. Alles sieht aus wie handgeschnitzt. Es gibt nicht einmal Kerzen oder Laternen.«

»Es hat eine Weile gedauert, bis ich gemerkt habe, was es mit diesen Ölschalen auf sich hat«, bekannte Josh. Was er nicht zugab, war, dass er fast daraus getrunken hätte, weil er den schwimmenden Docht zunächst nicht bemerkt und die süß duftende Flüssigkeit für Fruchtsaft gehalten hatte.

»Mein Zimmer sieht ganz genauso aus wie deines«, fuhr Sophie fort. Sie blickte wieder auf ihr Handy. »Immer noch kein Empfang, und schau –« Sie zeigte aufs Display. »Du kannst praktisch zusehen, wie der Akku sich aufbraucht.«

Josh beugte sich zu seiner Schwester und Kopf an Kopf schauten sie auf das rechteckige Display. Die Akkuanzeige am rechten Rand fiel zusehends, ein Strich nach dem anderen verschwand. »Ob deshalb auch mein iPod nicht funktioniert?«, überlegte Josh laut und zog das Gerät aus der Tasche. »Ich habe ihn heute Morgen frisch aufgeladen. Und mein Computer macht ebenfalls keinen Mucks mehr.« Plötzlich fiel ihm etwas ein. Er blickte auf seine Uhr und hielt dann den Arm seiner Schwester hin. Auf der Anzeige der wuchtigen Digitaluhr im Military-Style war nichts zu sehen.

Sophie schaute auf ihre eigene Uhr. »Meine funktioniert noch«, stellte sie überrascht fest, um gleich darauf ihre unausgesprochene Frage zu beantworten: »Weil sie sich mechanisch aufzieht.«

»Irgendetwas muss hier Strom fressen«, murmelte Josh. »Irgendwelche Energie in der Luft?« Er hatte noch nie gehört, dass es etwas gab, das einfach so die Ladung aus Akkus und Batterien ziehen konnte.

»Es ist der Ort hier«, sagte Scathach, die gerade in der Tür erschien. Sie hatte ihre schwarze Combat-Hose und das T-Shirt gegen eine Hose und ein T-Shirt in grünbraunen Tarnfarben getauscht. Aus dem T-Shirt hatte sie die Ärmel herausgeschnitten, sodass ihre muskulösen Oberarme zu sehen waren. Dazu trug sie hohe Springerstiefel. Außerdem hatte sie sich ein kurzes Schwert ans Bein geschnallt, über ihrer linken Schulter hing ein Bogen und über ihrem Kopf schaute der obere Rand eines Köchers voller Pfeile heraus. Sophie bemerkte ein keltisch aussehendes Spiraltattoo auf Scattys rechter Schulter. Sie hatte sich immer ein Tattoo gewünscht, wusste aber, dass ihre Mutter das nie erlauben würde.

»Ihr habt einen Schritt über eure Welt hinaus in ein Schattenreich gemacht«, erklärte die Kriegerin. »Schattenreiche existieren teilweise in eurer Welt und teilweise in anderen Zeit-und-Raum-Koordinaten.« Scatty stand immer noch in der Tür.

»Willst du nicht hereinkommen?«, fragte Sophie.

»Ihr müsst mich hereinbitten«, erwiderte Scatty mit einem eigenartig scheuen Lächeln.

»Dich hereinbitten?« Sophie drehte sich mit fragend hochgezogenen Brauen zu ihrem Bruder um.

»Ihr müsst mich hereinbitten«, wiederholte Scatty, »sonst kann ich die Schwelle nicht überschreiten.«

»Wie bei Vampiren«, meinte Josh und hatte plötzlich wieder das Gefühl, dass sein Herz unregelmäßig schlug. Nach diesem Tag war er wohl grundsätzlich bereit, an alles zu glauben – selbst an Vampire, auch wenn er ganz gewiss keinem über den Weg laufen wollte. »Ein Vampir kann ein Haus nur betreten, wenn er eingeladen wird«, erklärte Josh Sophie. »Dann kann er dein Blut trinken …« Er sah Scatty erschrocken an. »Du bist doch nicht etwa …?«

»Ich mag den Ausdruck nicht«, erwiderte Scatty abweisend.

»Scathach, bitte komm rein«, sagte Sophie, bevor ihr Bruder einen Einwand vorbringen konnte.

Die Kriegerprinzessin überschritt leichtfüßig die Schwelle. »Und um deine Frage zu beantworten: Ja, ich bin, was du ein Vampir nennen würdest.«

»Oh«, entfuhr es Sophie leise.

Josh wollte sich schützend vor seine Schwester stellen, doch sie schob ihn beiseite. Sie liebte Josh wirklich, aber manchmal ging er mit seiner Fürsorge zu weit.

»Ihr müsst nicht alles glauben, was ihr über meinesgleichen gelesen habt«, sagte Scatty. Sie ging im Zimmer herum und schaute durch die Fenster in den üppig grünen Garten. Ein riesiger gelb-weißer Schmetterling flatterte an einer Fensteröffnung vorbei. Er hatte die Größe eines kleinen Tellers. »Hekate hat den Ort hier geschaffen und unterhält ihn mit einem ungeheuren Maß an Magie«, fuhr sie fort. »Aber die Magie ist wie alles andere auch gewissen Naturgesetzen unterworfen. Magie braucht Energie, und sie nimmt sie sich, woher sie sie kriegen kann, selbst aus den winzigen Batterien in deinem elektronischen Spielzeug. Wenn keine andere Energiequelle verfügbar ist, nimmt sie die Lebenskraft des Magiers, der sie erschaffen hat. Deshalb schwächt jeder Gebrauch von Magie den Magier.«

»Soll das heißen, dass in diesem Schattenreich nichts Elektronisches funktioniert?«, fragte Sophie und schüttelte gleich darauf den Kopf. »Aber Hekate hat auch ein Handy. Ich habe gesehen, wie sie es Flamel gezeigt hat. Wird sein Akku nicht schwächer?«

»Hekate ist ungeheuer mächtig und mehr oder weniger immun gegen die Magie, die sie erzeugt. Ich könnte mir vorstellen, dass sie das Handy immer am Körper trägt, damit es sich nicht erschöpft. Möglich wäre auch, dass sie es von einem Diener in der Menschenwelt immer wieder neu aufladen lässt. Viele aus dem Älteren Geschlecht haben menschliche Diener.«

»Wie Flamel und Dee?«, fragte Sophie.

»Nicholas dient keinen Älteren«, erwiderte Scathach gedehnt. »Das Buch ist sein Meister. Dee dagegen … Nun, niemand weiß genau, wem oder was er dient.« Sie drehte den Kopf und betrachtete die Zwillinge nacheinander über die Schulter. »In ungefähr einer Stunde werdet ihr erschöpft sein, eure Muskeln werden schmerzen und vielleicht habt ihr sogar leichtes Kopfweh. Das kommt von dem Magiefeld, das eure Aura anzapft. Aber macht euch nicht allzu viele Gedanken deshalb, eure Auren sind ausgesprochen stark. Ihr müsst nur viel trinken.« Scatty ging von Fenster zu Fenster und beugte sich hinaus. »Ich weiß, dass sie da draußen irgendwo sind, aber ich sehe sie nicht«, sagte sie unvermittelt.

»Wer?«, fragte Sophie.

»Die Torc Allta.«

»Sind es wirklich Wereber? Also Menschen, die sich in wilde Eber verwandeln?«, wollte Sophie wissen.

Ihr Bruder hatte, seit Scathach ins Zimmer gekommen war, kein Wort mehr gesagt. Er starrte sie mit entsetzter Miene an; sein Mund war nur noch eine schmale Linie. Sie kannte den Ausdruck gut: Er hatte Angst, und wahrscheinlich musste er an sämtliche Vampirromane denken, die er gelesen, und an sämtliche Filme, die er gesehen hatte.

»Nein, nicht wirklich«, sagte Scatty. »Ich weiß, Nicholas hat euch erzählt, dass die Erde, bevor die Humani sie in Besitz nahmen, von anderen Wesen, anderen Rassen bewohnt wurde. Doch auch unter dem Älteren Geschlecht waren die Torc-Clans immer etwas Besonderes. Sie konnten von ihrer Tiergestalt in die Menschengestalt wechseln und wieder zurück.« Scatty setzte sich auf die niedrige Bettkante und streckte die Beine von sich. »Als die ersten Humani auftauchten, brachten die Torc-Clans ihnen bei, wie man Holz und Stein bearbeitet und Feuer macht. Die Humani verehrten die Torc-Clans als Götter – was meint ihr, warum so viele der frühesten Götter Tiergestalt haben? Denkt an die Höhlenbilder von Wesen, die weder Mensch noch Tier sind, sondern irgendetwas dazwischen. Sicher habt ihr auch schon Statuen der ägyptischen Götter gesehen: Sobek, Bastet oder Anubis – das sind Menschenkörper mit Tierköpfen. Denkt an die Tänze, bei denen Humani so tun, als seien sie Tiere. Das sind alles Erinnerungen an die Zeit, als die Torc-Clans Seite an Seite mit den Humani lebten.«

»Therianthropes«, murmelte Sophie.

Scatty sah sie verständnislos an.

»Wesen, in denen sich tierische und menschliche Formen vermischen«, erklärte Josh. »Ich habe dir erzählt, dass unsere Eltern Archäologen sind.« Er schaute Scathach von der Seite her an. »Trinkst du Blut?«, fragte er unvermittelt.

»Josh!«, wisperte Sophie.

»Nein, ich trinke kein Blut«, antwortete Scathach leise. »Jetzt nicht und auch sonst nicht.«

»Aber Vampire…«

Scathach sprang auf und stand mit zwei Schritten direkt vor

Josh. Sie war nicht ganz so groß wie er, aber in diesem Moment schien sie ihn zu überragen. »Es gibt verschiedene Arten von Vampiren, verschiedene Clans, genauso wie es verschiedene Wer-Clans gibt. Und einige trinken auch Blut, das stimmt.«

»Aber du nicht«, warf Sophie ein, bevor ihr Bruder weitere peinliche Fragen stellen konnte.

»Nein, mein Clan nicht. Wir … nun, wir ernähren uns … anders«, sagte Scatty mit einem bitteren Lächeln. »Und wir brauchen ganz selten etwas«, fügte sie hinzu und wandte sich dann schnell ab. »Alles, was ihr gelernt habt, all die Mythen und Legenden aus eurer Welt, tragen ein Körnchen Wahrheit in sich. Ihr habt heute Wunder erlebt und werdet in den nächsten Tagen noch mehr erleben.«

»Was meinst du mit ›in den nächsten Tagen‹?«, fragte Josh alarmiert. »Wir gehen doch zurück nach Hause, oder?« Doch noch während er das fragte, wusste er schon die Antwort.

»Irgendwann«, erwiderte die Kriegerin. »Aber heute nicht und morgen ganz bestimmt auch noch nicht.«

Sophie legte die Hand auf Joshs Arm und verhinderte so, dass er die Frage stellte, die ihm auf der Zunge lag. »Wie war das mit den Legenden?«, fragte sie, um abzulenken.

Irgendwo im Haus schlug eine Glocke. Der Ton war hoch und rein und hing noch eine Weile in der unbewegten Luft.

Scathach ignorierte ihn. »Ich möchte nur, dass ihr euch darüber im Klaren seid, dass alles, was ihr an Legenden kennt – oder glaubt zu kennen –, zwar nicht unbedingt falsch ist, aber auch nicht ganz der Wahrheit entspricht. In jeder Geschichte steckt ein Körnchen Wahrheit. Ich nehme an, dass ein Großteil eures Wissens aus Filmen stammt oder aus dem Fernsehen.

Xena und Dracula haben eine Menge auf dem Kerbholz. Nicht alle Minotauren sind Ungeheuer, die Medusa hat nicht alle Männer in Stein verwandelt und nicht alle Vampire trinken Blut.«

Josh versuchte ein Lachen. Er war immer noch zutiefst entsetzt, weil Scatty zugegeben hatte, ein Vampir zu sein. »Als Nächstes wirst du auch noch behaupten, dass es Geister gibt.«

Scathach verzog keine Miene. »Du hast ein Schattenreich betreten, Josh, natürlich gibt es da Geister. Ich möchte, dass ihr beide von jetzt an auf euren Instinkt vertraut. Vergesst, was ihr über die Geschöpfe, denen ihr begegnen werdet, wisst oder zu wissen glaubt. Folgt eurem Herzen. Traut niemandem. Außer euch«, fügte sie hinzu.

»Aber dir und Nicholas können wir doch auch vertrauen, oder?«, fragte Sophie rasch.

Wieder läutete die Glocke, ein heller, durchdringender Ton.

»Vertraut niemandem«, wiederholte Scathach, und die Zwillinge merkten, dass sie der Frage auswich. Sie wandte sich zur Tür. »Ich glaube, die Glocke ruft zum Abendessen.«

»Können wir essen, was man uns vorsetzt?«, fragte Josh.

»Kommt darauf an.«

»Worauf?«, fragte er besorgt nach.

»Kommt darauf an, was es ist, natürlich. Ich esse zum Beispiel das Fleisch nicht.«

»Warum nicht?«, wollte Sophie wissen. Gab es ein bestimmtes Tier aus grauer Vorzeit, dessen Fleisch sie lieber nicht essen sollten?

»Ich bin Vegetarierin.«

KAPITEL SECHZEHN

*P*erenelle Flamel saß in einer Ecke des winzigen, fensterlosen Raums. Sie zog die Beine an, schlang die Arme darum und legte das Kinn auf die Knie. Sie konnte Stimmen hören – wütende, vorwurfsvolle Stimmen.

Perry konzentrierte sich darauf. Ihre Aura dehnte sich etwas aus, als sie einen Zauberspruch murmelte, den sie von einem Inuit-Schamanen gelernt hatte. Der Schamane benutzte ihn, um die Fische unter dem arktischen Eis zu hören und die Bären, wenn sie über entfernte Eisfelder tapsten. Es war ein einfacher Zauber, und er funktionierte dadurch, dass alle anderen Sinne ausgeschaltet wurden und man sich ausschließlich auf das Gehör konzentrierte. Perry sah noch, wie die Farbe aus ihrer Umgebung wich und alles dunkler wurde, bis sie schließlich blind war. Sie verlor ihren Geruchssinn, und es kribbelte in den Fingerspitzen und Zehen, als ihr Tastsinn nachließ und dann völlig ausgeschaltet war. Sie wusste, dass sie jetzt auch nicht mehr in der Lage wäre, etwas zu schmecken. Nur das Gehör blieb ihr, das jetzt sehr viel besser als vorher und äußerst empfindlich war.

Perenelle hörte in den Wänden hinter sich Käfer krabbeln, hörte das Ratsch-Ratsch einer Maus, die irgendwo an Holz nagte, und wusste, dass sich weiter weg eine Ameisenkolonne durch die Bodendielen fraß. Sie hörte auch zwei Stimmen, hoch und dünn, als kämen sie aus einem schlecht eingestellten Funkgerät. Perry legte den Kopf schief und konzentrierte sich. Sie hörte Wind pfeifen, Kleider flattern, die schrillen Schreie von Vögeln. Sie wusste, dass die Stimmen, die sie belauschte, vom Dach eines Gebäudes kamen. Sie wurden lauter, es trillerte, und dann waren sie plötzlich klar und deutlich zu hören: die Stimmen von Dee und der Morrigan. Perry hörte die Angst in der Stimme des Magiers und die Wut im schrillen Tonfall der Krähengöttin.

»Sie muss dafür bezahlen! Sie muss!«

»Sie ist eine Erstgewesene. Unantastbar für unsereinen.« Dee versuchte offensichtlich, die Morrigan zu beruhigen.

»*Niemand* ist unantastbar. Sie hat sich eingemischt, wo sie nicht erwünscht war. Meine Kinder hatten den Wagen fast schon überwältigt, als ihr Geisterwind sie davonriss.«

»Flamel, Scathach und die beiden Humani sind entkommen.« Dees Stimme hallte, und Perry musste sich sehr anstrengen, um jedes Wort zu verstehen. Es freute sie, dass Nicholas Scathach um Hilfe gebeten hatte; sie war eine ausgezeichnete Verbündete. »Sie sind wie vom Erdboden verschwunden.«

»Sie *sind* vom Erdboden verschwunden«, fauchte die Morrigan. »Er hat sie in Hekates Schattenreich gebracht.«

Perenelle nickte instinktiv. Natürlich! Wohin sonst? Der Eingang zu Hekates Schattenreich im Mill Valley lag in unmittelbarer Nähe von San Francisco. Hekate war zwar nicht unbedingt eine Freundin der Flamels, aber sie weigerte sich auch, Dee und die Dunklen Älteren zu unterstützen.

»Wir müssen ihnen nach«, bestimmte die Morrigan kategorisch.

Dee versuchte, sie zur Vernunft zu bringen. »Unmöglich. Ich habe weder die nötigen Fähigkeiten noch die Macht, in Hekates Schattenreich einzudringen.« Es entstand eine kleine Pause, dann fügte er hinzu: »Und du auch nicht. Sie ist eine Erstgewesene, vergiss das nicht. Sie entstammt der ersten Generation des Älteren Geschlechts und du bist aus der nächsten Generation.«

»Aber sie ist nicht die einzige Erstgewesene an der Westküste!« Triumph klang aus der Stimme der Morrigan.

»Was schlägst du vor?« In Dees Frage schwang wieder Angst mit und sein englischer Akzent kam durch.

»Ich weiß, wo Bastet schläft.«

Perenelle Flamel lehnte sich an die kalte Mauer und ließ ihre Sinne langsam wieder zurückkommen. Der Tastsinn kam zuerst – spitze Nadeln schossen durch ihre Finger und Zehen –, dann der Geruchs- und Geschmackssinn und schließlich das Sehvermögen. Während sie blinzelnd wartete, bis die winzigen bunten Lichtpünktchen vor ihren Augen verschwanden, versuchte sie zu begreifen, was sie gerade erfahren hatte.

Die Morrigan wollte Bastet wecken und Hekates Schattenreich angreifen, um an die fehlenden Seiten aus dem Codex zu gelangen. Was das für Folgen hätte, mochte sie sich gar nicht vorstellen.

Perenelle schüttelte sich. Sie war Bastet nie begegnet – und sie kannte auch niemand, der eine Begegnung mit ihr überlebt hätte, zumindest nicht in den letzten drei Jahrhunderten –, aber sie kannte ihren Ruf. Bastet war eine der mächtigsten im Älteren Geschlecht, eine Erstgewesene wie Hekate, und sie war in Ägypten seit Beginn der Menschheit als Göttin verehrt worden. Sie hatte den Körper einer wunderschönen jungen Frau und den Kopf einer Katze, doch Perenelle hatte keine Ahnung, über welche magischen Kräfte sie verfügte.

Die Ereignisse folgten einander Schlag auf Schlag. Das war ungewöhnlich. Etwas Großes geschah. Als Nicholas und Perenelle vor etlichen Jahrhunderten das Geheimnis ewigen Lebens entdeckten, hatten sie gemerkt, dass ihre unbegrenzte Lebenszeit es ihnen erlaubte, die Welt aus einer anderen Perspektive zu sehen. Sie planten nichts mehr Tage oder Wochen im Voraus, sondern machten stattdessen Pläne für die nächsten Jahrzehnte. Perry hatte begriffen, dass die mächtigen Wesen des Älteren Geschlechts, deren Leben noch unendlich viel länger war, Pläne für die nächsten Jahrhunderte machen konnten. Und das bedeutete, dass die Dinge oftmals ausgesprochen langsam vorangingen.

Doch nun war die Morrigan da. Als sie das letzte Mal in die Welt der Menschen gekommen war, hatte man sie in den sumpfigen Schützengräben entlang des Flusses Somme gesehen. Davor war sie über die blutgetränkten Schlachtfelder des amerikanischen Bürgerkriegs gestreift. Die Krähengöttin wurde vom Tod angezogen; er umgab sie wie ein fauliger Gestank. Und sie gehörte zu den Dunklen Älteren – zu denjenigen, die überzeugt waren, die Menschen seien auf diese Erde geschickt worden, um ihnen zu dienen.

Nicholas und die Zwillinge waren in Hekates Schattenreich in Sicherheit, doch wie lange? Bastets Macht musste mindestens so groß sein wie die von Hekate. Und falls die Katzengöttin und die Krähengöttin Hekate gemeinsam angriffen, unterstützt auch noch von den Zauberkräften, die Dee besaß – würde Hekate sich dann noch erfolgreich verteidigen können? Perenelle wusste es nicht.

Und was würde dann aus Nicholas, Scathach und den Zwillingen?

Perenelle spürte Tränen in den Augen, doch sie blinzelte sie weg. Nicholas wurde in drei Monaten, am 28. September, 677 Jahre alt. Er konnte selbst auf sich aufpassen, auch wenn es mit praktischen Zaubersprüchen bei ihm nicht allzu weit her war und er fürchterlich vergesslich sein konnte. Erst letzten Sommer hatte er eine Phase gehabt, in der er zunehmend englische Wörter vergessen hatte und in sein uraltes Französisch zurückgefallen war. Davor hatte es eine Zeit gegeben, in der er seine Schecks mit griechischen und aramäischen Schriftzeichen unterschrieben hatte. Perenelle musste lächeln. Nicholas sprach sechzehn Sprachen fließend und weitere zehn mehr schlecht als recht. Lesen und schreiben konnte er alle davon – auch wenn er in diesen Tagen wenig Gelegenheit hatte, sein Linear B, die Keilschrift oder ägyptische Hieroglyphen in der Praxis anzuwenden.

Sie überlegte, was er jetzt wohl gerade tat. Er würde nach ihr suchen, selbstverständlich, aber er musste auch auf die Zwillinge aufpassen und auf die beiden Buchseiten, die Josh aus dem Codex herausgerissen hatte. Sie musste ihm eine Nachricht zukommen lassen, musste ihn wissen lassen, dass es ihr gut ging, und ihn vor der Gefahr warnen, in der sie schwebten.

Eine der ersten Gaben, die die kleine Perenelle Delamere an sich entdeckt hatte, war die Fähigkeit gewesen, mit den Schatten der Toten zu sprechen. Erst an ihrem siebten Geburtstag hatte sie festgestellt, dass nicht alle die flackernden Schwarz-Weiß-Bilder sehen konnte, denen sie immer wieder begegnete. Am Abend vor ihrem siebten Geburtstag war nämlich ihre geliebte Großmutter Mamom gestorben. Perenelle hatte zugesehen, wie man den ausgezehrten Körper vorsichtig von dem Bett hob, in dem die Großmutter die letzten zehn Jahre ihres Lebens verbracht hatte, und in den Sarg legte. Das kleine Mädchen war mit dem Trauerzug durch ihr Dorf und hinaus auf den Friedhof gegangen, von dem aus man über das Meer schauen konnte. Sie hatte zugesehen, wie die kleine, aus rohen Brettern zusammengezimmerte Kiste in die Erde gesenkt wurde, und war danach nach Hause gegangen.

Und Mamom hatte im Bett gesessen mit glänzenden Augen, in denen wie immer der Schalk blitzte. Der einzige Unterschied war der, dass Perenelle ihre Großmutter nicht mehr ganz so klar und deutlich sehen konnte. Sie sah sie auch nicht mehr in Farbe – alles an ihr war nur noch schwarz-weiß.

In diesem Moment hatte Perenelle erkannt, dass sie Geister sehen konnte. Und als Mamom sich ihr zuwandte und lächelte, wusste sie, dass sie auch von ihnen gesehen werden konnte.

Als Perenelle jetzt in der kleinen Zelle saß, streckte sie die Beine lang aus und presste beide Hände auf den kalten Betonboden. Im Lauf der Jahre hatte sie eine Reihe von Abwehrmechanismen entwickelt, um sich vor unerwünschten Störungen durch Tote zu schützen. Denn eines hatte sie schon früh erfahren müssen: dass die Toten – und besonders diejenigen, die schon sehr lange tot waren – ausgesprochen unhöflich waren und in den ungelegensten Momenten auftauchen konnten. Badezimmer mochten diese körperlosen Schatten ganz besonders gern, denn dort waren die Bedingungen ideal für sie: Es war ruhig, und es gab jede Menge spiegelnde Oberflächen, in denen sie leicht erscheinen konnten.

Perenelle hatte rasch gelernt, dass Geister bestimmte Farben nicht erkennen konnten – Blau- und Grüntöne und gewisse Abstufungen von Gelb –, und so holte sie ganz bewusst diese Farben in ihre Aura und verschaffte sich einen Schutzschild, der sie in dem Reich, wo die Totenschatten sich versammelten, unsichtbar machte.

Perenelle öffnete die Augen weit und konzentrierte sich auf ihre Aura. Deren natürliche Farbe war ein zartes, frostiges Weiß, das die Toten anzog wie ein Leuchtfeuer. Darüber hatte sie, wie ein Maler, der sein eigenes Bild übermalt, andere Farben gelegt: ein leuchtendes Blau, Smaragdgrün und Schlüsselblumengelb. Jetzt ließ Perenelle diese Farben eine nach der anderen verblassen, zuerst das Gelb, dann das Grün und schließlich den blauen Verteidigungsring.

Dann kamen die Geister. Von ihrer frostweißen Aura angezogen wie die Motten vom Licht, flackerten sie um sie herum auf: Männer, Frauen und Kinder in Kleidern, wie man sie in den vergangenen Jahrzehnten getragen hatte. Perenelle ließ den Blick über die farblosen Erscheinungen gleiten, nicht sicher, wonach sie eigentlich suchte. Frauen und Mädchen in den langen, fließenden Röcken des 18. Jahrhunderts und Männer mit den Stiefeln und Patronengürteln des 19. tat sie gleich ab und konzentrierte sich auf diejenigen Geister, die nach der Mode des

20. oder 21. Jahrhunderts gekleidet waren. Schließlich entschied sie sich für einen älteren Herrn in der modern aussehenden Uniform eines Wachmanns. Sie schob alle anderen Erscheinungen sacht beiseite und rief ihn näher zu sich heran.

Perenelle verstand es, wenn Leute – vor allem in modernen, gebildeten Gesellschaftsschichten – vor Geistern Angst hatten, obwohl sie wusste, dass dazu kein Grund bestand. Ein Geist war nichts anderes als die Überbleibsel der Aura einer Person, die an einem bestimmten Ort festhielten.

»Kann ich Ihnen helfen, Ma'am?« Die Erscheinung hatte eine kräftige Stimme und einen leichten Ostküstenakzent. Boston vielleicht. Der Mann stand groß und aufrecht da wie ein ehemaliger Soldat und sah aus, als sei er ungefähr sechzig Jahre alt.

»Können Sie mir sagen, wo ich bin?«, fragte Perenelle.

»Sie befinden sich im Keller des Hauptsitzes der Enoch Enterprises, gleich im Westen des Telegraph Hill. Fast direkt über uns ist der Coit Tower«, fügte der Geist stolz hinzu.

»Sie scheinen sich sehr sicher zu sein.«

»Das sollte ich auch. Ich habe dreißig Jahre hier gearbeitet. Natürlich nicht immer für die Enoch Enterprises, aber Gebäude wie dieses brauchen stets Wachmänner. Während meiner Schicht ist nie etwas passiert!«

»Darauf können Sie stolz sein, Mr ...«

»Das bin ich auch.« Der Geist hielt inne, seine Erscheinung flackerte heftig. »Miller. So hieß ich. Jefferson Miller. Ist schon eine Weile her, seit mich jemand danach gefragt hat. Wie kann ich Ihnen helfen?«

»Sie haben mir bereits sehr geholfen. Zumindest weiß ich jetzt, dass ich immer noch in San Francisco bin.«

Der Geist schaute sie unverwandt an. »Haben Sie etwas anderes erwartet?«

»Ich fürchte, ich habe geschlafen, und hatte Angst, man hätte mich aus der Stadt gebracht«, erwiderte sie.

»Hält man Sie gegen Ihren Willen fest, Ma'am?«

»So ist es.«

Jefferson Miller schwebte näher. »Das ist nicht recht.« Es entstand eine lange Pause, in der seine Erscheinung leise flimmerte. »Aber ich kann Ihnen leider nicht helfen. Sehen Sie – ich bin ein Geist.«

Perenelle nickte. »Ich weiß.« Sie lächelte. »Aber ich war mir nicht sicher, ob Sie es auch wissen.« Einer der Gründe, weshalb Geister oft bestimmten Orten verbunden blieben, war der, dass sie einfach nicht wussten, dass sie tot waren.

Der alte Wachmann lachte keuchend. »Ich wollte gehen… Aber irgendetwas hält mich zurück. Vielleicht habe ich, als ich noch am Leben war, einfach zu viel Zeit hier verbracht.«

Wieder nickte Perenelle. »Ich kann Ihnen helfen, von hier zu entkommen, wenn Sie das möchten. Das könnte ich für Sie tun.«

Jefferson Millers Augen weiteten sich. »Das möchte ich sehr gern. Meine Frau Ethel ist zehn Jahre vor mir verstorben. Manchmal bilde ich mir ein, dass ich sie über die Schattenreiche hinweg nach mir rufen höre.«

»Sie möchte Sie nach Hause holen. Ich kann Ihnen helfen, die Stricke durchzutrennen, die Sie an diesen Ort binden.«

»Kann ich Ihnen dafür auch einen Gefallen tun?«

Perenelle lächelte. »Ja, ich wüsste da etwas… Vielleicht könnten Sie meinem Gatten eine Nachricht überbringen.«

Kapitel Siebzehn

$\mathcal{S}$ophie und Josh folgten Scathach durch Hekates Haus. Überall wurden sie daran erinnert, dass sie sich im Innern eines Baumes befanden: Alles – Fußböden, Wände und Decken – war aus Holz, und hier und da sprenkelten Zweige mit Knospen und junge Schösslinge mit grünen Blättern die Wände, als wachse das Holz noch immer.

Sophie blieb dicht bei ihrem Bruder und schaute sich um. Das Haus schien aus einer Reihe kreisförmiger Zimmer zu bestehen, die fast unmerklich ineinander übergingen. In einige konnten sie im Vorbeigehen einen Blick werfen. Fast alle Räume waren kahl und in den meisten ragte in der Mitte ein Baum mit roter Rinde aus dem Boden empor. In einem Raum, der etwas abseits lag und um etliches größer war als die übrigen, sahen sie mittendrin ein großes ovales Wasserbecken. Mit den üppigen, weiß blühenden Wasserlilien, die darin wuchsen, sah es aus wie ein riesiges Auge.

Im nächsten Raum hing der Baum mit der roten Rinde voller hölzerner Windspiele. Sie waren alle unterschiedlich: Bei einigen waren die Klangstäbe mit eingeritzten Symbolen verziert, andere waren ganz schmucklos. Die Windspiele hingen unbewegt von den Ästen, bis Sophie in den Raum schaute. Da fingen sie an, sich zu bewegen und leise und melodisch zu klingen. Sophie griff nach Joshs Arm, um ihn darauf aufmerksam zu machen, doch er schaute stur geradeaus, die Stirn in Falten gelegt.

»Wo sind die Leute, die hier wohnen?«, fragte er schließlich.

»Hier wohnt nur Hekate«, erklärte Scathach. »Die Wesen des Älteren Geschlechts sind gern allein.«

»Leben eigentlich noch viele von ihnen?«, wollte Sophie wissen.

Scathach blieb vor einer offenen Tür stehen und schaute über die Schulter. »Mehr als du denkst. Die meisten wollen mit den Humani nichts zu tun haben und verlassen ihre jeweiligen Schattenreiche nur selten. Auch die Dunklen unter ihnen, die zu den alten Ordnungen zurückkehren wollen, arbeiten an der Verwirklichung ihrer Ziele meist nur über Mittelsmänner wie Dee.«

»Und was ist mit dir?«, fragte Josh. »Willst du die alten Ordnungen auch wiederhaben?«

»Ich habe sie nie für besonders gut gehalten«, antwortete Scatty. »Vor allem nicht für die Humani.«

Sie fanden Nicholas Flamel draußen auf einer hölzernen Plattform, die auf einem Ast ruhte, der waagrecht aus dem Stamm wuchs und einen Durchmesser von mindestens drei Metern hatte. Die Astspitze war nach unten geneigt und bohrte sich neben einem halbmondförmigen Teich in den Boden. Als Sophie über den Ast ging und hinunterschaute, stellte sie verblüfft fest, dass zwischen den verschlungenen Wassergräsern in dem Teich winzige, fast menschliche Gesichter mit weit offenen Augen und Mündern zu ihr heraufschauten.

Auf der Plattform standen fünf hochlehnige Stühle um einen runden Tisch herum, der eingedeckt war mit wunderschön geschnitzten Holzschalen sowie hölzernen Bechern und Kelchen. Auf Platten waren warmes, in dicke Scheiben geschnittenes Brot und dicke Scheiben Hartkäse angerichtet und in der Mitte des Tisches standen zwei große Schalen mit Obst – Äpfel, Orangen und riesige Kirschen. Der Alchemyst schälte mit einem dreieckigen schwarzen Steintäfelchen, das aussah wie eine Pfeilspitze, sorgfältig einen smaragdgrünen Apfel. Sophie fiel auf, dass er die Schalen so hinlegte, dass sie Buchstaben ähnelten.

Scatty setzte sich neben ihn. »Kommt Hekate nicht?«, fragte sie, nahm ein Stück Apfelschale und kaute darauf herum.

»Ich glaube, sie zieht sich zum Abendessen um«, antwortete Flamel und ersetzte das Stück Schale durch ein neues. Er schaute Sophie und Josh an. »Setzt euch. Unsere Gastgeberin kommt bald, dann können wir essen. Ihr müsst erschöpft sein.«

»Ja, ich bin müde«, gab Sophie zu. Während sie das sagte, wurde ihr bewusst, wie ausgelaugt sie sich wirklich fühlte. Sie konnte kaum noch die Augen offen halten. Und ein wenig hatte sie auch Angst vor dieser Müdigkeit – seit sie wusste, dass es die Magie des Ortes war, die ihr die Energie raubte.

»Wann können wir nach Hause?«, fragte Josh. Er bemühte sich zu verbergen, dass auch er völlig erschöpft war. In Wahrheit taten ihm alle Knochen weh, und er hatte das Gefühl, eine Erkältung zu bekommen.

Nicholas Flamel schnitt den Apfel auf und steckte ein Stück davon in den Mund. »Das wird leider noch etwas dauern.«

»Warum?«

Flamel seufzte. Er legt die steinerne Pfeilspitze und den Apfel beiseite und ließ seine Handflächen auf der Tischplatte ruhen. »Im Moment wissen weder Dee noch die Morrigan, wer ihr seid. Nur deshalb seid ihr und eure Eltern sicher.«

»Unsere *Eltern*?«, fragte Sophie. Bei der Vorstellung, dass ihr Vater und ihre Mutter in Gefahr sein könnten, wurde ihr ganz übel. Josh war ebenfalls sichtlich bestürzt. Er presste die Lippen zu einer schmalen weißen Linie zusammen.

»Dee wird sehr sorgfältig vorgehen«, sagte Flamel. »Es geht um ein jahrtausendealtes Geheimnis, und da wird es ihm nicht genügen, euch umzubringen. Wenn er euch fände, würden alle, die ihr kennt oder mit denen ihr Kontakt hattet, einen *Unfall* haben. Ich vermute, dass selbst Bernices ›Kaffeetasse‹ nicht verschont bleiben würde. Vermutlich würde er sie bis auf die Grundmauern niederbrennen … einfach nur deshalb, weil du einmal dort gearbeitet hast. Vielleicht kommt Bernice bei dem Brand sogar ums Leben.«

Sophie war entsetzt. »Aber sie hat doch mit all dem überhaupt nichts zu tun!«

»Richtig, aber Dee weiß das nicht. Und es kümmert ihn auch nicht. Er hat zu lange mit den Dunklen zusammengearbeitet und sieht in den Humani inzwischen kaum mehr als Tiere.«

»Aber wir erzählen bestimmt niemandem, was wir gesehen haben …«, begann Josh. »Es würde uns ja ohnehin keiner glauben …«

»Und wenn wir es niemandem erzählen, wird es nie jemand erfahren«, ergänzte Sophie. »Wir werden nie ein Wort darüber verlieren. Dee wird uns nie finden.« Doch noch während sie das sagte, dämmerte ihr, dass es hoffnungslos war. Sie und Josh saßen wegen ihres Wissens um die Existenz des Codex genauso in der Falle wie seit Jahrhunderten Nicholas und Perenelle.

»Er würde euch finden«, sagte Flamel. Er wandte sich an Scathach: »Was meinst du, wie lange würden Dee oder seine Schergen brauchen, bis sie sie gefunden haben?«

»Nicht lange. Ein paar Stunden vielleicht. Die Ratten oder Vögel würden eure Spur aufnehmen und den Rest erledigt dann Dee.«

»Wer einmal mit Magie in Berührung kam, ist für immer verändert.« Flamel wedelte mit der rechten Hand und ein dünner blassgrüner Rauchfaden blieb in der Luft hängen. »Man erkennt euch am Geruch.« Er pustete den grünen Rauchfaden an, woraufhin der sich davonschlängelte und schließlich verschwand.

»Willst du damit sagen, dass wir riechen?«, fragte Josh.

Flamel nickte. »Ihr riecht nach schlafender Magie. Du hast eine Nase voll davon abbekommen, als Hekate euch berührt hat. Was habt ihr da gerochen?«

»Orangen«, erwiderte Josh,

»Vanille«, sagte Sophie.

»Und vorher, als Dee und ich miteinander gekämpft haben – wonach roch es da?«

»Pfefferminze und faule Eier«, antwortete Josh sofort.

»Jeder Magier hat seinen ganz eigenen Duft, fast wie ein magischer Fingerabdruck. Ihr müsst eure Sinne schärfen. Die Menschen nutzen sie nur zu einem ganz geringen Teil. Sie schauen kaum richtig hin, hören selten zu, riechen nichts und glauben, sie könnten nur mit der Haut spüren. Dafür reden sie. Und wie viel sie reden! Das ist ihr Ausgleich dafür, dass sie ihre Sinne nicht nutzen. Wenn ihr wieder in eurer Welt seid, werdet ihr erkennen können, ob Leute magische Energie besitzen, und sei es auch nur eine winzige Spur. Ihr werdet es riechen, vielleicht sogar schmecken, oder ihr seht es als Aura um ihre Körper.«

»Wie lang wird das anhalten?«, erkundigte sich Sophie neugierig. Sie nahm eine riesige Kirsche aus der Obstschale. »Geht es irgendwann wieder vorbei?«

Flamel schüttelte den Kopf. »Es geht nie vorbei. Im Gegenteil, es wird immer stärker. Wie schon gesagt: Von nun an wird nichts mehr so sein, wie es war.«

Josh lächelte müde. »Das hört sich aus deinem Mund wie etwas ganz Schlimmes an.« Er griff sich einen knackigen Apfel und biss hinein. Saft lief ihm übers Kinn und er wischte ihn mit dem Handrücken ab.

Flamel wollte etwas darauf erwidern, doch dann schaute er hoch und stand rasch auf. Auch Scathach erhob sich lautlos und geschmeidig. Sophie folgte ihrem Beispiel. Nur Josh blieb sitzen, bis seine Schwester ihm einen Schubs gab. Dann wandte sie sich der Göttin mit den drei Gesichtern zu.

Aber das war nicht Hekate.

Die Frau, die ihnen als Hekate vorgestellt worden war, war eine große, elegante Erscheinung mittleren Alters gewesen, mit stoppelkurzem weißem Haar und glatter, dunkler Haut. Diese

Frau jetzt war älter, sehr viel älter. Eine Ähnlichkeit mit Hekate war da, woraus Sophie schloss, dass es sich um ihre Mutter oder Großmutter handeln musste. Die Frau, die vor ihnen stand, war zwar auch groß, ging aber gebückt und stützte sich auf einen kunstvoll geschnitzten schwarzen Stock, der mindestens so lang war wie Sophie groß. Das Gesicht der alten Frau schien nur noch aus feinen Fältchen zu bestehen, ihre Augen lagen tief in den Höhlen und glitzerten merkwürdig gelb. Sie war vollkommen kahl, sodass Sophie ein Tattoo mit den verschlungenen Linien auf ihrem Schädel erkennen konnte. Obwohl sie ein ähnliches Kleid trug wie Hekate vorher, schimmerte der metallisch wirkende Stoff jetzt bei jeder Bewegung rot und schwarz.

Sophie blinzelte, schloss die Augen und blinzelte wieder. Sie sah die Andeutung einer Aura. Es war, als dünste die Frau einen feinen weißen Nebel aus. Beim Gehen ließ sie kleine weiße Nebelschwaden hinter sich.

Ohne sich um die Anwesenden zu kümmern, ließ die alte Frau sich auf dem Stuhl direkt gegenüber von Nicholas Flamel nieder. Erst als sie saß, nahmen auch Flamel und Scathach ihre Plätze wieder ein. Sophie und Josh setzten sich ebenfalls, schauten von Nicholas zu der alten Frau und fragten sich, wer sie war und was sie hier gerade wieder erlebten.

Die Frau nahm einen der hölzernen Kelche vom Tisch, trank aber nicht. In dem Baumstamm hinter ihr bewegte sich etwas, und vier große, kräftige junge Männer erschienen mit Tabletts, die über und über mit Speisen beladen waren. Sie stellten sie auf dem Tisch ab und zogen sich dann schweigend zurück. Die Männer sahen sich so ähnlich, dass sie verwandt sein mussten, doch mit ihren Gesichtern stimmte etwas nicht. Die Stirn fiel schräg ab bis zu einem Wulst über den Augen, die Nase war kurz und breit, die Wangenknochen waren stark ausgeprägt und sie hatten ein fliehendes Kinn. Hinter schmalen Lippen waren gelbliche Zähne zu erkennen. Die Männer waren barfuß und mit bloßem Oberkörper erschienen. Sie trugen lediglich einen Lendenschurz aus Leder, auf den rechteckige Metallplättchen aufgenäht waren. Sie hatten krauses rotes Haar und auch Brust und Beine waren rot behaart.

Als Sophie merkte, dass sie sie anstarrte, wandte sie sich rasch ab. Die Männer sahen aus, als kämen sie aus einer fernen Urzeit… Und doch war da noch etwas anderes. Erneut wurde Sophies Blick von ihnen angezogen; sie konnte gar nicht anders, als die Männer anzuschauen. Dann fiel ihr auf, dass sie blaue Augen hatten, leuchtend blaue Augen, und dass in ihrem Blick eine überwältigende Intelligenz lag.

»Sie sind Torc Allta«, platzte Sophie heraus und zuckte zusammen, als ihr klar wurde, dass alle sie anstarrten. Sie hatte das gar nicht laut sagen wollen.

Josh, der argwöhnisch etwas beäugte, das er aus einer großen Schüssel mit Eintopf gegabelt hatte und das wie ein Stück Fisch aussah, schaute den Männern nach. »Hab ich gesehen«, sagte er cool.

Sie trat ihm unter dem Tisch gegen das Schienbein. »Das stimmt doch überhaupt nicht«, flüsterte sie. »Du warst doch viel zu sehr mit deinem Essen beschäftigt.«

»Ich habe Hunger!« Er beugte sich zu seiner Schwester hinüber. »Aber ich hab's an den roten Haaren und der Schweinenase erkannt«, sagte er leise. »Du doch auch, oder?«

»Es wäre ein Fehler, sie das hören zu lassen«, unterbrach Nicholas Flamel sie. »Genauso wäre es ein Fehler, nach dem Äußeren zu urteilen oder überhaupt Kommentare zu dem abzugeben, was ihr hier seht. In dieser Zeit und an diesem Ort gelten andere Maßstäbe und Kriterien. Hier können Worte zu Waffen werden ...«

»... und euch töten«, fügte Scathach gelassen hinzu. Sie hatte sich den Teller mit verschiedenem Gemüse vollgeladen, von dem die Zwillinge nur einige wenige Sorten erkannten. Sie nickte in Richtung Baum. »Aber ihr habt recht, es sind Torc Allta in ihrer menschlichen Gestalt. Wahrscheinlich die besten Krieger aller Zeiten.«

»Sie werden euch begleiten, wenn ihr diesen Ort wieder verlasst«, sagte die alte Frau plötzlich. Dafür, dass die Stimme aus einem so zerbrechlich wirkenden Körper kam, war sie erstaunlich kräftig.

Flamel deutete eine Verbeugung an. »Es wird uns eine Ehre sein.«

»Ihr braucht euch nicht geehrt zu fühlen«, gab die alte Frau zurück. »Sie begleiten euch nicht allein zu eurem Schutz; sie sollen sicherstellen, dass ihr mein Reich auch wirklich verlasst.« Sie legte die schmalgliedrigen Hände auf den Tisch, und Sophie sah erst jetzt, dass jeder Fingernagel in einer anderen Farbe bemalt war. Seltsamerweise schienen es genau dieselben Farben zu sein, die Sophie auch an Hekate aufgefallen waren. »Ihr könnt hier nicht bleiben«, verkündete die Frau abrupt. »Ihr müsst gehen.«

Die Zwillinge schauten sich an. Warum war sie plötzlich so unfreundlich?

Scathach wollte etwas sagen, doch Flamel drückte ihren Arm.

»Wir wollen dir bestimmt nicht lästig fallen«, sagte der Alchemyst zuvorkommend. Die Abendsonne schien durch das Laub des Baumes auf sein Gesicht und ließ seine Augen glänzen. »Aber nachdem Dee in meinen Laden eingefallen war und den Codex an sich gebracht hatte, wurde mir klar, dass es keine andere Zuflucht für mich gab.«

»Du hättest nach Süden gehen sollen.« Das Kleid der alten Frau war jetzt fast vollkommen schwarz; die wenigen roten Fäden darin sahen wie Adern aus. »Dort wärst du willkommen gewesen. Ich möchte, dass du gehst.«

»Als mir klar wurde, dass sich die Prophezeiung erfüllt, wusste ich, dass ich zu dir kommen muss«, fuhr Flamel unbeirrt fort. Den Zwillingen, die dem Gespräch intensiv lauschten, war aufgefallen, dass er ganz kurz in ihre Richtung geschaut hatte.

Auch die alte Frau wandte ihnen nun den Kopf zu und schaute sie aus ihren buttergelben Augen an. Ihr verhutzeltes Gesicht verzog sich zu einem humorlosen Lächeln. »Ich habe darüber nachgedacht und bin zu dem Schluss gekommen, dass sich die Prophezeiung nicht auf Humani bezieht – und ganz gewiss nicht auf Humani-Kinder«, fügte sie verächtlich hinzu.

Die Verachtung war es, die Sophie auf die Palme brachte. »Ich wünschte, Sie würden nicht über uns reden, als wenn wir nicht da wären.«

»Außerdem«, meldete sich nun auch Josh zu Wort, »wollte Ihre Tochter uns helfen. Wollen wir nicht warten, was sie dazu zu sagen hat?«

Die Frau blinzelte und hob fragend die kaum sichtbaren Augenbrauen. »Meine Tochter?«

Sophie sah, dass Scathach überrascht oder als Warnung die Augen aufriss, doch Josh ließ sich nicht bremsen.

»Ja, die Frau, die wir heute Nachmittag getroffen haben. Die jüngere Frau – war es nicht Ihre Tochter? Oder vielleicht auch Ihre Enkelin. Jedenfalls wollte sie uns helfen.«

»Ich habe weder eine Tochter noch eine Enkelin!« Lange rote Farbbahnen leuchteten jetzt auf dem schwarzen Kleid der alten Frau. Sie fletschte die Zähne und fauchte etwas Unverständliches. Die Finger ihrer nach oben gewandten Hände bogen sich zu Krallen und in der Luft lag plötzlich Limonenduft. Dutzende grüner, tanzender Lichtkugeln sammelten sich in ihren Handflächen.

Unvermittelt rammte Scathach einen zweischneidigen Dolch mitten in den Tisch. Das Holz brach mit einem donnernden Krachen in zwei Hälften, Splitter flogen durch die Luft und die vollen Schüsseln fielen auf den Boden und zerbrachen. Die alte Frau wich zurück und das grüne Licht tropfte wie eine Flüssigkeit von ihren Fingern. Zischend und dampfend lief es ein Stück über Plattform und Ast, bevor es ins Holz sickerte.

Im nächsten Augenblick standen die vier Torc Allta mit sensenähnlich gebogenen Schwertern hinter der Frau. Drei weitere in Ebergestalt brachen durchs Unterholz, galoppierten über den Ast nach oben und bauten sich hinter Flamel und Scathach auf.

Die Zwillinge hatten keine Ahnung, was da gerade passierte. Sie wagten nicht, sich zu bewegen, solche Angst hatten sie.

Nicholas Flamel hatte ungerührt zu einem weiteren Apfel gegriffen und damit begonnen, ihn zu schälen und zu zerteilen. Scathach steckte in aller Ruhe ihren Dolch zurück in die Scheide und verschränkte die Arme. Sie sagte etwas zu der alten

Frau. Sophie und Josh sahen, dass ihre Lippen sich schnell bewegten, hörten jedoch nur ein leises Sirren wie von einer Mücke.

Die Frau antwortete nicht. Mit ausdruckslosem Gesicht erhob sie sich und verließ, umgeben von ihren Torc-Allta-Wachen, die Plattform. Dieses Mal standen weder Flamel noch Scathach auf.

In dem langen Schweigen, das folgte, bückte Scathach sich, hob etwas von dem Obst und Gemüse auf, wischte es ab und legte die Früchte in die einzige heil gebliebene Holzschale. Dann begann sie zu essen.

Josh öffnete den Mund, um dieselbe Frage zu stellen, auf die auch seine Schwester gern eine Antwort gehabt hätte. Doch Sophie drückte unter dem Tisch seinen Arm, damit er schwieg. Sie wusste, dass gerade etwas höchst Gefährliches geschehen war und dass Josh irgendwie damit zu tun hatte.

»Das ging noch mal gut«, meinte Scathach schließlich.

Flamel hatte seinen Apfel aufgegessen und säuberte die Kanten der schwarzen Speerspitze an einem Blatt. »Kommt darauf an, was du unter ›gut‹ verstehst.«

Scathach hatte von einer rohen Karotte abgebissen. »Wir leben noch und sind immer noch in ihrem Schattenreich«, sagte sie. »Könnte schlimmer sein. Die Sonne geht unter. Unsere Gastgeberin braucht ihren Schlaf und morgen früh wird sie wie umgewandelt sein. Wahrscheinlich erinnert sie sich nicht einmal mehr daran, was heute Abend passiert ist.«

»Was hast du zu ihr gesagt?«, wollte Flamel wissen. »Ich habe es nie geschafft, die Sprache der Älteren zu lernen.«

»Ich habe sie lediglich an die alte Pflicht der Gastfreundschaft erinnert und ihr versichert, dass die Beleidigung nicht beabsichtigt war und aus Unwissenheit geschah und deshalb nach den Gesetzen des Älteren Geschlechts kein Vergehen darstellt.«

»Sie hat Angst...«, murmelte Flamel. Er schaute zu dem gewaltigen Baumstamm hinüber. Man sah die Torc-Allta-Wachen drinnen hin und her gehen; der größte der wilden Eber war draußen geblieben und bewachte die Tür.

»Sie hat immer Angst, wenn es Abend wird. Dann ist sie am verletzlichsten«, sagte Scathach.

»Es wäre schön«, unterbrach Sophie sie, »wenn uns mal jemand erklären könnte, was genau da eben passiert ist.« Sie hasste es, wenn Erwachsene miteinander redeten und die anwesenden Jugendlichen einfach ignorierten.

Scathach lächelte und ihre Zähne erschienen plötzlich sehr lang. »Dein Bruder hat es geschafft, eine Erstgewesene zu beleidigen, und wäre für dieses Vergehen fast in grünen Schleim verwandelt worden.«

»Aber ich habe doch gar nichts gesagt!«, protestierte Josh. Hilfesuchend schaute er seine Schwester an, während er in Gedanken noch einmal das Gespräch mit der alten Frau durchging. »Ich habe sie lediglich darauf hingewiesen, dass ihre Tochter oder Enkeltochter versprochen hat, uns zu helfen.«

Scathach lachte leise. »Es gibt keine Tochter oder Enkeltochter. Die Frau, die du am Nachmittag gesehen hast, war Hekate. Die alte Frau von vorhin war ebenfalls Hekate, und morgen früh wirst du ein junges Mädchen kennenlernen, das gleichfalls Hekate ist.«

»Die Göttin mit den drei Gesichtern«, sagte Flamel. »Hekate

ist dazu verdammt, mit dem Tag zu altern. Mädchen am Morgen, reife Frau am Nachmittag, Greisin am Abend. Sie ist sehr empfindlich, wenn es um ihr Alter geht.«

Josh schluckte. »Das wusste ich nicht ...«

»Das konntest du auch nicht wissen. Nur dass deine Unwissenheit dich hätte umbringen können ... oder Schlimmeres.«

»Aber was hast du mit dem Tisch gemacht?«, fragte Sophie. Der runde Tisch war in der Mitte gespalten und das Holz an den Rändern sah trocken und staubig aus.

»Eisen«, erwiderte Scatty, ohne mit der Wimper zu zucken.

»Eine der überraschenden Nebenwirkungen dieses künstlich hergestellten Metalls«, erklärte Flamel, »ist seine Fähigkeit, auch den stärksten Zauber zu brechen. Im Grunde war es die Entdeckung des Eisens, die das Ende der Weltherrschaft des Älteren Geschlechts einläutete.« Er hielt die steinerne Speerspitze hoch. »Deshalb habe ich das hier benutzt. Das Ältere Geschlecht wird nervös, wenn es Eisen sieht.«

»Aber du trägst doch Eisen mit dir herum«, sagte Sophie zu Scatty.

»Ich bin aus der nächsten Generation – keine Erstgewesene wie Hekate. Ich kann bereits Eisen in meiner Nähe aushalten.«

Josh fuhr sich mit der Zunge über die trockenen Lippen. Er sah wieder die sirrenden grünen Lichtkugeln in Hekates Handflächen vor sich. »Als du gesagt hast, dass sie mich fast in grünen Schleim verwandelt hätte ... da hast du das nicht ernst gemeint, oder?«

Scathach nickte. »Oh doch, in klebrigen grünen Glibberschleim. Ziemlich eklig. Und wie ich gehört habe, ist das Opfer noch eine Zeit lang bei Bewusstsein.« Sie schaute Flamel an.

»Ich erinnere mich eigentlich gar nicht, dass jemals jemand eine Erstgewesene beleidigt hätte und lebend davongekommen wäre. Du?«

Flamel erhob sich. »Hoffen wir, dass sie morgen früh nichts mehr davon weiß. Versucht jetzt zu schlafen«, sagte er zu den Zwillingen. »Morgen wird ein langer Tag.«

»Warum?«, fragten Sophie und Josh gleichzeitig.

»Weil ich morgen Hekate hoffentlich dazu bringen kann, dass sie eure schlafenden magischen Fähigkeiten weckt. Wenn ihr eine Chance haben wollt, die nächsten Tage zu überleben, dann muss ich euch ausbilden und Magier aus euch machen.«

Kapitel Achtzehn

Nicholas Flamel sah Sophie und Josh nach, als sie hinter Scathach im Baum verschwanden. Erst als sich die Tür hinter ihnen geschlossen hatte, verrieten seine hellen Augen, wie beunruhigt er war. Das war knapp gewesen. Noch ein oder zwei Herzschläge länger, und Hekate hätte Josh in eine zähe Masse verwandelt und vernichtet. Nicholas musste die Zwillinge von ihr fernhalten, damit ihre Unwissenheit sie nicht noch einmal in Gefahr brachte.

Flamel stieg über den abgeknickten Ast hinunter zum Teich. Dort folgte er einem schmalen, ungepflasterten Weg. Es waren jede Menge Spuren in der Erde – Eberspuren, aber auch Spuren, die eher aussahen wie menschliche Fußabdrücke… Und wieder andere waren eine seltsame Mischung aus beidem. Flamel wusste, dass er nicht allein war, dass jeder seiner Schritte beobachtet wurde. Und er musste davon ausgehen, dass die Torc Allta noch die schwächsten von Hekates Wachen waren.

Er kauerte sich ans Ufer des Teichs, holte tief Luft und gönnte sich einen Augenblick der Entspannung. Man konnte mit Fug und Recht sagen, dass dies einer der ereignisreicheren Tage in seinem langen Leben war, und er war erschöpft.

Von dem Moment an, in dem Dee Perenelle und den Codex geraubt hatte und die Zwillinge aufgetaucht waren, hatte Flamel gewusst, dass sich eine der ersten Prophezeiungen, die er in Abrahams Buch gelesen hatte, erfüllen würde.

»Die zwei, die eins sind, und das eine, das alles ist.« Flamel wiederholte die Worte flüsternd.

Der Codex steckte voller rätselhafter Aussagen und unverständlicher Sätze. Bei den meisten ging es um die Vernichtung von Danu Talis, der alten Heimat des Älteren Geschlechts. Aber es gab auch eine Reihe von Prophezeiungen, die die Rückkehr der Erstgewesenen und die Vernichtung und Versklavung der Humani zum Thema hatten.

»Es wird eine Zeit kommen, in der das Buch dem Dunkel verfällt ...«

Nun, das war eindeutig.

»... und der Diener der Königin sich mit der Krähe verbündet ...«

Damit musste Dr. John Dee gemeint sein. Er war der persönliche Berater und Hofmagier von Königin Elizabeth gewesen. Und bei der Krähe handelte es sich natürlich um die Krähengöttin.

»Dann werden die Älteren aus den Schatten heraustreten ...«

Flamel wusste, dass Dees Bemühungen, die Rückkehr der Dunklen Älteren vorzubereiten, langsam Früchte trugen. Unbestätigten Berichten zufolge hatten immer mehr Dunkle ihre

Schattenreiche verlassen und begonnen, die Welt der Humani zu erkunden.

»… und der Unsterbliche muss die Sterblichen ausbilden. Auf dass die zwei, die eins sind, zu dem einen werden, das alles ist.«

Er, Nicholas Flamel, war der Unsterbliche aus der Prophezeiung, dessen war er sich sicher. Die Zwillinge – »die zwei, die eins sind« – mussten die Sterblichen sein, die ausgebildet werden mussten. Aber er hatte keine Ahnung, was der letzte Teil des Satzes zu bedeuten hatte: »… das eine, das alles ist.«

Die Umstände hatten die Zwillinge in seine Obhut gegeben, und er wollte dafür sorgen, dass ihnen nichts zustieß – jetzt erst recht, wo er davon ausging, dass sie dazu bestimmt waren, im Krieg gegen die Dunklen Älteren eine entscheidende Rolle zu spielen. Nicholas wusste, dass er ein sehr hohes Risiko eingegangen war, als er Josh und Sophie zu Hekate mitgenommen hatte – vor allem auch noch in Begleitung von Scathach. Die Feindschaft zwischen der Kriegerprinzessin und der Göttin war älter als die meisten Zivilisationen der Erde.

Hekate gehörte zu den gefährlichsten Erstgewesenen überhaupt und sie besaß neben vielem anderen eben auch die Fähigkeit, die magischen Kräfte zu wecken, die in anderen Lebewesen schlummerten. Doch Hekates Fluch, der sie im Lauf eines Tages altern, bei Sonnenuntergang sterben und am nächsten Morgen neu erstehen ließ, beeinflusste ihr Denken. Zuweilen geschah es, dass die ältere Hekate vergaß, was ihr jüngeres Selbst versprochen hatte. Flamel hoffte, dass er das Mädchen Hekate am Morgen noch einmal dazu überreden konnte, die außergewöhnlichen Kräfte der Zwillinge zu aktivieren.

Der Alchemyst wusste, dass jeder Mensch magische Fähigkeiten in sich trug – aber bei wenigen waren sie so stark wie bei den Zwillingen. Würden diese Kräfte erst einmal geweckt, dann würden sie schnell ins Unermessliche wachsen. Flamel würde all sein Wissen, das er sich innerhalb der letzten sechshundert Jahre angeeignet hatte, dazu brauchen, um diese Fähigkeiten in die richtigen Bahnen zu lenken. Er wollte die Zwillinge vor den gefährlichen Kräften, die in ihnen schlummerten, beschützen. Und er wollte sie nach und nach auf das vorbereiten, was die Zukunft bringen würde – was immer das war.

Flamel kauerte noch immer am Teich und starrte auf das grünlich gefärbte Wasser. Dicht unter der Oberfläche schwammen rote und weiße Koi, während von weiter unten menschenähnliche Gesichter mit großen, leeren Augen und Mündern voll nadelspitzer Zähne zu ihm aufschauten. Nicholas beschloss, seine Finger lieber nicht ins Wasser zu tauchen.

In sämtlichen alten Zauberbüchern war stets von vier großen magischen Kräften die Rede: von Luft-, Wasser-, Erd- und Feuermagie, gegründet auf den vier Elementen. Doch seine jahrhundertelangen Studien hatten Nicholas gelehrt, dass es in Wirklichkeit eine fünfte Kraft gab: die Zeit. Das fünfte magische Element war das der Zeit und es war das mächtigste von allen. Das Ältere Geschlecht beherrschte alle anderen Elemente, doch das Geheimnis des fünften war nur im Codex zu finden … Das war der wahre Grund, weshalb Dee und die Dunklen Älteren, mit denen er sich verbündet hatte, den Codex so sehr begehrten. Wenn er vollständig in ihrem Besitz wäre, hätten sie im selben Moment auch die Herrschaft über die Zeit.

Zusammen mit Perenelle hatte Nicholas Flamel die meiste

Zeit seines langen Lebens damit zugebracht, den Codex zu entschlüsseln. Mithilfe einer seiner Formeln hatte er gelernt, wie man einfaches Metall in Gold oder Kohle in Diamanten verwandeln konnte, doch das hatte mit Magie genau genommen nicht allzu viel zu tun. Natürlich war die Formel ungeheuer komplex und erforderte monatelange Vorbereitungen, doch der Prozess selbst war fast lächerlich einfach. Gerade noch war Nicholas arm gewesen, und schon besaß er Reichtümer, die seine kühnsten Träume überstiegen. Er war Perenelles Rat gefolgt und hatte mit seinem Geld in seiner Heimatstadt Paris Krankenhäuser gebaut, Waisenhäuser eingerichtet und Schulen gegründet. Das waren gute Zeiten gewesen ... Nein, mehr als das: Es waren wundervolle Zeiten gewesen. Das Leben hatte sich damals so viel einfacher angefühlt. Sie hatten nichts geahnt vom Älteren Geschlecht und hatten auch nicht den geringsten Verdacht gehegt, dass der Codex schwarze Magie beinhalten könnte.

In den letzten Jahren war Nicholas manchmal mitten in der Nacht aufgewacht, und immer hatte ihn ein und derselbe Gedanke gequält: Wenn ich damals schon gewusst hätte, was ich heute über den Codex weiß, hätte ich mich dann weiter bemüht, das Geheimnis ewigen Lebens zu entschlüsseln? Diese Bemühungen waren es letztendlich gewesen, die ihn in Kontakt mit dem Älteren Geschlecht gebracht hatten – und mit den Dunklen unter ihnen. Sie waren es auch, die ihn die Bekanntschaft von Dr. John Dee hatten machen lassen. Sein Streben nach Unsterblichkeit hatte Perenelle und ihn gezwungen, ihren eigenen Tod zu inszenieren, aus Paris zu fliehen und sich schließlich ein halbes Jahrhundert in verschiedenen Verstecken zu verbergen. Ewiges Leben war der Lohn gewesen. In den meisten Nächten hatte Nicholas seine Frage mit Ja beantwortet: Ja, selbst wenn er alles gewusst hätte, was er heute wusste, hätte er seine Studien fortgesetzt und wäre Alchemyst geworden.

Heute jedoch war einer der seltenen Tage, an denen die Antwort Nein lautete. Er stand kurz davor, Perenelle zu verlieren, die unschuldigen Zwillinge würden wahrscheinlich ihr Leben verlieren, ebenso wie die nicht ganz so unschuldige Scathach – die umzubringen nicht gar so einfach werden würde –, und überdies würde er, der Entschlüssler des Codex, den Untergang der Welt zu verantworten haben.

Bei dem Gedanken lief es Nicholas eiskalt über den Rücken. Zu Anfang hatte er noch geglaubt, Abrahams Buch der Magie sei voller beeindruckender Geschichten, Legenden und Märchen. Im Lauf der Jahrhunderte hatte sich bei seinen Studien jedoch herausgestellt, dass alle Geschichten wahr waren, alle Märchen sich auf Tatsachen gründeten und dass das, was er für Legenden gehalten hatte, Berichte von tatsächlichen Ereignissen und real existierenden Wesen waren.

Es gab sie, die Erstgewesenen.

Sie waren Geschöpfe mit – gelegentlich – menschlichen Zügen, doch sie besaßen göttergleiche Kräfte. Sie hatten Zehntausende von Jahren auf der Erde geherrscht, bevor die Humani, die menschliche Rasse, entstanden war. Die ersten Menschen hatten das Ältere Geschlecht als Götter und Dämonen verehrt und konstruierten im Laufe von Generationen ganze Glaubenssysteme um einzelne oder mehrere Erstgewesene herum. Die Götter und Göttinnen der Griechen und Ägypter, der Sumerer und Inder, der Tolteken und Kelten gab es wirklich. Allerdings handelte es sich nicht um unterschiedliche Götter; es waren immer dieselben Erstgewesenen, denen lediglich andere Namen gegeben wurden.

Bald schon spaltete sich das Ältere Geschlecht in zwei Gruppen: die einen, die mit den Humani zusammenarbeiteten, und die anderen – die Dunklen –, die nur Sklaven in ihnen sahen – und in einigen Fällen Nahrung.

Grausame Kriege entbrannten zwischen den launischen Wesen des Älteren Geschlechts. Und als schließlich klar wurde, dass diese Kriege die Erde irgendwann zerstören würden, zwang der geheimnisvolle Abraham mit einer machtvollen Reihe magischer Beschwörungen das gesamte Ältere Geschlecht dazu, sich von der Erde zurückzuziehen. Die meisten, und zu ihnen gehörte auch Hekate, gingen freiwillig. Sie schufen sich ihre eigenen Schattenreiche und hatten danach nur noch wenig oder gar keinen Kontakt mehr mit den Menschen. Andere, wie die Morrigan, wagten sich, obwohl sie sehr geschwächt waren, weiterhin in die Welt der Humani und arbeiteten ohne Unterlass an der Wiederherstellung der alten Ordnung. Wieder andere, wie Scathach, lebten unerkannt unter den Menschen. Im Laufe der Zeit hatte Flamel begriffen, dass der Codex nicht nur die Beschwörungsformeln enthielt, mit denen das Ältere Geschlecht von der Erde vertrieben worden war, sondern auch die Beschwörungen, die es ihnen erlauben würden, aus ihren Schattenreichen zurückzukehren.

Und wenn die Dunklen Älteren zurückkehrten, war es nur eine Frage von Stunden, bis die Zivilisation des 21. Jahrhunderts ausgelöscht wäre. Dee brauchte nur noch die beiden Seiten, die Flamel an seiner Haut spürte.

Verzweifelt barg der Alchemyst den Kopf in seinen Händen.

Wenn er nur wüsste, was er tun sollte! Wenn nur Perenelle da wäre, um ihm zur Seite zu stehen.

Eine Luftblase zerplatzte auf der Wasseroberfläche. Flamel sah auf.

»*Die Lady bittet mich, Ihnen zu sagen*…« Wieder stieg eine Blase auf und platzte. »… *dass es ihr gut geht.*«

Flamel schreckte auf und wich hastig vom Ufer zurück. Nebelschwaden stiegen aus dem See auf, winzige Bläschen schossen an die Wasseroberfläche und platzten. Aus der Nebelwolke begann sich eine Gestalt herauszubilden – eine ganz erstaunliche Gestalt: die eines älteren Herrn in der Uniform eines Wachmanns. Die Gestalt verharrte zitternd und bebend über dem Teich. Die Abendsonne beschien die Wassertropfen, die von ihm absprangen, und verwandelte jeden Einzelnen von ihnen in einen leuchtenden Regenbogen aus Licht.

»Sind Sie ein Geist?«, fragte Nicholas.

»Jawohl, Sir, das bin ich. Oder ich war es, bis Mrs Flamel mich befreit hat.«

»Kennen Sie mich?« Flamel überlegte kurz, ob dies ein Trick von Dee sein könnte, verwarf den Gedanken dann aber wieder. Dee war zwar mächtig, doch Hekates Verteidigungsring konnte er nicht durchbrechen, das war ausgeschlossen.

Der Nebel waberte und verdichtete sich. »Jawohl, Sir, ich denke schon. Sie sind Nicholas Flamel, der unsterbliche Alchemyst. Mrs Flamel hat mich gebeten, mich auf die Suche nach Ihnen zu machen. Es war ihre Idee, dass ich Sie hier finden könnte, in diesem bestimmten Schattenreich. Sie hat gehört, wie Dee davon sprach, dass Sie hier seien.«

»Es geht ihr also gut?«, fragte Flamel aufgeregt.

»Jawohl. Der kleine Mann, den sie John Dee nennen, hat schreckliche Angst vor ihr. Die andere Frau allerdings nicht.«

»Welche andere Frau?«

»Sie ist groß und trägt einen Umhang aus schwarzen Federn.«

»Die Morrigan«, sagte Flamel grimmig.

»Genau, und so lautet nun die Nachricht ...«

Ein Fisch sprang aus dem Wasser und hinterließ Tausende von Wassertröpfchen, die in der Luft stehen blieben. Jedes Einzelne war Teil des Puzzles, aus dem der Geist sich zusammensetzte. »Mrs Flamel sagt, Sie müssen fliehen, und zwar sofort. Die Krähengöttin ruft ihre Diener zusammen, um das Schattenreich zu erobern.«

»Es wird ihr nicht gelingen. Sie gehört der zweiten Generation an. Sie hat nicht genug Macht.«

Der Fisch sprang erneut und versprengte seine Wassertropfen, aber jetzt entschwebte die Stimme des Geistes und wurde mit jedem platzenden Luftbläschen leiser. »Mrs Flamel hat mir aufgetragen, Ihnen auszurichten, dass die Krähengöttin nicht allein ist. Sie hat die Absicht, Bastet zu wecken.«

Kapitel Neunzehn

*S*cathach stand in der Tür zu Sophies Zimmer. »Versucht zu schlafen«, wiederholte sie Flamels Rat und fügte hinzu: »Bleibt in euren Zimmern. Wenn ihr draußen merkwürdige Geräusche hört – ignoriert sie einfach. Ihr seid vollkommen sicher, wenn ihr innerhalb dieser Wände bleibt.«

»Was für merkwürdige Geräusche?«, wollte Josh wissen.

Scathach überlegte einen Augenblick. »Schreie vielleicht. Das Heulen von Tieren. Oh, und Gelächter.« Sie lächelte. »Aber glaubt mir, ihr wollt nicht wissen, was da lacht.« Dann fügte sie ohne eine Spur von Ironie ein »Schlaft gut« hinzu.

Josh wartete, bis Scathach hinter der Rundung des Korridors verschwunden war, bevor er sich an seine Schwester wandte. »Wir müssen hier weg.«

Sophie kaute so fest auf ihrer Unterlippe herum, dass der Abdruck ihrer Schneidezähne zu erkennen war. Sie nickte. »Zu dem Schluss bin ich auch gekommen.«

»Ich glaube, wir sind ernsthaft in Gefahr«, sagte Josh eindringlich.

Wieder nickte Sophie. Die Ereignisse an diesem Nachmittag hatten sich fast überschlagen, sodass sie kaum zu Atem gekommen war. Gerade hatte sie noch im Café gearbeitet, und im nächsten Augenblick waren sie mit einem Mann durch San Francisco gejagt, der behauptete, ein über sechshundert Jahre alter Alchemyst zu sein, und mit einem Mädchen, das nicht älter aussah als sie selbst, von der Flamel aber schwor, sie sei eine zweieinhalbtausend Jahre alte Kriegerin. »Ich suche immer noch die versteckten Kameras«, murmelte Sophie und schaute sich im Zimmer um.

»Kameras?« Josh fuhr herum. Er wusste sofort, was seine Schwester meinte, wurde verlegen und spürte, wie er rot anlief. Was wäre, wenn er sich jetzt vor der gesamten Nation bis auf die Knochen blamiert hätte? Er könnte sich in der Schule nie mehr blicken lassen. Er schaute in die Zimmerecken, ob dort irgendetwas versteckt war. Gewöhnlich steckten solche Minikameras doch hinter Spiegeln. In diesem Zimmer gab es keine Spiegel, aber Josh wusste, dass das nichts zu bedeuten hatte. Die neue Kamerageneration war so winzig, dass die Geräte praktisch unsichtbar waren. Plötzlich fiel ihm etwas ein. »Und wie erklärst du dir das mit den Vögeln?«

»Über die habe ich die ganze Zeit nachgedacht. Alles andere könnten Spezialeffekte sein. Die Torc Allta könnten dressierte Tiere sein und Männer, die entsprechend geschminkt und zurechtgemacht sind. Was in Scathachs Dojo passiert ist, könnten ebenfalls irgendwelche Spezialeffekte gewesen sein und die Ratten dressiert. Die Vögel nicht. Das waren zu viele. Und sie haben den Wagen praktisch auseinandergenommen.« Die Vögel hatten sie schließlich überzeugt, dass sie und Josh wirklich in Gefahr waren. Denn wenn die Vögel echt waren, war alles andere auch echt.

Josh vergrub die Hände in den Taschen seiner Jeans und stellte sich ans Fenster. Das dichte Laub reichte bis zum Fensterbrett herauf, und obwohl kein Glas in der Fensteröffnung war, kam kein Einziges der Myriaden von Insekten, die draußen herumschwirrten, herein. Er wich zurück, als eine leuchtend blaue Schlange, so dick wie sein Handgelenk, zwischen den Blättern auftauchte und ihn anzüngelte. Die Schlange verschwand, als ein Schwarm winziger, sirrender Lichter durchs Geäst geflogen kam und am Fenster vorbeischoss. Josh hätte schwören können, dass der Schwarm aus etwa zwölf winzigen geflügelten Frauen bestand, keine größer als sein Zeigefinger. Das Licht kam aus ihrem Körper. Er leckte sich über die trockenen Lippen. »Okay, nehmen wir mal an, das hier ist echt ... alles – die Magie, die prähistorischen Wesen –, dann bin ich wieder bei meinem ursprünglichen Gedanken: Wir müssen hier weg.«

Sophie trat ans Fenster, stellte sich hinter ihren Bruder und legte ihm die Hände auf die Schultern. Sie war 28 Sekunden älter als er – weniger als eine halbe Minute, wie Josh immer klarstellte –, doch nachdem ihre Eltern so oft unterwegs waren, hatte sie von jeher die Rolle einer älteren Schwester angenommen. Und auch wenn Josh jetzt schon gut fünf Zentimeter größer war als sie, würde er immer ihr kleiner Bruder bleiben. »Du hast recht«, sagte sie müde, »wir sollten versuchen abzuhauen.«

Etwas an ihrem Tonfall veranlasste Josh, sich umzudrehen

und sie anzusehen. »Du glaubst nicht, dass wir es schaffen«, stellte er ruhig fest.

»Wir versuchen es«, erwiderte sie, ohne darauf einzugehen. »Aber ich bin sicher, sie verfolgen uns.«

»Flamel sagte, dass Dee uns überall aufspüren könnte. Dann kann Flamel – oder Scathach – das bestimmt auch.«

»Flamel hat keinen Grund, uns zu verfolgen.«

»Aber Dee hat einen«, sagte Josh. »Was passiert wohl, wenn wir heimgehen und Dee und seine Leute uns dort aufspüren?«, überlegte er laut.

Sophie runzelte die Stirn. »Das habe ich mich auch schon gefragt. Flamel sagte, er könnte die magische Aura erkennen, die uns umgibt. Aber Hekate hat unsere magischen Kräfte noch nicht geweckt.« Sie versuchte sich genau an das zu erinnern, was Flamel gesagt hatte. »Flamel meinte, wir riechen nach Magie.«

Josh schnupperte. »Ich rieche nichts. Keine Orangen oder andere Früchte und auch keine Vanille. Vielleicht riechen wir erst, wenn die Kräfte geweckt sind.«

»Wenn wir es bis nach Hause schaffen, könnten wir zu Mom und Dad nach Utah gehen. Wir könnten für den Rest des Sommers bei ihnen bleiben, bis sich das alles hier beruhigt hat.«

»Keine schlechte Idee«, meinte Josh. »In der Wüste würde uns keiner finden. Und im Augenblick klingt die heiße, langweilige Sandwüste echt verlockend.«

Sophie schaute zur Tür. »Da ist nur ein Problem: Wir sind hier in einem Irrgarten. Meinst du, du findest den Weg zurück zum Wagen?«

»Ich glaube schon.« Josh nickte. »Doch, ich bin mir sicher.«

»Dann lass uns gehen.« Sie griff in ihre Tasche, um sich zu

vergewissern, dass sie ihr Handy eingesteckt hatte. »Komm, wir holen deine Sachen.«

Die Zwillinge blieben in der Tür stehen und schauten den Flur hinauf und hinunter. Er war leer und fast dunkel; nur ein paar unregelmäßig geformte, armlange Kristalle verströmten ein milchiges Licht. Von irgendwoher hallte ein Geräusch, das sowohl ein Schrei als auch ein Auflachen hätte sein können. Lautlos flitzten die Zwillinge in ihren Turnschuhen in Joshs Zimmer.

»Wie sind wir bloß in diesen Schlamassel hineingeraten?«, überlegte Josh laut.

»Wahrscheinlich waren wir einfach zur falschen Zeit am falschen Ort«, vermutete Sophie. Sie war an der Tür stehen geblieben und überwachte den Flur. Doch noch während sie es sagte, kam ihr der Verdacht, dass mehr dahinterstecken könnte. Da spielte sich noch irgendetwas anderes ab, etwas, das mit der Prophezeiung zu tun hatte, von der Flamel gesprochen hatte, etwas, das mit ihnen zu tun hatte. Allein der Gedanke versetzte sie in Panik.

Josh und Sophie traten auf den Flur und durchquerten die runden Räume. Sie ließen sich Zeit, lugten in jeden hinein, bevor sie eintraten. Immer wieder blieben sie stehen und lauschten, wenn Gesprächsfetzen in einer fast erkennbaren Sprache durch die Flure drangen – oder Musik, gespielt auf undefinierbaren Instrumenten. Einmal flüchteten sie sich wegen eines hohen, irren Lachens, das näher zu kommen schien, sich dann aber wieder entfernte, ins nächste Zimmer. Als sie wieder auf den Flur traten, sahen sie, dass sämtliche Lampenkristalle jetzt blutrot glühten.

»Ich möchte lieber nicht wissen, was da gerade vorbeigegangen ist«, flüsterte Josh mit zittriger Stimme.

Sophie raunte Zustimmung. Ihr Bruder hatte die Führung übernommen, und sie folgte mit einem Schritt Abstand, eine Hand auf seiner Schulter. »Woher weißt du, wohin wir gehen müssen?«, flüsterte sie, den Mund dicht an seinem Ohr. Für sie sahen alle Zimmer gleich aus.

»Als wir hierherkamen, ist mir aufgefallen, dass die Wände und Decken dunkel waren. Dann sind wir die Flure hinuntergegangen und es wurde immer heller. Wir sind durch unterschiedlich getöntes Holz gegangen, wie durch die Jahresringe in einem Stamm. Wir brauchen nur den Korridor hinunterzugehen, der zum dunklen Holz führt.«

Sophie war beeindruckt. »Ganz schön clever.«

Josh schaute über die Schulter und grinste. »Ich hab schon immer gesagt, dass all die Videospiele keine totale Zeitverschwendung sind. Beim Irrgartenspiel kommt man nur wieder raus, wenn man auf Hinweise wie Muster an den Wänden achtet und sich merkt, wohin man gegangen ist, damit man zur Not wieder zurückgehen kann.« Er trat hinaus auf einen Flur. »Und wenn mich nicht alles täuscht, sollte der Ausgang… dort sein!«, sagte er triumphierend.

Die Zwillinge liefen über die freie Fläche vor dem riesigen Baumhaus und hielten auf den Weg durch den Wald zu, der sie zum Wagen führte. Obwohl es Nacht geworden war, hatten sie keine Probleme, zu sehen, wohin sie gingen. Der Mond hing hell und niedrig am Himmel, und ungewöhnlich viele Sterne leuchteten. Das und ein wirbelndes Band aus Silberstaub hoch oben verlieh der Nacht ein seltsames gräuliches Leuchten. Nur die Schatten waren pechschwarz.

Obwohl es nicht kalt war, fröstelte Sophie. Die Nacht fühlte sich irgendwie… *verkehrt* an. Josh zog sein Kapuzenshirt aus und legte es seiner Schwester über die Schultern. »Die Sterne sind anders«, murmelte sie. »So hell.« Sie legte den Kopf in den Nacken und versuchte, durch die Zweige des Baumhauses hinaufzuschauen in den Himmel. »Ich sehe den Großen Wagen nicht und der Polarstern ist auch nicht da.«

»Und gestern war kein Mond zu sehen«, ergänzte Josh und wies mit dem Kinn auf den riesigen gelblich weißen Mond, der sich gerade über die Baumwipfel schob. »Nicht in unserer Welt«, fügte er ernst hinzu.

Mit zusammengekniffenen Augen betrachtete Sophie den Mond. Irgendetwas daran stimmte nicht. Sie versuchte, die ihr bekannten Krater zu erkennen, und spürte plötzlich, wie ihr Magen sich hob, als die Erkenntnis sie traf. Ihre Hand zitterte, als sie nach oben zeigte. »Das ist nicht unser Mond!«

Josh kniff die Augen zusammen, damit das Leuchten ihn nicht blendete. Dann sah er, was seine Schwester meinte. »Die Oberfläche ist… *anders*. Glatter. Wo sind all die Krater? Ich sehe weder Kepler noch Kopernikus und nicht einmal Tycho.«

»Josh«, sagte Sophie atemlos, »ich glaube, wir sehen den Nachthimmel, wie er vor Tausenden von Jahren war, vielleicht sogar vor Hunderttausenden von Jahren.«

Josh erschrak. Im Mondlicht sah Sophies Gesicht aus wie ein Totenschädel. Rasch schaute er wieder weg. Er hatte sich seiner Schwester immer sehr nah gefühlt, doch erst die letzten Stunden hatten ihm so richtig bewusst gemacht, wie viel sie ihm bedeutete.

»Hat Scathach nicht gesagt, Hekate hätte dieses Schattenreich erschaffen?«, fragte er. »Jede Wette, dass sie es nach der Welt gemacht hat, an die sie sich erinnerte.«

»Dann sind das tatsächlich der Nachthimmel und der Mond, wie sie vor Tausenden von Jahren waren«, stellte Sophie ehrfürchtig fest. Sie wünschte, sie hätte ihre Digitalkamera dabei, um das außergewöhnliche Bild des glatten Mondes einzufangen.

Die Zwillinge schauten beide nach oben, als ein Schatten über den Mond zuckte, ein Fleck, der ein Vogel hätte sein können – nur dass die Spannweite der Flügel zu groß war und kein Vogel einen solchen Schwanz hatte.

Josh nahm Sophies Hand und zog sie weiter zum Wagen. »Langsam hasse ich den Ort hier«, brummte er.

Der Geländewagen stand noch dort, wo sie ihn verlassen hatten, mitten auf dem Weg. Der Mond schickte gelbes Licht über die zerschrammte Windschutzscheibe. In der Helligkeit waren auch die Schäden am Blech bestens zu erkennen; die Beulen und Schrammen traten als scharfkantiges Relief hervor. Das Dach war von den Vogelschnäbeln mit Hunderten kleiner Löcher perforiert, der Scheibenwischer an der Rückscheibe baumelte nur noch an einem Stück Gummi und die beiden Seitenspiegel fehlten völlig.

Die Zwillinge betrachteten den SUV schweigend. Erst jetzt begriffen sie das volle Ausmaß der Vogelattacke. Sophie strich mit dem Finger über eine ganze Reihe von Kratzern in der Scheibe auf der Beifahrerseite. Diese knapp zwei Millimeter Glas waren alles gewesen, was sie vor den Schnäbeln und Klauen der Krähen geschützt hatte.

»Fahren wir.« Josh öffnete die Tür und setzte sich auf den Fahrersitz. Der Schlüssel steckte noch.

»Ich komme mir Nicholas und Scatty gegenüber ein wenig schäbig vor, wenn ich einfach so abhaue«, meinte Sophie, als sie auf ihrer Seite einstieg. Aber sie konnte wohl davon ausgehen, dass der unsterbliche Alchemyst und die Kriegerprinzessin besser dran waren ohne sie. Die beiden konnten sich bestens selbst verteidigen. Wenn sie etwas nicht brauchten, waren es zwei Teenager, die ihnen im Weg herumstanden.

»Wir entschuldigen uns bei ihnen, wenn wir sie wiedersehen«, sagte Josh. Insgeheim hoffte er allerdings, dass das niemals der Fall sein würde. Videospiele waren schön und gut. Wenn man getötet wurde, fing man einfach wieder von vorn an. In diesem Schattenreich allerdings gab es keine zweiten Chancen. Dafür aber wesentlich mehr Arten zu sterben.

»Du weißt, wie wir hier wegkommen?«, fragte Sophie.

»Klar.« Ihr Bruder grinste. Seine Zähne schimmerten weiß im Mondlicht. »Wir drehen um. Und wir halten nicht an, egal, was kommt.«

Er drehte den Schlüssel um. Sie hörten ein metallisches Klicken und ein leises Jaulen, das jedoch bald verstummte. Dann war Stille. Josh drehte den Schlüssel noch einmal um. Dieses Mal hörten sie nur das Klicken.

»Josh …?«, begann Sophie.

Es dauerte einen Augenblick, bis er wusste, was passiert war. »Die Batterie ist leer. Wahrscheinlich hat dieselbe Kraft sie erschöpft, die auch unsere Handys ausgepowert hat«, murmelte Josh. Er drehte sich um und schaute durch die Rückscheibe. »Pass auf, wir sind den Weg hier heruntergekommen, ohne rechts oder links abzubiegen. Lass es uns zu Fuß versuchen. Was meinst du?« Er wandte sich seiner Schwester zu, doch die sah ihn nicht an, sondern starrte durch die Windschutzscheibe. »Du hörst mir ja gar nicht zu.«

Sophie streckte die linke Hand aus und drehte sein Gesicht nach vorn. Er schaute, blinzelte, schluckte und drückte dann auf den Schalter für die Zentralverriegelung. »Und was jetzt?«

Direkt vor ihnen kauerte ein Lebewesen, das weder Schlange noch Vogel war, sondern irgendetwas dazwischen. Es war ungefähr so groß wie ein Erstklässler. Das Mondlicht tüpfelte den schlangenähnlichen Körper und drang schwach durch die aufgefalteten Fledermausflügel. Die zarten Knochen zeichneten sich dunkel ab. Die Klauenfüße hatten sich tief in den weichen Untergrund gegraben und ein langer Schwanz schlug hin und her. Doch das Merkwürdigste war der Kopf. Ein langer, schmaler Schädel, riesige runde Augen und ein Mund mit Hunderten von kleinen weißen Zähnen. Das Geschöpf legte den Kopf zuerst auf die eine, dann auf die andere Seite, dann riss es das Maul weit auf und klappte es wieder zu. Ein Hüpfer brachte es näher an den Wagen.

Hinter ihm bewegte sich etwas, und ein zweites Geschöpf, noch größer als das erste, landete. Es faltete die Flügel zusammen und stand aufrecht da, als es den länglichen Kopf Richtung Wagen drehte.

»Vielleicht sind sie Vegetarier«, versuchte Josh, sich und seine Schwester zu beruhigen. Er beugte sich über den Fahrersitz nach hinten und suchte nach etwas, das er als Waffe benutzen konnte.

»Nicht bei dem Gebiss«, erwiderte Sophie grimmig. »Ich glaube, es sind Pterosaurier.« Sie erinnerte sich wieder an das große, von der Decke hängende Skelett, das sie im Naturkunde-museum in Texas gesehen hatte.

»Wie der Pterodaktylus?« Josh setzte sich wieder hin. Er hatte einen kleinen Feuerlöscher gefunden.

»Pterosaurier sind älter«, erklärte Sophie.

Ein dritter Pterosaurier schwebte vom Nachthimmel und wie drei gebeugte alte Männer kamen die Geschöpfe auf den Wagen zu.

»Wir hätten im Baum bleiben sollen«, murmelte Sophie. Sie waren schließlich gewarnt worden. Bleibt in euren Zimmern… Und nach allem, was sie bisher erlebt hatten, hätten sie sich aus-malen können, dass Hekates Schattenreich bei Nacht ein ge-fährliches, wenn nicht tödliches Gelände war. Jetzt hatten sie Wesen aus der Kreidezeit vor sich.

Josh öffnete den Mund, um etwas zu sagen, klappte ihn aber wieder zu. Er zog den Sicherungsstift aus dem Feuerlöscher; das Gerät war jetzt einsatzbereit. Er hatte keine Ahnung, was pas-sieren würde, wenn er eine Ladung Schaum auf die Geschöpfe abfeuerte.

Die drei Schlangenvögel teilten sich auf: Einer näherte sich weiter direkt von vorn, die anderen hielten auf die Fahrer- bzw. Beifahrerseite zu.

»Jetzt sollten wir uns auf Magie verstehen!«, wünschte Sophie inbrünstig. Sie hatte das Gefühl, als überschlage sich ihr Herz, sie atmete flach und ihr war schwindelig.

Der größte der Pterosaurier beugte sich über die Kühler-haube, dabei stützte er sich mit den Flügeln auf dem lädierten Metall ab. Der lange schlangenähnliche Kopf des Tieres ruckte nach vorn, und es schaute in den Wagen, zuerst auf Sophie, dann auf Josh, dann wieder auf Sophie. Aus dieser Nähe besehen war das Maul riesig, die Zahnreihen schienen endlos.

Josh drückte die Düse des Feuerlöschers an eines der vielen Löcher in der Windschutzscheibe und zielte auf den Pterosaurus. Sein Blick ging nach rechts und links, wo sich die anderen beiden näherten. Er schwitzte so stark an den Händen, dass er den Feuerlöscher kaum noch halten konnte.

»Josh!«, drängte Sophie. »Tu etwas. *Jetzt!*«

»Vielleicht verscheucht das Gas sie ja.« Unbewusst senkte Josh seine Stimme zu einem Flüstern. »Oder es vergiftet sie oder sonst etwas …«

»*Und warum willst du so etwas tun?*« Der Pterosaurus legte den Kopf schief und sah Josh an. Das Maul arbeitete, die Zähne blitzten. Er sprach abgehackt und mit vielen Schnalzlauten, aber eindeutig englisch. »*Wir sind nicht eure Feinde.*«

Kapitel Zwanzig

Das Haus war etwas ganz Besonderes, selbst für Bel Air, das Viertel in L.A., das für seine extravaganten Anwesen berühmt war. Riesig und weitläufig, ganz aus weißem Travertin gebaut und nur über eine Privatstraße zu erreichen, stand es auf einem vierundzwanzig Hektar großen Grundstück, das von einer dreieinhalb Meter hohen und mit einem elektrischen Zaun gekrönten Mauer umgeben war. Dr. John Dee musste zehn Minuten vor dem geschlossenen Tor warten, während ein bewaffneter Wachmann seine Identität überprüfte und ein anderer jeden Zentimeter des Wagens untersuchte und ihn sogar mit einer kleinen Kamera von unten abscannte. Dee war froh, dass er sich für einen kommerziellen Limousinenverleih mit menschlichem Fahrer entschieden hatte. Er war sich nicht sicher, was die Wachleute von einem Golem aus Lehm gehalten hätten.

Dee war am späten Nachmittag mit seinem Privatjet eingeflogen. Die Limousine, die sein Büro für ihn gebucht hatte, hatte ihn von Burbank abgeholt – jetzt hieß der Flughafen, wie er festgestellt hatte, Bob Hope Airport – und durch das schrecklichste Verkehrschaos, das er seit seiner Zeit im viktorianischen London erlebt hatte, zum Sunset Boulevard hinuntergefahren.

Zum ersten Mal in seinem langen Leben hatte Dee das Gefühl, als entglitten die Ereignisse seiner Kontrolle. Alles ging viel zu schnell und seiner Erfahrung nach passierten dann Unfälle. Leute – nun ja, genau genommen waren es keine Leute, sondern eher *Wesen* –, die zu schnell Ergebnisse sehen wollten, bedrängten ihn. Sie hatten ihn gezwungen, gegen Flamel vorzugehen, obwohl er ihnen gesagt hatte, dass er noch ein paar Tage Vorbereitungszeit bräuchte. Und er hatte recht behalten. Weitere vierundzwanzig Stunden, um zu beobachten und zu planen, und er hätte nicht nur Perenelle gehabt, sondern auch Nicholas. Und den gesamten Codex dazu. Dee hatte seine Auftraggeber gewarnt, dass Nicholas Flamel ein harter Brocken sei, aber sie hatten nicht auf ihn gehört. Dee kannte Flamel besser als irgendjemand sonst. Im Laufe der Jahrhunderte war er mehrmals nahe daran gewesen, ihn zu schnappen, sehr nahe daran, doch jedes Mal war es Flamel und Perenelle gelungen, ihm zu entwischen.

Er lehnte sich in dem klimatisierten Wagen zurück, während die Wachen mit ihrer Inspektion fortfuhren, und rief sich noch einmal seine erste Begegnung mit Nicholas Flamel, dem berühmten Alchemysten, ins Gedächtnis.

John Dee wurde 1527 geboren. Seine Welt war die von Elizabeth I. und er diente der Königin in vielen Funktionen: als Berater und Übersetzer, als Mathematiker und Astronom sowie als persönlicher Astrologe. Man überließ es ihm, Tag und Stunde ihrer Krönung festzulegen, und er wählte den 15. Januar 1559 um zwölf Uhr mittags. Er sagte der jungen Prinzessin eine lange Regentschaft vorher. Sie dauerte 45 Jahre.

Dr. John Dee war auch Spion der Königin.

Er spionierte für die englische Krone in ganz Europa und war ihr einflussreichster und mächtigster Agent auf dem Kontinent. Als berühmter Gelehrter und Naturwissenschaftler, Magier und Alchemyst war er an Königshöfen und in Adelspalästen ein gern gesehener Gast. Er gab vor, nur Englisch, Latein und Griechisch zu sprechen, obwohl er in Wirklichkeit ein Dutzend Sprachen beherrschte und noch mindestens ein weiteres Dutzend verstehen konnte, darunter sogar Arabisch und ein paar Brocken Kathay. Er hatte früh begriffen, dass die meisten Leute indiskret waren, wenn sie nicht wussten, dass er jedes Wort verstand, und er nutzte das schamlos aus. Seine vertraulichen und chiffrierten Berichte signierte er mit den Zahlen 007. Es hatte ihn königlich amüsiert, dass Ian Fleming, der mehrere hundert Jahre später James Bond erschuf, diesem den Codenamen 007 gab.

John Dee war einer der mächtigsten Magier seiner Zeit. Er beherrschte Totenbeschwörung und Zauberei, Astrologie und auch die Wahrsagekunst und das Sehen durch fremde Augen. Auf seinen Reisen durch Europa lernte er sämtliche großen Magier und Zauberer seiner Zeit kennen – einschließlich des legendären Nicholas Flamel, des Mannes, der als »der Alchemyst« bekannt war.

Dee erfuhr von der Existenz Nicholas Flamels – der angeblich 1418 gestorben war – rein zufällig. Seine Begegnung mit ihm prägte den Rest seines Lebens und auf vielerlei Weise die Weltgeschichte.

Nicholas und Perenelle waren im ersten Jahrzehnt des 16. Jahrhunderts nach Paris zurückgekehrt und arbeiteten als Ärzte in genau dem Armenkrankenhaus, das sie hundert Jahre vorher selbst gegründet hatten. Sie lebten und arbeiteten buchstäblich im Schatten der großen Kathedrale von Nôtre Dame. Dee war in geheimer Mission für die Königin in Paris, doch ein Blick auf den schlanken dunkelhaarigen Mann und seine grünäugige Frau, die zusammen in den hohen Räumen des Krankenhauses arbeiteten, genügte, und er wusste, wen er vor sich hatte.

Dee gehörte damals zu den wenigen Menschen auf der Welt, die eine Ausgabe von Flamels Meisterwerk »*Eine Zusammenfassung der Philosophie*« besaßen. Auf der dem Innentitel gegenüberliegenden Seite war ein Stich des berühmten Alchemysten abgebildet. Als Dee sich bei dem Arzt und seiner Frau vorstellte und sie mit ihren richtigen Namen anredete, widersprachen sie nicht. Sie hatten natürlich auch schon von dem berühmten Dr. John Dee gehört. Perenelle hatte zwar Bedenken, doch Nicholas war hocherfreut, den englischen Magier in die Lehre zu nehmen. Dee zog sofort nach Paris und arbeitete die nächsten vier Jahre unter Nicholas und Perenelle.

Und es war in Paris, im Jahr 1575, als er von der Existenz des Älteren Geschlechts erfuhr.

Er hatte spät in der Nacht in seinem kleinen Dachzimmer im Haus der Flamels noch gelesen, als ein Geschöpf wie aus einem Albtraum den Schornstein herunterrutsche und zwischen Holz- und Kohlestückchen auf den Kaminvorleger krabbelte. Bei dem

Geschöpf handelte es sich um eine Chimäre aus dem alten Geschlecht der Ghule, welche die Kloaken und die Friedhöfe der meisten europäischen Städte heimsuchten. Das Geschöpf aus marmorartigem Fleisch und mit kohlschwarzen Augen ähnelte den in Stein gehauenen Dämonen, die die Kathedrale direkt gegenüber dem Flamel'schen Haus schmückten.

Die Chimäre sprach eine archaische Form des Griechischen und lud Dee zu einem Treffen auf dem Dach der Kathedrale ein. Dee erkannte schnell, dass er diese Einladung nicht ausschlagen konnte, und so folgte er dem Geschöpf hinaus in die Nacht. Es sprang in großen Sätzen davon, manchmal auf zwei, oft auf vier Beinen, und führte ihn durch immer schmaler werdende Gassen hinunter in die Kanalisation und schließlich durch eine verborgene Tür in die riesige Kathedrale hinein. Er folgte der Chimäre die 1001 in die Innenwand gehauenen Stufen hinauf zum Dach der gotischen Kathedrale.

»Warte«, hatte sie befohlen und danach geschwiegen.

Ihre Mission schien beendet. Sie ignorierte Dee und setzte sich auf die Brüstung, vornübergebeugt, die Flügel über den Schultern gefaltet, den Schwanz auf dem Rücken zusammengeringelt. Aus ihrer Stirn wuchsen kleine Hörnchen. Sie ließ den Blick über den Platz weit unten schweifen und verfolgte die Bewegungen der Nachtschwärmer und derjenigen, die kein Zuhause hatten – vermutlich auf der Suche nach einer geeigneten Mahlzeit. Hätte jemand zufällig von unten heraufgeschaut, er hätte die Chimäre nicht von den unzähligen Steinskulpturen an dem Gebäude unterscheiden können.

Dee trat an den Rand des Daches und schaute über die Stadt. Das nächtliche Paris lag weithin unter ihm ausgebreitet, Tausende winziger Lichter von Feuerstellen, Öllampen und Kerzen, deren Rauchfahnen pfeilgerade in die windstille Nacht aufstiegen. Der Teppich aus unzähligen Lichtpünktchen wurde von dem schwarzen, sich windenden Band der Seine durchschnitten. Dee hörte die Geräusche der Stadt – ein leises Dröhnen wie im Bienenstock, wenn die Tiere sich für die Nacht niederlassen – und er roch die übel stinkende Dunstwolke, die über den Straßen hing – eine Mischung aus Abwässern, faulendem Obst und verdorbenem Fleisch, menschlichen und tierischen Ausdünstungen und dem Gestank des Flusses selbst.

Dee kauerte über der berühmten Fensterrose der Kathedrale und wartete. Das Studium der Magie hatte ihn viel gelehrt – an erster Stelle Geduld. Der Gelehrte in ihm genoss es, auf dem Dach des höchsten Gebäudes von Paris zu stehen, und er wünschte, er hätte seinen Skizzenblock mitgebracht. So musste er sich damit zufriedengeben, sich umzuschauen und alles, was er sah, in seinem bemerkenswerten Gedächtnis abzuspeichern.

Ein Besuch vor nicht allzu langer Zeit in Florenz fiel ihm ein. Er war in die Stadt am Arno gereist, um die Tagebücher von Leonardo da Vinci zu studieren. Sie waren in einer merkwürdigen Geheimschrift verfasst, und bis jetzt war es noch niemandem gelungen, sie zu entschlüsseln. Er hatte es in einer knappen Stunde geschafft, nachdem er dahintergekommen war, dass Leonardo seine Tagebücher nicht nur verschlüsselt, sondern auch in Spiegelschrift geschrieben hatte. Sie waren voller erstaunlicher Zeichnungen für geplante Erfindungen: Gewehre, die in rascher Folge mehrere Schüsse abgeben konnten; eine gepanzerte Kutsche, die sich ohne Pferde fortbewegte, und ein Boot, das unter Wasser segeln konnte. Eine interessierte Dee jedoch ganz besonders: ein Gurtwerk, das es, wie da Vinci behauptete, dem Menschen ermöglichte, sich in die Lüfte zu erheben wie ein Vogel. Dee war nicht ganz davon überzeugt gewesen, dass der Entwurf funktionierte, aber er wünschte sich nichts sehnlicher, als zu fliegen. Als er jetzt so über Paris schaute, stellte er sich vor, wie es wäre, sich da Vincis Flügel umzuschnallen und hinauszusegeln über die Dächer.

Eine flüchtige Bewegung unterbrach seine Gedanken. Er wandte sich nach Norden, wo etwas über den Nachthimmel flog, ein schwarzer Schatten, der Dutzende kleinerer Punkte hinter sich herzog. Diese kleineren Punkte hätten Vögel sein können... Allerdings wusste er, dass Vögel nur sehr selten nachts flogen. Es gab für Dee keinen Zweifel, dass dies der Grund war, weshalb er hier heraufgeführt worden war. Er konzentrierte sich auf den größeren Schatten, der rasch näher kam, und versuchte zu erkennen, was da auf ihn zukam. Doch erst als die Gestalt auf dem Dach landete, sah er, dass es eine ganz in Schwarz gekleidete Frau mit aschfahlem Gesicht war, die einen langen Umhang aus schwarzen Federn trug.

In dieser Nacht traf Dr. John Dee zum ersten Mal die Morrigan. In dieser Nacht erfuhr er vom Älteren Geschlecht und dass es durch die Beschwörungen aus einem Buch von Abraham, dem Magier, gewaltsam von dieser Erde vertrieben worden war – und dass dieses Buch sich zur Zeit im Besitz von Nicholas Flamel befand. In dieser Nacht erfuhr Dee, dass es Mitglieder des Älteren Geschlechts, so genannte Dunkle, gab, die an ihren angestammten Platz als Beherrscher der Menschheit zurückkehren wollten. Und in dieser Nacht versprach die Krähengöttin Dee, er würde eines Tages die gesamte Welt regieren, wäre Herr über ein Reich, das sich von Pol zu Pol erstreckte, von Sonnenaufgang zu Sonnenuntergang. Er bräuchte dafür lediglich das Buch zu stehlen und es ihr auszuhändigen.

In dieser Nacht wurde Dr. John Dee zum Verfechter der Sache der Dunklen Wesen des Älteren Geschlechts.

Diese Mission ließ ihn auf der ganzen Welt herumkommen und führte ihn auch in die vielen angrenzenden Schattenreiche. Er kämpfte gegen Geister und Ghule, gegen Wesen, die es außerhalb von Albträumen gar nicht geben dürfte, und gegen solche, die übrig geblieben waren aus einer Zeit vor der Ankunft der Humani. Er zog an der Spitze einer Geisterarmee in den Kampf und irrte mindestens ein Jahrzehnt lang in einer eisigen Anderswelt herum. Viele Male bangte er um seine Sicherheit, aber wirklich Angst hatte er nie… Bis zu diesem Moment, wo er im Los Angeles des 21. Jahrhunderts vor dem Eingang zu einem Anwesen in Bel Air wartete.

In der Anfangszeit war er sich gar nicht in vollem Umfang darüber klar gewesen, welche der Kräfte die Kreaturen besaßen, denen er diente. Doch fast viereinhalb Jahrhunderte in ihrem Dienst hatten ihn vieles gelehrt… Einschließlich der Tatsache, dass der Tod noch die geringste Strafe war, die sie ihm auferlegen konnten.

Der bewaffnete Wachmann trat zur Seite, und die hohen Eisentore öffneten sich mit einem Klicken, sodass Dees Wagen die lange, weiß geschotterte Zufahrt zu dem weitläufigen Marmorbau hinunterfahren konnte. Obwohl es Nacht geworden war, brannte kein Licht in dem Haus, und einen Augenblick lang dachte Dee, es sei keiner da. Dann fiel ihm wieder ein, dass die Person, die er hier treffen sollte – das *Wesen* –, die Nachtstunden bevorzugte und kein Licht brauchte.

Der Wagen fuhr auf den kreisrunden Platz vor dem Haupteingang, wo die Scheinwerfer auf drei Leute fielen, die auf der untersten Stufe der breiten Treppe standen. Als der Wagen auf dem weißen Schotter zum Stehen kam, trat eine Gestalt vor und öffnete die Wagentür. Es war in der Dunkelheit unmöglich, Einzelheiten auszumachen, aber die Stimme war männlich und sprach ihn zwar auf Englisch, aber mit einem starken Akzent an.

»Dr. Dee, nehme ich an. Ich bin Senuhet. Bitte kommen Sie herein, wir haben Sie erwartet.« Damit drehte die Gestalt sich um und ging die Treppe hinauf.

Dee stieg aus, strich seinen teuren Anzug glatt und folgte Senuhet ins Haus. Das Herz klopfte ihm bis zum Hals. Die beiden anderen Gestalten gingen rechts und links von ihm. Niemand brauchte Dee zu sagen, dass es Wachen waren. Ob es sich um menschliche Wachen handelte, wusste er allerdings nicht.

Kaum hatte Dee das Haus betreten, fiel ihm der schwere, süßliche Geruch auf, der darin herrschte. Es war Weihrauch, jenes seltene und unwahrscheinlich teure duftende Harz aus dem Mittleren Osten, das früher in Ägypten und Griechenland und bis ins östliche China hinein Verwendung fand. Dee tränten die Augen und seine Nasenflügel bebten. Die Dunklen Älteren liebten Weihrauch, doch er bekam Kopfschmerzen davon.

Als die drei schattenhaften Gestalten Dee in die große Halle führten, konnte er einen Blick auf Senuhet werfen: Er war klein und schmal, hatte olivfarbene Haut und eine Glatze. Dem Aussehen nach hätte er aus dem Mittleren Osten kommen können, aus Ägypten oder dem Jemen. Senuhet schloss die schwere Eingangstür, sagte zwei Worte: »Wartet hier«, und verschwand in der Dunkelheit. Dee blieb in Gesellschaft der beiden schweigenden Wachen zurück.

Er schaute sich um. Selbst im schattigen Halbdunkel sah er, dass die große Eingangshalle vollkommen kahl war. Kein Mobiliar auf dem gefliesten Boden, keine Bilder oder Spiegel an den Wänden, keine Vorhänge an den Fenstern. Er wusste, dass es überall auf der Welt solche Häuser gab. Sie gehörten den wenigen Dunklen, die sich gern in der Welt der Menschen aufhielten und gewöhnlich Unfrieden stifteten. Sie waren zwar außerordentlich geschickt und gefährlich, doch waren ihre Kräfte durch die stetige Zunahme von Eisen in der modernen Welt stark eingeschränkt. So wie Blei die Menschen vergiften konnte, war Eisen, das von Menschen erzeugte Metall, tödlich für das Ältere Geschlecht. Dee wusste ohne hinzuschauen, dass kein Fitzelchen von diesem Metall in diesem Haus war. Garantiert war alles aus Gold oder Silber, selbst die Türgriffe und die Armaturen in den Bädern.

Die Dunklen Älteren legten viel Wert auf ihre Privatsphäre; sie bevorzugten stille, abgelegene Orte – kleine Inseln, Wüsteneien, Länder wie die Schweiz, Teile der ehemaligen Sowjetunion, die arktischen Gebiete Kanadas, Tempel im Himalaja und den brasilianischen Dschungel. Wenn sie sich für ein Haus in einer Stadt wie Los Angeles entschieden, war es von Mauern und Stacheldraht umgeben, und auf dem Gelände patrouillierten bewaffnete Sicherheitsleute und Hunde. Und wenn jemand das Glück hatte – oder dumm genug war –, tatsächlich bis zum

Haus vorzudringen, warteten dort ältere, grimmigere und aufs Töten spezialisierte Wachen auf ihn.

»Hier entlang.«

Dee war stolz auf sich, weil es ihm gelungen war, seinen Schreck nicht zu zeigen, als er Senuhets Stimme vernahm. Er hatte den Mann nicht zurückkommen hören. Dee fragte sich, ob es wohl nach oben oder unten gehen würde. Seiner Erfahrung nach ließen sich die Dunklen in zwei Kategorien unterteilen: solche, die lieber auf Dächern schliefen, und solche, die Keller bevorzugten. Die Morrigan war ein Geschöpf der Dachböden und Dächer.

Als Senuhet in einen Lichtfleck trat, sah Dee, dass seine Augen mit einem schwarzen Kholstift umrandet und die Lider vollkommen schwarz waren. Zwei waagerechte Linien waren von den Augenwinkeln zu den Ohren aufgemalt und auf seinem Kinn hatte er drei senkrechte weiße Striche angebracht. Er führte Dee zu einer versteckten Tür direkt unter der breiten Treppe und öffnete sie mit einem Passwort in eindeutig altägyptischer Sprache. Dee folgte Senuhet in einen pechschwarzen Flur und blieb stehen, als die Tür hinter ihnen zufiel. Er hörte, dass der Mann vor ihm weiterging; dann erklangen seine Schritte auf einer Treppe.

Abwärts. Dee hätte es sich denken können, dass die Erstgewesene, zu der die Morrigan ihn schickte, ein Geschöpf der Keller und Tunnel war. »Ich brauche Licht«, sagte er laut. »Ich will nicht die Treppe hinunterfallen und mir das Genick brechen.« Seine Stimme hallte in dem schmalen Treppenhaus leise wider.

»In diesem Haus gibt es keine Elektrizität, Dr. John Dee. Aber wir haben gehört, dass Sie ein bedeutender Zauberer sind. Falls Sie Licht machen wollen, ist es Ihnen erlaubt.«

Wortlos streckte Dee die Hand aus. In seiner Handfläche blitzte ein blauer Funke auf. Er zischte und brodelte und flackerte wild und dann wuchs er von Erbsengröße auf die Größe einer Traube, strahlte ein kaltes, bläulich weißes Licht aus. Dee hielt die Hand vor sich ausgestreckt und stieg die Treppe hinunter.

Anfangs zählte er noch die Stufen, gab dies aber bald auf, abgelenkt von der Dekoration an den Wänden, der Decke und selbst auf den einzelnen Stufen. Es war, als betrete er ein ägyptisches Grab, doch anders als in den zahllosen Gräbern, die er gesehen hatte und wo die Ausschmückungen verblasst waren, angeschlagen und zerbrochen, waren sie hier unbeschädigt, und die Farben leuchteten. Die bläulich weiße Lichtkugel, die er trug, verfälschte die Farben zwar etwas, doch sie sahen aus, als seien sie frisch aufgebracht worden. Die Piktogramme und Hieroglyphen wirkten lebendig und hatten scharfe Konturen und die Namen der Götter waren in glänzendem Blattgold aufgebracht.

Ein Luftstrom von unten ließ den leuchtenden Ball in seiner Hand flackern und tanzen, sodass die Schatten hierhin und dorthin schossen. Dee blähte die Nasenflügel. Der Wind trug ihm einen Geruch zu von etwas Altem… etwas Altem und lange Totem.

Die Treppe mündete in einen weiten Gewölbekeller. Beim ersten Schritt knirschte und knackte es unter seinen Füßen. Er senkte die Hand, damit das Licht den Boden ausleuchtete, und sah, dass er mit zahllosen weißen Knöchelchen bedeckt war wie mit einem elfenbeinfarbenen Teppich. Es dauerte einen Augenblick, bevor Dee erkannte, dass es sich um Mäuse- und Rattenknochen handelte. Einige waren so alt, dass sie zu weißem Pulver zerfielen, wenn er daranstieß, doch es waren auch frische darunter. Dee stellte die Frage, auf die er eigentlich gar keine Antwort haben wollte, lieber nicht und folgte seinem schweigsamen Führer über die knackenden Knochen hinweg. Er hob die Hand und leuchtete die Kellerwände an. Im Gegensatz zum Treppenhaus waren sie ohne allen Schmuck. Sie hatten schwarze Streifen von der Feuchtigkeit, dicht am Boden hatte sich grünlicher Schimmel gesammelt und an der Decke wuchsen Pilze.

»Sieht so aus, als hätten Sie ein Problem mit der Feuchtigkeit«, bemerkte Dee völlig unnötigerweise, nur um das Schweigen zu brechen.

»Es spielt keine Rolle«, erwiderte Senuhet leise.

»Sind Sie schon lange hier?«, erkundigte sich Dee, während er sich umsah.

»An diesem Ort?« Der andere Mann überlegte kurz. »Noch keine hundert Jahre. Das ist eigentlich gar nichts.«

Etwas bewegte sich in der Dunkelheit.

»Und viel länger werden wir hier nicht mehr bleiben, nicht wahr, Dr. Dee?« Die Stimme klang wie eine Mischung aus einem sinnlichen Raunen und einem Schnurren; die Sprecherin hatte offenbar Mühe mit der Aussprache der englischen Wörter. Fast gegen seinen Willen hob Dee die Hand, damit er die große, schlanke Gestalt, die sich da im Schatten bewegte, erkennen konnte. Das Licht glitt über bloße Füße mit schwarzen, klauenspitzen Nägeln, dann hinauf zu einem schweren, kiltähnlichen weißen Rock, bestickt mit kostbaren Edelsteinen, über einen Brustkorb, über dem sich breite, mit ägyptischen Buchstaben verzierte Bänder kreuzten – bis es schließlich den Kopf erreichte.

Obwohl er gewusst hatte, was ihn erwartete, entfuhr Dee unwillkürlich ein entsetztes Keuchen, als er Bastet sah. Sie hatte den Körper einer Frau, doch der Kopf, der die gewölbte Decke streifte, war der einer Katze: glatter Pelz, große gelbe Augen mit schmalen Pupillen, eine lange, spitze Schnauze und dreieckige Ohren. Der Mund öffnete sich und Dees kaltes Licht beleuchtete gelb schimmernde Zähne. Das war das Wesen, das in ganz Ägypten viele Generationen lang verehrt worden war.

Dee fuhr sich mit der Zunge über die trockenen Lippen, als er sich tief verbeugte. »Deine Nichte, die Morrigan, lässt dich grüßen. Sie hat mich gebeten, dir auszurichten, dass es Zeit sei, dich an der Dreigesichtigen zu rächen.«

Bastet machte einen Satz auf Dee zu und bohrte rasiermesserscharfe Krallen in sein teures Jackett. Die Seide riss sofort. »Ganz genau ... Ich will *ganz genau* wissen, was meine Nichte gesagt hat«, verlangte sie.

»Du hast es doch gehört.« Dee schaute in das furchteinflößende Gesicht. Bastets Atem roch nach verzehrtem Fleisch. Er warf den blauweißen Lichtball in die Luft, wo er hängenblieb und sich drehte, und löste dann vorsichtig Bastets Klauen aus seiner Jacke. Die konnte er komplett vergessen.

»Die Morrigan will, dass du dich ihrem Angriff auf Hekates Schattenreich anschließt«, sagte Dee, ohne mit der Wimper zu zucken.

»Dann ist es tatsächlich Zeit!«, rief Bastet triumphierend.

Der Magier nickte; mit jeder Bewegung huschten Schatten über die Wand. »Es ist Zeit«, stimmte er zu, »Zeit, dass das Ältere Geschlecht zurückkommt und diese Erde wieder in Besitz nimmt.«

Bastet stieß ein hohes, beängstigendes Heulen aus. Die Dunkelheit hinter ihr begann zu zucken, als Katzen jeder Rasse, Form und Größe in den Keller strömten und sich in einem immer größeren Kreis um sie herum aufstellten. »Es ist Zeit für die Jagd«, verkündete Bastet. »Zeit für die Fütterung.«

Die Katzen hoben den Kopf, miauten und jaulten. In Dees Ohren klang der Lärm entsetzlich, wie das Weinen zahlloser verzweifelter Babys.

Kapitel Einundzwanzig

Scathach erwartete Sophie und Josh an der offenen Tür des Baumhauses, als sie zurückkamen. Der große Pterosaurier hüpfte hinter ihnen her, während die anderen beiden über ihren Köpfen dahinsegelten; jeder Flügelschlag wirbelte Staub auf. Auch wenn kein Wort gefallen war, wussten die Zwillinge, dass sie sanft, aber bestimmt zum Haus zurückgebracht wurden.

Im Zwielicht war Scathachs Gesicht unnatürlich blass, das kurz geschorene rote Haar wirkte fast schwarz. Sie hatte die Lippen grimmig zusammengepresst, doch als sie sprach, versuchte sie, sich ihren Zorn nicht anmerken zu lassen.

»Wollt ihr wirklich hören, wie dumm und gefährlich das war?«

Josh wollte etwas sagen, doch Sophie fasste ihn am Arm, und er schwieg.

»Wir wollten nach Hause«, sagte sie müde. Sie wusste jetzt schon, was Scatty darauf antworten würde.

»Das geht nicht«, sagte Scathach denn auch und drehte sich um.

An der Tür zögerten die Zwillinge kurz und schauten noch einmal zurück zu dem Pterosaurier. Er legte seinen schmalen, langen Kopf schief und betrachtete sie mit seinen großen Augen mit den schmalen Pupillen. Sie hörten seine Stimme in ihrem Kopf: »*Macht euch wegen Scathach nicht allzu viele Gedanken. Ihr wisst ja: Hunde, die bellen, beißen nicht.*« Das Urzeitgeschöpf öffnete den Mund und ließ bei dem, was ein Lächeln hätte sein können, Hunderte spitzer Zähne sehen. »*Ich glaube, sie hatte Angst um euch.*« Damit drehte es sich um, machte ein paar Hopser und hob dann mit kräftigem Flügelschlag vom Boden ab.

»Sag nichts!«, warnte Sophie ihren Bruder. Joshs voreilige Bemerkungen und Kommentare brachten ihn regelmäßig in Schwierigkeiten. Im Gegensatz zu ihrem Bruder, der zu allem seinen Senf abgeben musste, hatte sie die Gabe, Dinge zu registrieren und dennoch den Mund zu halten.

»Du hat mir nichts zu befehlen«, schnaubte er, doch seine Stimme zitterte. Josh hatte Angst vor schlangenartigen Wesen, seit er mit seinem Vater beim Zelten einmal in das Nest einer Klapperschlange gefallen war. Zum Glück hatte die Schlange sich gerade satt gefressen und ihn ignoriert, sodass er weglaufen konnte. Noch Wochen danach hatte er Albträume gehabt – und er hatte sie auch heute noch gelegentlich, wenn er besonders im Stress war – vor allem vor Prüfungen.

Die großen schlangenähnlichen Pterosaurier sahen aus, als seien sie seinen allerschlimmsten Albträumen entsprungen, und als sie plötzlich aufgetaucht waren, hatte sein Herz so wild gehämmert, dass die Haut über seinem Brustkorb pulsiert hatte. Als das spitze Gesicht sich ihm zugeneigt hatte, wäre er fast in Ohnmacht gefallen. Selbst jetzt noch spürte er, wie ihm eiskalter Schweiß den Rücken hinunterlief.

Sophie und Josh folgten Scathach durch das Baumhaus. Jetzt bemerkten die Zwillinge, dass sich im Halbdunkel etwas rührte, dass Dielen unter Schritten knarrten, Holzwände sich dehnten und knackten, als sei das ganze Haus in Bewegung und wachse. Die Stimmen, die Rufe und Schreie von vorher waren allerdings verstummt, das fiel ihnen auch auf.

Scathach führte sie zu einem kahlen runden Raum, in dem Nicholas Flamel wartete. Er stand gegenüber der Tür am Fenster, hatte die Hände auf dem Rücken gefaltet und starrte hinaus in die Nacht. Das einzige Licht im Raum kam von dem riesigen Mond, der sich bereits wieder dem Horizont zuneigte. Eine Seite des Zimmers war in kaltes, silbrig weißes Licht getaucht, die andere lag im Dunkeln. Scatty trat neben Flamel. Sie verschränkte die Arme vor der Brust und wandte sich mit ausdrucksloser Miene den Zwillingen zu.

»Man hätte euch umbringen können«, sagte Flamel leise, ohne sich umzudrehen. »Oder schlimmer.«

»Ihr könnt uns hier nicht festhalten«, erwiderte Josh rasch. Seine Stimme klang zu laut in der Stille. »Wir sind keine Gefangenen.«

Der Alchemyst schaute über die Schulter. Er trug seine Brille mit den winzigen runden Gläsern und im Dämmerlicht waren seine Augen dahinter nicht zu sehen. »Nein, das seid ihr nicht.« Er flüsterte fast und sein französischer Akzent war plötzlich deutlich herauszuhören. »Aber ihr seid Gefangene der Umstände, der Fügung und des Zufalls ... an was auch immer davon ihr glaubt.«

»Ich glaube nicht an Zufall«, murmelte Scathach.

»Ich auch nicht«, sagte Nicholas und drehte sich um. Er nahm die Brille ab und rieb sich den Nasenrücken. Er hatte dunkle Ringe unter den hellen Augen und die Lippen waren schmale Striche. »In gewisser Weise sind wir alle Gefangene hier – Gefangene der Ereignisse. Vor fast siebenhundert Jahren kaufte ich ein zerfleddertes Buch, das in einer unverständlichen Sprache geschrieben war. An diesem Tag wurde auch ich zum Gefangenen, ich war so in meiner Freiheit eingeschränkt, als säße ich hinter Gittern. Du, Josh, hättest mich nie wegen eines Sommerjobs fragen und du, Sophie, hättest nie in diesem Café arbeiten dürfen. Aber ihr habt es getan, und weil ihr diese Entscheidungen getroffen habt, steht ihr heute Nacht mit mir hier.« Er hielt inne und schaute Scathach an. »Natürlich gibt es genügend Philosophen, die behaupten würden, dass ihr vom Schicksal dazu bestimmt wart, die Jobs anzunehmen, Perenelle und mir zu begegnen und jetzt in diesem Abenteuer zu landen.«

Scathach nickte. »Schicksal.«

»Wollt ihr damit sagen, dass wir keinen freien Willen haben?«, fragte Sophie. »Dass das alles vorbestimmt war?« Sie schüttelte den Kopf. »Daran glaube ich nicht eine Sekunde lang.« Diese Vorstellung widersprach allem, wovon sie überzeugt war. Die Vorstellung, dass die Zukunft vorherbestimmt sein könnte, war einfach absurd.

»Ich auch nicht«, sagte Josh trotzig.

»Und was wäre«, begann Flamel leise, »wenn ich euch sagen würde, dass in Abrahams Buch der Magie – einem Buch, das vor über zehntausend Jahren geschrieben wurde – von euch die Rede ist?«

»Unmöglich!«, protestierte Josh. Was Nicholas da andeutete, machte ihm Angst.

»Ha!« Nicholas Flamel breitete die Arme aus. »Ist das nicht auch unmöglich? Heute Nacht seid ihr den Federnattern begegnet, den geflügelten Wächtern über Hekates Schattenreich. Ihr habt sie in eurem Kopf reden hören, gehe ich recht in dieser Annahme? Ist das *nicht* unmöglich? Und die Torc Allta – sind sie nicht genauso unmöglich?«

Weder Josh noch Sophie konnten das leugnen.

Nicholas trat zu ihnen und legte beiden eine Hand auf die Schulter. Er war genauso groß wie sie und schaute ihnen direkt in die Augen. »Ihr müsst akzeptieren, dass ihr in dieser unmöglichen Welt gefangen seid. Wenn ihr sie verlasst, bringt ihr Unglück über eure Familie und eure Freunde und aller Wahrscheinlichkeit nach euch selbst den Tod.«

»Außerdem ist es eure Bestimmung, dass ihr hier seid«, fügte Scathach grimmig hinzu, »wenn ihr in dem Buch erwähnt seid.«

Die Zwillinge schauten von ihr zu Flamel.

Der nickte. »Es stimmt. Das Buch ist voller Prophezeiungen – einige haben sich mit Sicherheit bereits erfüllt, andere werden noch in Erfüllung gehen. Aber es ist ausdrücklich die Rede von ›den zwei, die eins sind‹.«

»Und du glaubst...?«, wisperte Sophie.

»Ja. Ich glaube, damit könntet ihr gemeint sein. Ich bin sogar überzeugt davon.«

Scathach trat neben ihn. »Was bedeutet, dass ihr plötzlich

von immenser Wichtigkeit seid – nicht nur für uns, sondern auch für Dee und die Dunklen Älteren.«

»Warum?« Josh fuhr sich mit der Zunge über die trockenen Lippen. »Warum sind wir so wichtig?«

Der Alchemyst warf Scatty einen Hilfe suchenden Blick zu. Sie nickte. »Sag es ihnen. Sie müssen es wissen.«

Wieder schauten die Zwillinge von ihr zu Flamel. Sie spürten, dass das, was sie gleich erfahren würden, von ungeheurer Bedeutung war. Sophie schob ihre Hand in die ihres Bruders und der drückte sie.

»Der Codex prophezeit, dass die zwei, die eins sind, kommen werden, um die Welt entweder zu retten oder zu zerstören.«

»Was soll das heißen, entweder retten oder zerstören?«, fragte Josh. »Es kann nur das eine oder das andere sein, richtig?«

»Das Wort, das im Codex dafür steht, gleicht einem alten babylonischen Symbol, das beides bedeuten kann«, erklärte Flamel. »Ich persönlich habe immer vermutet, es bedeutet, dass einer von euch das Potenzial hat, die Welt zu retten, und der andere, sie zu vernichten.«

Sophie stieß ihren Bruder an. »Das bist bestimmt du.«

Flamel trat ein paar Schritte zurück. »Wenn Hekate in wenigen Stunden aufwacht, werde ich sie bitten, eure schlummernden magischen Kräfte zu wecken. Ich glaube, dass sie es tun wird. Ich hoffe es inständig«, fügte er hinzu. »Dann verlassen wir ihr Reich.«

»Wohin gehen wir?«, wollte Josh wissen, während Sophie gleichzeitig fragte: »*Dürfen* wir dann nicht mehr länger bleiben?«

»Ich hoffe, dass weitere Erstgewesene oder unsterbliche Menschen sich überreden lassen, mir bei eurer Ausbildung zu helfen. Und nein, wir können dann nicht mehr hier bleiben. Dee und die Morrigan haben mit einer der grausamsten unter den Erstgewesenen Kontakt aufgenommen: mit Bastet.«

»Die ägyptische Katzengöttin?«, fragte Sophie.

Flamel blinzelte überrascht. »Ich bin beeindruckt.«

»Unsere Eltern sind Archäologen, okay? Wenn andere Kinder Gutenachtgeschichten zu hören bekamen, haben unsere Eltern uns Legenden aus anderen Zeiten und Welten erzählt.«

Der Alchemyst nickte. »In dem Moment, in dem wir hier miteinander sprechen, sammeln Bastet und die Morrigan ihre Streitkräfte für einen Großangriff auf Hekates Schattenreich. Ich nahm an, dass sie in der Nacht angreifen, wenn Hekate schläft, aber noch weist nichts auf einen Angriff hin, und es dämmert bald. Ich bin sicher, sie wissen, dass es nur eine Chance für sie gibt und die Aufstellung der Kräfte hundertprozentig stimmen muss, bevor sie losschlagen. Im Moment gehen sie noch davon aus, dass wir nicht einmal ahnen, was sie vorhaben. Und noch wichtiger: Sie glauben, uns sei nicht bekannt, dass Bastet dabei ist. Aber wir sind vorbereitet.«

»Und woher wissen wir es?«, fragte Sophie.

»Perenelle hat es mir gesagt«, antwortete Flamel und fügte die Antwort auf die Frage, die als Nächstes kommen musste, gleich an: »Sie ist sehr einfallsreich und hat einen körperlosen Geist beauftragt, mir eine Nachricht zu überbringen.«

»Einen Geist?« Sophie merkte, dass es ihr gar nicht mehr so schwerfiel, an Geister zu glauben.

»Ganz genau.«

»Was wird passieren, wenn sie angreifen?«, erkundigte sich

Josh. »Ich meine, mit welcher Art von Angriff müssen wir rechnen?«

Flamel schaute Scatty an. »Ich war noch nicht auf der Welt, als die Wesen des Älteren Geschlechts zuletzt gegeneinander Krieg führten.«

»Aber ich«, sagte Scatty düster. »Die überwiegende Mehrheit der Humani wird gar nicht mitbekommen, dass irgendetwas passiert.« Sie zuckte mit den Schultern. »Aber das Freiwerden magischer Energie in den Schattenreichen hat ganz sicher Auswirkungen auf Klima und Geologie in bestimmten Gebieten. Es kann Erdbeben geben, den einen oder anderen Tornado, Hurrikane und Regen, sintflutartigen Regen. Und ich hasse Regen«, fügte sie hinzu. »Regen war einer der Gründe, weshalb ich Hibernia verlassen habe.«

»Wir müssen doch etwas tun können«, sagte Sophie. »Die Leute warnen oder so.«

»Und wie sollte diese Warnung aussehen?«, fragte Flamel. »Willst du ihnen sagen, dass es zu einem außerweltlichen Kampf kommen wird, der zu Erdbeben und Überschwemmungen führen kann? Das ist nicht unbedingt das, was man der Zeitung oder der örtlichen Wetterstation mal eben am Telefon mitteilen kann, oder?«

»Wir müssen –«

»Nein, wir müssen nicht«, widersprach Flamel nachdrücklich. »Wir müssen nur eines: euch und die Seiten aus dem Buch hier wegbringen.«

»Und was ist mit Hekate?«, fragte Josh. »Kann sie sich verteidigen?«

»Gegen Dee und die Morrigan, ja«, antwortete Scatty. »Aber

mit Bastet als Verbündeter … Ich kann es nicht sagen. Ich weiß nicht, wie mächtig sie wirklich ist.«

»Mächtiger, als du es dir vorstellen kannst.«

Alle drehten sich zur Tür um, wo ein Mädchen stand und ausgiebig gähnte. Sie sah nicht älter aus als elf Jahre, rieb sich die gelben Augen, blickte in die Runde und lächelte dann. Die Zähne leuchteten weiß in dem kohlschwarzen Gesicht. Sie trug ein kurzes togaähnliches Kleid aus demselben irisierenden Stoff wie die greise Hekate, nur dass er jetzt in Gold- und Grüntönen schillerte. Das schneeweiße Haar fiel ihr in Locken auf die Schultern.

Flamel verbeugte sich. »Guten Morgen. Ich habe nicht gedacht, dass du vor dem Morgengrauen aufstehst.«

»Wie kann ich bei all den Unruhen hier schlafen? Das Haus hat mich geweckt.«

»Das Haus …«, begann Josh.

»Das Haus lebt«, bemerkte Hekate trocken.

Josh hatte jede Menge Kommentare auf der Zunge, doch der Gedanke an den grünen Schleim vom Vorabend veranlasste ihn, lieber den Mund zu halten.

»Wie ich gehört habe, planen die Morrigan und meine Erstgewesenen-Schwester Bastet einen Angriff auf mein Schattenreich«, sagte das Mädchen grimmig.

Nicholas warf Scathach einen verstohlenen Blick zu. Die zuckte kaum merklich mit den Schultern; sie hatte keine Ahnung, woher Hekate es wusste.

»Ihr seid euch sicher darüber im Klaren, dass ich alles höre, was in diesem Haus passiert, jedes Wort, das gesagt oder geflüstert – oder auch nur gedacht wird«, fügte Hekate mit Blick auf

Josh hinzu. Wieder lächelte das Mädchen, doch in diesem Augenblick sah sie aus, als sei sie sehr viel älter. Das Lächeln bog ihre Mundwinkel nach oben, erreichte aber nicht ihre Augen.

Hekate trat weiter ins Zimmer, und Sophie fiel auf, dass das Haus auf ihre Anwesenheit reagierte. An der Stelle, wo sie gestanden hatte, schossen grüne Triebe aus dem Boden, und an Türsturz und Schwelle waren winzige grüne Knospen zu sehen. Die Göttin mit den drei Gesichtern blieb vor Nicholas Flamel stehen und schaute in sein sorgenvolles Gesicht. »Es wäre mir lieber gewesen, du wärst nicht hierhergekommen. Es wäre mir lieber gewesen, du hättest mich mit all dem verschont. Es wäre mir lieber gewesen, wenn ich nicht gegen meine Schwester und meine Nichte Krieg führen müsste. Und es wäre mir ganz gewiss lieber, nicht Partei ergreifen zu müssen.«

Scathach verschränkte die Arme vor der Brust und betrachtete die Erstgewesene abschätzig. »Du hast noch nie gern Partei ergriffen, Hekate – kein Wunder, dass du drei Gesichter hast.«

Sophie beobachtete Hekate, während Scathach das sagte, und für den Bruchteil einer Sekunde sah sie etwas Dunkles in den Augen des Mädchens. »Ich habe das Jahrtausend überlebt, weil ich mich an meine Vorsätze gehalten habe«, sagte Hekate sehr leise und betont. »Aber ich habe sehr wohl Partei ergriffen, wenn es die Sache wert war.«

»Und jetzt«, mischte Nicholas Flamel sich ein, »ist es, wie ich glaube, wieder Zeit, Partei zu ergreifen. Aber nur du kannst entscheiden, ob es ein Kampf ist, für den zu kämpfen sich lohnt.«

Hekate erwiderte nichts darauf, sondern wandte sich an Sophie und Josh. Sie hob die kleine Hand und sofort leuchteten die Auren der Zwillinge in Silber und Gold. Hekate legte den

Kopf schief und beobachtete die silbernen Bläschen, die über den Kokon glitten, der Sophie umhüllte, und folgte dem Netz goldener Adern, das sich über Joshs Aura zog. »Du könntest recht haben«, meinte sie schließlich, »das könnten tatsächlich die zwei sein, von denen in dem unglückseligen Codex die Rede ist. Es ist Jahrhunderte her, seit ich zum letzten Mal so reine Auren gesehen habe. Sie besitzen unglaubliche Mengen ungenutzter Kräfte.«

Flamel nickte. »Wenn ich die Zeit dazu hätte, würde ich die beiden zu mir nehmen und richtig ausbilden, ihr schlafendes Potenzial nach und nach wecken. Doch die Ereignisse haben sich gegen mich verschworen, und Zeit ist genau das kostbare Gut, das ich nicht habe. In deiner Macht allein liegt es nun, ihr Potenzial zu wecken. Du kannst das, was sonst Jahre dauern würde, in einem einzigen Augenblick vollbringen.«

Hekate schaute Flamel über die Schulter hinweg an. »Und es gibt gute Gründe, weshalb es Jahre dauern sollte. Die Humani nutzen ihre Sinne kaum. Und trotzdem soll ich diesen beiden Zugang zu ihren gewaltigen Möglichkeiten verschaffen. Das werde ich nicht tun. Die ungewohnten Eindrücke könnten sie umbringen, sie verrückt machen.«

»Aber –«, begann Flamel.

»Ich werde es nicht tun.« Sie wandte sich wieder an die Zwillinge. »Das, worum er mich bittet, könnte euch töten – falls ihr Glück habt.«

Damit drehte sie sich um und rauschte hinaus. Zurück blieben kleine grasbewachsene Fußabdrücke.

KAPITEL ZWEIUNDZWANZIG

*F*ür einen Moment waren die Zwillinge sprachlos. Dann begann Josh: »Was soll das heißen ...?«

Doch Nicholas lief hinter Hekate her an ihm vorbei und auf den Flur. »Sie übertreibt«, rief er über die Schulter zurück. »Sie will euch bloß Angst machen!«

»Das hat sie geschafft«, murmelte Josh. Er schaute zu Scathach hinüber, doch die drehte sich um und ging hinaus in Richtung Garten. »Hey«, rief er ihr nach, »komm zurück, ich muss dich was fragen!« Wut stieg in ihm auf. Er hatte es satt, wie ein Kind behandelt zu werden. Er – und seine Schwester – sollten ein paar Antworten wert sein.

»Josh«, warnte Sophie.

Doch ihr Bruder stürmte an ihr vorbei und wollte Scathach an der Schulter packen. Seine Finger berührten sie nicht einmal. Er wurde gepackt und herumgewirbelt und dann flog er durch die Luft. Er landete so hart, dass es ihm den Atem nahm. Sein

Blick kroch die ganze Länge von Scathachs Schwert hinauf – die Spitze war genau auf seine Nasenwurzel gerichtet.

Als Scathach den Mund aufmachte, kam kaum mehr als ein Flüstern heraus. »Gestern Abend hast du eine Erstgewesene beleidigt. Heute hast du es geschafft, eine Ältere aus der nächsten Generation zu verärgern – und die Sonne ist noch nicht einmal aufgegangen.« Sie steckte ihr Schwert in die Scheide und sah hinüber zu Sophie, die fassungslos dastand. Sie hatte überhaupt nicht mitbekommen, dass Scathach sich bewegt hatte. »Ist er immer so?«, fragte Scatty.

»Wie?«

»Dumm, vorlaut, leichtsinnig …? Soll ich noch mehr aufzählen?«

»Nicht nötig. Aber ja, so ist er normalerweise. Manchmal noch schlimmer.« Früher hatte sie Josh immer damit aufgezogen, dass er alle »Action-Gene« abbekommen hätte, sie dagegen die »Denker-Gene«. Ihr Bruder war impulsiv und oft gedankenlos, aber – und das musste man ihm zugutehalten – auch loyal und zuverlässig.

Scathach zog Josh auf die Beine. »Wenn du in dieser Geschwindigkeit weitermachst, hältst du dich in dieser Welt nicht lang.«

»Ich wollte dich nur etwas fragen.«

»Du hast Glück gehabt. Noch vor wenigen Jahrhunderten hätte ich dich wahrscheinlich umgebracht. Ich war leicht reizbar, als ich jünger war«, gab sie zu, »aber ich habe an mir gearbeitet und habe mich jetzt besser unter Kontrolle.«

Josh rieb sich das Kreuz. Hätte Scathach ihn auf die Steine knallen lass, hätte er sich böse verletzen können, doch sie hatte darauf geachtet, dass er im Gras und Moos landete. »Das war wohl ein Judowurf.« Er wollte lässig klingen, aber seine Stimme bebte noch.

»So etwas Ähnliches …«

»Wo hast du denn Judo gelernt?«

»Ich habe es nicht gelernt. Ich habe es erfunden. Genauer gesagt habe ich den Grundstein für die Vorläufer fast aller Kampfsportarten gelegt, die heute gelehrt werden«, erwiderte die rothaarige Kriegerprinzessin augenzwinkernd. Ihre grünen Augen blitzten. »Es würde euch beiden nicht schaden, wenn ich euch ein paar einfache Übungen zeigen würde.«

»Ich glaube, wir schaffen mehr als nur die einfachen Übungen«, meinte Josh. »Als unsere Eltern einen Lehrstuhl an der Uni in Chicago hatten, haben wir zwei Jahre lang Teakwondo gemacht und in New York ein Jahr Karate …«

»Du hast dir Judo ausgedacht?«, fragte Sophie Scathach, wobei sie versuchte, möglichst neutral zu klingen.

»Nein, das moderne Judo hat Kano Jigoro begründet, aber sein Kampfsystem basiert auf Jujitsu, das wiederum mit Aikido verwandt ist, das um das vierzehnte Jahrhundert herum aufkam. Ich glaube, ich war zu der Zeit in Japan. Alle Kampfsportarten haben eine gemeinsame Wurzel. Und die bin ich«, erklärte Scatty, und was sie sagte, klang gar nicht prahlerisch, sondern bescheiden. »Wenn ihr schon ein bisschen Taekwondo und Karate könnt, ist das ganz nützlich. Los, ich zeige euch ein paar Grundübungen, während wir auf Nicholas warten.«

»Wo ist er?« Sophie schaute zurück zum Haus. Was passierte dort gerade? »Bittet er Hekate noch einmal, unsere magischen Kräfte zu wecken?«

»Höchstwahrscheinlich.«

»Aber Hekate hat doch gesagt, dass uns das töten könnte«, sagte Josh. Langsam hatte er den Verdacht, dass Flamel sich mehr vorgenommen hatte, als nur ihn und seine Schwester zu schützen. Der Alchemyst schien seine eigenen Pläne zu verfolgen.

»Das war nur so dahergesagt«, meinte Scatty. »Sie hat schon immer gern ein Drama aus allem gemacht.«

»Dann ist Nicholas sicher, dass keine Gefahr besteht und uns nichts passieren kann?«, wollte Josh wissen.

»Nein, wirklich sicher ist er nicht.« Scatty lächelte. »In Gefahr seid ihr auf jeden Fall, das kannst du mir glauben. Der einzige Unterschied besteht darin, dass ihr dann in *großer* Gefahr seid.«

Nicholas Flamel folgte Hekate durchs Haus. Sie strich mit den Fingern an den Wänden entlang und ihre Berührung ließ junge Zweige mit Blättern und Blüten wachsen.

»Ich brauche deine Hilfe, Hekate. Ich kann das nicht allein«, rief Flamel hinter ihr her.

Die Göttin ignorierte ihn. Sie bog in einen langen, geraden Flur ab und lief rasch weiter. Die Grasbüschel, die unter ihren Füßen aus dem Boden schossen, wuchsen schnell, und bis Flamel den Flur zur Hälfte durchschritten hatte, waren sie bereits kniehoch, dann hüfthoch, und plötzlich war der gesamte Flur mit mannshohem, messerscharfem Gras bewachsen. Die Halme schwankten und berührten sich dabei, und es klang fast, als flüsterten sie miteinander.

Nicholas Flamel ließ es zu, dass etwas von seinem wachsenden Zorn in seine Aura strömte. Er ballte die rechte Hand zur

Faust und spreizte die Finger dann schnell wieder ab. Sofort war die Luft von einem intensiven Minzegeruch erfüllt. Das Gras direkt vor ihm legte sich flach, als sei ein Sturm darübergefegt, und der Alchemyst sah gerade noch, wie Hekate einen Raum betrat, der vom Rest des Hauses etwas abgesetzt war. Wenn er nur einen Moment länger gezögert hätte, wäre er an der offenen Tür vorbeigelaufen. »Jetzt ist aber Schluss mit den Spielchen!«, schnaubte er, als er eintrat.

Hekate drehte sich zu ihm um. Sie war in der kurzen Zeit, in der sie über den Flur gelaufen war, gealtert und sah jetzt schon aus wie ungefähr fünfzehn. Sie hatte das Gesicht zu einer Grimasse verzogen und die gelben Augen blitzten voller Zorn. »Wie kannst du es wagen, so mit mir zu reden!« Sie hob drohend die Hand. »Du weißt, was ich mit dir machen kann.«

»Du würdest es nicht wagen«, erwiderte Flamel in einer Ruhe, die er nicht in sich spürte.

»Und warum nicht?«, fragte Hekate überrascht. Sie war es nicht gewohnt, dass man ihr widersprach.

»Weil ich der Hüter des Buches bin.«

»Das du nicht mehr hast …«

»Ich bin der Hüter, der in den Prophezeiungen Abrahams erwähnt ist, der vorletzte Hüter. Und die Zwillinge sind ebenfalls im Buch erwähnt. Du sagst, du kanntest Abraham – dann weißt du auch, wie zutreffend seine Vorhersagen waren.«

»Er hat sich oft getäuscht«, murmelte Hekate.

»Als Hüter des Buches bitte ich dich um etwas, das, wie ich glaube, nicht nur das Überleben des Älteren Geschlechts sichern kann, sondern auch das der Humani. Ich möchte, dass du die schlafenden magischen Kräfte der Zwillinge weckst.«

»Es könnte sie umbringen«, sagte die Göttin noch einmal.

»Die Möglichkeit besteht«, gab Flamel zu und spürte, wie sich in seinem Magen ein Eisklotz bildete, »aber wenn du uns nicht hilfst, sterben sie mit Sicherheit.«

Hekate drehte sich um und ging zum Fenster. Auf dem abschüssigen Rasen demonstrierte Scathach für die Zwillinge ein paar Bewegungsabläufe, die die Geschwister fließend nachmachten.

Flamel trat neben Hekate. »Was ist das für eine Welt, in der wir leben«, bemerkte er seufzend, »wenn alles – möglicherweise sogar das Fortbestehen der menschlichen Rasse – auf den Schultern von zwei Teenagern liegt.«

»Du weißt, warum die Humani triumphierten und das Ältere Geschlecht schließlich vertrieben wurde?«, fragte Hekate unvermittelt.

»Wegen des Eisens, oder?«

»Ja, wegen des Eisens. Wir haben den Untergang von Danu Talis überlebt, die Sintflut und die Eiszeit. Und dann begann vor etwa dreitausend Jahren ein einzelner Mensch, der mit Bronze gearbeitet hatte, mit dem neuen Metall zu experimentieren. Es war nur einer – und doch schaffte er es, eine gesamte hochstehende Lebensform auszulöschen. Große Veränderungen gehen immer auf das Handeln Einzelner zurück.« Hekate schwieg und beobachtete die Zwillinge, wie sie neben Scathach Armstöße und Fußtritte übten. »Silber und Gold, die seltensten Aurafarben überhaupt«, murmelte sie schließlich, und einen Herzschlag lang leuchteten die Auren der Zwillinge auf. »Wenn ich es tue und es bringt sie um, wirst du damit leben können?«

»Ich bin alt, so alt«, sagte Nicholas leise. »Kannst du dir vorstellen, wie viele Freunde ich im Lauf der Jahrhunderte verloren habe?«

»Und – hast du es als Verlust empfunden?« In Hekates Ton lag eine Spur echter Neugier.

»Bei jedem Einzelnen.«

»Empfindest du es immer noch so?«

»Ja. Jeden Tag.«

Die Göttin legte ihm eine Hand auf die Schulter. »Dann bist du immer noch ein Mensch, Nicholas Flamel. An dem Tag, an dem du aufhörst, Mitgefühl zu empfinden, wirst du wie Dee und seinesgleichen.«

Sie schaute wieder hinaus auf den Garten und beobachtete die Zwillinge. Die versuchten beide – und beide vergeblich –, Scathach mit Armstößen oder Tritten zu treffen. Die Kriegerin duckte sich und wich aus, ohne sich wirklich von der Stelle zu rühren. Aus der Entfernung sahen die drei Gestalten aus wie gewöhnliche Teenager, die eine neue Übung einstudierten, doch Hekate wusste, dass keiner der drei auch nur ansatzweise gewöhnlich war.

»Ich werde es tun«, sagte sie schließlich. »Ich wecke ihre Kräfte. Alles andere ist deine Sache. Ausbilden musst du sie.«

Flamel senkte den Kopf, damit sie nicht sah, dass seine Augen sich mit Tränen füllten. Wenn die Zwillinge das Erwecken ihrer Kräfte überlebten, gab es eine Chance, wenn auch eine geringe, dass er Perenelle wiedersah. »Wie war das –«, begann er und hüstelte, um den Kloß im Hals loszuwerden, »mit dem Mann, der entdeckte, wie man Eisen herstellt – dieser Schmied von vor dreitausend Jahren? Was ist mit ihm passiert?«

»Ich habe ihn getötet.« Hekate schaute Flamel mit großen,

unschuldigen Augen an. »Was er tat, hat uns vernichtet. Was hätte ich sonst machen sollen? Aber es war zu spät. Das Geheimnis der Eisenherstellung war bereits gelüftet und in der Welt.«

Flamel blickte hinunter zu den Zwillingen, sah, wie Josh seine Schwester auf die Beine zog, sah, wie sie ihren Fuß in seinen hakte und ihn zu Fall brachte. Ihr Lachen hing hell und klar in der Luft. Er betete, dass es dieses Mal nicht zu spät war.

Kapitel Dreiundzwanzig

Die Katzen von San Francisco verließen die Stadt mitten in der Nacht.

Einzeln und zu zweit, wilde, narbenübersäte Straßenkatzen, dicke Hauskatzen mit glänzendem Fell, Katzen in allen Größen, reinrassige und Mischlinge, langhaarige und kurzhaarige wälzten sich in einem langen Zug lautlos durch die Stadt. Sie wogten über Brücken, spülten dicht gedrängt durch enge Gassen, liefen durch Kanäle unter den Straßen, sprangen über Dächer.

Alle waren sie auf dem Weg nach Norden.

Sie schossen an erschrockenen Nachtschwärmern vorbei, erspähten Ratten und Mäuse, ohne anzuhalten, ignorierten Vogelnester. Und obwohl sie sich vollkommen lautlos bewegten, war ihr Zug von einem ungewöhnlichen Geräusch begleitet.

In dieser Nacht war die Stadt San Francisco erfüllt vom Heulen von Hunderttausenden von Hunden.

Dr. John Dee war nicht glücklich.

Und er hatte ein ganz klein wenig Angst. Es war *eine* Sache, über den Angriff auf Hekate in ihrem Schattenreich zu reden, und eine ganz andere, am Eingang zu ihrem unsichtbaren Königreich zu sitzen und die Ankunft der Vögel und Katzen zu beobachten, die von ihrer jeweiligen Herrin, der Morrigan und Bastet, gerufen worden waren. Was konnten so kleine Tiere schon ausrichten gegen die urgewaltige Magie Hekates, einer Erstgewesenen?

Dee saß in einem Hummer-Geländewagen neben Senuhet, Bastets Diener. Sie hatten kein Wort gesprochen auf dem kurzen Flug in Dees Privatjet von L.A. nach San Francisco, obwohl es tausend Fragen gab, die Dee dem älteren Mann gern gestellt hätte. Im Laufe der Jahre hatte er jedoch festgestellt, dass die Diener der Dunklen – zu denen er selbst gehörte – es nicht mochten, wenn man sie ausfragte.

Sie hatten den Eingang zu Hekates Schattenreich zwei Stunden nach Mitternacht erreicht, gerade rechtzeitig, um zu sehen, wie die ersten von Morrigan einbestellten Vögel eintrafen. In langen, dunklen Schwärmen kamen sie von Norden und Osten angeflogen. Man hörte nur das Schlagen der Flügel. Sie ließen sich in solchen Mengen in den Bäumen von Mill Valley nieder, dass einige Äste unter ihrem Gewicht brachen.

Innerhalb der nächsten paar Stunden kamen auch die Katzen. Sie wälzten sich in einem nicht enden wollenden Strom aus der Dunkelheit und blieben dann vor dem verborgenen Eingang zum Schattenreich stehen. Dee schaute aus dem Wagenfenster. Er sah den Boden nicht mehr. Der war, so weit das Auge reichte, bedeckt mit Katzen.

Dann endlich, als der Horizont im Osten sich lachsrot färbte, holte Senuhet eine kleine schwarze Statue aus einem Beutel, den er um den Hals trug, und stellte sie aufs Armaturenbrett. Es war eine wunderschön geschnitzte ägyptische Katze, nicht größer als sein kleiner Finger. »Es ist Zeit«, sagte er leise.

Die Augen der schwarzen Statue begannen rot zu leuchten.

»Sie kommt«, sagte Senuhet.

»Warum haben wir nicht vorher angegriffen, als Hekate schlief?«, fragte Dee. Obwohl er das Ältere Geschlecht Hunderte von Jahren studiert hatte, musste er zugeben, dass er im Grunde sehr wenig darüber wusste. Es tröstete ihn etwas, dass die Älteren, wie er erkannt hatte, genauso wenig über die Menschen wussten.

Senuhet wies auf die Vögel und Katzen. »Wir mussten auf unsere Verbündeten warten«, antwortete er knapp.

Dee nickte. Er nahm an, das Bastet im Moment noch durch die verschiedenen Schattenreiche am Rand der Menschenwelt wanderte. Die Abneigung der Erstgewesenen gegenüber Eisen bedeutete, dass bestimmte moderne Errungenschaften wie Autos und Flugzeuge für sie nicht infrage kamen. Er verzog die schmalen Lippen zu einem freudlosen Lächeln. Deshalb brauchten sie Leute wie ihn oder Senuhet, die für sie arbeiteten.

Er spürte die Bewegung der Vögel in den Bäumen mehr, als er sie sah. Eine halbe Million Köpfe – vielleicht noch mehr – wandten sich nach Westen. Er folgte der Blickrichtung und suchte nach einem dunklen Fleck am Himmel. Zunächst sah er nichts, doch dann erschien hoch oben eine Gestalt. Die Morrigan kam.

Dee wusste, dass jede Legende einen wahren Kern hat. Als er jetzt in den Himmel hinaufschaute und die schwarze Gestalt von

Westen herüberfliegen sah, den Federumhang aufgefächert wie riesige Flügel, glaubte Dee zu wissen, wo die Legende um die Nosferatu-Vampire ihren Ursprung hatte. Er war im Lauf seines langen Lebens etlichen Vampiren begegnet – echten Vampiren –, aber keiner war ihm so furchteinflößend erschienen wie die Krähengöttin.

Die Morrigan holte den Umhang ein und landete direkt vor dem Geländewagen. Die Katzen stoben im letzten Moment auseinander. Dann knurrten sie, ein leises Grollen, das die Luft zittern ließ, und Bastet trat aus der Dunkelheit. Die Katzengöttin trug die weiße Baumwollrobe einer ägyptischen Prinzessin. In der Hand hielt sie einen Speer, der so groß war wie sie. Sie schritt durch das Meer aus Katzen, das sich vor ihr teilte und hinter ihr wieder schloss. Sie war größer als die Morrigan, doch sie verneigte sich tief vor ihr. »Nichte, ist die Zeit gekommen?«, schnurrte sie.

»Sie ist gekommen«, erwiderte die Morrigan und verneigte sich ebenfalls. Dann warf sie den Umhang zurück, sodass der große Bogen, den sie auf dem Rücken festgezurrt hatte, zum Vorschein kam. Sie löste ihn und holte einen Pfeil aus dem Köcher an ihrer Hüfte. Dann drehten sich die beiden Älteren gleichzeitig um, schritten auf die undurchdringlich erscheinende Hecke zu und sprangen hinein.

Die Katzen und Vögel folgten.

»Es geht los«, rief Senuhet begeistert. Er holte seine Waffen – zwei gebogene ägyptische Bronzeschwerter – und stieg aus dem Wagen.

Oder es endet, dachte Dee, doch er ließ sich seine Angst nicht anmerken.

FREITAG, 1. Juni

KAPITEL VIERUNDZWANZIG

Josh stand mit seiner Schwester am Waldrand und beobachtete drei winzige geflügelte Wesen, die verdächtig nach Drachen aussahen und tanzend durch das erste Licht des Morgengrauens schwebten. Josh blickte kurz zu Sophie hinüber und schaute rasch wieder weg.

»Ich möchte nicht, dass du das tust«, sagte er.

Sophie legte ihm die Hand auf den Arm. »Warum nicht?«

Sie stellte sich vor ihn hin und zwang ihn, sie anzusehen. Wenn sie über seine linke Schulter schaute, sah sie Flamel, Scatty und Hekate vor dem Eingang zu dem unerklärlichen Baumhaus stehen und sie beobachten. Rings herum bereiteten sich Scharen von Torc Allta, in Menschen- wie in Werebergestalt, auf den bevorstehenden Kampf vor. Die Eber trugen lederne Panzer über Rücken und Keulen und die Torc Allta in Menschengestalt waren mit Bronzespeeren und Schwertern bewaffnet. Riesige Schwärme von Federnattern flogen übers Gebüsch und im hohen Gras krochen und hüpften Tausende von undefinierbaren kleinen Geschöpfen.

Sophie schaute ihrem Bruder in die Augen und sah ihr eigenes Spiegelbild darin. Erschrocken stellte sie fest, dass zurückgehaltene Tränen in seinen Augen glänzten. Sie wollte ihn in den Arm nehmen, doch er ergriff ihre Hand und drückte sie.

»Ich will nicht, dass dir etwas passiert«, sagte er.

Sophie nickte nur, da sie nicht sicher war, ob ihre Stimme ihr gehorchen würde. Ihr ging es, was ihren Bruder betraf, doch genauso.

Drei der riesigen pterosaurierähnlichen Federnattern flogen über sie hinweg. Der Luftstrom wirbelte Staubwolken auf. Weder Sophie noch Josh schauten auf.

»Nicholas hat gesagt, es bestehe ein gewisses Risiko«, fuhr Josh fort. »Hekate dagegen sagte sogar, es sei gefährlich, wenn nicht sogar tödlich. Ich will nicht, dass du diese Erweckungszeremonie über dich ergehen lässt. Ich will nicht, dass etwas schiefgeht.«

»Wir müssen es tun. Nicholas hat gesagt –«

»Ich weiß nicht, ob man ihm hundertprozentig trauen kann«, unterbrach sie Josh. »Ich habe so ein Gefühl… als führe er selbst etwas im Schilde. Er ist einfach *zu* erpicht darauf, dass Hekate unsere Kräfte weckt, trotz der Gefahr.«

»Er hat gesagt, es sei unsere einzige Chance«, sagte Sophie.

»Gestern hat er noch gemeint, er müsse uns wegbringen, weil wir im Laden nicht mehr sicher seien… Und jetzt müssen wir plötzlich ausgebildet werden, damit wir uns vor Dee und diesen Dunklen schützen können. Nein, glaub mir, Nicholas Flamel spielt sein eigenes Spiel.«

Sophie schaute hinüber zu dem Alchemysten. Sie kannte ihn ja erst kurze Zeit und erinnerte sich, dass sie in ihr Internet-Tagebuch geschrieben hatte, er sei *cool*. Jetzt musste sie natürlich zugeben, dass sie ihn in Wirklichkeit überhaupt nicht kannte – dass sie nicht wusste, was für ein Mensch er war. Er sah sie eindringlich an, und einen Augenblick lang stellte sie sich vor, dass er wusste, worüber sie redeten.

»Wir müssen nicht beide dieses Erwecken über uns ergehen lassen«, fuhr Josh fort. »Es reicht, wenn sie es bei mir macht.«

Wieder schaute Sophie ihm in die Augen. »Und was denkst du, wie ich mir vorkomme, wenn dir etwas passiert?«

Jetzt war es Josh, der keinen Ton herausbrachte.

Sophie nahm seine Hand in ihre. »Wir haben immer alles gemeinsam gemacht«, sagte sie leise und ernst. »Und da Mom und Dad so oft weg sind, hatten wir die meiste Zeit nur uns. Du hast dich immer um mich gekümmert und ich habe immer auf dich aufgepasst. Ich lasse nicht zu, dass du diesen … Prozess allein durchlebst. Wir machen das zusammen, so wie wir immer alles zusammen gemacht haben.«

Josh schaute seine Schwester lange und eindringlich an. »Bist du dir sicher?«

»Hundertprozentig.«

Schließlich nickte Josh. Er drückte die Hand seiner Schwester, dann drehten sie sich zu Flamel, Hekate und Scatty um.

»Wir sind bereit.«

»Die Morrigan ist da«, berichtete Scatty, als die Zwillinge hinter Nicholas und Hekate durch die hohe Tür ins Herz des Baumes traten. Sie hatte sich umgezogen und trug jetzt schwarze Hosen, ein hochgeschlossenes schwarzes Shirt ohne Ärmel und Combat-Stiefel mit dicken Sohlen. Sie hatte sich zwei kurze Schwerter, deren Griffe ein kleines Stück weit über die Schultern hinausragten, auf den Rücken geschnallt und Augenlider und Wangen mit schwarzer Schminke bemalt, sodass ihr Gesicht einem Totenschädel erschreckend ähnlich sah. »Sie hat Bastet mitgebracht. Sie dringen bereits ins Schattenreich ein.«

»Hekate kann sie doch zurückhalten, oder?«, fragte Sophie. Sie konnte nur ahnen, welche Kräfte die Erstgewesene besaß, und die Vorstellung, dass jemand noch mächtiger sein könnte als sie, versetzte sie in Panik.

Scatty zuckte mit den Schultern. »Keine Ahnung. Sie sind mit ihren Armeen gekommen.«

»Armeen?«, wiederholte Josh. »Was für Armeen? Wieder diese Lehmmenschen?«

»Nein, keine Golems dieses Mal. Sie haben die Vögel aus der Luft und die erdverbundenen Katzen mitgebracht.«

Sophie lachte unsicher. »Vögel und Katzen… Was können die denn anrichten?«

Scatty schaute sie an und das Weiße in ihren Augen sah furchterregend aus inmitten all der schwarzen Kriegsbemalung. »Du hast doch gesehen, was die Vögel auf dem Weg hierher mit dem Wagen gemacht haben?«

Sophie nickte. Plötzlich war ihr speiübel. Das Bild der Krähen, die gegen die Windschutzscheibe flatterten und Löcher in die Kühlerhaube hackten, würde sie bis an ihr Lebensende verfolgen.

»Dann kannst du dir vielleicht vorstellen, was passiert, wenn Zehntausende von Vögeln sich irgendwo sammeln.«

»Zehntausende«, flüsterte Sophie.

»Wohl eher Hunderttausende«, korrigierte sich Scatty. Sie bog in einen schmalen Flur ein. »Die Federnattern-Spione schätzen sie auf ungefähr eine halbe Million.«

»Und hast du nicht auch noch was von Katzen gesagt?«, fragte Josh.

»Ja, hab ich. Das sind mehr, als wir schätzen können.«

Josh sah seine Schwester an. Er begriff erst jetzt so richtig, in welcher Gefahr sie sich befanden. Sie konnten in diesem seltsamen Schattenreich sterben und keiner würde es je erfahren. Er blinzelte die Tränen weg, die ihm in die Augen traten. Ihre Eltern würden sich, so lange sie lebten, fragen, was mit ihnen geschehen war.

Der Korridor, den sie hinuntergingen, mündete in einen noch schmaleren Gang. Die Decke war hier so niedrig, dass die Zwillinge den Kopf einziehen mussten. Es gab keine Stufen, doch es ging in einer weiten Spirale immerzu bergab. Sie begriffen, dass sie in die Erde unter dem Baum gingen. Die Wände wurden dunkler, und ihr glattes Holz war jetzt durchsetzt von verzweigten Wurzeln, die sich ins Innere des Korridors ringelten und die Zwillinge an den Haaren zogen. Die Luft wurde feucht und es roch nach Lehm und Erde, vermodertem Laub und neuem Wachstum.

»Das Haus lebt tatsächlich«, stellte Sophie staunend fest, als sie in den nächsten gewundenen Gang traten, in dem sie ganz von den dicken, knorrigen Wurzeln des mächtigen Baumes umgeben waren. »Wir laufen darin herum, es hat Zimmer und Fenster und Teiche – und trotzdem ist es ein lebendiger Baum!« Der Gedanke faszinierte und erschreckte sie zugleich.

»Dieser Baum wuchs aus einem Samen des Yggdrasill, des Weltenbaums«, sagte Scatty leise und strich mit der Handfläche über die freiliegenden Wurzeln. Dann hob sie die Hand an die Nase und atmete tief den Duft ein. »Vor vielen tausend Jahren, als Danu Talis im Wasser versank, konnten ein paar Erstgewesene einen Teil der ursprünglichen Flora und Fauna retten und in andere Länder bringen. Aber nur zwei Erstgewesenen, Hekate und Odin, gelang es, ihre Yggdrasil-Samen zum Keimen und Wachsen zu bringen. Odin beherrschte, wie Hekate, die Magie, die dazu benötigt wurde.«

Josh runzelte die Stirn und versuchte, sich an das Wenige zu erinnern, das er über Odin wusste. War der nicht der einäugige Gott der nordischen Sagen?

Doch bevor Josh fragen konnte, verschwand Hekate in einer von verschlungenen Wurzeln eingerahmten Türöffnung. Nicholas Flamel blieb stehen und wartete auf die Zwillinge und Scatty. Zwischen seinen Augenbrauen stand eine senkrechte Falte. Als er sprach, schien er jedes Wort ganz genau zu überlegen, und in seiner Nervosität kam sein französischer Akzent wieder stärker heraus.

»Ich wünschte, ihr bräuchtet das nicht zu tun«, sagte er, »aber ihr müsst mir glauben, wenn ich euch sage, dass es keine andere Möglichkeit gibt.« Er legte eine Hand auf Sophies rechte Schulter und eine auf Joshs linke. Ihre Auren leuchteten kurz auf und der Duft von Vanille und Orangen zog durch den Gang. »Falls – *wenn* Hekate eure magischen Kräfte geweckt hat, zeige ich euch einige Schutzzauber. Ich bringe euch auch zu anderen Zauberern, Spezialisten für die fünf Urkräfte der Magie. Sie helfen dann hoffentlich dabei, euch vollständig auszubilden.«

»Wir werden zu Zauberern ausgebildet?«, fragte Sophie.

»Zu Magiern und Zauberern und Hexenmeistern.« Flamel lächelte. Er schaute über seine Schulter und wandte sich dann wieder den Zwillingen zu. »Geht jetzt hinein und tut, was sie euch sagt. Ich weiß, dass ihr Angst habt, und ihr braucht euch deshalb nicht zu schämen, aber versucht, sie trotzdem zu unterdrücken.« Wieder lächelte er, aber nur die Mundwinkel hoben sich. Die sorgenvollen Augen erreichte sein Lächeln nicht. »Wenn ihr hier wieder herauskommt, seid ihr andere Menschen.«

»Ich will kein anderer Mensch werden«, flüsterte Sophie. Sie wollte, dass ihr Leben wieder so war wie noch vor ein paar Stunden, ganz normal und langweilig. Im Moment hätte sie alles dafür gegeben, in eine langweilige Welt zurückzukehren.

Flamel trat zur Seite und schob die Zwillinge durch die Tür. »Von dem Augenblick an, in dem ihr Dee gesehen habt, habt ihr begonnen, euch zu verändern. Und wenn Veränderung einmal eingesetzt hat, kann sie nie mehr rückgängig gemacht werden.«

Es war dunkel in der Kammer, deren Wände ganz aus knotigen, verschlungenen Wurzeln bestanden. Sophie spürte die Hand ihres Bruders in ihrer und drückte sie leicht. Er gab den Druck zurück.

Als die Zwillinge weiter in die Höhlung hineingingen, die offensichtlich größer war, als es zunächst den Anschein gehabt hatte, gewöhnten sich ihre Augen an das Dämmerlicht, und der Raum nahm einen grünlichen Schimmer an. Dickes, pelziges Moos bedeckte die Wurzeln und gab ein jadegrünes Licht ab, das den Eindruck entstehen ließ, als befände man sich hier unter Wasser. Die Luft war sehr feucht und auf den Haaren und der Haut der Zwillinge sammelten sich Tropfen wie Schweißperlen. Obwohl es nicht kalt war, fröstelten beide.

»Ihr solltet euch geehrt fühlen.« Hekates Stimme kam von irgendwo direkt über ihnen. »Es ist viele Generationen her, seit ich den letzten Humani erweckt habe.«

»Wer …«, begann Josh, doch dann versagte ihm die Stimme. Er hüstelte trocken und versuchte es erneut. »Wer war der letzte Mensch, den du erweckt hast?« Er schien entschlossen, sich seine Angst nicht anmerken zu lassen.

»Es ist lange her – nach eurer Zeitrechnung war es das zwölfte Jahrhundert. Und es war ein Mann aus dem Land der Schotten. An seinen Namen erinnere ich mich nicht mehr.«

Sowohl Josh als auch Sophie wussten instinktiv, dass Hekate log.

»Was ist mit ihm passiert?«, wollte Sophie wissen.

»Er starb.« Ein seltsam hohes Kichern ertönte. »Er wurde von einem Hagelkorn erschlagen.«

»Das muss aber ein gewaltiges Hagelkorn gewesen sein«, murmelte Josh.

»Und ob«, bestätigte die Göttin.

Und in diesem Moment wussten die Zwillinge, dass Hekate etwas mit dem Tod des geheimnisvollen Mannes zu tun gehabt hatte. Ihr Lachen wirkte wie das eines rachsüchtigen Kindes.

»Und was passiert jetzt?«, fragte Josh. »Bleiben wir stehen, setzen wir uns oder legen wir uns hin?«

»Ihr macht gar nichts«, fauchte Hekate. »Und ihr solltet das, was hier geschieht, nicht auf die leichte Schulter nehmen.

Tausende von Generationen habt ihr Humani euch ganz bewusst von dem, was ihr spöttisch *Magie* nennt, distanziert. Dabei bedeutet Magie nichts anderes, als das gesamte Spektrum der Sinne zu nutzen. Die Humani haben ihre Sinne nicht genutzt, sondern verkümmern lassen, und deshalb sehen sie nur noch einen winzigen Teilbereich der Wirklichkeit, hören nur die lautesten Geräusche, riechen und schmecken nur noch Extremes.«

Die Zwillinge merkten, dass Hekate jetzt um sie herumging. Sie sahen sie zwar nicht, konnten aber den Klang ihrer Stimme verfolgen. Als Hekate hinter ihrem Rücken sprach, zuckten sie beide zusammen.

»Früher hat die Menschheit alle ihre Sinne gebraucht, um zu überleben.« Es folgte eine lange Pause, und als Hekate sich wieder meldete, war sie so dicht neben Sophie, dass die ihren Atem im Haar spürte. »Dann veränderte sich die Welt. Danu Talis versank, das Zeitalter der Riesenechsen ging vorüber, die Eiszeit brach an und die Humani wurden ... *gebildet*.« Aus ihrem Mund klang das Wort wie ein Fluch. »Die Humani wurden gleichgültig und arrogant. Sie glaubten, sie bräuchten ihre Sinne nicht mehr, und verloren sie zur Strafe dafür mit der Zeit.«

»Du willst damit sagen, dass wir unsere magischen Kräfte verloren haben, weil wir faul wurden?«, fragte Josh.

Sophie unterdrückte ein Stöhnen. Er konnte es einfach nicht lassen.

Doch als Hekate antwortete, war ihre Stimme überraschend leise, fast weich. »Was ihr Magie nennt, ist nichts anderes als ein Akt der Fantasie, beflügelt von den Sinnen und in eine Form gebracht von der Kraft eurer Aura. Je kraftvoller die Aura, desto

mächtiger der Zauber. In euch beiden schlummert ein außerge-
wöhnliches magisches Potenzial. Der Alchemyst hat recht: Ihr
könntet die mächtigsten Zauberer werden, die die Welt je gesehen hat. *Könntet*, sage ich.«

Es wurde jetzt ein wenig heller in dem Raum, und sie sahen
Hekates Umrisse genau in der Mitte der Höhle unter einem Ge-
flecht aus Wurzeln, das aussah wie eine von der Decke greifende Hand. »Die Humani haben gelernt, ihre Sinneswahrneh-
mungen auszublenden und wie in einer Art betäubendem Nebel
zu leben. Was ich tun kann, ist, eure schlummernden Kräfte zu
wecken, doch die große Gefahr besteht darin, dass sie – einmal
geweckt – eure Sinne überfordern.« Sie hielt inne und fragte
dann: »Seid ihr bereit, das Risiko einzugehen?«

»Ich bin bereit«, antwortete Sophie rasch, bevor ihr Bruder
protestieren konnte. Sie hatte Angst, dass die Göttin ihm etwas
antat, falls er eine ablehnende Bemerkung machte. Etwas Häss-
liches und Tödliches.

Hekate wandte sich an Josh.

Der schaute seine Schwester an. Das grünliche Licht ließ sie
zerbrechlich aussehen. Das Erwecken ihrer Kräfte würde gefährlich werden, vielleicht sogar mit dem Tod enden, aber er
konnte nicht zulassen, dass Sophie es allein über sich ergehen
ließ. »Ich bin bereit«, sagte er trotzig.

»Dann wollen wir anfangen.«

KAPITEL FÜNFUNDZWANZIG

Dee wartete, bis die letzten Vögel und Katzen in Hekates Schattenreich verschwunden waren, bevor er den Wagen verließ und zu dem verborgenen Eingang hinüberging. Senuhet war bereits vorher ausgestiegen und seiner Gebieterin Bastet eilfertig gefolgt; Dee hatte sich bewusst zurückgehalten. Sich als Erster in den Kampf zu werfen, war nie gut. In der Regel waren es die Soldaten in den hinteren Reihen, die überlebten. Dee ging davon aus, dass Hekates Wachen direkt hinter der unsichtbaren Mauer Aufstellung genommen hatten. Da musste er ihnen ganz gewiss nicht als Erster in die Arme laufen.

Das heißt nicht, dass ich ein Feigling bin, sagte er sich, ich bin nur vorsichtig. Und durch seine Vorsicht hatte er es geschafft, viele Jahrhunderte lang am Leben zu bleiben. Doch ewig konnte er auch nicht untätig vor dem Schattenreich verharren. Seine Gebieterinnen erwarteten, dass er sich auf dem Schlachtfeld zeigte. Die Morgenluft war noch frisch und Dee zog seinen Zweitausend-Dollar-Ledermantel enger um sich. Dann schritt er durch die Öffnung und betrat …

… ein Schlachtfeld.

Unter den Gefallenen waren viele aus der Armee der Morrigan. Die Vögel der Krähengöttin hatten ihre Gestalt verändert, als sie Hekates Schattenreich betreten hatten, und waren fast menschlich geworden … wenn auch nicht ganz. Sie waren jetzt groß und schlank wie ihre Gebieterin und ihre Flügel waren gewachsen und ähnelten Fledermausflügeln. Durchsichtige Haut verband sie mit den immer noch gefiederten Körpern. Auch ihre Köpfe waren Vogelköpfe geblieben.

Zwischen den Federwesen lagen auch einige Katzen. Auch sie waren mit dem Betreten des Schattenreiches menschlicher geworden, hatten jedoch wie Bastet den Kopf einer Katze behalten. Ihre Pfoten waren ein Mittelding zwischen Menschenhand und Raubtierklaue mit gebogenen, messerscharfen Nägeln. Ihre Körper waren mit einem feinen Flaum bedeckt.

Dee sah sich um. Von Hekates Wachen schien keiner gefallen zu sein, das jagte ihm Angst ein. Von wem oder was ließ die Göttin ihr Reich bewachen? Er griff unter seinen Mantel, zog das Schwert hervor, das einmal Excalibur genannt worden war, und schritt auf den gewaltigen Baum zu, der sich aus dem Morgennebel erhob. Der Sonnenaufgang lief blutrot über die uralte schwarze Klinge in Dees Händen.

»Vogelmenschen«, murmelte Scathach und schickte einen Fluch in der keltischen Sprache hinterher, die sie in ihrer Jugend gesprochen hatte. Sie hasste Vogelmenschen. Schon allein bei dem Gedanken an diese Kreaturen überfiel sie heftiges Unwohlsein.

Scatty stand am Eingang zu Hekates Baumhaus und beobachtete die Wesen, wie sie aus dem Wald kamen. In den alten Sagen gab es viele Geschichten, in denen Menschen sich in Vögel verwandelten oder Vögel in halbmenschliche Geschöpfe. Scatty war in ihrem langen Leben einigen dieser Wesen selbst begegnet, und einmal war sie dem Tod sehr nah gekommen, als sie gegen eine Sirin gekämpft hatte, eine Eule mit dem Kopf einer wunderschönen Frau. Seit dieser Begegnung reagierte sie allergisch auf Vogelfedern. Ihre Haut begann bereits zu jucken, und sie spürte, dass sie bald niesen musste. Die Morrigan-Geschöpfe bewegten sich merkwürdig, wie vornübergebeugte Menschen, und ihre Flügel schleiften auf dem Boden. Sie waren lausige Kämpfer, gewannen aber viele Schlachten allein durch ihre zahlenmäßige Überlegenheit.

Dann tauchten Bastets Katzenmenschen auf. Auch sie bewegten sich langsam, schleichend, einige auf zwei Beinen, die meisten jedoch auf allen vieren. Hier, das wusste Scatty, lag der Ursprung der berühmten Katzenlegenden Afrikas oder Indiens. Im Gegensatz zu den Vögeln waren die Katzenmenschen ausgezeichnete Kämpfer. Sie waren schnell wie der Blitz und konnten mit ihren Krallen tödliche Wunden zufügen. Scathach musste niesen – auch gegen die Katzenhaare war sie allergisch.

Die seltsame Armee kam zum Stillstand. Vielleicht waren sie vom Anblick des riesigen Baumes überwältigt oder auch einfach nur irritiert, weil lediglich eine einzelne Kriegerin sie in der offenen Tür erwartete. Sie sprangen durcheinander, doch dann stürmten sie wie auf Befehl in einem langen, ungeordneten Zug vorwärts.

Scathach drehte den Kopf nach rechts und links, ließ ihre

Schultern einmal kreisen und hielt dann plötzlich zwei kurze Schwerter in den Händen. Sie hob sie hoch und kreuzte sie über dem Kopf.

Es war das Signal, auf das die Torc Allta und die Federnattern gewartet hatten. Wie aus dem Nichts ließen sich Hunderte der Furcht einflößenden Echsen vom Himmel fallen und flogen in weiten Kreisen über die anrückende Armee. Ihre gewaltigen Flügel wirbelten Unmengen von Staub auf, der die Vögel und Katzen irritierte und ihren Blick trübte. Dann waren die Torc Allta, die sich im hohen Gras und hinter den knorrigen Wurzeln des Baumes versteckt hatten, plötzlich mitten unter den Angreifern. Scatty ging rasch ins Haus. Wenn im Zoo von San Francisco Fütterungszeit war, klang es ganz ähnlich wie jetzt auf diesem Schlachtfeld, fand sie.

»Uns läuft die Zeit davon!«, brüllte Scathach, als sie in den Flur rannte.

»Wie viele?«, fragte Flamel grimmig.

»Zu viele«, erwiderte Scatty und fügte nach kurzer Pause hinzu: »Die Torc Allta und die Federnattern werden sie nicht lange aufhalten können.«

»Und die Morrigan und Bastet?«

»Habe ich nicht gesehen. Aber du kannst sicher sein, dass sie kommen, und wenn sie kommen...« Sie ließ den Satz unvollendet. Da Hekate noch mit den Zwillingen beschäftigt war, konnte nichts und niemand gegen die beiden Dunklen bestehen.

»Oh ja, sie werden kommen«, sagte Flamel.

Scatty trat näher zu ihm heran. Sie kannten sich jetzt seit

mehr als dreihundert Jahren, und obwohl sie fast zwei Jahrtausende älter war als er, sah sie in ihm fast so etwas wie einen Vater. »Nimm die Zwillinge und verschwinde. Ich halte sie auf. Ich verschaffe euch so viel Zeit wie nur irgend möglich.«

Der Alchemyst legte der Kriegerprinzessin behutsam die Hand auf die Schulter. Eine winzige Menge Energie entlud sich zwischen ihnen und für einen kurzen Moment leuchteten beide auf. »Nein, so machen wir das nicht«, sagte Nicholas leise. »Wenn wir hier weggehen, gehen wir gemeinsam. Wir brauchen die Zwillinge, Scatty – nicht nur du und ich, die ganze Welt braucht sie. Ich bin überzeugt, dass nur sie sich den Dunklen entgegenstellen können. Nur sie können sie daran hindern, ihr höchstes Ziel zu erreichen und die Erde wieder in Besitz zu nehmen.«

Scatty blickte über die Schulter auf die Kammer, in der sich Josh und Sophie jetzt befanden. »Du verlangst sehr viel von ihnen. Wann willst du ihnen die volle Wahrheit sagen?«

»Wenn die Zeit . . .«, begann er.

Scatty unterbrach ihn. »Aber Zeit ist genau das, was du nicht hast. Der Alterungsprozess hat bereits eingesetzt. Ich sehe es in deinem Gesicht, um die Augen herum. Dein Haar wird grau.«

Flamel nickte. »Ich weiß. Der Unsterblichkeitszauber lässt nach. Jeder Tag, der vergeht, ohne dass wir ihn erneuern können, lässt Perenelle und mich um ein Jahr altern. Ende des Monats werden wir sterben. Aber das spielt dann schon keine Rolle mehr, denn wenn die Dunklen Älteren siegen, gibt es die Welt der Humani bis dahin nicht mehr.«

»Sorgen wir dafür, dass das nicht geschieht.« Scatty wandte sich ab und setzte sich auf den Boden, den Rücken gerade, die

Beine in der perfekten Lotus-Position gekreuzt, die Hände locker um die Griffe der Schwerter gelegt, die über ihrem Schoß lagen. Falls die Katzen oder Vögel ins Haus eindrangen und den Gang entdeckten, mussten sie, um Hekate zu erreichen, an ihr vorbeigelangen – und sie würde dafür sorgen, dass sie diesen Vorstoß teuer bezahlten.

Hekate hatte Flamel einen kurzen Stock aus dem Holz des Baumhauses gegeben. Damit stellte er sich jetzt vor die Tür der Kammer, in der die Göttin mit den Zwillingen arbeitete. Falls es einem der Eindringlinge gelingen würde, sich an Scatty vorbeizudrücken, bekam er es mit ihm zu tun. Scatty kämpfte mit ihren Schwertern, mit Händen und Füßen, doch seine Waffen waren womöglich noch vernichtender. Er hob die Hand und der schmale Flur war plötzlich vom Duft nach Minze erfüllt. Er war immer noch mächtig – auch wenn jeder Einsatz von Magie ihn schwächte und an seiner Lebenskraft zehrte. Und Scatty hatte recht: Der Alterungsprozess hatte eingesetzt. Er spürte hier ein leichtes Ziehen und dort einen Schmerz, wo früher nichts gewesen war. Auch sah er nicht mehr so gut wie noch am Tag zuvor. Falls er gezwungen sein würde, Magie einzusetzen, würde das den Verfall seiner Kräfte nur beschleunigen, doch er war entschlossen, Hekate alle Zeit zu verschaffen, die sie brauchte. Er versuchte, ins Dunkel hinter sich zu spähen – vergeblich. Was in der Kammer geschah, wussten nur die drei, die sich darin befanden.

»Wir beginnen mit dem älteren Zwilling«, sagte Hekate.

Sophie merkte, dass ihr Bruder protestieren wollte, und drückte seine Hand so fest, dass sie praktisch hören konnte, wie seine Knochen knackten. Als Antwort trat er ihr gegen den Knöchel.

»Das ist so Tradition«, fuhr die Göttin fort. »Sophie …« Sie hielt kurz inne. »Wie lautet dein Familienname und wie heißen deine Eltern?«

»Newman. Und meine Mutter heißt Sara und mein Vater Richard.« Es kam ihr merkwürdig vor, von ihren Eltern anders zu reden als von Mom und Dad.

Das grüne Licht in der Kammer wurde heller und die Zwillinge sahen Hekates Silhouette vor den leuchtenden Wänden. Ihr Gesicht lag zwar im Dunkeln, doch die Augen reflektierten das grüne Licht, als wären sie aus Glas. Sie legte die Handfläche auf Sophies Stirn. »Sophie, Tochter von Sara und Richard vom Newman-Clan, zugehörig der Rasse der Humani …«

Sie begann in Englisch, glitt dann jedoch wie von selbst in eine fremde wunderschöne, lyrische Sprache hinüber. Sophies Aura begann zu leuchten, ein silberner Nebel umhüllte ihren Körper. Ein kühler Wind strich über ihre Haut, und sie merkte plötzlich, dass sie Hekate nicht mehr hörte. Sie sah, wie sich die Lippen der Göttin bewegten, doch die Geräusche ihres eigenen Körpers waren so laut, dass sie die Worte nicht mehr verstehen konnte. Sie hörte nur noch ihren eigenen Atem, der durch ihre Nase strömte, hörte das Rauschen ihres Blutes in den Ohren, ihren gleichmäßigen Herzschlag in der Brust. Sie spürte einen Druck auf den Schläfen, als dehne sich ihr Gehirn aus, und ein Schmerz lief ihr Rückgrat entlang und verteilte sich von dort wellenförmig in sämtliche Knochen.

Dann wurde es heller in der Kammer. Hekate, die wieder älter geworden war, stand eingerahmt von sich verändernden

Strömen glitzernden Lichts. Sophie war sich plötzlich bewusst, dass sie die Aura der Göttin sah. Sie beobachtete, wie die Lichtströme sich um Hekates Arm wanden und in ihre Finger flossen, und dann spürte sie einen stechenden Schmerz, als sie in ihren eigenen Kopf eindrangen. Einen Moment lang war ihr schwindelig, und sie wusste nicht mehr, wo sie war, doch dann ergaben Hekates Worte über dem Rauschen in ihren Ohren einen Sinn. »… erwecke ich diese gewaltige Kraft in dir …« Die Göttin strich mit den Händen über Sophies Gesicht. Ihre Berührung war wie Eis und Feuer zugleich. »Dies sind die Sinne, welche die Humani vernachlässigt haben«, fuhr sie fort und legte leicht die Daumen auf Sophies Augen.

»Scharfes Sehen …«

Sophies Sehvermögen schärfte sich mit einem Schlag. Die Kammer schien plötzlich taghell erleuchtet, jede Einzelheit bis ins kleinste Detail erkennbar. Sie sah jeden Faden und jeden Stich an Hekates Gewand, konnte einzelne Haare auf ihrem Kopf ausmachen und die winzigen Fältchen, die sich in ihren Augenwinkeln bildeten.

»Deutliches Hören …«

Es war, als hätte jemand Wattebäusche aus Sophies Ohren gezogen. Plötzlich *hörte* sie. Der Unterschied zu vorher war derselbe, wie wenn sie über Kopfhörer Musik aus ihrem iPod hörte und dann dasselbe Stück noch einmal daheim über ihre Stereoanlage. Jedes Geräusch in der Kammer wurde verstärkt: der Atem ihres Bruders, der stoßweise durch seine Nase strömte, das leise Knarren des Baumes über ihr, das Trippeln winziger Kreaturen, die zwischen den Wurzeln umherhuschten. Als sie den Kopf etwas zur Seite neigte, hörte sie in der Ferne sogar

Kampfgeräusche: das Kreischen von Vögeln, das Schreien von Katzen und das Gebrüll von Ebern.

»Vielfältiges Schmecken ...«

Hekate strich über Sophies Lippen und die Zunge des Mädchens begann zu kribbeln. Sophie leckte sich die Lippen und schmeckte darauf Reste der Früchte, die sie vor einiger Zeit gegessen hatte. Sie stellte sogar fest, dass die Luft einen Geschmack hatte – stark und erdig –, und konnte die Wassertröpfchen darin auf ihren Lippen spüren.

»Empfindsames Tasten ...«

Sophies Haut wurde lebendig. Die weiche Baumwolle ihres T-Shirts, der steifere Stoff ihrer Jeans, das Goldkettchen mit ihrem Tierkreiszeichen, das sie um den Hals trug, die warmen Baumwollsocken – alle Materialien waren einzeln zu fühlen und hinterließen ganz und gar unterschiedliche Eindrücke.

»Intensives Riechen ...«

Die Explosion der Gerüche, die plötzlich auf sie einströmten, hätte Sophie fast zu Boden geworfen. Ihre Augen tränten. Sie roch die würzigen Anderwelt-Düfte Hekates, das süßlich Erdige ihrer Umgebung, das 24-Stunden-Deo ihres Bruders (das sein in der Werbung gegebenes Versprechen offensichtlich nicht ganz erfüllte), sein angeblich nicht parfümiertes Haargel, den Minzegeruch ihrer eigenen Zahnpasta.

Sophies Aura leuchtete stärker; silberne Schwaden krochen an ihr empor wie Nebel, der von einem See aufsteigt. Sophie schloss die Augen und legte den Kopf in den Nacken. Farben, Gerüche und Töne strömten auf sie ein, und sie waren heller, intensiver und lauter als alles, was sie je gesehen, gerochen oder gehört hatte. Fast schmerzte die Wirkung ihrer geschärften

Sinne – nein, nicht nur fast. Sie hatte Schmerzen. Ihr Kopf tat weh, alle Knochen waren zu spüren, die Haut juckte – es war einfach alles zu viel. Sophies beugte ihren Kopf wieder nach vorn, fast ohne ihr Zutun streckte sie die Arme seitlich aus ... Und dann schwebte sie zehn Zentimeter über dem Boden.

»Sophie?«, flüsterte Josh. Er konnte nicht verhindern, dass helle Angst in seiner Stimme mitschwang. »Sophie ...!« Eingehüllt in einen silbrig glänzenden Nebel schwebte seine Schwester direkt vor ihm in der Luft. Das Licht, das von ihr ausging, war so stark, dass die runde Kammer in Abstufungen von Silber und Grau strahlte. Die Szene hätte aus einem Fantasyfilm stammen können, so irreal wirkte sie.

»Nicht anfassen«, befahl Hekate streng. »Ihr Körper versucht, die auf sie einströmenden Empfindungen aufzunehmen. Das ist ein sehr gefährlicher Augenblick.«

Josh bekam einen trockenen Mund. »Gefährlich ... Wie gefährlich?« In seinem Kopf drehte sich alles, und er hatte das Gefühl, als würden seine schlimmsten Befürchtungen wahr.

»In den meisten Fällen kann das Gehirn eines Humani mit den neuen Sinneseindrücken nach dem Erwecken nicht umgehen.«

»In den *meisten* Fällen?«, flüsterte er entsetzt.

»In fast allen Fällen«, erwiderte Hekate bedauernd. »Deshalb hatte ich euch gewarnt.«

Josh stellte die Frage, auf die er eigentlich gar keine Antwort haben wollte: »Was passiert, wenn ...?«

»Das Gehirn erlischt. Der Mensch fällt in ein Nichts – ein Koma, wie ihr es nennen würdet –, aus dem er nie mehr erwacht.«

»Und Flamel *wusste*, dass das passieren kann?« Josh spürte die Wut in einer großen Welle in sich aufsteigen. Ihm war speiübel. Der Alchemyst hatte gewusst, dass Sophie und er aller Wahrscheinlichkeit nach in ein Koma fallen würden, und hatte trotzdem gewollt, dass sie sich der Prozedur unterziehen. Die Wut, hinter der zu gleichen Teilen tiefe Angst steckte und das Gefühl, verraten worden zu sein, nahm ihm fast den Atem. Er hatte gedacht, Flamel sei ein Freund. Er hatte sich getäuscht.

»Natürlich«, erwiderte Hekate. »Er hat euch doch gesagt, dass es gefährlich werden kann, oder?«

»Aber er hat uns nicht alles gesagt«, hauchte Josh.

»Nicholas Flamel sagt nie und niemandem alles.« Eine Hälfte von Hekates Gesicht lag im Licht des silbernen Glanzes, der von Sophie ausging, die andere im Schatten. Plötzlich blähten sich Hekates Nasenflügel und ihre Augen wurden groß und rund. Sie schaute hinauf zur Wurzeldecke. »Nein«, rief sie, »nein!«

Sophie riss die Augen auf, öffnete den Mund und schrie: »Feuer!«

»Sie brennen den Weltenbaum nieder!«, schrie Hekate, das Gesicht zu einer wilden Grimasse verzogen. Sie stieß Josh zur Seite und stürmte hinaus auf den Korridor.

Josh blieb allein zurück – mit der Person, die einmal seine Zwillingsschwester gewesen war. Er starrte das Mädchen an, das da vor ihm in der Luft schwebte, und wusste nicht, was er tun sollte. Er traute sich nicht einmal, sie zu berühren. Er wusste nur eines: Zum ersten Mal in ihrem Leben waren sie getrennt. Sie waren auf eine Art und Weise verschieden, die er noch nicht einmal annähernd verstehen konnte.

KAPITEL SECHSUNDZWANZIG

*W*ir müssen gehen.« Nicholas Flamel fasste Josh an der Schulter und schüttelte ihn, damit er wieder in die Gegenwart zurückfand.

Josh schaute den Alchemysten an. Tränen liefen ihm über die Wangen, aber er merkte es nicht einmal. »Sophie ...«, flüsterte er.

»... ist in Ordnung«, versicherte ihm Flamel.

Rufe erklangen draußen auf dem Korridor, man hörte Waffengeklirr, vermischt mit dem Gebrüll von Menschen und Tieren. Und über allem schwebte Scathachs gelöstes Lachen.

Flamel griff nach Sophie, die immer noch zehn Zentimeter über dem Boden schwebte. Als er ihre Hand ergriff, leuchtete seine Aura grünlich weiß. Behutsam zog er sie auf die Erde. Kaum hatten ihre Füße den Boden berührt, war es, als verließen sie ihre Kräfte, und er fing sie gerade noch auf, bevor sie bewusstlos zu Boden sank.

Josh war sofort an ihrer Seite. Er schob Flamel weg und nahm seine Schwester im Arm. Knisternde Energie sprang von Sophies verblassender Aura auf Josh über, doch die winzigen Stiche waren ihm egal. Er blickte zu Flamel hoch, das Gesicht wutverzerrt. »Du hast es *gewusst*! Du hast gewusst, wie gefährlich das ist. Dass meine Schwester ins Koma fallen könnte.«

»Ich wusste, dass das nicht passieren würde«, erwiderte Flamel ruhig. »Ihre Aura – auch deine – sie sind zu stark. Ich wusste, dass ihr beide überleben würdet. Ich hätte keinen von euch bewusst in Lebensgefahr gebracht, das schwöre ich.« Er wollte nach Sophies Handgelenk greifen, um ihren Puls zu fühlen, doch Josh stieß seine Hand weg.

Sie zuckten zusammen, als draußen auf dem Korridor ein schmerzerfülltes Katzenkreischen ertönte, gefolgt von Scattys Stimme: »Wir sollten wirklich gehen. Und gerade jetzt wäre ein guter Moment dafür.«

Der Geruch von brennendem Holz wurde starker und graue Rauchfahnen schlängelten sich in die Kammer.

»Wir müssen weg hier. Lass uns später über alles reden«, sagte Flamel mit fester Stimme zu Josh.

»Das werden wir, verlass dich drauf«, erwiderte Josh.

»Komm, wir tragen sie zusammen«, bot Flamel an.

»Das kann ich allein.« Josh hob seine Schwester vom Boden, und seine Gesten machten klar, dass er sie niemand anderem mehr anvertrauen würde. Sophie war überraschend leicht, aber trotzdem war Josh froh, dass das monatelange Fußballtraining ihn stärker gemacht hatte, als er aussah.

Flamel nahm den kurzen Stab, den er an die Wand gelehnt hatte, und warf ihn vor sich in die Luft. Die Spitze leuchtete grün und schwache, smaragdgrüne Rauchkringel stiegen von ihr auf. »Bist du so weit?«, fragte Flamel.

Josh nickte.

»Egal, was passiert, egal, was du siehst – du bleibst nicht stehen, kehrst nicht um! So ziemlich alles, was hinter dieser Tür ist, wird versuchen, dich umzubringen.«

Josh trat hinter Flamel hinaus auf den Korridor – und blieb sofort wie festgefroren stehen. Scatty stand in der Mitte des schmalen Flurs und ließ ihre kurzen Schwerter so schnell durch die Luft wirbeln, dass sie nur noch verschwommen zu erkennen waren. Hinter ihr war der ganze Flur voller Kreaturen – so furchterregend, wie er sie nie gesehen hatte und wie er sie sich in seinen schlimmsten Träumen nicht hätte ausmalen können. Kreaturen, die weder Tier noch Mensch waren, sondern irgendetwas dazwischen. Menschen mit Katzenköpfen fauchten Scatty an und schlugen nach ihr; Scattys Schwerter sprühten Funken, wenn die Klauen daran entlangratschten. Andere Gestalten mit menschlichem Körper und gewaltigem Rabenschädel stießen mit dem Schnabel nach ihr.

»Scatty – runter!«, brüllte Flamel.

Ohne zu warten, ob sie ihn überhaupt gehört hatte, streckte der Alchemyst den Arm mit dem kurzen Stab aus. Seine Aura flammte auf und verströmte ihren Minzeduft. Eine smaragdfarbene Kugel aus sich drehendem Licht erschien an der Stabspitze und schoss dann mit einem hörbaren Klicken heraus. Scatty konnte sich gerade noch ducken, bevor die Kugel durch die Luft zischte und an der Decke fast direkt über ihrem Kopf zerschellte. Zurück blieb ein leuchtender Fleck, von dem klebriges grünes Licht tropfte.

Der narbenübersäte Kopf einer getigerten Katze schoss direkt vor Josh hervor. Sie hatte das Maul aufgerissen und ihre Fangzähne gebleckt. Als sie Scatty sah, holte sie aus – und ein Tropfen zähflüssiges Licht spritzte auf ihren Katzenkopf. Die Wirkung war beeindruckend: Der Katzenmensch spielte sofort verrückt. Er taumelte zurück in den Flur und griff alle Verbündeten an, die ihm in den Weg kamen. Als Nächstes bekam ein Vogelmensch etliche Tropfen von dem flüssigen grünen Licht ab. In seinen schwarzen Flügeln zeigten sich plötzlich Löcher und Risse und er fiel mit einem hässlichen Krächzen nach hinten um.

Josh bemerkte kurz, dass das grüne, honigzähe Licht zwar den Tiermenschen Schaden zufügte, dem Holz aber nicht. Dann wandte er sich wieder seiner Schwester zu. Sie atmete schnell und die Augen hinter den geschlossenen Lidern bewegten sich rasch hin und her.

Scatty rappelte sich auf und sprintete zu Flamel und Josh zurück. »Sehr eindrucksvoll«, murmelte sie. »Ich wusste nicht, dass du das kannst.«

Flamel ließ den Stab wirbeln. »Der bündelt meine Kräfte.«

Scatty blickte sich um. »Sieht so aus, als säßen wir in der Falle.«

»Hekate ging hier durch«, sagte Nicholas und zeigte auf eine undurchdringlich scheinende Wand aus Wurzelgeflecht. »Ich habe sie aus der Kammer laufen und direkt hier durchgehen sehen.« Er trat an die Wand und streckte den Arm aus – der bis zum Ellbogen darin verschwand.

»Ich gehe zuerst«, sagte Scatty. Josh fiel auf, dass sie, obwohl sie gegen die Übermacht aus Vögeln und Katzen gekämpft hatte, keine einzige Schramme abbekommen hatte. Sie atmete nicht einmal schwer.

Scatty sprintete los und stürzte sich, die Schwerter vor der Brust gekreuzt, ohne innezuhalten in die Wurzelwand. Flamel und Josh schauten sich kurz an – und schon tauchte Scattys Kopf wieder aus dem Wurzelgeflecht auf. »Alles klar.«

»Ich mache die Nachhut«, sagte Flamel und trat zur Seite, damit Josh mit Sophie vorgehen konnte. »Alles, was uns folgt, bekommt es mit mir zu tun.«

Josh nickte nur. Noch traute er seiner Stimme nicht. Er war immer noch wütend auf den Alchemysten, weil er das Leben seiner Schwester in Gefahr gebracht hatte, musste aber zugeben, dass Flamel sich jetzt für sie einsetzte und sich selbst in große Gefahr brachte, um sie zu beschützen. Josh packte Sophie fester, ging auf die Wand aus Wurzeln und gepresster Erde zu, schloss die Augen … und marschierte mitten hindurch.

Er spürte kurz eine feuchte Kälte, und als er die Augen wieder öffnete, sah er Scatty direkt vor sich stehen. Sie befanden sich in einer niedrigen, schmalen Kammer, deren Wände, Decke und Boden ganz aus den knorrigen Wurzeln des Baumes bestanden. Moosplatten verströmten ein schwaches grünes Licht, und Josh sah, dass Scatty am Fuß einer schmalen Treppe stand, die nach oben führte. Sie hatte den Kopf zur Seite geneigt, doch bevor Josh fragen konnte, was sie hörte, trat Flamel durch die Wand. Er lächelte. Aus der Spitze seines Stabs trat ein grünliches Gas. »Das sollte sie eine Weile aufhalten.«

»Gehen wir«, drängte Scatty.

Die Treppe war so schmal, dass Josh mit Sophie auf den Armen mit eingezogenem Kopf seitwärts in einer Art Krebsgang gehen musste. Er drückte seine Schwester nah an sich, damit ihr Kopf und ihre Beine nicht an die rauen Wände stießen. Er tastete jede Stufe mit dem Fuß ab, bevor er darauftrat, denn schließlich wollte er nicht stürzen und seine Schwester fallen lassen. Irgendwann wurde ihm klar, dass die Treppe in den Raum zwischen der inneren und äußeren Rinde des großen Baumes geschnitten sein musste, und unwillkürlich stellte er sich vor, dass ein Baum in der Größe des Yggdrasill durchsetzt war von verborgenen Gängen und Zimmern, vergessenen Kammern und Treppen. Ob Hekate überhaupt wusste, wo sie waren? Dann begannen sich seine Gedanken zu überschlagen, und er fragte sich, *wer* wohl die Stufen in den lebendigen Baum geschlagen hatte. Dass es Hekate selbst gewesen war, konnte er sich nicht vorstellen.

Beim Hinaufsteigen rochen sie verbranntes Holz und hörten die Kampfgeräusche und Tierschreie immer deutlicher. Als sie sich nicht mehr unter der Erde befanden, nahmen Hitze und Rauch zu, und ein weiteres Geräusch war zu hören: ein tiefes, grollendes Stöhnen.

»Wir müssen uns beeilen.« Scattys Stimme kam aus dem Halbdunkel über ihnen. »Wir müssen uns *wirklich* beeilen ...« Und irgendwie jagte die erzwungene Ruhe in Scattys Stimme Josh mehr Angst ein, als wenn die Kriegerprinzessin geschrien hätte. »Vorsicht! Wir sind jetzt an einem Ausgang angelangt. Wir stehen am Ende einer langen Wurzel, ungefähr dreißig Meter vom Baum entfernt. Und weit genug entfernt vom Kampfgeschehen«, fügte sie hinzu.

Josh bog um die Ecke und sah Scatty im streifigen Licht der Morgensonne, die durch ein Gewirr aus Ranken direkt über ihr schien. Sie drehte sich zu ihm um. Die Sonnenstrahlen färbten ihr rotes Haar golden und flossen fast magisch schön über die Gestalt der Kriegerin, die Klingen und Schafte ihrer kurzen Schwerter. Ringsherum hörte man Kampfgeräusche, doch lauter als alles andere war das tiefe, grollende Stöhnen, das in der Erde zu vibrieren schien.

»Was ist das für ein Geräusch?«, fragte Josh.

»Die Schreie Yggdrasills«, antwortete Scatty grimmig. »Hekates Feinde haben den Weltenbaum in Brand gesteckt.«

»Aber warum?« Josh fand die Vorstellung entsetzlich – dieser uralte Baum hatte doch niemandem etwas getan! Doch die Tat ließ ihn ahnen, welche Verachtung die Dunklen Älteren dem Leben entgegenbrachten.

»Hekates Macht ist untrennbar mit ihm verbunden. Ihre Magie hat ihn so groß werden lassen und seine Lebenskraft erhält ihre Kräfte. Sie glauben, wenn sie ihn vernichten, ist das auch das Ende der Göttin.«

Flamel kam die letzten Stufen heraufgekeucht und stellte sich neben Josh. Sein schmales Gesicht war hochrot und schweißbedeckt. »Ich werde alt«, sagte er mit einem müden Lächeln. Er schaute Scatty an. »Wie sieht dein Plan aus?«

»Einfach. Wir hauen hier ab – und das so schnell wie möglich.« Sie drehte das Schwert in ihrer linken Hand so, dass die Klinge flach auf ihrem ausgestreckten Arm lag.

Flamel und Josh stellten sich dicht neben sie und lugten durch das Rankengewirr in die mit dem Schwertgriff angezeigte Richtung. Am Rand der Wiese war Dr. John Dee erschienen; vorsichtig bewegte er sich durchs Unterholz. Das kurze Schwert mit der schwarzen Klinge, das er mit beiden Händen hielt, leuchtete in einem flackernden, eisblauen Licht.

»Dee«, sagte Flamel. »Nie im Leben hätte ich gedacht, dass ich mich einmal freuen würde, ihn zu sehen. Das ist wirklich wunderbar.«

Sowohl Scatty als auch Josh schauten ihn überrascht an.

»Dee ist ein Mensch ... Und das heißt, er kam mit einem von Menschen üblicherweise benutzten Transportmittel hierher«, erklärte Flamel.

»Mit einem Wagen, den er wahrscheinlich direkt vor dem Schattenreich geparkt hat.« Scatty nickte verstehend.

Josh wollte gerade fragen, woher sie wissen wollte, dass er ihn außerhalb geparkt hatte, als ihm die Antwort plötzlich selbst einfiel. »Weil er wusste, dass die Batterie sich entleeren würde, wenn er hier hereinfährt.«

»Seht mal«, murmelte Scatty.

Sie beobachteten, wie ein riesiger Torc Allta in Ebergestalt hinter Dee aus dem hohen Gras auftauchte. Obwohl er noch seine Tiergestalt hatte, stellte er sich auf die Hinterbeine und war somit fast dreimal so groß wie der Magier.

»Er wird ihn umbringen«, murmelte Josh.

Dees Schwert flammte grellblau auf, dann ließ sich der kleine Mann nach hinten fallen, auf den Torc Allta zu. Das Schwert beschrieb dabei einen kurzen Bogen. Die plötzliche Bewegung schien die Kreatur zu irritieren, aber sie schlug die Klinge ohne Mühe beiseite – und erstarrte. Von dort aus, wo die Klinge die Pfote des Ebers berührt hatte, wuchs plötzlich eine dünne Eisschicht das Vorderbein des Tierwesens hinauf; die Eiskristalle glitzerten in der Morgensonne. Bald bedeckte das Eis die Brust des Torc Allta, dann seine kräftigen Hinterbeine und nach oben hin Schultern und Kopf. Innerhalb von Sekunden war die Kreatur in einem von blauen Adern durchzogenen Eisblock gefangen.

Dee stand vom Boden auf, bürstete seinen Mantel ab und schlug dann unvermittelt mit dem Schwertgriff auf den Eisblock ein. Der zerbarst klirrend in Millionen Splitter, die alle ein winziges Stück des Torc Allta enthielten.

»Eines der Elemente-Schwerter«, bemerkte Scatty. »Excalibur, das Eisschwert. Ich dachte, es sei schon vor Urzeiten verschwunden und in den See zurückgeworfen worden, als Artorius starb.«

»Wie es aussieht, hat Dee es gefunden«, murmelte Flamel.

Josh stellte fest, dass er kein bisschen überrascht war, dass es König Arthur tatsächlich gegeben hatte. Er fragte sich höchstens, welche anderen Sagengestalten *noch* real waren und gelebt hatten.

Sie beobachteten, wie Dee sich rasch wieder ins Unterholz zurückzog. Er schlug die Richtung zur gegenüberliegenden Seite des Baumhauses ein, wo das Schlachtgetümmel am lautesten war. Es roch jetzt stärker nach Rauch. Stechend wirbelte er um den Baum herum und brachte den unangenehmen Geruch alter Bauten und längst vergessener Gewürze mit sich. Holz knackte und brach, Baumsaft brach stoßweise aus der Rinde heraus, und das tiefe Dröhnen war nun so laut, dass es den ganzen Baum zum Vibrieren brachte.

»Ich mache euch den Weg frei«, sagte Scatty und stürmte durch die Ranken. Fast im selben Augenblick kamen drei Vogelmenschen flügelschlagend auf sie zu. Ihnen folgten zwei Katzenmenschen auf allen vieren.

»Wir müssen ihr helfen«, rief Josh verzweifelt, auch wenn er keine Ahnung hatte, was er tun könnte.

»Sie ist Scathach, sie braucht unsere Hilfe nicht«, erwiderte Flamel. »Sie wird sie zunächst von uns wegführen ...«

Scathach lief leichtfüßig ins Unterholz, ihre schweren Stiefel machten auf dem weichen Boden kein Geräusch. Die Vögel und Katzen folgten.

»Sie wird etwas suchen, das ihr den Rücken freihält, sodass sie nur von einer Seite angreifen können. Dann sind sie dran.«

Josh beobachtete Scatty, die herumwirbelte und sich ihren Verfolgern entgegenstellte, im Rücken gedeckt von einer knorrigen Eiche. Die Katzenwesen hatten sie schnell erreicht und schlugen mit den Pfoten nach ihr, doch Scattys kurze Schwerter waren schneller. Ein Vogelwesen schwebte mit ausgestreckten Klauen und mächtigem Flügelschlag dicht über die Kriegerin hinweg. Scatty rammte das Schwert in ihrer Linken in den Boden, packte das Fußgelenk der Kreatur, riss sie zu sich herunter und warf sie mitten unter die fauchenden Katzen. Der Vogel attackierte die Katzen instinktiv und plötzlich bekämpften die Tiere sich gegenseitig. Zwei weitere Vogelmenschen landeten mit grässlichem Geschrei auf den Katzen. Scatty riss ihr Schwert aus dem Boden und gab Flamel und Josh damit ein Zeichen, zu ihr herüberzukommen.

Flamel tippte Josh auf die Schulter. »Los, geh mit Sophie zu ihr.«

»Und du?«

»Ich warte noch einen Augenblick und halte euch den Rücken frei. Dann komme ich nach.«

Josh wusste, dass er sich darauf verlassen konnte, auch wenn Flamel es gewesen war, der sie in Gefahr gebracht hatte. Er nickte, brach durch den Rankenvorhang und stürmte los, seine

Schwester fest an sich gedrückt. Außerhalb des Baumes war der Schlachtenlärm unbeschreiblich laut, doch Josh konzentrierte sich ganz auf den Boden, damit er nicht über Wurzeln oder andere Unebenheiten stolperte. Sophie begann sich zu regen, ihre Augenlider flatterten. »Halt still«, sagte Josh eindringlich, auch wenn er nicht sicher war, ob sie ihn hören konnte.

Er wandte sich nach rechts, weg von den kämpfenden Kreaturen. Trotzdem fiel ihm auf, dass sie sich, wenn sie schwer verwundet waren, wieder in ihre ursprüngliche Katzen- oder Vogelgestalt zurückverwandelten. Zwei verständnislos dreinschauende Katzen und drei zerrupfte Krähen rappelten sich gerade vom Boden hoch und beobachteten, wie er vorbeirannte. Josh hörte Flamel hinter sich und roch den Minzeduft in der Luft. Seine Schwester war schwer – aber noch zehn oder fünfzehn Schritte, dann war er bei Scatty und in Sicherheit. Doch gerade als er sie erreichte, sah er, wie Scathach entsetzt die Augen aufriss. Josh schaute über die Schulter. Eine hochgewachsene Frau mit dem Kopf einer Katze und einer Robe, wie man sie nur im alten Ägypten getragen hatte, machte einen Satz von mindestens sechs Metern, landete auf Nicholas Flamels Rücken und warf den Alchemysten zu Boden. Eine sichelförmig gebogene Klaue schoss auf seinen kurzen Stab zu und teilte ihn in zwei Hälften. Dann warf die Kreatur den Kopf zurück und heulte triumphierend.

Kapitel Siebenundzwanzig

Vier eher kleine Wachleute ganz in Schwarz, die Gesichter hinter Motorradhelmen verborgen, holten Perenelle aus ihrer winzigen unterirdischen Zelle.

Sie war sich nicht hundertprozentig sicher, ob es sich um Menschen handelte – eine Aura hatten sie jedenfalls nicht. Sie konnte auch keinen Herzschlag und keine Atemzüge feststellen. Als sie Perenelle umringten, streifte sie eine schwache Ahnung von etwas Altem, Totem, und sie roch faule Eier und überreife Früchte. Vielleicht handelte es sich um Simulacra, Kunstgestalten, die in Bottichen mit einer modrig blubbernden Flüssigkeit herangezüchtet wurden. Perenelle wusste, dass Dee schon immer fasziniert war von der Vorstellung, sich seine Anhänger selbst zu erschaffen, und dass er jahrzehntelang mit Golems, Simulacra und Homunculi herumexperimentiert hatte.

Wortlos, mit ruckartigen Bewegungen führten die vier Gestalten sie aus der Zelle und einen langen, schmalen und nur schwach beleuchteten Gang hinunter. Perenelle ging bewusst langsam, damit sie Zeit hatte, Kräfte zu sammeln und die örtlichen Gegebenheiten in sich aufzunehmen. Jefferson Miller, der Geist des Wachmanns, hatte ihr gesagt, sie befände sich im Keller der Enoch Enterprises im Westen des Telegraph Hill und ganz in der Nähe des berühmten Coit Tower.

Perenelle wusste, dass sie weit unter der Erde war. An den Wänden lief das Wasser herunter, und die Luft war so kalt, dass ihr Atem in kleinen Wolken vor ihrem Gesicht stand. Jetzt wo sie nicht mehr in der mit Schutzzaubern belegten Zelle war, spürte sie, dass ihre Kräfte langsam zurückkehrten. Sie suchte verzweifelt nach einem Zauber, mit dem sie die Wachen belegen könnte, doch durch die Begegnung mit Mr Millers Geist war sie noch immer sehr geschwächt, und außerdem hatte sie pochende Kopfschmerzen, die es schier unmöglich machten, sich zu konzentrieren.

Plötzlich flackerte direkt vor ihr etwas auf. Ihr Atem, neblig weiß in der kalten Luft, hatte kurz ein Gesicht geformt.

Perenelle schaute aus den Augenwinkeln zu ihren Wachen auf beiden Seiten, doch die hatten nichts bemerkt. Sie zog die Luft tief in ihre Lungen, hielt einen Augenblick den Atem an, damit ihr Körper die Luft erwärmen konnte, und stieß sie dann langsam wieder aus. Ein Gesicht erschien im weißen Nebel: das Gesicht von Jefferson Miller.

Perenelle runzelte die Stirn. Eigentlich sollte sein Geist längst im Jenseits sein. Es sei denn … Es sei denn, er war zurückgekommen, um ihr etwas mitzuteilen.

Nicholas!

Instinktiv wusste sie, dass ihr Mann in Gefahr war. Noch einmal holte Perenelle tief Luft und hielt den Atem an. Sie konzentrierte sich ganz auf Nicholas und sah ihn mit ihrem geistigen Auge deutlich vor sich: das schmale, eher melancholische Gesicht, die hellen Augen und das kurz geschnittene Haar. Sie lächelte, weil sie an früher denken musste, als er das dichte schwarze Haar länger getragen hatte als sie. Im Nacken hatte er es immer mit einem purpurfarbenen Samtband zusammengehalten. Sie atmete aus und sofort erschien in der weißen Wolke wieder Jefferson Millers Gesicht. Perenelle schaute dem Geist in die Augen und wie in einem Spiegel sah sie in seinen Pupillen ihren Mann in den Pfoten der katzenköpfigen Göttin.

Wut und Angst überfluteten sie und plötzlich waren ihre Kopfschmerzen und ihre Erschöpfung wie weggeblasen. Ihr mit Silberfäden durchzogenes schwarzes Haar bewegte sich, als wehte ein kräftiger Wind, blaue und weiße Funken sprühten heraus, und es knisterte vor statischer Energie. Ihre schneeweiße Aura umgab sie wie eine zweite Haut.

Zu spät erkannten die Wachen, dass etwas nicht stimmte. Sie wollten sie packen, doch in dem Moment, in dem ihre Hände die leuchtenden Ränder von Perenelles Aura berührten, wurden sie zurückgestoßen, als hätten sie einen elektrischen Schlag erhalten. Einer der Wachen wollte sich auf die Gefangene werfen, doch Perenelles Aura katapultierte ihn knapp unter der Decke an die Wand, und das mit solcher Wucht, dass ihm der Motorradhelm vom Kopf flog. Er rutschte an der Wand herunter, Arme und Beine seltsam verdreht. Als Perenelle sein Gesicht sah, wusste sie, dass es sich tatsächlich um einen Simulacra handelte. Allerdings um einen unfertigen: der Kopf war eine einzige kahle und glatte Fläche, ohne Augen, Nase, Mund und Ohren.

Perenelle lief den Gang hinunter. Als sie auf dem Boden eine ölig aussehende Pfütze erblickte, blieb sie kurz stehen, kauerte sich hin, konzentrierte sich und tauchte ihren Zeigefinger und den kleinen Finger in das trübe Wasser. Ihre weiße Aura zischte und von dem Wasser stieg Rauch auf. Nachdem er sich verzogen hatte, stellte sie fest, dass sie dieselbe Szene vor sich hatte, die sie kurz in den Augen des Geistes gesehen hatte: Ihr Mann lag unter Bastets Krallen. Dahinter wehrte Scatty die angreifenden Katzen und Vögel ab, während Josh mit dem Rücken zu einem Baum stand, einen Ast wie einen Baseballschläger in der Hand hielt und unbeholfen nach allem schlug, das ihm zu nah kam. Vor ihm auf dem Boden lag Sophie und blinzelte verwirrt.

Perenelle schaute den Gang hinauf und hinunter. In der Ferne hörte sie Geräusche, Schritte auf Steinboden, und sie wusste, dass weitere Wachen im Anmarsch waren. Sie konnte entweder weiterlaufen und sich verstecken oder sich den Wachen stellen. Etwas von ihrer Kraft war zurückgekehrt. Aber das half Nicholas und den Zwillingen nicht.

Perenelle schaute noch einmal in die Pfütze. Sie sah Hekate, die dem gemeinsamen Angriff der Vögel und Katzen standhielt, und hinter ihr Dee. Das Schwert in seiner Hand glühte giftig blau. Im Hintergrund brannte der Weltenbaum. Rote und grüne Flammen loderten hoch aus ihm auf.

Eine Möglichkeit gab es noch – einen verzweifelten, gefährlichen Versuch konnte sie wagen. Falls er gelang, wäre sie anschließend völlig entkräftet und wehrlos. Dees Kreaturen bräuchten sie nur aufzuheben und wegzutragen.

Perenelle überlegte es sich nicht zweimal.

Über die ölige Pfütze gebeugt, legte sie die rechte Hand mit der Handfläche nach oben in die linke und konzentrierte sich. In ihre Aura kam Bewegung, wie Nebelschwaden strich sie an ihren Armen hinunter und sammelte sich in ihrer Hand, floss durch die eingekerbten feinen Linien in ihrer Haut und ließ einen winzigen, silbrig weißen Funken aufblitzen. Er verdichtete sich zu einer Kugel, wuchs und drehte sich, und der Aura-Nebel floss schneller die Arme herunter. Es dauerte nur wenige Herzschläge lang, dann hatte die Kugel die Größe eines Eis erreicht. Perenelle drehte die Hand und warf den Ball aus reiner Aura-Energie ins Wasser der Pfütze. Dazu sprach sie drei Worte:

»Sophie, wach auf!«

Kapitel Achtundzwanzig

*S*ophie, wach auf!«

Sophie Newman schlug die Augen auf. Und schloss sie gleich wieder. Sie presste die Hände auf die Ohren. Alles war so hell, die Farben so leuchtend, der Schlachtenlärm so laut und durchdringend.

»*Sophie, wach auf!*«

Der Schock, als sie die Stimme noch einmal hörte, zwang sie, die Augen erneut zu öffnen und sich umzuschauen. Sie hörte Perenelle Flamel so deutlich, als stünde sie neben ihr, aber sie war nicht da. Sophie selbst saß auf dem Boden, mit dem Rücken an die raue Rinde einer alten Eiche gelehnt. Josh stand neben ihr, einen dicken Ast in beiden Händen, und wehrte verzweifelt irgendwelche grässlichen Gestalten ab.

Langsam erhob Sophie sich, wobei sie sich am Baum abstützte. Das Letzte, woran sie sich erinnerte, war der strenge Geruch von brennendem frischen Holz. Sie erinnerte sich noch, dass sie »Feuer!« gerufen hatte, aber der Rest waren nur noch verschwommene Bilder – ein schmaler Tunnel, Geschöpfe mit Vogel- und Katzenköpfen –, die auch Träume hätten sein können.

Als Sophies Augen sich an die Helligkeit gewöhnt hatten, sah sie, dass es kein Traum gewesen war.

Rings herum nichts als Vogel- und Katzenmenschen. Hunderte davon. Ein paar der Katzenköpfigen versuchten, sich im hohen Gras auf dem Bauch kriechend anzuschleichen; sie fauchten und schlugen mit den Vorderpfoten in die Luft. In der Eiche über ihr saßen Vogelmenschen, die sich durchs Geäst nach unten hangelten, bis sie sich fallen lassen konnten. Andere hüpften über den Boden und hackten mit ihren gefährlich aussehenden Schnäbeln nach Josh.

Am Rand der Wiese brannte Hekates Weltenbaum. Das Holz knisterte und knackte. Doch bereits in dem Moment, in dem es verbrannte, wuchs neues Holz nach, frisch und grün. Merkwürdige Geräusche drangen an Sophies Ohr, und ihr wurde klar, dass es der Baum war, den sie hörte. Mit ihrem neu erweckten Gehör glaubte sie zwischen den gequälten Schreien des brennenden Wesens Worte und Sätze ausmachen zu können, Liedfetzen und Gedichtverse. Sie sah Hekate, die verzweifelt versuchte, das Feuer zu löschen, sich aber gleichzeitig die Morrigan, die Vögel und Katzen vom Leib halten musste. Sophie fiel auf, dass keine Federnattern mehr in der Luft waren und nur noch sehr wenige Torc Allta bereitstanden, um ihre Herrin zu beschützen.

Nicht so weit entfernt erspähte Sophie Scattys feuerrotes Haar. Auch die Kriegerprinzessin war umringt von Dutzenden von Vögeln und Katzen. Sie schien einen komplizierten Tanz aufzuführen, ihre beiden Schwerter blitzten auf und trieben die Kreaturen kreischend zurück. Scatty versuchte, sich hinüberzukämpfen zu der Stelle, wo Nicholas Flamel bäuchlings auf dem Boden lag, festgehalten von den Klauen der entsetzlichsten Kreatur, die Sophie je gesehen hatte: Bastet, die Katzengöttin. Da sie jetzt ungeheuer scharf sah, konnte Sophie jedes Detail in Bastets Katzengesicht ausmachen, jedes feine Haar ihres Fells.

Flamel sah, dass Sophie in seine Richtung schaute. Er versuchte, tief Luft zu holen, was jedoch in seiner Lage unmöglich war. »Lauf«, flüsterte er, »lauf!«

»*Sophie, ich habe nur wenige Augenblicke…*« Perenelles Stimme erklang in Sophies Kopf. Der Schock brachte das Mädchen vollends zu sich. »*Du brauchst nur eines zu tun: Du musst mich durch dich reden lassen…*«

Josh merkte, dass seine Schwester aufstand. Sie schwankte leicht, hielt sich die Ohren zu, als sei ihr alles zu laut, und kniff die Augen zusammen. Ihre Lippen bewegten sich, als führe sie Selbstgespräche. Er schlug nach zwei Vogelmenschen, die auf ihn zustürmten. Der schwere Ast traf einen davon auf den Schnabel. Benommen stolperte er rückwärts. Der andere tänzelte weiter um Josh herum. Der merkte irgendwann, dass der Vogelmann nicht ihn im Visier hatte, sondern Sophie. Er holte aus und schlug nach ihm. Im selben Moment kam eine große, schlanke Gestalt mit dem Kopf einer Tigerkatze mit weiten Sprüngen näher. Josh versuchte, den Ast zu schwingen, doch er stand auf dem falschen Fuß, und der Katzenmensch duckte sich darunter weg. Dann machte er mit aufgerissenem Maul und ausgestreckten Krallen einen Satz auf ihn zu.

Ein bitterer Geschmack schoss in Joshs Mund, und es durchzuckte ihn die Erkenntnis, dass Sophie und er in akuter Lebensgefahr waren. Er musste zu seiner Schwester, musste sie beschützen … und wusste doch im selben Moment, dass er es nicht rechtzeitig schaffen würde. Er schloss die Augen, als die Kreatur sich auf ihn warf, spürte fast schon die Klauen, die sich in seine Brust bohrten, und hörte bereits das triumphierende Geschrei … Doch dann kam nur ein leises Schnurren. Josh öffnete die Augen, blinzelte und stellte fest, dass er ein flauschiges junges Kätzchen im Arm hielt.

Sophie! Er drehte sich um – und hielt ehrfürchtig inne.

Sophies Aura leuchtete wie reines Silber. An manchen Stellen war sie so dicht, dass sie das Sonnenlicht brach und wie eine mittelalterliche Rüstung zurückwarf. Silberne Funken knisterten in ihrem Haar und Aura-Silber sprühte von ihren Fingerspitzen.

»Sophie?«, flüsterte Josh überglücklich. Seiner Schwester ging es gut.

Langsam drehte Sophie den Kopf und sah ihn an und da traf es ihn wie ein Schlag: Sie erkannte ihn nicht. Ihm wurde übel.

Der Vogelmann, der Sophie im Visier gehabt hatte, machte einen Satz nach vorn und zielte mit dem Schnabel zwischen ihre Augen. Sie schnippte mit den Fingern. Winzige Silbertröpfchen lösten sich von ihren Fingerspitzen und trafen die Kreatur. Augenblicklich schrumpfte sie und wurde zu einer ganz gewöhnlichen Elster, die orientierungslos herumflatterte.

Sophie schritt an ihrem Bruder vorbei auf Bastet zu.

»Keinen Schritt weiter, meine Kleine«, warnte Bastet und hob die Krallenhand.

Sophie öffnete die Augen weit und lächelte, und Josh musste schockiert feststellen, dass er zum ersten Mal in seinem Leben Angst vor seiner eigenen Schwester hatte. Das war nicht seine Sophie – dieses furchteinflößende Wesen konnte nicht seine Zwillingsschwester sein.

Als sie sprach, kamen die Worte seltsam rau aus ihrem Mund. *»Du hast keine Vorstellung davon, was ich dir antun kann.«*

Bastets Katzenaugen blickten überrascht. »Du kannst mir gar nichts tun, meine Kleine.«

»Ich bin nicht deine Kleine. Du magst uralt sein, aber jemandem wie mir bist du trotzdem noch nie begegnet. Ich besitze die Urgewalt, die deine Magie zunichtemachen kann. Ich kann die Vögel und Katzen in ihre natürliche Gestalt zurückverwandeln.« Sophie legte den Kopf schief. Josh kannte das. So machte sie es, wenn sie jemandem aufmerksam lauschte. Dann streckte sie die Hände nach der Erstgewesenen aus. *»Was denkst du wohl, würde passieren, wenn ich dich berühre?«*

Bastet zischte einen Befehl und drei riesige Katzenmenschen schossen auf Sophie zu. Die schüttelte den Arm und wie eine Peitschenschnur schlängelte sich ein langes Band silberner Energie aus ihren Fingern. Es berührte nacheinander alle drei Katzen, legte sich über Hüften und Schultern, und sie hielten sofort stolpernd inne, zuckten und wälzten sich auf dem Boden, während sie sich in ganz gewöhnliche Hauskatzen verwandelten: zwei Mischlinge und ein zerzauster Perserkater. Sie sprangen auf die Beine und schossen mit mitleiderregendem Kreischen davon.

Sophie ließ die Peitschenschnur über ihrem Kopf kreisen und flüssige Silbertröpfchen stoben in alle Richtungen. *»Ich will* *dir einen Vorgeschmack auf das geben, was ich alles kann…«* Die silberne Peitschenschur knallte, als sie näher kam.

Scatty stellte überrascht fest, dass drei ihrer Gegner sich plötzlich verwandelt hatten: einer in eine Wanderdrossel, einer in einen Buchfink und einer in eine Lerchenammer. Der exotisch aussehende Katzenmensch direkt vor ihr wand sich und wurde zu einer verwirrt herumtorkelnden Siamkatze.

Immer wieder ließ Sophie die Silberpeitsche knallen. Silbertröpfchen flogen in alle Richtungen und immer mehr Katzen- und Vogelmenschen verwandelten sich in ihre natürliche Gestalt zurück. *»Lass Nicholas in Ruhe«*, sagte sie, doch ihre Lippen bewegten sich nicht synchron zu ihren Worten, *»oder wir werden herausfinden, welches deine wahre Gestalt ist, Bastet, die auch Mafdet ist, Sekhmet und Menhit.«*

Langsam erhob Bastet sich, richtete sich zu ihrer vollen Größe auf und entfernte sich ein paar Schritte von Flamel. Die Augen mit den schmalen Pupillen waren weit aufgerissen. »Es ist lange her, seit mich jemand bei diesen Namen genannt hat. Wer bist du – bestimmt kein Humani-Mädchen aus der heutigen Zeit.«

Sophie bewegte die Lippen, doch es dauerte einen Moment, bevor die Worte folgten. *»Nimm dich vor diesem Mädchen in Acht, Bastet. Sie ist dein Untergang.«*

Bastets Fell sträubte sich und an den bloßen Armen bekam sie eine Gänsehaut. Sie ging langsam noch ein paar Schritte rückwärts, drehte sich dann jäh um und flüchtete zu dem brennenden Weltenbaum.

Nicholas rappelte sich auf und wankte auf Sophie, Josh und Scatty zu. »Perenelle?«, flüsterte er.

Sophie wandte ihm das Gesicht zu, doch ihr Blick war leer. Ihre Lippen bewegten sich und dann kamen, wie in einem schlecht synchronisierten Film, die Worte: »*Ich bin in San Francisco, werde im Keller der Enoch Enterprises festgehalten. Es geht mir gut. Bring die Kinder Richtung Süden, Nicholas.*« Ein langer Moment herrschte Schweigen, dann kamen die Worte schneller, als Sophie die Lippen bewegen konnte. Ihre silberne Aura wurde schwächer und die Augen fielen ihr zu. »*Bring sie zu der Hexe.*«

KAPITEL NEUNUNDZWANZIG

Dr. John Dee wurde langsam panisch. Nichts lief nach Plan, und wie es aussah, würde er auch noch aktiv in den Kampf eingreifen müssen.

Flamel, Scatty und die Zwillinge hatten sich aus Hekates Baum retten können und kämpften nun auf der anderen Seite der Wiese, gerade mal 150 Meter von ihm entfernt. Aber er konnte nicht hinübergehen; das hieße, ein Schlachtfeld zu überqueren. Die letzten Torc Allta, sowohl in Tier- als auch in Menschengestalt, kämpften ohne Pause gegen Katzen- und Vogelmenschen. Die Federnattern waren bereits geschlagen. Anfangs hatten die geflügelten Schlangen Chaos unter den Katzen und Vögeln verbreitet, doch auf dem Boden waren sie schwerfällig und unbeholfen und die meisten waren kurz nach ihrer Landung getötet worden. Die gewaltige Armee der Torc Allta war beträchtlich geschrumpft, und Dee vermutete, dass es in spätestens einer Stunde in Nordamerika keine Wereber mehr gab.

Aber so lange konnte er nicht warten. Er musste *jetzt* zu Flamel. Er musste die Seiten aus dem Codex zurückholen, und zwar so schnell als möglich.

Von seinem Versteck hinter einem Gebüsch beobachtete Dee die Schlacht der Älteren. Hekate stand am Eingang zu ihrem Baumhaus, umgeben von den letzten ihrer persönlichen Torc-Allta-Wachen. Während die wilden Eber die Katzen und Vögel abwehrten, hatte Hekate es allein mit der Morrigan und mit Bastet aufgenommen.

Die drei ignorierten ihre halbmenschlichen Krieger um sie herum völlig. Für den zufälligen Beobachter hätte es so ausgesehen, als schauten die drei Göttinnen sich lediglich an. Dee jedoch bemerkte die rotgrauen Wolken, die sich über ihnen zusammenballten, er sah, wie die zarten, weißgoldenen Blumen, die um den Baum herum wuchsen, welkten und starben und innerhalb von Sekunden zu einer schwarzen Paste zusammenschmolzen. Die unansehnliche Pilzpatina auf den ehemals glatt polierten Steinplatten des Weges war ihm vorher schon aufgefallen. Dee lächelte. Es konnte nicht mehr lange dauern. Allzu lang konnte Hekate den beiden anderen, Tante und Nichte, nicht standhalten.

Doch Hekate zeigte keinerlei Anzeichen von Schwäche.

Und dann schlug sie zurück.

Die Luft, schwer vom Gestank des brennenden Baumes, verharrte völlig windstill. Dennoch sah Dee, wie ein Wind, den er nicht spürte, unter den Umhang der Morrigan fuhr, sodass er ihr um die Schultern flatterte und die hochgewachsene Bastet sich dagegenstemmen musste, um nicht umgeweht zu werden. Das Muster auf Hekates metallisch schimmerndem Kleid veränderte sich in atemberaubender Geschwindigkeit. Die Farben vermischten sich und wechselten ständig.

Mit wachsender Besorgnis sah Dee einen dunklen Schatten über das welke Gras gleiten, dann beobachtete er, wie sich ein Schwarm winziger schwarzer Fliegen auf Bastets Fell niederließ und ihr in Ohren und Nase kroch. Die Katzengöttin heulte auf und stolperte rückwärts, dabei rieb sie hektisch über ihr Gesicht. Sie stürzte und wälzte sich im Gras, um die Insekten loszuwerden. Doch es kamen immer mehr, und bald waren auch Feuerameisen und Höhlenspinnen darunter, die aus dem Gras kamen und auf ihren Körper krochen. Bastet kauerte auf Händen und Knien und warf den Kopf zurück. Dann sprang sie auf und lief über die Wiese, fiel wieder hin und wälzte sich in einem flachen Teich – alles, um die Insekten loszuwerden. Sie hatte die Wiese mehr als zur Hälfte überquert, als die dicke schwarze Wolke endlich von ihr abließ. Sofort wollte Bastet umdrehen und zum Weltenbaum zurückgehen – doch in dem Moment ballte sich der Fliegenschwarm drohend vor ihr in der Luft zusammen, dichter als je zuvor.

Zum ersten Mal durchzuckte Dee der Gedanke, dass Hekate vielleicht – nur vielleicht – gewinnen könnte. Bastet und die Morrigan zu trennen, war ein cleverer Zug gewesen. Dafür zu sorgen, dass Bastet nicht mehr zurückkonnte, schlicht ein Geniestreich.

Als Bastet merkte, dass ihr der Rückweg abgeschnitten war, fauchte sie wütend. Dann drehte sie sich um und lief hinüber zu der Stelle, wo Flamel, Scatty und die Zwillinge kämpften. Dee sah, wie sie einen gewaltigen Sprung machte und den Alchemysten zu Fall brachte. Das verschaffte ihm zumindest eine gewisse Genugtuung, und er erlaubte sich ein Lächeln – das rasch wieder erlosch, als ihm bewusst wurde, dass er immer noch auf dieser Seite der Wiese festsaß. Wie sollte er an Hekate vorbeikommen?

Obwohl der Weltenbaum lichterloh brannte, Laub und schwarze Äste durch die Luft flogen und der aus abgebrochenen Zweigen austretende klebrige Baumsaft an verschiedenen Stellen in Strömen herausfloss, schienen Hekates Kräfte ungebrochen. Ernüchterung und Enttäuschung überfielen Dee. Alle seine Recherchen hatten ergeben, dass Hekate den Baum zum Leben erweckt hatte, indem sie ihm etwas von ihrer eigenen Lebenskraft gab. Dafür erneuerte er im Gegenzug ihre Kräfte, während er wuchs. Den Baum niederzubrennen, war Dees Idee gewesen. Er hatte angenommen, dass ihre Kräfte nachlassen würden, wenn ihr Baum verbrannte. Doch das Gegenteil war der Fall: Dass der Baum in Brand gesteckt worden war, hatte die Erstgewesene nur in maßlose Wut versetzt, und in ihrem Zorn hatte sie umso größere Kräfte entwickelt. Als Dee sah, wie Hekates Lippen sich zu etwas verzogen, das ein Lächeln hätte sein können, und wie die Morrigan stolperte und zurückwich, dämmerte ihm, dass die Göttin mit den drei Gesichtern in ihrem eigenen Schattenreich einfach zu mächtig für sie war.

Und in diesem Moment wusste Dee, dass er handeln musste.

Gedeckt von Bäumen und hohem Gras, umrundete er den Stamm des gewaltigen Baumes. Er musste sich niederkauern und verstecken, als ein Torc Allta in Ebergestalt direkt vor ihm durchs Unterholz brach. Ihm auf den Fersen waren mindestens ein Dutzend Katzen- und doppelt so viele Vogelmenschen.

Dee kam auf der Seite des Weltenbaums aus dem Unterholz,

die der Stelle, an der Hekate und die Morrigan kämpften, genau gegenüberlag. Er sah, dass sich bei der Gruppe um Flamel rechts von ihm irgendetwas tat. Vögel und Katzen stoben in alle Richtungen davon ... Und da erst fiel Dee auf, dass es *gewöhnliche* Vögel und *normale* Straßenkatzen waren, die da flohen, und keine halbmenschlichen Kreaturen. Die Verwandlungszauber von Bastet und der Morrigan verloren ihre Wirkung. War Hekate so mächtig? Er musste dem jetzt ein Ende setzen.

Dr. John Dee hob das Schwert. Schmutzig blaues Licht schlängelte sich die kurze Klinge entlang, und einen Augenblick lang summte die uralte Waffe, als ein unsichtbarer Wind über die Schneide strich. Die in den Griff eingeritzte Schlange erwachte zischend zum Leben. Dee umklammerte den Griff seines Schwerts mit beiden Händen, legte die Klingenspitze an die raue Rinde des uralten Baumes ... und drückte.

Excalibur versank bis zum Heft im Holz, ohne dass Dee sich überhaupt anstrengen musste. Zunächst geschah nichts. Dann begann Yggdrasill, der Weltenbaum, zu stöhnen. Wie bei einem Tier, das verletzt wurde, begann es mit einem tiefen Grollen, das rasch in einen hohen qualvollen Ton überging. Um die Stelle, an der der Schwertgriff aus dem Baum herausragte, bildete sich ein blauer Fleck. Etwas lief wie Tinte am Baum hinunter und sickerte in den Boden, dann strömte öliges blaues Licht in die Adern und Ringe des Holzes. Yggdrasills Schreie wurden immer höher, bis sie für menschliche Ohren nicht mehr zu hören waren. Die letzten Torc Allta stürzten zu Boden, zuckend vor Schmerzen, und hielten sich die Ohren zu.

Das blaue, ölig wirkende Licht wanderte schnell um den Baum herum und bedeckte alles mit einer dünnen Schicht glitzernder Eiskristalle. Blau-schwarze und rot-grüne Regenbogen standen plötzlich in der Luft.

Die Eisschicht schoss am Stamm hinauf und an den Ästen entlang und verwandelte alles, was mit ihr in Berührung kam, in glitzernde Kristalle. Selbst das Feuer war nicht dagegen gefeit. Flammen froren ein, blieben als kunstvolle Eisskulpturen kurz in der Luft stehen, bevor sie feine Risse bekamen und zu glitzerndem Staub zerbarsten. Wenn die blaue Schicht Blätter berührte, wurden sie hart und brachen von den Ästen. Sie schwebten nicht sacht zu Boden; sie fielen und zerbrachen mit leisem Klirren, wohingegen die Äste als kompakte Eisblöcke vom Stamm gerissen wurden und auf der Erde zerschellten. Dee warf sich zur Seite, um nicht von einem meterlangen gefrorenen Zweig aufgespießt zu werden. Er packte Excaliburs Griff, zog die Klinge aus dem Stamm und lief in Deckung.

Der Weltenbaum starb. Riesige Rindenstücke brachen vom Stamm, als wäre der Baum ein zerfallender Eisberg, und krachten auf den Boden. Hekates schönes Schattenreich war in Windeseile übersät von rasiermesserscharfen Eissplittern.

Immer auf der Hut vor herunterfallenden Ästen, rannte Dee in gebotenem Abstand um den Baum herum. Er musste einfach wissen, was mit Hekate geschah.

Auch die Göttin mit den drei Gesichtern starb.

Hekate stand reglos vor ihrem zerbrechenden Baum und innerhalb weniger Herzschläge veränderte sich ihr Gesicht immer wieder von dem jungen Mädchen über die reife Frau zur todgeweihten Greisin. Das ging so schnell, dass der Rest ihres Körpers keine Zeit hatte, sich anzupassen, und die Phasen sich für den Beobachter vermischten: Da waren junge Augen in einem alten Gesicht; der Kopf eines Mädchens auf dem Körper einer Frau; der Körper einer Frau mit Kinderarmen. Hekates sich ständig veränderndes Gewand hingegen hatte alle Farbe verloren und war genauso schwarz wie ihre Haut.

Dee stellte sich schweigend neben die Morrigan. Dann kam auch noch Bastet dazu, und zusammen verfolgten sie die letzten Augenblick von Hekate und dem Weltenbaum.

Der Baum war inzwischen fast ganz von einer blauen Eisschicht überzogen. Gefrorene Wurzeln hatten den Boden aufgebrochen und die Symmetrie der Anlage zerstört. In dem gewaltigen Stamm klafften Löcher, die den Blick auf die runden Räume im Inneren freigaben: Sie alle waren im blauen Eis erstarrt und unbewohnbar geworden.

Hekates rasende Veränderung verlangsamte sich. Es dauerte länger, bis die Wechsel sich vollzogen, da auch bei ihr nun kaltes Blau von unten an ihrem Körper emporkroch, sich ausbreitete, die Haut erstarren ließ und mit Eiskristallen überzog.

Die Morrigan schaute kurz auf das Schwert in Dees Hand, wandte den Blick aber sofort wieder ab. »Selbst nach all den Jahren in unseren Diensten schaffst du es immer noch, uns zu überraschen, Dr. Dee«, bemerkte sie leise. »Ich wusste nicht, dass du das Eisschwert besitzt.«

»Ich bin froh, dass ich es mitgebracht habe«, erwiderte Dee, ohne direkt auf die angedeutete Frage einzugehen. »Hekate war wohl doch mächtiger, als wir annahmen. Wenigstens hat sich meine Vermutung – dass ihre Kraft mit der des Baumes im Zusammenhang steht – bestätigt.«

Ein einziger Eisblock war alles, was vom Weltenbaum übrig geblieben war. Auch Hekate war jetzt vollständig mit einer blauen Eisschicht überzogen, nur ihre buttergelben Augen waren noch voller Leben und glänzten. Die Spitze des Baumes begann zu schmelzen, schmutziges Wasser lief am Stamm hinunter und grub tiefe Rillen ins Eis.

»Als ich merkte, dass sie deinen Zauber außer Kraft setzen kann, wusste ich, dass ich eingreifen muss«, sagte Dee. »Ich habe gesehen, wie die Katzen und Vögel wieder ihre natürliche Gestalt annahmen.«

»Das hatte nichts mit Hekate zu tun«, rief Bastet. Sie sprach mit starkem Akzent und ihre Stimme klang wie die einer Löwin.

Die Morrigan und Dee wandten sich der Katzengöttin zu. Bastet hob eine Pfote und zeigte über die Wiese. »Das Mädchen war's. Jemand hat durch sie gesprochen, jemand, der meine wahren Namen kennt, jemand, der die Aura des Mädchens benutzte, um reine Energie entstehen zu lassen. Das war es, was unsere Verwandlungszauber aufgehoben hat.«

Dee schaute hinüber zu der Eiche, wo zuvor Flamel, Scatty und die Zwillinge gestanden hatten. Jetzt war keine Spur mehr von ihnen zu sehen. Dee wollte gerade die letzten Katzen und Vögel auf die Suche nach ihnen schicken, als er Senuhet daherwanken sah. Der alte Mann war von oben bis unten mit Schmutz und Blut bespritzt – wobei das Blut nicht von ihm zu stammen schien –, und er hatte nur noch eines seiner gebogenen Bronzeschwerter bei sich. Die Klinge war abgebrochen.

»Flamel und die anderen sind entwischt«, keuchte er. »Ich bin ihnen bis über die Grenze des Schattenreichs gefolgt. Sie haben unseren Wagen gestohlen«, fügte er entrüstet hinzu.

Mit einem Wutschrei drehte Dee sich um und schleuderte

Excalibur gegen den Weltenbaum. Die mächtige Klinge traf den Stamm, und es klang, als würde eine Glocke angeschlagen. Der hohe, klare Ton hing in der Luft – und dann begann Hekates Baum auseinanderzubrechen. Lange Risse bildeten sich im Stamm, begannen unten als schmale Rillen und liefen im Zickzack nach oben, wo sie immer breiter wurden. Innerhalb von Sekunden war der ganze Baum mit dem Zickzackmuster überzogen. Dann bebte er und brach auseinander – stürzte krachend auf die Statue aus Eis, die einmal Hekate gewesen war, und zermalmte sie.

KAPITEL DREISSIG

Josh Newman riss die Tür des schwarzen Geländewagens auf. Eine Welle der Erleichterung überflutete ihn. Der Schlüssel steckte. Josh öffnete auch die hintere Tür und hielt sie auf, bis Flamel mit Sophie auf den Armen am Auto angekommen war. Vorsichtig betteten sie sie auf den Rücksitz. Scatty brach durch die Hecke und kam mit einem breiten Lächeln auf dem Gesicht den Weg heruntergelaufen.

»Das«, sagte sie, als sie sich zu Sophie auf den Rücksitz warf, »war das Beste, was ich in den letzten tausend Jahren erlebt habe.«

Josh setzte sich auf den Fahrersitz, stellte ihn seiner Größe entsprechend ein und drehte dann den Schlüssel um. Der Motor des großen V6 begann zu schnurren.

Flamel ließ sich auf den Beifahrersitz fallen und knallte die Tür zu. »Nichts wie weg hier!«

Josh legte den Gang ein, umklammerte das lederbezogene

Lenkrad mit beiden Händen und drückte das Gaspedal voll durch. Der schwere Wagen machte einen Satz nach vorn, Erde und kleine Steine spritzten davon, dann wendete Josh und holperte den schmalen, ausgefahrenen Weg zurück. Zweige von Bäumen und Büschen schrammten an den Seiten des Autos entlang und zerkratzten den bis dahin makellosen Lack.

Obwohl die Sonne inzwischen aufgegangen war, lag der Weg vor ihnen noch immer im Schatten hoher Bäume verborgen. Doch Josh fand den Schalter fürs Licht nicht. Immer wieder schaute er in die Seitenspiegel und den Rückspiegel, weil er jeden Augenblick erwartete, die Morrigan oder Bastet aus dem Gebüsch preschen zu sehen. Erst als der Wald endete und er den schweren SUV im hellen Sonnenschein auf eine schmale und kurvenreiche, aber geteerte Straße lenkte, nahm er den Fuß vom Gas. Der Hummer wurde sofort langsamer.

»Alles klar?«, fragte Josh mit zittriger Stimme.

Er bog den Rückspiegel etwas nach unten, damit er auf die Rückbank sehen konnte. Sophie lag ausgestreckt auf dem breiten Ledersitz, den Kopf in Scattys Schoß. Scathach hatte den Saum ihres T-Shirts abgerissen und tupfte Sophie damit die Stirn ab. Die war totenbleich und zuckte ab und zu, als hätte sie einen Albtraum.

Scatty sah, dass Josh sie im Spiegel beobachtete, und lächelte ihm aufmunternd zu. »Sie ist bald wieder in Ordnung.«

»Kannst du irgendetwas machen?«, fragte Josh Flamel. Inzwischen wusste er gar nicht mehr, was er von dem Alchemysten halten sollte. Der hatte sie zwar einer schrecklichen Gefahr ausgeliefert, aber Josh hatte auch gesehen, mit welchem Einsatz er sie verteidigt hatte.

»Nein, ich kann nichts tun«, erwiderte Flamel müde. »Sie hat sich lediglich sehr verausgabt, weiter nichts.« Auch er sah vollkommen erschöpft aus. Seine Kleider waren schmutzig und vielleicht waren auch Blutflecken darauf. Auf beiden Händen hatte er Kratzspuren von Katzenkrallen. »Lass sie schlafen. Wenn sie in ein paar Stunden wieder aufwacht, geht es ihr gut. Das verspreche ich dir.«

Josh nickte. Er wollte die Unterhaltung nicht fortführen und konzentrierte sich deshalb auf die Straße. Tief im Herzen bezweifelte er, dass es seiner Schwester je wieder *gut* gehen würde. Er würde nie vergessen, wie sie ihn mit diesem leeren Blick angeschaut und nicht erkannt hatte. Josh hatte die Stimme gehört, die aus ihrem Mund gekommen war. Es war nicht ihre Stimme gewesen. Seine Schwester, seine Zwillingsschwester, war vollkommen verändert.

Sie kamen zu einem Straßenschild und Josh bog links nach Mill Valley ab. Ihm war es egal, wohin sie fuhren, er wollte nur weg von diesem Schattenreich. Und noch lieber wollte er nach Hause, er wollte sein altes Leben wiederhaben, wollte vergessen, dass er die Anzeige in der Unizeitung, die sein Vater mitbrachte, je gelesen hatte:

Aushilfe für Buchhandlung gesucht.
Wir wollen keine Leser, wir wollen
Arbeiter.

Josh hatte sich schriftlich beworben und war wenige Tage später zu einem Gespräch eingeladen worden. Sophie hatte an dem Tag nichts anderes vorgehabt und hatte ihn begleitet. Während sie auf ihn wartete, hatte sie im Café gegenüber eine Chai Latte getrunken. Und als Josh strahlend aus dem kleinen Buchladen gekommen war, weil er den Job bekommen hatte, hatte er erfahren, dass auch Sophie einen Sommerjob gefunden hatte: in der »Kaffeetasse«. Besser hätte es gar nicht kommen können, denn so konnten sie sich praktisch bei der Arbeit zuschauen. Und es war auch alles ganz wunderbar gewesen – bis vor einem Tag, als der ganze Wahnsinn begonnen hatte. Josh konnte kaum glauben, dass es erst einen Tag her war.

Wieder schaute er im Spiegel nach hinten zu Sophie. Sie lag jetzt ruhig da, vollkommen reglos, und er stellte erleichtert fest, dass ihre Wangen wieder etwas Farbe bekommen hatten.

Was hatte Hekate getan? Nein – was hatte Flamel getan? Es war alles seine Schuld. Die Erstgewesene hätte die Kräfte der Zwillinge von sich aus nie geweckt. Sie wusste um die damit verbundenen Gefahren. Aber Flamel hatte nicht locker gelassen und seinetwegen war Hekates paradiesisches Schattenreich jetzt zerstört worden und er kannte seine Schwester nicht mehr.

Als Josh angefangen hatte, für Flamel zu arbeiten, den er damals noch als Nick Fleming kannte, hatte er ihn für etwas sonderbar gehalten, exzentrisch, vielleicht sogar ein bisschen verrückt. Doch als er ihn näher kennenlernte, hatte er ihn ins Herz geschlossen und angefangen, ihn zu bewundern. Fleming war all das, was Joshs Vater nicht war. Er hatte Humor, interessierte sich einfach für alles, was Josh tat, hatte ein phänomenales Allgemeinwissen und nahm überhaupt Anteil an der ganzen Welt. Von seinem Vater wusste Josh, dass der nur wirklich glücklich war, wenn er vor einem Hörsaal voller Studenten stand oder bis zu den Knien im Dreck einer Ausgrabungsstätte.

Fleming war anders. Als Josh Bart Simpson zitiert hatte, konterte Fleming mit Groucho Marx. Dann ging er noch einen Schritt weiter und machte Josh mit den Filmen der Marx Brothers bekannt. Beide liebten sie Musik – auch wenn ihr Geschmack höchst unterschiedlich war. Durch Josh lernte Nick Green Day kennen, Lamb und Dido. Fleming empfahl ihm Genesis und Pink Floyd. Als Josh ihm auf seinem iPod Ambient- und Trance-Musik vorspielte, lieh Fleming ihm CDs von Mike Oldfield und Brian Eno. Josh erklärte Fleming, was Blogging ist, und zeigte ihm seinen und Sophies Blog. Sie hatten sogar darüber gesprochen, den gesamten Lagerbestand der Buchhandlung online zu stellen.

Mit der Zeit hatte Josh in Fleming den älteren Bruder gesehen, den er sich immer gewünscht hatte. Und jetzt hatte dieser Mann ihn betrogen.

Flamel hatte ihn von Anfang an belogen. Nicht einmal seinen richtigen Namen hatte er ihm gesagt. In Joshs Kopf begann sich eine unangenehme Frage zu formen. Mit leiser Stimme, die Augen vor sich auf die Straße gerichtet, fragte er: »Hast du gewusst, dass das alles passieren würde?«

Flamel lehnte sich auf dem weichen Ledersitz zurück und wandte sich dann Josh zu, beide Hände am Sicherheitsgurt. »Dass was passieren würde?«, fragte er vorsichtig zurück.

»Du weißt schon. Und ich bin kein Kind mehr«, erwiderte Josh, wobei er immer lauter wurde, »also rede nicht so mit mir.« Sophie murmelte etwas im Schlaf, und Josh zwang sich, wieder leiser zu reden. »Hat dein kostbares Buch das alles vorhergesagt?« Aus dem Augenwinkel sah er, wie Scatty ein Stück nach vorn rutschte, um Flamels Antwort nicht zu verpassen.

Flamel nahm sich lange Zeit, bevor er antwortete. Schließlich sagte er: »Es gibt da noch einiges, was du zu Abrahams Buch der Magie wissen musst.« Als er sah, dass Josh den Mund öffnete, fuhr er rasch fort: »Nein, lass mich zu Ende reden. Ich wusste immer, dass der Codex alt ist. Aber von seinem tatsächlichen Alter hatte ich keine Ahnung. Gestern nun sagte mir Hekate, sie sei dabei gewesen, als Abraham ihn zusammengestellt hätte... was dann wohl mindestens zehntausend Jahre her wäre. Die Welt war damals grundverschieden von unserer heutigen. Man geht allgemein davon aus, dass die Menschen irgendwann in der Mitte der Steinzeit auftauchten. Die Wahrheit allerdings sieht völlig anders aus. Sie steckt in unseren Sagen und Legenden. Die Erstgewesenen regierten damals die Welt. Wenn man den Sagen glaubt, konnten sie fliegen, besaßen Schiffe, mit denen sie die Ozeane überquerten, konnten das Wetter beeinflussen und beherrschten das, was wir heute Klonen nennen, in Perfektion. In anderen Worten: Sie hatten Zugang zu so fortgeschrittenen wissenschaftlichen Erkenntnissen, dass wir es Zauberei nennen würden.«

Josh schüttelte den Kopf.

»Bevor du jetzt behauptest, das sei alles viel zu weit hergeholt, denk doch nur mal, wie weit die menschliche Rasse in den letzten zehn Jahren gekommen ist. Hätte zum Beispiel jemand vor zehn Jahren deinen Eltern gesagt, sie könnten ihre gesamte Musiksammlung in der Hosentasche mit sich herumtragen – hätten sie es geglaubt? Wir haben heute Telefone, in denen mehr Elektronik steckt, als verwendet wurde, um die ersten Raketen ins Weltall zu schießen. Wir haben Elektronenmikroskope, mit denen wir einzelne Atome erkennen können. Wir heilen heute routinemäßig Krankheiten, die noch vor fünfzig Jahren tödlich verliefen. Und die Neuerungen folgen immer schneller aufeinander. Wir sind heute in der Lage, Dinge zu tun, die deine Eltern früher noch für unmöglich gehalten hätten und die deinen Großeltern sicher wie Zauberei vorgekommen wären.«

»Du hast meine Frage nicht beantwortet«, sagte Josh. Er achtete jetzt sehr genau auf den Tacho. Sie konnten es sich nicht leisten, wegen Geschwindigkeitsüberschreitung angehalten zu werden.

»Was ich damit sagen wollte, ist, dass ich nicht weiß, wozu die Erstgewesenen tatsächlich in der Lage waren. Waren es Prophezeiungen, die Abrahm im Codex machte, oder schrieb er einfach nieder, was er irgendwo gesehen hatte? Machte er sich Gedanken über die Zukunft oder konnte er sie tatsächlich sehen?« Flamel drehte sich ganz auf seinem Sitz herum und fragte Scatty: »Weißt du es?«

Sie zuckte lächelnd die Schultern. »Ich stamme aus der zweiten Generation; die Welt der Erstgewesenen existierte zum Großteil schon nicht mehr, als ich geboren wurde. Und Danu Talis war längst in den Wellen versunken. Ich habe keine Ahnung, wozu sie imstande waren. Ob sie durch die Zeit schauen konnten?« Sie überlegte kurz. »Ich kannte Erstgewesene, die diese Gabe möglicherweise besaßen. Sibylle hatte sie ganz bestimmt und Themis und Melampus natürlich auch. Aber sie haben sich öfter getäuscht, als sie recht hatten. Wenn meine Reisen mich etwas gelehrt haben, dann ist es, dass wir uns unsere eigene Zukunft schaffen. Ich habe Ereignisse, die die Welt erschütterten, kommen und gehen sehen, ohne dass jemand sie vorhergesagt hätte, und ich habe Prophezeiungen gehört – gewöhnlich hatten sie mit dem Ende der Welt zu tun –, die nicht wahr geworden sind.«

Ein Wagen überholte sie auf der schmalen Landstraße, der erste, den sie an diesem Morgen sahen.

»Ich frage dich noch einmal«, begann Josh. Er hatte Mühe, seine Stimme im Zaum zu halten. »Und dieses Mal antwortest du einfach mit Ja oder Nein. War alles, was gerade passiert ist, im Codex vorhergesagt?«

»Nein«, antwortete Flamel rasch.

»Ich höre da ein *Aber* heraus«, bemerkte Scatty.

Flamel nickte. »Es gibt ein kleines *Aber*. Es steht nichts in dem Buch über Hekate und das Schattenreich, nichts über Dee oder Bastet und die Morrigan. Aber...« Er seufzte. »Es gibt diverse Vorhersagen zu Zwillingen.«

»Zwillinge«, wiederholte Josh gepresst. »Zwillinge im Allgemeinen oder haben diese Vorhersagen speziell etwas mit Sophie und mir zu tun?«

»Der Codex spricht von Silber-und-Gold-Zwillingen, ›die zwei, die eins sind, und das Eine, das alles ist‹. Es ist kein Zufall, dass eure Auren reines Gold und Silber sind. Deshalb bin ich überzeugt, dass der Codex von dir und deiner Schwester spricht.« Er sah Josh eindringlich an. »Wenn du mich jetzt fragen willst, wie lange ich das schon weiß, ist die Antwort folgende: erst seit gestern. Ich vermutete so etwas, als ihr mir im Laden zu Hilfe gekommen seid. Die Bestätigung erhielt ich dann ein paar Stunden später durch Hekate, als sie eure Aura sichtbar machte. Ich gebe dir mein Wort, dass alles, was ich getan habe, zu eurem Schutz geschehen ist.«

Josh wollte wieder den Kopf schütteln. Konnte er Flamel glauben? Er öffnete den Mund, um etwas zu fragen, doch Scatty legte ihm von hinten die Hand auf die Schulter. »Ich möchte dazu nur eines sagen«, begann sie leise und ernst. »Ich kenne Nicholas Flamel seit langer Zeit. Amerika war noch kaum kolonialisiert, als wir uns kennenlernten. Er ist vieles – gefährlich und verschlagen, listig und mörderisch, ein guter Freund und ein unversöhnlicher Feind –, aber er stammt aus einer Zeit, als das Wort eines Mannes noch etwas galt. Wenn er dir sein Wort gibt, dass alles zu eurem Schutz geschah, schlage ich vor, dass du ihm glaubst.«

Josh trat auf die Bremse und fuhr langsam in eine Kurve. Dann nickte er und stieß seufzend die Luft aus. »Ich glaube dir«, sagte er laut. Doch ganz hinten in seinem Kopf hörte er immer noch Hekates bedeutungsvolle Worte: »Nicholas Flamel sagt nie und niemandem alles.« Und er hatte ganz stark den Eindruck, dass der Alchemyst auch jetzt noch nicht alles gesagt hatte, was er wusste.

Plötzlich legte Nicholas ihm die Hand auf den Arm. »Hier, halt hier an.«

»Warum? Was ist los?«, fragte Scatty und griff sofort nach ihren Schwertern.

Josh blinkte und bog auf den Parkplatz eines Schnellrestaurants ein, dessen Neonreklame gerade angegangen war.

»Nichts ist los.« Flamel grinste. »Nur Zeit zum Frühstücken.«

»Gute Idee, ich bin am Verhungern«, verkündete Scatty. »Ich könnte ein ganzes Pferd essen. Wenn ich keine Vegetarierin wäre… Und wenn mir Pferdefleisch schmecken würde, versteht sich.«

Und wenn du kein Vampir wärst, fügte Josh in Gedanken hinzu. Aber nur in Gedanken.

Sophie wachte auf, während Scatty und Flamel für alle Frühstück zum Mitnehmen bestellten. Gerade hatte sie noch fest geschlafen und im nächsten Moment saß sie kerzengerade auf dem Rücksitz.

Josh zuckte zusammen und stieß unwillkürlich einen erschrockenen Schrei aus. Er fuhr herum, kniete sich auf seinen Sitz und beugte sich über die Rückenlehne. »Sophie?«, fragte er vorsichtig. Er hatte schreckliche Angst, dass ihn wieder etwas Fremdes und Uraltes durch ihre Augen ansehen würde.

»Ich hab vielleicht etwas Seltsames geträumt«, sagte sie, reckte sich und bog den Rücken durch. Ihre Halswirbel knackten, als sie mit dem Kopf rollte. »Autsch. Mir tut alles weh.«

Das hörte sich zumindest an wie seine Schwester. »Wie fühlst du dich?«

»Als sei eine Erkältung im Anmarsch.« Sie blickte sich um. »Wo sind wir? Wem gehört das Auto?«

Josh grinste. »Es gehört Dee. Wir haben es geklaut. Und wir sind auf der Straße von Mill Valley nach San Francisco, denke ich.«

»Was ist passiert ... da hinten, meine ich?«

Jetzt grinste Josh wie ein Honigkuchenpferd. »Du hast uns gerettet – mit deinen neu erweckten Kräften. Du warst unglaublich. Du hattest so ein silbernes Energiedling, das aussah wie eine Peitsche, und wenn du einen Katzen- oder einen Vogelmenschen damit berührt hast, haben sie sich in ihre natürliche Gestalt zurückverwandelt.« Er hielt inne, als sie den Kopf schüttelte. »Erinnerst du dich denn gar nicht daran?«

»Höchstens vage. Ich habe gehört, wie Perenelle mit mir gesprochen und mir gesagt hat, was ich tun soll. Ich habe richtig gespürt, wie ihre Aura in mich hineingeflossen ist«, erzählte sie ehrfürchtig. »Ich habe sie gehört. Ich habe sie sogar gesehen … irgendwie.« Plötzlich zog sie keuchend die Luft ein. »Dann haben sie sie geholt. An mehr kann ich mich nicht erinnern.«

»Wer sie?«

»Die Männer ohne Gesicht. Jede Menge. Ich habe gesehen, wie sie sie weggeschleift haben.«

»Was meinst du mit ›Männer ohne Gesicht‹?«

In Sophies Augen stand noch der Schock geschrieben. »Sie hatten kein Gesicht.«

»Dann trugen sie Masken?«

»Nein, Josh, sie trugen keine Masken. Ihre Gesichter waren glatt – keine Augen, keine Nase, kein Mund, nur glatte Haut.«

Das Bild, das sich in Joshs Kopf formte, war mehr als beunruhigend, und er wechselte rasch das Thema. »Fühlst du dich jetzt … irgendwie anders?« Er hatte die Worte sorgfältig gewählt.

Sophie überlegte einen Augenblick. »Anders? Wie?«

»Erinnerst du dich daran, wie es war, als Hekate deine Kräfte geweckt hat?«

»Oh ja.«

»Und was für ein Gefühl war es?«

Einen Moment lang flackerte ein kaltes, silbernes Licht in Sophies Augen. »Es war, als hätte jemand in meinem Kopf einen Schalter umgelegt, Josh. Ich hab mich mit einem Schlag wirklich lebendig gefühlt. Zum ersten Mal in meinem Leben habe ich mich wirklich lebendig gefühlt.«

Ebenso plötzlich wie für ihn unerklärlich fühlte Josh eine Welle der Eifersucht in sich aufsteigen. Aus dem Augenwinkel sah er

Flamel und Scatty aus dem Restaurant kommen, die Arme voller Tüten. »Und wie fühlst du dich?«

»Ich habe Hunger«, sagte Sophie. »Einen Bärenhunger.«

Sie aßen schweigend. Frühstücksburritos, Eier, Würstchen, verschiedene Brötchen und dazu Limonade. Scatty hatte sich Obst und Mineralwasser mitgebracht.

Irgendwann wischte Josh sich den Mund mit einer Serviette ab und bürstete Krümel von seiner Jeans. Das Frühstück war die erste anständige Mahlzeit seit dem Mittagessen am Vortag gewesen. »Jetzt fühle ich mich wieder wie ein Mensch«, sagte er und fügte mit einem Seitenblick auf Scatty hinzu: »Nichts für ungut.«

»Schon okay. Glaub mir, ich wollte nie ein Mensch sein, auch wenn es wahrscheinlich ein paar Vorteile hätte«, erwiderte sie.

Nicholas packte die Reste des Frühstücks in eine Papiertüte. Dann beugte er sich vor und tippte auf das Display des Navigationssystems, das ins Armaturenbrett integriert war. »Weißt du, wie das hier funktioniert?«

Josh schüttelte den Kopf. »Nur theoretisch. Man gibt einen Zielpunkt ein, und das Ding sagt einem, wie man da am besten hinkommt. Aber benutzt habe ich so etwas noch nie. Mein Dad hat keines in seinem Wagen.« Richard Newman fuhr einen fünf Jahre alten Volvo-Kombi.

Flamel ließ nicht locker. »Könntest du es dazu bringen, dass es funktioniert, wenn du es dir genauer anschaust?«

»Vielleicht.«

»Natürlich kann er. Josh ist ein Genie, wenn es um Computer geht«, verkündete Sophie stolz vom Rücksitz.

»Bei dem Ding hier kann man ja wohl nicht wirklich von Computer sprechen«, murmelte Josh, aber er beugte sich vor und drückte auf den Einschaltknopf. Der rechteckige Bildschirm wurde flackernd hell, und eine sehr strenge Stimme warnte sie davor, während des Fahrens Adressen einzugeben. Dann wurde der Benutzer angewiesen, auf OK zu drücken und damit zu bestätigen, dass er die Warnung gehört und verstanden hatte. Josh tat es und sofort erschien auf dem Bildschirm die Position des Hummers auf einer namenlosen Nebenstraße. Der Mount Tamalpais stand als kleines Dreieck am oberen Rand und Pfeile zeigten nach Süden Richtung San Francisco. Der schmale Weg zu Hekates Schattenreich war nicht eingezeichnet.

»Wir müssen Richtung Süden«, sagte Flamel.

Josh drückte ein paar Knöpfe, bis er im Hauptmenü war. »Okay, jetzt brauche ich eine Adresse.«

»Nimm das Postamt an der Ecke Signal Street und Ojai Avenue in Ojai.«

Scatty protestierte vom Rücksitz aus. »Oh nein, nicht Ojai. Bitte sag, dass wir nicht nach Ojai fahren.«

Flamel drehte sich zu ihr um. »Perenelle hat gesagt, wir sollen Richtung Süden fahren.«

»L.A. liegt im Süden, Mexiko liegt im Süden und selbst Chile ist südlich von hier. Es gibt jede Menge hübscher Orte, die südlich von …«

»Perenelle hat mir gesagt, ich soll die Zwillinge zur Hexe bringen«, erklärte Flamel geduldig. »Und die Hexe wohnt in Ojai.«

Sophie und Josh warfen sich einen kurzen Blick zu, sagten aber nichts.

Scatty lehnte sich zurück und seufzte theatralisch. »Würde es etwas ändern, wenn ich dir sage, dass ich da nicht hin will?«

»Überhaupt nicht.«

Sophie rutschte ein Stück in die Mitte, damit sie den Kopf zwischen die Vordersitze stecken und auf den Bildschirm schauen konnte. »Wie weit ist es bis dahin? Wie lange brauchen wir?«

Josh beugte sich wieder über den Bildschirm. »Wir wären fast den ganzen Tag unterwegs.« Als sein Haar das seiner Schwester streifte, knisterte es, und winzige Funken sprühten. »Zuerst müssen wir auf den Highway One. Über die Richmond Bridge …«, er fuhr mit dem Finger die bunten Linien nach, »… dann auf die I-580, die irgendwann in die I-5 übergeht.« Er blinzelte überrascht. »Darauf fahren wir dann über 270 Meilen.« Er drückte wieder auf einen Knopf und Fahrzeit und Streckenlänge wurden angezeigt. »Die gesamte Strecke ist etwas über vierhundert Meilen und dauert mindestens sechseinhalb Stunden. Die weiteste Strecke, die ich bisher gefahren bin, waren ungefähr zehn Meilen.«

»Nun, dann kannst du heute wunderbar üben«, meinte Flamel lächelnd.

Sophie schaute von Flamel zu Scatty. »Wer ist diese Hexe, zu der wir fahren?«

Flamel ließ seinen Sicherheitsgurt einrasten. »Wir fahren zur Hexe von Endor.«

Josh startete den Wagen. Er schaute im Rückspiegel auf Scatty. »Ist das wieder jemand, mit dem du dich geprügelt hast?«

Scathach zog eine Grimasse. »Schlimmer. Sie ist meine Großmutter.«

KAPITEL EINUNDDREISSIG

Das Schattenreich brach zusammen.

Im Westen waren die Wolken verschwunden und große Teile des Himmels waren bereits nicht mehr da. Die blinkenden Sterne und der übergroße Mond hingen noch an einem schwarzen Firmament, doch einer nach dem anderen erloschen die Sterne und der Mond wurde blasser und undeutlicher.

»Wir haben nicht mehr viel Zeit«, bemerkte die Morrigan, als sie den Himmel betrachtete.

Dee kauerte auf dem Boden und sammelte so viele Eissplitter von Hekate auf, wie er finden konnte. Schwang da etwa Angst in der Stimme der Morrigan mit? »Wir *haben* Zeit«, erwiderte er gelassen.

»Wir müssen hier weg sein, wenn das Schattenreich untergeht«, fuhr sie fort, und an der Art, wie sie den Umhang aus Krähenfedern über die Schultern zog und festhielt, merkte er, dass sie tatsächlich nervös war.

»Was würde denn passieren?«, fragte er. So hatte er die Krähengöttin noch nie erlebt und er genoss ihr Unbehagen.

Die Morrigan hob den Kopf und betrachtete die sich ausbreitende Dunkelheit. In ihren schwarzen Augen spiegelten sich die winzigen Sternenpünktchen. »Wir würden ebenso verschwinden wie diese Sterne. Würden eingesaugt ins Nichts.« Sie beobachtete, wie die Berge in der Ferne zu Staub zerfielen, der in Spiralen in den schwarzen Himmel aufstieg und sich dort auflöste. »Ein echter Tod«, murmelte sie.

Dee kauerte zwischen den kläglichen Resten des Weltenbaums, während um ihn herum Hekates schöne Naturwelt zu Staub zerfiel und von unsichtbaren Winden weggeweht wurde. Die Göttin hatte ihr Schattenreich aus dem Nichts erschaffen, und ohne ihre Gegenwart, die es zusammenhielt, wurde es wieder zu nichts. Die Berge waren bereits verschwunden, weggeblasen wie Sandkörnchen, ganze Waldstücke verblassten und erloschen wie Lichter, die man ausblies. Der Mond war jetzt schon fast ganz verschwunden. Im Osten allerdings war die aufgehende Sonne noch ein goldener Lichtball und der Himmel war immer noch blau.

Die Krähengöttin wandte sich an ihre Tante. »Wie lange dauert es noch, bis alles verschwunden ist?«, fragte sie.

Bastet knurrte. »Wer weiß? Selbst ich habe noch nie den Tod eines ganzen Schattenreiches miterlebt. Minuten vielleicht …«

»Mehr brauche ich nicht.« Dee legte das Schwert Excalibur auf den Boden. Die glatt polierte Klinge war ein Spiegelbild der Schwärze, die von Westen hereinkroch. Dee suchte drei der größten Eisbrocken, die einmal Hekate gewesen waren, und legte sie auf die Klinge.

Die Morrigan und Bastet beugten sich über seine Schulter und beobachteten das Schwert, in dem auch sie sich verzerrt spiegelten. »Was ist so wichtig, dass du es hier machen musst?«, fragte Bastet.

»Das ist Hekates Reich«, erwiderte Dee, »und hier, genau hier, am Ort ihres Todes, ist die Verbindung zu ihr am stärksten.«

»Verbindung…?«, sagte Bastet, doch dann nickte sie. Sie wusste jetzt, was Dee vorhatte. Er versuchte sich in der schwärzesten und gefährlichsten aller schwarzen Künste.

»Totenbeschwörung«, flüsterte Dee. »Ich werde mit der toten Göttin reden. Sie hat so viele Jahrtausende an diesem Ort verbracht, dass er ein Teil von ihr geworden ist. Ich wette, dass ihr Bewusstsein noch aktiv und an ihr Reich gebunden ist.« Er streckte die Hand aus und berührte den Schwertgriff. Die schwarze Klinge glühte gelb, und die um den Griff eingeritzten Schlangen erwachten kurz zum Leben, zischten wütend, bevor sie wieder zu Stein wurden. Das Schmelzwasser der Eisbrocken lief über die Klinge und überzog sie mit einer dünnen, öligen Schicht. »Jetzt werden wir sehen, was wir sehen«, murmelte er.

Das Wasser auf der Klinge begann zu zischen und zu blubbern. In jeder Blase erschien ein Gesicht – Hekates Gesicht. Es durchlief flackernd ihre drei Altersstufen, nur die Augen, die Dee buttergelb und hasserfüllt anstarrten, blieben dieselben.

»Rede zu mir!«, rief Dee. »Ich befehle es dir. Warum kam Flamel hierher?«

Hekates Stimme war ein blubberndes, wässriges Schnauben: »*Um dir zu entkommen.*«

»Erzähle mir etwas über die Humani-Kinder.«

Die Bilder, die auf der Klinge erschienen, wiesen erstaunlich viele Einzelheiten auf. Sie zeigten aus Hekates Perspektive, wie Flamel mit den Zwillingen ankam, zeigten die beiden Jugendlichen, wie sie ängstlich und blass in dem zerbeulten Wagen saßen.

»*Flamel glaubt, sie sind die legendären Zwillinge. Die Zwillinge, von denen der Codex spricht.*«

Die Morrigan und Bastet beugten sich tiefer über das Schwert. Das sich rasch ausbreitende Nichts beachteten sie nicht länger. Im Westen waren keine Sterne mehr zu sehen; auch der Mond war verschwunden und mit ihm große Teile des Himmels. Nichts war mehr da außer Schwärze.

»Sind sie es?«, fragte Dee.

Das nächste Bild auf der Schwertklinge zeigte die Zwillinge mit ihren Auren aus Silber und Gold.

»Mond und Sonne«, murmelte Dee. Er wusste nicht, ob er entsetzt oder hocherfreut sein sollte. Seine Vermutung hatte sich bestätigt. Vom ersten Moment an hatte er sich gefragt, ob die Jugendlichen die Zwillinge sein könnten.

»Sind es die Zwillinge, die in den Legenden vorhergesagt werden?«, fragte er erneut.

Bastets massiger Kopf war jetzt direkt neben seinem. Die dreißig Zentimeter langen Barthaare kitzelten ihn, aber er traute sich nicht, sie wegzuschieben. Dafür waren ihre Zähne zu nah an seinem Gesicht. Sie roch nach nasser Katze und Weihrauch. Dee spürte ein Kitzeln in der Nase. Gleich musste er niesen. Die Göttin wollte nach dem Schwert greifen, doch er hielt ihre Hand fest. Es war, als umfasste er eine Löwenpranke, und die eingezogenen Krallen waren seinen Fingern gefährlich nah. »Die Klinge bitte nicht berühren. Das ist ein sehr heikler Zauber. Wir haben vielleicht noch Zeit für eine oder zwei Fragen«, fügte er hinzu und nickte in Richtung Westen, wo der Horizont bereits zu zerfallen begann und wie bunter Staub davonflog.

Bastet starrte die schwarze Klinge an; die Augen mit den schmalen Pupillen leuchteten. »Meine Schwester hat – oder sollte ich besser sagen: hatte? – eine ganz spezielle Gabe. Sie konnte in anderen Kräfte wecken. Frag sie, ob sie es bei den Humani-Zwillingen getan hat.«

Plötzlich verstand Dee. Er hatte sich gefragt, warum Flamel die Zwillinge ausgerechnet hierher gebracht hatte. Jetzt erinnerte er sich: Früher glaubte man, Hekate hätte besondere Kräfte und könne die auch in anderen freisetzen. »Hast du die magischen Kräfte der Zwillinge geweckt?«, fragte er.

Eine einzelne Luftblase platzte. »*Nein.*«

Dee hockte sich überrascht auf die Fersen. Er hatte »Ja« als Antwort erwartet. War Flamel gescheitert?

Bastet knurrte. »Sie lügt.«

»Sie kann nicht lügen«, erwiderte Dee. »Sie muss die Fragen, die wir stellen, wahrheitsgemäß beantworten.«

»Ich habe das Mädchen mit eigenen Augen gesehen«, gab Bastet zurück. »Ich habe gesehen, wie sie eine Peitsche aus reiner Aura-Energie schwang. Seit der Zeit der Älteren habe ich keine so geballte Macht mehr gesehen.«

Dr. John Dee sah sie aus zusammengekniffenen Augen an. »Du sagst, du hast das Mädchen gesehen … aber was war mit dem Jungen? Was tat er?«

»Auf ihn habe ich nicht geachtet.«

»Ha!«, rief Dee triumphierend. Er wandte sich wieder an das Schwert.

Der Umhang der Morrigan raschelte warnend. »Sieh zu, dass es die letzte Frage wird, Doktor.«

Alle drei schauten auf: Die Schwärze war schon fast über ihnen. In weniger als dreißig Metern über ihren Köpfen endete die Welt im Nichts.

Dee wandte sich noch einmal dem Schwert zu. »Hast du das Mädchen erweckt?«

Eine Blase platzte, und die Klinge zeigte Bilder von Sophie, wie sie sich mit silbern glänzender Aura vom Boden erhob. »*Ja.*«

»Und den Jungen?«

Das Schwert zeigte Josh, wie er in einer Ecke der dunklen Kammer kauerte. »*Nein.*«

Die Klauenhände der Morrigan packten Dee an den Schultern und zogen ihn hoch. Er bekam gerade noch sein Schwert zu fassen und schüttelte die Wassertropfen in die rasch um sich greifende Schwärze.

Das ungleiche Trio – die hochgewachsene Bastet, die schwarze Morrigan und der kleine Mensch – rannte davon, als die Welt hinter ihm im Nichts versank. Die Letzten ihrer Armee – die Vogel- und Katzenmenschen – liefen ziellos umher. Als sie ihre Anführer fliehen sahen, folgten sie ihnen. Bald rannte alles in Richtung Osten, wo noch ein Rest des Schattenreiches übrig war. Senuhet humpelte hinter Bastet her und bat sie laut, ihm zu helfen. Doch die Welt löste sich zu schnell auf. Sie schluckte Vögel und Katzen, nahm die uralten Bäume und seltenen Orchideen mit, die magischen Geschöpfe aus den Mythen. Sie verschlang auch den letzten Rest von Hekates Magie.

Dann saugte das Nichts die Sonne ein und Hekates Welt war nicht mehr.

KAPITEL ZWEIUNDDREISSIG

Die Morrigan und Bastet brachen durch die dichte Hecke; John Dee schleiften sie zwischen sich mit. Einen Augenblick später verschwand die Blätterwand und einer der vielen gewundenen Wege zum Mount Tamalpais lag vor ihnen. Sie stolperten und Dee fiel der Länge nach in den Schmutz.

»Was jetzt?«, fragte Bastet. »Haben wir verloren? Haben sie gewonnen? Wir haben Hekate vernichtet, aber sie hat das Mädchen erweckt.«

John Dee rappelte sich auf und bürstete seinen ruinierten Mantel ab. Das Leder an den Ärmeln war voller Kratzer und Risse und im Futter war ein faustgroßes Loch. Nachdem er Excalibur sorgfältig abgewischt hatte, steckte er das Schwert in seine verborgene Scheide zurück. »Das Mädchen kann uns im Moment gleichgültig sein – auf den Jungen müssen wir uns konzentrieren. Der Junge ist der Schlüssel.«

Die Morrigan schüttelte den Kopf; Federn raschelten. »Du

sprichst in Rätseln.« Sie schaute hinauf in den klaren Morgenhimmel und wie auf einen stummen Befehl hin erschien direkt über ihr ein grauer Wolkenschleier.

»Er hat gesehen, wie die gewaltigen magischen Kräfte seiner Schwester geweckt wurden. Was glaubt ihr, wie der Junge sich jetzt fühlt? Ist er verängstigt, wütend, eifersüchtig? Fühlt er sich allein gelassen?« Er schaute von der Morrigan zur Katzengöttin. »Der Junge hat mindestens genauso viele verborgene Kräfte wie das Mädchen. Gibt es noch jemanden auf diesem Kontinent, zu dem Flamel ihn bringen könnte, damit seine Kräfte geweckt werden?«

»Die Schwarze Annis lebt in den Catskill Mountains«, antwortete die Morrigan zögernd.

»Zu unberechenbar«, befand Dee. »Sie würde ihn wahrscheinlich fressen.«

»Ich habe gehört, dass Persephone in Nordkanada ist«, sagte Bastet.

Dee schüttelte den Kopf. »Die Jahre im Schattenreich der Unterwelt haben sie in den Wahnsinn getrieben. Sie ist unvorstellbar gefährlich.«

Die Morrigan zog ihren Umhang fester um die Schultern. Die Wolke über ihrem Kopf verdichtete sich und sank weiter nach unten. »Dann gibt es niemanden mehr in Nordamerika. In Österreich habe ich einmal Nocticula getroffen, und ich weiß, dass Erichtho sich immer noch in Thessalia versteckt –«

»Da irrst du dich«, unterbrach Dee sie. »Es gibt noch eine, die die Kräfte des Jungen wecken könnte.«

»Wer?«, fragte Bastet sofort.

Dr. John Dee drehte sich zur Krähengöttin um. »Du.«

Die Morrigan trat einen Schritt zurück. Ihre großen Augen blickten erstaunt und die spitzen Reißzähne waren gegen die schmalen, blaurot gefärbten Lippen gepresst. Ihr Umhang wellte sich und sämtliche Federn darauf stellten sich auf.

»Du irrst dich«, zischte Bastet. »Meine Nichte gehört der nächsten Generation an, sie verfügt nicht über die nötigen Kräfte.«

Dee wandte sich an Bastet. Falls er wusste, dass er ein gefährliches – wenn nicht sogar tödliches – Spiel spielte, ließ er es sich nicht anmerken. »Früher stimmte das vielleicht. Aber die Kräfte der Morrigan sind seither unendlich angewachsen.«

»Nichte, wovon redet er?«, wollte Bastet wissen.

»Sei vorsichtig, Humani, sehr, sehr vorsichtig«, sagte die Morrigan.

»Meine Loyalität steht außer Frage«, versicherte Dee rasch. »Ich diene dem Älteren Geschlecht seit einem halben Jahrtausend. Ich suche lediglich nach einer Möglichkeit, unser Ziel zu erreichen.« Er baute sich vor der Morrigan auf. »Früher einmal hattest du drei Gesichter, genau wie Hekate. Du warst die Morrigan, die Macha und die Badb. Doch anders als Hekate hattest du und hatten deine beiden Schwestern eigene Körper. Nur euer Bewusstsein war euch gemeinsam. Einzeln wart ihr mächtig, doch zusammen wart ihr unbesiegbar.« Er hielt kurz inne, und es sah aus, als sammle er sich. In Wirklichkeit griff er unter seinem Mantel nach seinem Schwert Excalibur. »Wann hast du dich entschlossen, deine Schwestern zu töten, Morrigan?«, fragte er dann beiläufig.

Mit einem markerschütternden Schrei stürzte sich die Morrigan auf Dee.

Und hielt mitten in der Bewegung inne.

Excaliburs schwarze Klinge berührte ihre Kehle; blaues Licht blitzte funkensprühend um die scharfe Schneide. Die Schlange am Griff erwachte zum Leben und zischte sie an.

»Bitte …« Dee lächelte eisig. »Ich habe bereits den Tod einer Älteren zu verantworten und möchte dem heute nichts mehr hinzufügen.« Während er das sagte, beobachtete er aus den Augenwinkeln Bastet, die hinter ihn trat. »Die Morrigan hat die Macht, den Jungen zu erwecken«, sagte er rasch. »Sie besitzt das Wissen und die Macht ihrer beiden Schwestern. Wenn wir den Jungen erwecken und auf unsere Seite bringen können, haben wir einen ungemein mächtigen Verbündeten. Denkt an die Prophezeiung: ›Einer, um die Welt zu retten, einer, um sie zu vernichten‹.«

»Und welcher ist der Junge?«, fragte Bastet.

»Der, zu dem wir ihn machen.« Dees Blick wanderte von der Morrigan zu Bastet und wieder zurück zur Krähengöttin.

Plötzlich war Bastet neben ihm und hatte ihm ihre gewaltige Pranke um den Hals gelegt. Sie hob den Arm etwas, sodass er gezwungen war, sich auf Zehenspitzen zu stellen und ihr in die frostigen Augen zu blicken. Einen Herzschlag lang überlegte er, ob er das Schwert gegen sie führen sollte, aber er wusste, dass die Katzengöttin schneller war, schneller, als er je sein konnte. Sie würde das Zucken seiner Schulter sehen und ihm sofort den Kopf abreißen.

Bastet schaute ihre Nichte finster an. »Stimmt es, was er sagt? Sind Macha und die Badb tot?«

»Ja.« Die Morrigan funkelte Dee an. »Aber ich habe sie nicht umgebracht. Sie starben aus freien Stücken und leben in mir weiter.« Einen Augenblick lang glühten ihre Augen gelb, dann rot, dann pechschwarz in den Farben der drei urzeitlichen Schwester-Göttinnen.

Dee war versucht zu fragen, wie sie denn in sie hineingekommen waren, aber eigentlich wollte er die Antwort gar nicht wissen.

»Könntest du den Jungen erwecken?«, fragte Bastet.

»Ja.«

»Dann tu es, Nichte«, befahl die Katzengöttin und wandte sich erneut Dee zu. Sie legte ihm den Daumen unters Kinn und drückte seinen Kopf nach hinten. »Und wenn du noch einmal eine Waffe gegen ein Wesen des Älteren Geschlechts erhebst, sorge ich dafür, dass du das nächste Jahrtausend in einem von mir persönlich geschaffenen Schattenreich verbringst. Und, glaub mir, es wird dir dort nicht gefallen.« Sie lockerte ihren Griff und versetzte ihm einen Stoß, sodass er zum zweiten Mal im Schmutz landete. Das Schwert hielt er immer noch in der Hand.

Bastet beugte sich über ihn. »Du sagst mir jetzt, wo Flamel und die Zwillinge im Moment sind«, befahl sie. »Wohin sind sie gegangen?«

Dee stand zitternd auf. Er bürstete erneut Schmutz von seinem Mantel und entdeckte einen weiteren Riss in dem weichen Leder. Nie mehr würde er einen Ledermantel kaufen. »Er wird das Mädchen ausbilden müssen. Hekate hat ihre Kräfte geweckt, hatte aber keine Zeit, ihr Schutzzauber beizubringen. Sie muss lernen, sich selbst zu schützen und ihre Kräfte unter Kontrolle zu halten, bevor die Reize, die auf ihre Sinne einströmen, sie in den Wahnsinn treiben.«

»Wohin werden sie also gehen?«, fragte Bastet. Sie schlang

fröstelnd die Arme um ihren Körper. Die Wolke, die die Morrigan herbeibeschworen hatte, war jetzt dick und dunkel und schwebte knapp über den Baumwipfeln. Feuchtigkeit war in der Luft und ein Hauch von unbekannten Gewürzen.

»Er wird nicht in San Francisco bleiben«, fuhr Dee fort. »Er weiß, dass wir in der Stadt und in der Umgebung zu viele Spione haben.«

Die Morrigan schloss die Augen und drehte sich langsam um, dann hob sie die Arme. »Sie sind auf dem Weg nach Süden. Ich kann die silberne Aura des Mädchens gerade noch erkennen. Sie hat eine unwahrscheinliche Kraft.«

»Welches ist die mächtigste Erstgewesene südlich von hier?«, fragte Dee rasch. »Gibt es jemanden, der die Elemente-Magie beherrscht?«

»Endor«, antwortete Bastet ohne zu zögern. »In Ojai. Die todbringende Hexe von Endor.«

»Die Herrscherin der Lüfte«, fügte die Morrigan hinzu.

Bastet beugte sich drohend zu Dee hinunter. »Du weißt, wohin du zu gehen hast. Du weißt, was du zu tun hast. Wir brauchen die Seiten des Codex.«

»Und die Zwillinge?«, fragte Dee gepresst. Er versuchte, den Atem der Göttin auszuhalten.

»Nimm sie gefangen, wenn du kannst. Wenn nicht, bring sie um, damit Flamel sich ihre Kräfte nicht zunutze machen kann.« Damit traten sie und die Morrigan in die dunkle Wolke und waren verschwunden. Die feuchte graue Masse wirbelte davon und Dr. John Dee blieb allein auf dem verlassenen Pfad zurück.

»Und wie komme ich nach Ojai?«, rief er.

Er erhielt keine Antwort.

Dee vergrub die Hände in den Taschen seines ruinierten Ledermantels und machte sich auf den Weg. Er hasste es, wenn sie so mit ihm umsprangen – wenn sie ihn wegschickten wie ein kleines Kind.

Aber das würde sich ändern.

Die Älteren sahen Dee gern als ihre Marionette, ihr Werkzeug. Er hatte miterlebt, wie Bastet Senuhet ohne mit der Wimper zu zucken im Stich gelassen hatte, nachdem er ihr mindestens ein Jahrhundert lang gedient hatte. Er wusste, dass sie es mit ihm nicht anders machen würden, wenn sich die Gelegenheit bot.

Aber Dr. John Dee hatte vor, sicherzustellen, dass sich diese Gelegenheit nie bot.

KAPITEL DREIUNDDREISSIG

*E*s war schon Nachmittag, als Josh den Geländewagen endlich auf die lange, kurvenreiche Straße lenkte, die in die kleine Stadt Ojai führte. Er war 400 Meilen am Stück gefahren und die Anstrengung war ihm anzusehen. Der Computer hatte zwar eine Fahrtzeit von sechseinhalb Stunden berechnet, doch tatsächlich gebraucht hatten sie fast neun Stunden. Mit dem schweren Hummer über den Highway zu fahren, war erstaunlich einfach gewesen. Er hatte den Temporegler eingeschaltet und hatte es laufen lassen. Das war zugegebenermaßen langweilig, aber den Wagen auf irgendeiner anderen Straße außer dem Highway zu fahren, war der Albtraum. Das Teil war riesig, und er hatte ständig Angst, irgendetwas zu streifen. Dazu erregte das schwarz lackierte Vehikel noch jede Menge Aufmerksamkeit. Josh hätte nie gedacht, dass er einmal über getönte Scheiben froh sein würde. Er fragte sich, was die Leute wohl denken würden, wenn sie wüssten, dass ein Fünfzehnjähriger am Steuer saß.

Die Straße machte eine Rechtskurve und dann lag die lange, gerade Hauptstraße von Ojai vor ihnen. Josh ging vom Gas, und als die Ampel an der Signal Street auf Rot schaltete, hielt er, beugte sich über das Lenkrad und schaute durch die schmutzige, insektengesprenkelte Windschutzscheibe. Sein erster Eindruck war der einer überraschend grünen Stadt. Es war Juni, und in Kalifornien bedeutete dies, dass die meisten Pflanzen braun und verwelkt waren. Doch hier wuchsen überall Bäume, deren Grün in lebhaftem Kontrast zu den weißen Häusern stand. Direkt vor ihm auf der rechten Straßenseite war die Post mit einem niedrigen, reich verzierten weißen Turm, der sich von dem blitzblauen Himmel abhob, und links eine Ladenzeile, etwas zurückgesetzt von der Straße und geschützt von weißen, gemauerten Arkaden.

Als er in den Rückspiegel schaute, sah Josh, dass Scatty ihn beobachtete. »Ich dachte, du schläfst«, sagte er leise.

Sophie, die sich nach ein paar Stunden Fahrtzeit zu ihm nach vorn gesetzt hatte, saß zusammengekauert auf dem Beifahrersitz und schlief, und Flamel schnarchte leise neben Scatty.

»Ich brauche keinen Schlaf«, erwiderte sie.

Josh lagen wieder eine ganze Menge Fragen auf der Zunge, die er wirklich gern gestellt hätte, aber er fragte lediglich: »Weißt du, wie's jetzt weitergeht?«

Sie beugte sich vor, stützte die Arme auf seine Rückenlehne und legte das Kinn darauf. »Geradeaus an der Post vorbei – das ist das Haus mit dem Turm –, dann biegst du nach dem Libbey Park rechts in die Fox Street ein. Dort suchst du einen Parkplatz.« Sie wies mit dem Kinn nach links auf die Läden unter den Arkaden. »Wir müssen da hin.«

»Ist dort deine Großmutter?«

»Ja«, antwortete Scatty knapp.

»Und sie ist wirklich eine Hexe?«

»Sie ist nicht nur *eine* Hexe. Sie ist die Mutter aller Hexen.«

»Wie geht es dir?«, fragte Sophie ihren Bruder. Sie stand auf dem Bürgersteig und reckte sich, stellte sich auf die Zehenspitzen und drückte den Rücken durch. In ihrem Nacken knackte es. »Das tut gut«, sagte sie und blinzelte in die Sonne, die immer noch hoch am wolkenlos blauen Himmel stand.

»Das sollte ich dich fragen«, erwiderte Josh, als er ausstieg. Auch er reckte sich, gähnte und ließ den Kopf ein paar Mal über die Brust rollen. »Ich will nie mehr Auto fahren!« Dann senkte er die Stimme zu einem Flüstern. »Ich bin froh, dass du okay bist.« Er hielt kurz inne. »Du bist doch okay, oder?«

Sophie drückte seinen Arm. »Ich denke schon«, sagte sie, lächelte aber erschöpft.

Flamel stieg aus dem Auto und warf die Tür zu. Scatty hatte sich bereits in den Schatten eines Baumes gestellt. Sie hatte eine verspiegelte Sonnenbrille aus ihrem Rucksack gekramt und sie aufgesetzt. Der Alchemyst ging zu ihr hinüber, während Josh mit einem Knopfdruck den Wagen abschloss und die Alarmanlage einschaltete. Der Wagen gab einen Piepton von sich und Blinker und Scheinwerfer gingen an und wieder aus.

»Wir müssen reden«, sagte Flamel leise, obwohl außer ihnen niemand in der Seitenstraße zu sehen war. Er fuhr sich mit den Fingern über den Kopf und einige Haare blieben hängen. Er betrachtete sie einen Moment lang und wischte die Hand dann an seiner Jeans ab. Er war wieder ein Jahr älter geworden, die

Falten um die Augen und die halbmondförmigen Linien neben den Mundwinkeln hatten sich tiefer in sein Gesicht eingegraben. »Die Frau, zu der wir gleich gehen, ist manchmal...« Er zögerte kurz. »... ziemlich schwierig.«

»Wem sagst du das!«, murmelte Scatty.

»Was meinst du mit schwierig?«, fragte Josh alarmiert. Nach den Erfahrungen der letzten Stunden konnte ›schwierig‹ ziemlich viel bedeuten.

»Mürrisch, streitsüchtig, gereizt... aber so ist sie nur, wenn sie gute Laune hat«, erwiderte Scatty.

»Und wenn sie schlecht gelaunt ist?«

»Dann willst du sicherheitshalber in einer anderen Stadt sein.«

Josh wusste nicht, was er davon halten sollte. Er wandte sich an Flamel. »Warum gehen wir dann zu ihr?«

»Weil Perenelle es gesagt hat«, erklärte er geduldig, »und weil sie die Herrin der Lüfte und in der Lage ist, Sophie Grundkenntnisse der ersten Elemente-Magie beizubringen. Und weil sie ihr sagen kann, wie sie sich schützen kann.«

»Wovor?«, fragte Josh erschrocken.

»Vor sich selbst«, kam die knappe Antwort. Flamel drehte sich um und ging zurück zur Hauptstraße von Ojai.

Scatty schloss sich ihm an. »Wenn ich nur Sonnencreme mitgenommen hätte. Ich bekomme leicht einen Sonnenbrand«, meckerte sie.

Josh wandte sich wieder an Sophie. Er begann zu ahnen, wie tief die Kluft war, die ihn inzwischen doch von seiner Schwester trennte. »Hast du eine Ahnung, wovon er geredet hat? Dass du dich vor dir selbst schützen musst? Was soll das heißen?«

Sophie runzelte die Stirn. »Ich glaube, ich weiß es. Alles um mich herum ist so … laut, so hell, so klar, so intensiv. Es ist, als hätte jemand die Lautstärke aufgedreht. Meine Sinne sind so geschärft, du kannst dir nicht vorstellen, was ich alles höre.« Sie wies auf einen verbeulten roten Toyota, der langsam die Straße hinunterfuhr. »Die Frau in dem Auto dort telefoniert mit ihrer Mutter. Sie sagt, dass sie zum Abendessen keinen Fisch möchte.« Dann zeigte sie auf einen Lieferwagen, der in einem Hof auf der anderen Straßenseite stand. »Er hat da hinten einen Aufkleber. Soll ich dir vorlesen, was draufsteht?«

Josh kniff die Augen zusammen. Er konnte nicht einmal das Nummernschild lesen.

»Das Essen heute hat so intensiv geschmeckt, dass mir fast übel geworden wäre. Ich konnte jedes einzelne Salzkörnchen auf dem Sandwich schmecken.« Sophie blieb stehen und hob ein Jakarandablatt auf. »Ich kann mit geschlossenen Augen jede Ader auf der Rückseite des Blattes fühlen. Aber weißt du, was das Schlimmste ist? Die Gerüche.« Dabei schaute sie ihren Bruder vielsagend an.

»He …« Seit der Pubertät hatte er sämtliche Deos auf dem Markt ausprobiert.

»Nein, nicht nur du.« Sie grinste. »Obwohl du dir wirklich ein anderes Deo zulegen solltest und deine Socken wahrscheinlich verbrennen musst. Ich meine einfach alle Gerüche, die ganze Zeit über. Der Benzingestank in der Luft ist schrecklich, der Geruch nach Gummi auf der Straße, fettiges Essen … Selbst der Duft der Blumen ist kaum auszuhalten.« Sie blieb mitten auf dem Bürgersteig stehen und sah ihren Bruder an, und Tränen, die sie nicht hatte aufsteigen spüren, liefen ihr plötzlich über die Wangen. Ihr Ton war völlig verändert. »Es ist zu viel, Josh, einfach zu viel. Mir ist schlecht und mein Kopf dröhnt, die Augen tun weh und die Ohren genauso und mein Hals ist wundgescheuert.«

Josh wollte seine Schwester in den Arm nehmen, aber sie hielt ihn auf Abstand. »Bitte nicht berühren. Ich ertrage es nicht.«

Josh suchte nach Worten, doch es gab nichts, was er sagen oder tun konnte. Er fühlte sich vollkommen hilflos. Sophie war immer so stark gewesen, hatte alles im Griff gehabt. Zu ihr war er gegangen, wenn er Probleme hatte, und sie hatte immer eine Antwort gewusst.

Bis jetzt.

Flamel! Josh spürte wieder die Wut in sich aufsteigen. Das war alles Flamels Schuld. Er würde dem Alchemysten nie verzeihen, was er getan hatte. Als er aufschaute, sah er, dass Flamel und Scatty sich zu ihnen umgedreht hatten.

Scathach kam zurückgelaufen. »Wisch dir die Tränen ab«, befahl sie streng. »Wir wollen nicht, dass die Leute auf uns aufmerksam werden.«

»Wie redest du mit meiner Schwes-«, begann Josh, doch Scatty brachte ihn mit einem Blick zum Schweigen.

»Komm, ich bringe dich in den Laden meiner Großmutter, sie wird dir helfen können. Es ist gleich auf der anderen Straßenseite.«

Sophie fuhr sich gehorsam mit dem Ärmel über die Augen und folgte dann der Kriegerprinzessin. Sie fühlte sich so hilflos. Sie weinte nur selten – selbst am Ende von *Titanic* hatte sie gelacht – warum also jetzt?

Zu Anfang war sie im Stillen sogar begeistert gewesen von

der Vorstellung, dass ihre magischen Kräfte geweckt werden sollten. Der Gedanke, ihren Willen jederzeit in die Tat umsetzen zu können, ihre Aura-Energie in bestimmte Bahnen lenken und zaubern zu können, hatte sie fasziniert. Doch was sie jetzt erlebte, war alles andere als begeisternd. Sie fühlte sich gebeutelt und erschöpft. Sie hatte Schmerzen. Und sie hatte Angst, dass diese Schmerzen nicht mehr weggehen würden. Was würde sie dann machen – was *konnte* sie machen?

Sophie merkte, dass ihr Bruder sie besorgt anschaute. »Flamel hat gesagt, dass die Hexe dir helfen kann«, meinte er.

»Und was ist, wenn sie es nicht kann, Josh? Was dann?«

Darauf wusste auch er keine Antwort.

Sophie und Josh überquerten die Hauptstraße und traten unter die Arkaden, die über die gesamte Länge des Gehwegs liefen. Augenblicklich sank die Temperatur auf ein erträgliches Maß, und Sophie merkte, dass ihr T-Shirt ihr eiskalt am Rücken klebte.

Sie traten zu Nicholas Flamel, der bereits vor einem kleinen Antiquitätenladen stand – mit betroffener Miene. Der Laden war geschlossen. Wortlos tippte Flamel auf die Papieruhr, die von innen an die Tür geklebt war. Die Zeiger standen auf halb drei, und darunter klebte ein Zettel, auf den jemand »Bin zum Essen. Komme 14.30 Uhr wieder« gekritzelt hatte. Jetzt war es fast halb vier.

Flamel und Scatty traten noch dichter an die Tür und lugten hinein, während die Zwillinge durchs Fenster schauten. In dem kleinen Laden wurden offenbar nur Glaswaren verkauft: Schüsseln, Krüge, Teller, Briefbeschwerer, kleine Statuen und Spiegel.

Jede Menge Spiegel, in jeder Form und Größe, von kleinen runden Spiegeln bis hin zu riesigen rechteckigen. Ein Großteil der Glaswaren sah neu aus, aber bei einigen Stücken im Schaufenster handelte es sich ganz offensichtlich um Antiquitäten.

»Was machen wir jetzt?«, fragte Flamel. »Wo kann sie sein?«

»Wahrscheinlich ist sie zum Mittagessen gegangen und hat vergessen zurückzukommen«, meinte Scatty. Sie drehte sich um und schaute die Straße hinauf und hinunter. »Wenig los heute.« Obwohl Freitagnachmittag war, herrschte kaum Verkehr auf der Hauptstraße, und nicht einmal ein Dutzend Fußgänger schlenderte die überdachte Promenade entlang.

»Wir könnten in den Restaurants nachsehen«, schlug Flamel vor. »Was isst sie denn gern?«

»Frag nicht«, erwiderte Scatty rasch. »Du willst es nicht wissen.«

»Vielleicht sollten wir uns aufteilen …«, begann Nicholas.

Aus einem Impuls heraus drückte Sophie auf die Türklinke; eine Glocke schlug an und die Tür ging auf.

»Gut gemacht, Schwester.«

»Ich hab das mal in einem Film gesehen«, murmelte sie und betrat den Laden. »Hallo?«

Keine Antwort.

Das Antiquitätengeschäft war wirklich winzig, ein lang gestreckter, rechteckiger Raum, aber die vielen Spiegel, von denen einige sogar an der Decke hingen, ließen den Laden wesentlich größer erscheinen, als er tatsächlich war.

Sophie legte den Kopf in den Nacken und atmete tief ein. »Riecht ihr das?«

Josh schüttelte den Kopf. Die Spiegel machten ihn nervös.

Er sah sich immer wieder neu von allen Seiten, und in jedem Spiegel erschien sein Bild anders: gedehnt, gebrochen oder verzerrt.

»Was riechst du?«, fragte Scatty.

»Es riecht nach ...« Sophie überlegte. »Nach einem Lagerfeuer im Herbst.«

»Dann war sie hier.«

Sophie und Josh sahen Scatty verständnislos an.

»So riecht die Hexe von Endor. So riecht Elfenmagie.«

Flamel war unter der Tür stehen geblieben und schaute die Straße auf und ab. »Sie kann nicht weit gegangen sein, wenn sie den Laden nicht abgeschlossen hat. Ich sehe mal nach, ob ich sie finde.« Er wandte sich an Scatty. »Woran erkenne ich sie?«

Scatty zog eine Grimasse. »Glaub mir, wenn du sie siehst, weißt du, dass sie es ist.«

»Ich bin bald wieder da.«

Als Flamel auf die Straße trat, hielt ein schweres Motorrad fast direkt vor dem Laden. Der Fahrer blieb einen Moment sitzen, gab dann Gas und röhrte wieder davon. Der Lärm war unbeschreiblich. Die gesamte gläserne Ware in dem kleinen Laden vibrierte.

Sophie presste die Hände auf die Ohren. »Ich weiß nicht, wie lange ich das noch aushalten kann«, schrie sie.

Josh führte sie zu einem Stuhl, damit sie sich hinsetzen konnte. Er kauerte sich neben sie und hätte gern ihre Hand gehalten, traute sich aber nicht, sie zu berühren. Er kam sich so nutzlos vor.

Scatty kniete sich direkt vor Sophie, sodass ihre Gesichter auf gleicher Höhe waren. »Als Hekate deine Kräfte weckte, konnte

sie dir nicht mehr zeigen, wie du sie aktivieren und zurück-
drängen kannst. Im Moment sind sie die ganze Zeit über hellwach, aber so wird es nicht bleiben, das verspreche ich dir. Mit
ein wenig Training und ein paar einfachen Schutzzaubervari-
anten wirst du lernen, wie du deine Sinne beherrschen und nur
für kurze Zeit aktivieren kannst.«

Josh schaute die beiden Mädchen an. Erneut fühlte er sich
von seiner Schwester getrennt, wirklich und wahrhaftig abge-
trennt. Er wünschte so sehr, er könnte etwas tun, um ihr zu helfen. Aber es fiel ihm nichts ein, absolut nichts.

Als hätte Scatty seine Gedanken gelesen, sagte sie plötzlich:
»Es gibt da etwas, womit ich dir vielleicht helfen kann.« Die
Zwillinge merkten, dass sie zögerte. »Es tut nicht weh«, fügte
sie rasch hinzu.

»Noch mehr Schmerzen sind ohnehin nicht möglich«, flüsterte Sophie. »Tu es.«

»Ich brauche zuerst deine Einwilligung.«

»Soph-«, begann Josh, doch seine Schwester ignorierte ihn.

»Tu es«, wiederholte sie, »bitte.«

»Ich habe dir erzählt, dass ich das bin, was ihr Humani einen
Vampir nennt ...«

»Du wirst nicht von ihrem Blut trinken!«, schrie Josh entsetzt. Allein bei dem Gedanken wurde ihm schlecht.

»Ich habe dir schon einmal gesagt, dass mein Clan kein Blut
trinkt.«

»Mir ist es egal, was du sagst ...«

»Josh!« Sophie war wütend, und in ihrem Zorn leuchtete ihre
Aura kurz auf, sodass ein Duft nach Vanille durch den Laden
zog. Ein paar gläserne Windspiele begannen in einer nicht spür-

baren Brise zu klimpern. »Josh, bitte sei still.« Dann wandte sie sich wieder an Scatty. »Was soll ich tun?«

»Gib mir deine rechte Hand.«

Sofort streckte Sophie sie ihr hin und Scatty ergriff sie mit beiden Händen. Dann legte sie ihre linke Hand an Sophies rechte, Daumen an Daumen, Zeigefinger an Zeigefinger, kleiner Finger an kleinen Finger. »Blutsaugende Vampire sind die schwächsten, müsst ihr wissen, sie stehen ganz unten. Hast du dich je gefragt, warum sie Blut trinken? Eigentlich sind Vampire ja tot – ihre Herzen schlagen nicht und sie müssen nicht essen. Das Blut stellt also keine Nahrung für sie dar.«

»Bist du tot?« Sophie stellte die Frage, die auch ihrem Bruder auf der Zunge lag.

»Nein, nicht wirklich.«

Josh schaute in die Spiegel, aber er sah Scattys Spiegelbild ganz deutlich. Sie ertappte ihn dabei und lächelte. »Du musst den Unsinn von Vampiren, die kein Spiegelbild haben, nicht glauben. Natürlich haben wir eines. Wir sind schließlich nicht aus Luft.«

Josh beobachtete ganz genau, wie Scathach ihre Finger an die seiner Schwester drückte. Zunächst geschah gar nichts. Dann sah er in einem Spiegel hinter Scatty einen silbernen Schein und Sophies Hand schimmerte in einem bleichen, silbernen Licht.

»Die Familie, der ich angehöre, der Vampir-Clan«, fuhr Scatty leise fort, den Blick auf Sophies Hand gerichtet, »entstammt der nächsten Generation.«

Im Spiegel sah Josh, dass das silberne Licht um Sophies Hand sich zusammenballte.

»Wir sind keine Erstgewesenen. Wir alle, die wir nach dem Untergang von Danu Talis geboren wurden, waren ganz anders als unsere Vorfahren. Wir waren auf unbegreifliche Art einfach *anders*.«

»Du hast Danu Talis schon öfter erwähnt«, sagte Sophie schläfrig. »Was ist es, ein Ort?« Ein warmes, beruhigendes Gefühl kroch ihren Arm hinauf, nicht wie Ameisen, sondern sanft prickelnd und angenehm.

»Zur Zeit des Älteren Geschlechts war es der Mittelpunkt der Welt. Danu Talis war ein Inselkontinent und von ihm aus regierten die Erstgewesenen die Welt. Er reichte von dem, was heute die Küste Afrikas ist, bis nach Nordamerika und in den Golf von Mexiko.«

»Ich habe nie von Danu Talis gehört«, flüsterte Sophie.

»Hast du wohl«, meinte Scatty. »Die Kelten nannten den Kontinent die De-Dannan-Insel. In der modernen Welt ist er unter dem Namen Atlantis bekannt.«

Josh sah im Spiegel, dass Sophies Hand jetzt silberweiß glühte. Es sah aus, als trüge sie einen Handschuh. Winzige silbrig glitzernde Ranken legten sich wie kunstvoll gefertigte Ringe auch um Scattys Finger. Die Kriegerprinzessin zitterte leicht.

»Danu Talis wurde auseinandergerissen«, fuhr sie fort, »weil die Herrschenden Zwillinge – Sonne und Mond – auf der Spitze der Großen Pyramide gegeneinander kämpften. Die ungeheuren magischen Kräfte, die sie freisetzten, brachten das Gleichgewicht der Natur durcheinander. Man hat uns gesagt, dass dieselbe ungezügelte Magie in der Atmosphäre auch die Veränderungen in der nächsten Generation bewirkte. Einige von uns wurden als Monster geboren, andere sind irgendwo in ihrer Entwicklung stecken geblieben, einige besaßen die außergewöhnliche Fähigkeit der Transformation und konnten sich nach Belieben in Tiere verwandeln. Wieder andere – es waren die, die schließlich den Vampir-Clan bildeten – stellten fest, dass sie nicht in der Lage waren zu fühlen.«

Josh schaute Scathach aus zusammengekniffenen Augen an. »Was meinst du mit *fühlen*?«

Scathach lächelte ihn an. Ihre Zähne erschienen plötzlich sehr lang. »Wir hatten kaum oder gar keine Emotionen. Uns fehlte die Fähigkeit, Angst zu empfinden, Liebe zu erfahren, Glück und Freude zu genießen. Die besten Krieger kennen nicht nur keine Angst, sie sind auch ohne Zorn.«

Josh stand auf und ging ein paar Schritte. Er atmete tief durch. Er hatte schon Krämpfe in den Beinen und seine Zehen kribbelten. Aber er musste auch Abstand zu dem Vampir haben. Jetzt zeigten alle Spiegel im Laden und alle glatten Oberflächen aus Glas das silberne Licht, das von Sophies Hand ausging und Scattys Unterarm hinaufwanderte. Es versank in ihrer Haut, kurz bevor es den Ellbogen erreichte.

Scatty drehte sich zu Josh um, und er sah, dass das Weiße in ihren Augen sich silbrig verfärbt hatte. »Blutsaugende Vampire brauchen nicht wirklich Blut. Sie brauchen die Gefühle, die Empfindungen, die im Blut enthalten sind.«

»Du stiehlst Sophies Gefühle«, flüsterte Josh entsetzt. »Sophie, sag, dass sie aufhören ...«

»Nein!«, fauchte seine Schwester. Auch das Weiße in ihren Augen war silbern geworden. »Ich spüre richtig, wie der Schmerz abfließt.«

»Deine Schwester kann ihre Empfindungen im Moment nicht aushalten. Sie tun weh und das macht ihr Angst. Ich nehme ihr nur den Schmerz und die Angst.«

»Warum sollte irgendjemand wohl freiwillig Schmerz und Angst empfinden wollen?«, fragte Josh. Die Vorstellung faszinierte ihn und stieß ihn gleichzeitig ab. Es erschien ihm irgendwie nicht richtig.

»Um sich lebendig fühlen zu können«, flüsterte Scatty.

KAPITEL VIERUNDDREISSIG

Noch bevor sie die Augen öffnete, wusste Perenelle Flamel, dass man sie in ein sehr viel sichereres Gefängnis gebracht hatte. An einen Ort tief unter der Erde, der dunkel war und unheimlich. Sie spürte das uralte Böse in den Wänden, schmeckte es fast in der Luft. Sie lag reglos da und versuchte, ihre Sinne zu weiten, doch umsonst: Sie konnte ihre Magie nicht einsetzen. Sie lauschte angestrengt, und erst als sie ganz sicher war, dass niemand mit ihr im Raum war, öffnete sie die Augen.

Sie befand sich in einer Zelle.

Drei Wände waren aus Beton, die vierte aus Metallstäben. Durch die Stäbe erkannte sie eine weitere Reihe von Zellen.

Sie war in einem Gefängnisblock!

Perenelle schwang die Beine von der schmalen Pritsche und stand langsam auf. Ihr fiel auf, dass ihre Kleider leicht nach Meersalz rochen, und sie glaubte, nicht allzu weit entfernt die Geräusche des Ozeans zu hören.

Die Zelle war kahl, kaum mehr als ein leeres Rechteck, ungefähr drei Meter lang und eineinhalb Meter breit. Es stand lediglich die schmale Pritsche darin, mit einer dünnen Matratze und einem Kissen darauf. Direkt vor den Stäben lag ein Kartondeckel auf dem Boden. Darauf standen ein Plastikkrug mit Wasser, eine Plastiktasse und eine dicke Scheibe dunkles Brot auf einem Pappteller. Als sie das Brot sah, merkte sie erst, wie hungrig sie war. Dennoch ließ sie es für den Augenblick stehen, trat an die Stäbe und schaute hinaus. Auf der anderen Seite des Ganges sah sie rechts und links nichts als Zellen, alle leer.

Sie war allein in dem Block. Aber wo …

In der Ferne ertönte eine Schiffssirene, einsam und klagend. Schaudernd und instinktiv wurde Perenelle plötzlich klar, wohin Dees Leute sie gebracht hatten.: Sie befand sich auf dem »Felsen«, der Gefängnisinsel Alcatraz.

Sie schaute sich in ihrer Zelle um. Besonders hohe Aufmerksamkeit widmete sie der vergitterten Tür. Anders als in ihrem vorherigen Gefängnis konnte sie keinen Abwehr- oder Schutzzauber am Türsturz oder auf dem Boden erkennen. Perenelle konnte ein winziges Lächeln nicht unterdrücken. Was dachten Dees Leute eigentlich von ihr? Sobald sie wieder bei Kräften war, würde sie ihre Aura aufladen, die Eisenstäbe wie Knetstangen auseinanderbiegen und einfach hinausmarschieren.

Es dauerte einen Moment, bis sie begriff, dass sich hinter dem Klick-Klick, das sie zunächst für tropfendes Wasser gehalten hatte, etwas verbarg, das näher kam, langsam und unbeirrt. Sie drückte sich an die Stäbe und schaute den Flur hinunter. Ein Schatten näherte sich. Ob es wieder Dees gesichtslose Simulacra waren? Die würden sie nicht lange festhalten können.

Der Schatten, riesig und unförmig, trat aus der Dunkelheit und stand schließlich vor ihrer Zelle. Plötzlich war Perenelle froh um die Gitterstäbe, die sie von dem Furcht einflößenden Etwas trennten.

Was da die ganze Breite des Flurs ausfüllte, war ein Geschöpf, wie es auf der Erde seit einem Jahrtausend vor dem Bau der ersten Pyramide am Nil nicht mehr gesehen worden war. Es war eine Sphinx, ein gewaltiger Löwe mit Adlerflügeln und dem Kopf einer wunderschönen Frau. Die Sphinx lächelte und legte den Kopf schief und eine lange, gespaltene schwarze Zunge fuhr über die Lippen. Perenelle sah, dass ihre Pupillen schmal und waagerecht waren.

Das war keines von Dees Geschöpfen. Die Sphinx war eine der Töchter der Echidna, einer der hinterhältigsten Erstgewesenen, gemieden und gefürchtet von ihrer eigenen Rasse, selbst von den Dunklen Älteren. Perenelle fragte sich, wem genau Dee diente.

Die Sphinx drückte das schöne Gesicht gegen die Stäbe. Die lange Zunge tastete sich aus ihrem Mund, schmeckte die Luft und berührte fast Perenelles Lippen. »Muss ich dich daran erinnern, Perenelle Flamel«, fragte sie in der Sprache, die vor Jahrtausenden am Nil gesprochen wurde, »dass es zu den besonderen Fähigkeiten meiner Familie zählt, Aura-Energie aufzusaugen?« Sie schlug mit den gewaltigen Flügeln, die fast den gesamten Flur ausfüllten. »In meiner Gegenwart verfügst du über keinerlei magische Kräfte.«

Perenelle lief es eiskalt über den Rücken, als sie erkannte, wie klug Dee war. Sie war eine vollkommen machtlose Gefangene auf Alcatraz, und sie wusste, dass noch niemand die Flucht von dem berüchtigten Felsen überlebt hatte.

KAPITEL FÜNFUNDDREISSIG

Die Türglocke bimmelte, als Nicholas Flamel die Ladentür öffnete und dann zur Seite trat, um einer älteren, ziemlich gewöhnlich aussehenden Frau in grauer Bluse und grauem Rock den Vortritt zu lassen. Sie war klein und rundlich und das dauergewellte Haar schimmerte leicht bläulich. Nur die übergroße Brille mit den dunklen Gläsern, die einen Großteil ihres Gesichts verdeckte, unterschied sie von anderen Frauen in ihrem Alter. In der rechten Hand hielt sie einen zusammengeschobenen weißen Teleskopstock, an dem Sophie und Josh sofort erkannten, dass sie blind war.

Flamel räusperte sich. »Darf ich vorstellen...« Er hielt inne und schaute die Frau an. »Entschuldigen Sie, wie darf ich Sie nennen?«

»Nenn mich Dora, wie alle anderen auch.« Sie sprach Englisch mit einem deutlichen New Yorker Akzent. »Scathach?«, fragte sie plötzlich. »Scathach!« Dann ging es weiter in einer Sprache, die hauptsächlich aus Zischlauten zu bestehen schien... und die Sophie verstand, wie sie überrascht feststellte.

»Sie will wissen, warum Scatty sie in den vergangenen dreihundertzweiundsiebzig Jahren, acht Monaten und vier Tagen nicht besucht hat«, übersetzte sie für Josh. Sie hatte nur Augen für die alte Frau und sah nicht die Angst und den Neid, die kurz in der Miene ihres Bruders aufflackerten.

Die alte Dame bewegte sich schnell und mit großer Sicherheit in dem vollgestellten Raum, drehte den Kopf von rechts nach links, ohne Scatty je direkt anzusehen. Dann redete sie, anscheinend ohne Atem zu holen, weiter.

»Sie sagt Scatty, dass sie hätte sterben können, ohne dass es jemand gemerkt hätte. Oder traurig gewesen wäre. Erst im letzten Jahrhundert war sie schwer krank und keiner hat angerufen, keiner geschrieben...«

»Gran...«, begann Scatty.

»Hör mir auf mit dem Granny-Quatsch«, meinte Dora wieder auf Englisch. »Du hättest schreiben können, egal in welcher Sprache. Du hättest anrufen können...«

»Du hast doch gar kein Telefon!«

»Und was hast du gegen eine E-Mail oder ein Fax?«

»Hast du denn einen Computer oder ein Faxgerät, Gran?«

»Nein. Wozu sollte ich so etwas brauchen?« Dora machte eine schnelle Bewegung mit der Hand und der weiße Stock entfaltete sich mit einem Ruck zu seiner vollen Länge. Sie tippte auf einen einfachen, viereckigen Spiegel. »Hast du so einen?«

»Ja, Gran«, antwortete Scatty kläglich. Sie war knallrot geworden vor Verlegenheit.

»Dann hattest du also nicht einmal Zeit, in einen Spiegel

zu gucken und mit mir zu reden? Hast du so viel zu tun? Ich musste von deinem Bruder hören, wie es dir geht. Und wann hast du das letzte Mal mit deiner Mutter gesprochen?«

Scathach drehte sich zu den Zwillingen um. »Das ist meine Großmutter, die legendäre Hexe von Endor. Gran, das sind Sophie und Josh. Nicholas Flamel kennst du ja bereits.«

»Ja, ein sehr netter Mensch.« Die Hexe drehte unablässig den Kopf hin und her und ihre Nasenflügel bebten. »Zwillinge«, sagte sie schließlich.

Sophie und Josh schauten sich an. Woher wusste sie das? Sie waren keine eineiigen Zwillinge… Hatte Nicholas es ihr erzählt?

Irgendetwas an der Art und Weise, wie die Frau ständig den Kopf hin- und herbewegte, weckte Joshs Neugier. Er versuchte, ihrer Blickrichtung zu folgen… Und dann merkte er, weshalb ihr Kopf ununterbrochen in Bewegung war: Sie musste sie durch die Spiegel sehen. Automatisch drückte er kurz die Hand seiner Schwester und zeigte auf den nächsten Spiegel. Sie warf einen Blick darauf, dann auf die alte Dame und wieder zurück zum Spiegel. Dann nickte sie ihrem Bruder zu. Er hatte recht.

Dora baute sich vor Scathach auf, das Gesicht einem hohen Spiegel zugewandt, der rechts von ihr stand. »Du hast abgenommen. Isst du auch ordentlich?«

»Gran, so sehe ich schon seit zweieinhalbtausend Jahren aus!«

»Willst du damit andeuten, dass ich langsam blind werde, he?«, fragte die Alte und brach dann in ein erstaunlich tiefes Lachen aus. »Komm, nimm deine alte Großmutter mal in die Arme.«

Scathach drückte sie vorsichtig und küsste sie auf die Wange. »Schön, dich wiederzusehen, Gran. Du siehst gut aus.«

»Ich sehe alt aus. Sehe ich alt aus?«

Scatty lächelte. »Keinen Tag älter als zehntausend.«

Die Hexe kniff Scatty in die Wange. »Die letzte Person, die sich über mich lustig gemacht hat, war ein Steuerinspektor. Ich habe ihn in einen Briefbeschwerer hineingezaubert. Das Ding muss hier noch irgendwo rumstehen.«

Flamel hüstelte diskret. »Madame Endor…«

»Nenn mich Dora«, schnaubte die alte Frau.

»Dora. Weißt du, was heute Morgen in Hekates Schattenreich passiert ist?« Er war der Hexe noch nie begegnet, kannte sie nur vom Hörensagen, aber er wusste, dass sie mit äußerster Vorsicht zu behandeln war. Sie war die legendäre Erstgewesene, die Danu Talis Jahrhunderte bevor die Insel im Wasser versank, verlassen hatte, um bei den Humani zu leben und sie zu unterrichten. Es hieß, dass sie im alten Sumerien das erste Humani-Alphabet erfunden hatte.

»Holt mir einen Stuhl«, sagte Dora zu niemand Bestimmtem. Sophie brachte den Stuhl, auf dem sie gesessen hatte, und Scatty rückte ihn ihrer Großmutter zurecht. Die alte Dame beugte sich vor, beide Hände auf den weißen Stock gestützt. »Ich weiß, was geschehen ist. Sicherlich hat jede und jeder Erstgewesene auf diesem Kontinent ihren Tod gespürt.« Sie sah in die ihr zugewandten überraschten Mienen. »Wusstet ihr das nicht?« Sie drehte den Kopf so, dass sie in einen Spiegel schauen konnte, der direkt gegenüber von Scatty hing. »Hekate ist tot und ihr Schattenreich ist untergegangen. Wie ich gehört habe, sind eine Erstgewesene, eine aus der nächsten Generation und ein unsterblicher Mensch verantwortlich für ihren Tod. Hekate muss gerächt werden. Nicht jetzt und vielleicht auch noch nicht in nächster Zukunft. Aber sie war ein Familienmitglied und ich bin es ihr schuldig. Übernimm du es.«

Scatty verbeugte sich leicht.

Die Hexe von Endor hatte das Todesurteil vollkommen ruhig ausgesprochen, und Flamel wurde sich plötzlich bewusst, dass die Frau noch gefährlicher war, als er angenommen hatte.

Dora drehte den Kopf und Flamel konnte ihr Gesicht jetzt in einem Spiegel mit einem kunstvoll verzierten Silberrahmen betrachten. Sie tippte auf das Glas. »Ich habe schon vor einem Monat gesehen, was heute Morgen geschah.«

»Und du hast Hekate nicht gewarnt?«, rief Scatty.

»Es war der Verlauf einer möglichen Zukunftsvariante. Einer von vielen. In einigen anderen tötete Hekate Bastet und den Morrigan-Auswurf Dee. In wieder einer anderen tötete Hekate dich, Mr Flamel, und wurde dafür von Scathach umgebracht. Alles mögliche Versionen der Zukunft. Heute habe ich erfahren, welche eingetreten ist.« Sie schaute sich im Raum um, wandte das Gesicht einem Spiegel zu, einer polierten Vase und dem Glas eines Bilderrahmens. »Ich weiß also, weshalb ihr hier seid, ich weiß, was ihr von mir wollt. Und ich habe mir meine Antwort lange und reiflich überlegt. Ich hatte schließlich einen Monat Zeit dazu.«

»Was ist mit uns?«, fragte Sophie dazwischen. »Sind wir auch vorgekommen in Ihren Zukunftsversionen?«

»Ja, in einigen.«

»Und was ist mit uns passiert?« Die Frage war Josh herausgerutscht, ohne dass er Zeit gehabt hatte, darüber nachzudenken. Er wollte die Antwort ganz bestimmt nicht wissen.

»In den meisten haben schon Dee und seine Golems oder

die Vögel und Ratten euch umgebracht. Ein paarmal hattet ihr einen Autounfall, seid beim Erwecken eurer Kräfte gestorben oder beim Untergang des Schattenreiches.«

Josh schluckte. »Und in wie vielen Versionen haben wir überlebt?«

»Nur in einer.«

»Das klingt nicht gut, oder?«, fragte er leise.

»Nein«, erwiderte die Hexe rundheraus, »überhaupt nicht.« Es entstand eine Pause, in der Dora in die polierte Wand eines silbernen Übertopfes schaute. Unvermittelt ergriff sie wieder das Wort: »Als Allererstes solltet ihr wissen, dass ich den Jungen nicht erwecken kann. Das muss ich anderen überlassen.«

Josh schaute hoch. »Es gibt noch andere, die mich erwecken könnten?«

Die Hexe ignorierte seine Frage. »Das Mädchen hat die reinste silberne Aura, die ich in vielen Jahrhunderten gesehen habe. Man muss ihr ein paar Zauberformeln zu ihrem persönlichen Schutz beibringen, damit sie den Rest des Erweckungsprozesses überlebt. Die Tatsache, dass sie nach so vielen Stunden noch bei Verstand und gesund ist, zeugt von ihrem starken Willen.« Sie legte den Kopf in den Nacken und Sophie sah ihr Gesicht in einem an der Decke befestigten Spiegel. Es war ihr zugewandt. »Das kann ich machen.«

»Danke!«, sagte Nicholas Flamel mit einem tiefen Seufzer. »Ich weiß, wie schwer die letzten Stunden für sie waren.«

Josh merkte, dass er seine Schwester nicht anschauen konnte. Die Erweckung ihrer Kräfte war noch nicht abgeschlossen. Hieß das, dass sie noch mehr Schmerzen aushalten musste? Es brach ihm fast das Herz.

Scathach kniete sich neben den Stuhl, auf dem ihre Großmutter saß, und legte ihr eine Hand auf den Arm. »Gran, Dee und seine Gebieter suchen die beiden fehlenden Seiten aus dem Codex. Ich könnte mir vorstellen, dass sie inzwischen wissen – oder es zumindest vermuten –, dass Sophie und Josh die in Abrahams Buch der Magie erwähnten Zwillinge sind.«

Dora nickte. »Dee weiß es.«

Scathach warf Flamel einen verstohlenen Blick zu. »Dann ist ihm auch klar, dass er nicht nur an die Seiten herankommen, sondern die Zwillinge entweder gefangen nehmen oder umbringen muss.«

»Es ist ihm klar«, bestätigte Dora.

»Und wenn es Dee gelingt, ist dies das Ende dieser Welt?« Scathach machte aus dem Satz eine Frage.

»Das Ende der Welt hatten wir schon öfter«, erwiderte die Hexe und lächelte. »Und ich bin sicher, dass es noch viele Male kommt, bevor die Sonne schwarz wird.«

»Du weißt, dass Dee die Dunklen Älteren zurückholen will?«

»Das weiß ich.«

»Im Codex steht, dass die Dunklen nur durch Silber und Gold aufgehalten werden können«, fuhr Scatty fort.

»Wenn mit meinem Gedächtnis noch alles stimmt, steht im Codex auch, dass Äpfel giftig sind und Frösche sich in Prinzen verwandeln können. Du darfst nicht alles glauben, was geschrieben steht«, meinte die Hexe abschätzig.

Flamel kannte die Stelle mit den Äpfeln. Er hatte vermutet, dass sie sich auf Apfelkerne bezog, die tatsächlich giftig waren – wenn man mehrere Pfund davon aß. Über die Stelle mit den Fröschen und Prinzen war er nicht gestolpert, obwohl er das Buch mehrere hundert Mal durchgelesen hatte. Er hätte der Hexe gern zahllose Fragen gestellt, aber sie waren aus einem anderen Grund hier. »Dora, wirst du Sophie die Prinzipien der Luftmagie beibringen? Sie muss wenigstens so viel lernen, dass sie sich vor einem Angriff schützen kann.«

Dora zuckte mit den Schultern und lächelte. »Habe ich denn die Wahl?«

Diese Antwort hatte Flamel nicht erwartet. »Natürlich hast du die Wahl.«

Die Hexe von Endor schüttelte den Kopf. »Dieses Mal nicht.« Sie nahm die dunkle Brille ab. Scatty rührte sich nicht und in Flamels Gesicht verriet nur ein zuckender Muskel seine Überraschung. Die Zwillinge jedoch wichen entsetzt zurück. Die Hexe von Endor hatte keine Augen.

In den Höhlen, wo Augen hätten sein sollen, saßen Ovale aus Spiegelglas. Diese Spiegel wandten sich jetzt den Zwillingen zu. »Ich habe meine Augen gegeben für das zweite Gesicht, die Fähigkeit, die Muster der Zeit zu erkennen – in Vergangenheit, Gegenwart und möglicher Zukunft. Es gibt viele Muster, viele Versionen und Zukunftsmöglichkeiten, wenn auch nicht so viele, wie die Leute glauben. In den letzten Jahren hat sich alles zusammengefügt, sich immer enger verbunden. Jetzt gibt es nur noch einige wenige Zukunftsmöglichkeiten. Die meisten sind schrecklich. Und sie haben alle mit euch beiden zu tun.« Ihre Hand zeigte direkt auf Sophie und Josh. »Welche Wahl habe ich also? Das ist auch meine Welt. Ich war vor den Humani hier, ich habe ihnen das Feuer gegeben und die Sprache. Ich werde sie jetzt nicht im Stich lassen. Ich werde das Mädchen ausbilden, ihr beibringen, wie sie sich selbst schützen kann, und sie lehren, wie man die Lüfte beherrscht.«

»Danke«, sagte Sophie zögernd in die lange Stille hinein, die darauf folgte.

»Danke mir nicht. Was ich dir gebe, ist kein Geschenk. Es ist ein Fluch.«

KAPITEL SECHSUNDDREISSIG

Josh verließ mit hochroten Wangen den Antiquitätenladen. Die letzten Worte der Hexe klangen ihm noch in den Ohren. »Du musst gehen. Was ich lehre, ist nicht für die Ohren von Humani bestimmt.«

Josh hatte in die Runde geschaut, Flamel und Scatty und schließlich seine Zwillingsschwester angesehen und plötzlich begriffen, dass er der einzige echte Mensch im Laden war. In den Augen der Hexe von Endor war Sophie offenbar kein echter Mensch mehr.

»Kein Problem. Ich warte drü…«, hatte er begonnen. Dann war seine Stimme gekippt. Er hatte gehustet und es erneut versucht. »Ich warte im Park auf der anderen Straßenseite.« Und dann hatte er rasch den Laden verlassen. Das Klimpern der Glocke war ihm wie höhnisches Gelächter vorgekommen.

Es war sehr wohl ein Problem. Und zwar ein ganz großes.

Sophie Newman sah ihrem Bruder nach, wie er den Laden verließ, und auch ohne geschärfte Sinne hätte sie gewusst, dass er aufgebracht war und wütend. Sie wollte ihn zurückrufen, ihm nachgehen, doch Scatty stand vor ihr, den Finger auf den Lippen. Ihr Blick war eine unmissverständliche Warnung, und ein winziges Kopfschütteln sagte Sophie, sie solle den Mund halten. Scatty nahm sie an der Schulter und führte sie zu der Hexe von Endor. Die alte Frau hob die Hände und fuhr mit erstaunlich weichen Fingern die Konturen von Sophies Gesicht nach. Sophies Aura zitterte und zischte bei der sanften Berührung.

»Wie alt bist du?«, fragte sie.

»Fünfzehn. Also genau fünfzehneinhalb.« Sophie wusste nicht, ob das halbe Jahr einen Unterschied machte.

»Fünfzehneinhalb«, wiederholte Dora kopfschüttelnd. »So weit kann ich mich nicht zurückerinnern.« Sie senkte den Kopf und wies dann mit dem Kinn auf Scatty. »Kannst du dich noch an die Zeit erinnern, als du fünfzehn warst?«

»Und ob!«, erwiderte Scatty grimmig. »Habe ich dich um diese Zeit herum nicht in Babylon besucht, wo du mich mit König Nebukadnezar verheiraten wolltest?«

»Da täuschst du dich bestimmt«, meinte Dora fröhlich. »Ich glaube, das war später. Und er hätte bestimmt einen ausgezeichneten Ehemann abgegeben«, fügte sie hinzu. Sie wandte sich wieder Sophie zu, und die sah sich in den Spiegeln, die in den Augenhöhlen der Hexe lagen. »Es gibt zwei Dinge, die ich dir beibringen muss: dich selbst zu schützen – das ist ein Kinderspiel – und die Magie der Lüfte zu beherrschen, was schon etwas schwieriger ist. Der letzte Humani, dem ich versucht habe, Luftmagie beizubringen, hat sechzig Jahre gebraucht, bis er die

Grundlagen beherrschte, und dann ist er auf seinem ersten Flug trotzdem vom Himmel gefallen.«

»Sechzig Jahre.« Sophie schluckte. Hieß das, dass sie sich ein Leben lang mit diesem Zweig der Magie befassen musste?

»Gran, so viel Zeit haben wir nicht. Wahrscheinlich haben wir nicht einmal sechzig Minuten.«

Dora wandte das Gesicht einem Bilderrahmen zu, dessen Glas ihre verärgerte Miene widerspiegelte. »Warum machst *du* es dann nicht, wenn du die Fachfrau dafür bist?«

»Gran …«, seufzte Scatty.

»Nicht in diesem Ton!«, warnte Dora. »Ich mache es auf meine Art.«

»Wir haben keine Zeit, um es auf die traditionelle Art zu machen.«

»Komm du mir nicht mit Tradition. Was wisst ihr Jungen schon davon? Glaub mir, wenn ich fertig bin, weiß Sophie alles, was auch ich über Luftmagie weiß.« Sie wandte sich wieder an Sophie. »Das Wichtigste zuerst: Leben deine Eltern noch?«

»Ja.« Worauf wollte die alte Dame hinaus?

»Gut. Und du sprichst mit deiner Mutter?«

»Ja. Fast jeden Tag.«

Dora schaute Scatty von der Seite her an. »Hast du das gehört? Fast jeden Tag.« Sie nahm Sophies Hand und tätschelte sie. »Vielleicht solltest du Scathach das eine oder andere beibringen. Hast du auch eine Großmutter?«

»Meine Nana, ja, die Mutter meines Vaters. Ich rufe sie normalerweise freitags an.« Sie zuckte schuldbewusst zusammen, als ihr klar wurde, dass heute Freitag war und Nana Newman auf ihren Anruf wartete.

»Jeden Freitag«, sagte die Hexe von Endor bedeutungsvoll und blickte wieder zu Scatty hinüber. Doch die Kriegerprinzessin wandte sich demonstrativ ab und konzentrierte sich auf einen gläsernen Briefbeschwerer. Sie stellte ihn wieder hin, als sie sah, dass ein winziger Mann in einem dreiteiligen Anzug in dem Glas eingeschlossen war. Er hatte eine Aktentasche in der einen und ein Bündel Papiere in der anderen Hand und er blinzelte zornig.

»Es tut nicht weh«, sagte die Hexe.

Sophie war sicher, dass es nicht schlimmer kommen konnte als das, was sie bereits durchmachte. Sie roch verbranntes Holz und spürte eine kühle Brise über ihre Hände wehen. Sie schaute auf sich hinunter. Hauchzarte weiße Spinnfäden schlängelten sich aus den Fingerspitzen der Hexe und legten sich wie eine Mullbinde um jeden Einzelnen von Sophies Fingern, dann über die Mittelhand, über das Handgelenk, und schließlich wanderten sie ihren Arm hinauf. Da merkte sie, dass die Hexe sie mit ihren Fragen nur abgelenkt hatte.

Sophie schaute in ihre Spiegelaugen und stellte fest, dass sie ihre eigenen Fragen nicht in Worte fassen konnte. Es war, als hätte sie die Fähigkeit zu sprechen verloren. Es überraschte sie, dass sie sich nicht fürchtete, aber von dem Augenblick an, als die Hexe ihre Hände ergriffen hatte, war ein tiefes Gefühl der Ruhe und des Friedens über sie gekommen. Sie blickte zu Scatty und Flamel hinüber, die alles mit großen Augen verfolgten.

Auf Scattys Gesicht stand das blanke Entsetzen. »Gran ... bist du dir ganz sicher?«

»Natürlich bin ich mir sicher«, fauchte die Hexe ärgerlich.

Und selbst während die Hexe von Endor mit Scatty sprach,

hörte Sophie ihre Stimme in ihrem Kopf, hörte, wie sie mit ihr redete, uralte Geheimnisse flüsterte, archaische Zauberformeln murmelte und das Wissen eines langen Lebens innerhalb weniger Herzschläge und Atemzüge weitergab.

»Das ist kein Spinnennetz«, erklärte Dora einem sprachlosen Flamel, als sie merkte, wie er sich vorbeugte und fassungslos auf die Fäden starrte, die sich um Sophies Arme wanden. »Es ist konzentrierte Luft, vermischt mit meiner eigenen Aura. Mein gesamtes Wissen, meine Erfahrungen, selbst meine Intuition sind in diesem Luftnetz eingeschlossen. Sobald es Sophies Haut berührt, fängt sie an, das Wissen in sich aufzunehmen.«

Sophie atmete die nach Holz riechende Luft tief ein. Mit unglaublicher Geschwindigkeit zuckten Bilder durch ihren Kopf – Bilder von längst vergangenen Zeiten und Orten: von Zyklopen gebaute Mauern, Schiffe aus purem Gold, Dinosaurier und Drachen, eine in einen Eisberg geschnitzte Stadt, Wertiere und Monster und Gesichter ... Hunderte, Tausende von Gesichtern von menschlichen und halbmenschlichen Wesen aus allen Zeiten. Sie sah alles, was die Hexe von Endor jemals gesehen hatte.

»Die Ägypter haben mich falsch verstanden«, fuhr Dora fort. Ihre Hände bewegten sich jetzt so schnell, dass Flamel die Bewegungen nicht mehr verfolgen konnte. »Sie wickelten die Toten ein. Sie erkannten nicht, dass ich die Lebenden einwickelte. Es gab eine Zeit, in der ich ein wenig von mir selbst in meine Nachfolger legte und sie in die Welt hinausschickte, um in meinem Namen zu lehren. Offenbar beobachtete jemand den Prozess und versuchte ihn nachzumachen.«

Plötzlich sah Sophie ein Dutzend junger Leute, eingewickelt

wie sie, und eine jünger aussehende Dora, die in einem Gewand, wie man es vielleicht im alten Babylon getragen hatte, zwischen ihnen hin und her ging. Sophie wusste intuitiv, dass dies die Priester und Priesterinnen der Gemeinde waren, die der Hexe huldigten. Dora gab etwas von ihrem Wissen an sie weiter, damit sie hinausgehen konnten in die Welt und andere lehrten.

Das weiße, luftige Netz legte sich jetzt um Sophies Beine und band sie zusammen. Unbewusst hob sie die Arme und legte die rechte Hand auf die linke Schulter und die linke Hand auf die rechte Schulter. Die Hexe nickte anerkennend.

Sophie schloss die Augen und sah Wolken. Ohne zu wissen, woher, hatte sie ihre Namen parat: Zirrus, Zirrokumulus, Altostratus und Stratokumulus, Nimbostratus und Kumulus. Alle unterschiedlich und jeder Typus mit einzigartigen Merkmalen und Eigenschaften. Und plötzlich wusste sie, wie sie sie nutzen konnte, formen und beeinflussen und bewegen.

Bilder flackerten auf.

Standen hell leuchtend vor ihrem inneren Auge.

Sie sah eine sehr kleine Frau unter einem klaren, blauen Himmel stehen und eine Hand heben, und dann bildete sich direkt über ihr eine Wolke. Regen fiel auf ein ausgedörrtes Feld.

Das nächste Bild.

Ein großer, bärtiger Mann stand am Ufer eines Meeres und hob die Hand und ein kräftiger Wind teilte die Wogen.

Und das nächste.

Eine junge Frau stoppte mit einer einzigen Handbewegung einen tobenden Sturm, lief in eine windschiefe Hütte und holte ein Kind heraus. Einen Herzschlag später fraß der Sturm das Haus auf.

Sophie beobachtete die Szenen und lernte daraus.

Die Hexe von Endor berührte Sophies Wange. Sophie öffnete die Augen. Das Weiße darin war mit silbernen Pünktchen gesprenkelt. »Manche behaupten, dass die Magie des Feuers oder des Wassers und selbst die der Erde die stärkste von allen ist. Sie irren sich. Die Magie der Luft übertrifft sie alle. Luft kann Feuer löschen. Sie kann Wasser aufwühlen und in feine Nebel verwandeln und die Erde aufreißen. Aber die Luft kann das Feuer auch zum Leben erwecken, sie kann ein Boot über unbewegtes Wasser treiben und das Land formen. Luft kann eine Wunde säubern und sie kann einen Holzsplitter aus einer Fingerspitze ziehen. Luft kann töten.«

Das letzte Stück des weißen, luftigen Netzes legte sich über Sophies Gesicht. Sie war jetzt vollkommen eingehüllt wie eine Mumie.

»Es ist ein schreckliches Geschenk, das ich dir gemacht habe. In dir ruhen jetzt die Erfahrungen eines ganzen Lebens – eines sehr langen Lebens. Ich hoffe, dass dir in den schlimmen Tagen, die vor dir liegen, einige davon von Nutzen sind.«

Sophie stand, von oben bis unten in Mullbindenluft eingewickelt, vor der Hexe von Endor. Dies war etwas ganz anderes als das Erwecken, ein behutsamerer, schonenderer Prozess. Sophie stellte fest, das sie Dinge wusste – unglaubliche Dinge. Sie erinnerte sich an unendlich weit zurückliegende Zeiten und an die ungewöhnlichsten Orte. Doch vermischt mit diesen Erinnerungen und Empfindungen waren auch noch ihre eigenen Gedanken. Und es fiel ihr zunehmend schwerer, sie auseinanderzuhalten.

Dann begannen die Luftfäden um Sophie zu zischen.

Dora drehte sich unvermittelt um und suchte nach Scatty. »Komm und nimm mich noch einmal in die Arme, Kind. Ich werde dich nicht mehr wiedersehen.«

»Gran?«

Dora legte die Arme um Scathachs Schultern und flüsterte ihr ins Ohr: »Ich habe diesem Mädchen eine seltene und schreckliche Kraft verliehen. Sieh zu, dass sie für etwas Gutes verwendet wird.«

Scathach nickte, obwohl sie nicht genau wusste, worauf die alte Frau hinauswollte.

»Und melde dich bei deiner Mutter. Sie macht sich Sorgen um dich.«

»Mach ich, Gran.«

Sophies Mumienkokon löste sich plötzlich in Rauch und Nebel auf und die Aura des Mädchens flammte silbern auf. Sie streckte die Arme aus und spreizte die Finger und ein leise flüsternder Wind strich durch den Laden.

»Vorsicht! Wenn etwas kaputtgeht, bezahlst du es mir«, warnte die Hexe.

Dann drehten sich Scathach, Dora und Sophie wie auf Kommando um und schauten hinaus auf die Straße. Einen Augenblick später stieg Nicholas Flamel der unverwechselbare Gestank von faulen Eiern in die Nase. »Dee!«

»Josh!« Sophie riss die Augen auf. »Josh ist draußen!«

KAPITEL SIEBENUNDDREISSIG

r. John Dee erreichte Ojai endlich, als das letzte Licht in aufsehenerregenden Schattierungen von Pink und Orange über den Topa Topa Mountains verblasste. Er war den ganzen Tag unterwegs gewesen, war müde und gereizt und suchte nach einer Ausrede, um jemandem wehzutun.

Hekates Schattenreich hatte das Akku seines Handys verbraucht, und es hatte über eine Stunde gedauert, bevor er ein Telefon gefunden hatte, von dem aus er sein Büro anrufen konnte. Dann war er rauchend vor Zorn gezwungen gewesen, weitere neunzig Minuten am Straßenrand zu hocken und zu warten, während eine Fahrerstaffel die Nebenstraßen von Mill Valley nach ihm absuchte. Es war fast halb zehn, bis er endlich in seinem Büro in den Enoch Enterprises im Herzen der Stadt ankam.

Dort hatte er erfahren, dass Perenelle bereits nach Alcatraz gebracht worden war. Sein Unternehmen hatte die Insel vor

Kurzem vom Staat gekauft und sie während angeblicher Renovierungsarbeiten für die Öffentlichkeit gesperrt. In den Zeitungen wurde gemunkelt, dass das Gefängnis in ein Museum für Zeitgeschichte umgewandelt werden sollte. In Wirklichkeit beabsichtigte der Doktor, wieder das daraus zu machen, was es einmal gewesen war: eines der sichersten Gefängnisse der Welt. Der Doktor überlegte kurz, ob er auf die Insel hinüberfliegen und mit Perenelle reden sollte, verwarf den Gedanken dann aber wieder als Zeitverschwendung. Sein Hauptanliegen waren die fehlenden Seiten des Codex und die Zwillinge. Bastet hatte ihm zwar aufgetragen, sie zu töten, falls es ihm nicht gelingen sollte, sie gefangen zu nehmen, aber Dee hatte andere Pläne.

Dee kannte die berühmte Prophezeiung aus Abrahams Buch. Das Ältere Geschlecht hatte immer gewusst, dass Zwillinge kommen würden, »die zwei, die eins sind, und das Eine, das alles ist«. Einer, um die Welt zu retten, der andere, um sie zu vernichten. Doch er fragte sich, welches der eine und welches der andere war. Und er hätte gern gewusst, ob ihre Kräfte geformt und in bestimmte Richtungen gelenkt werden konnten, je nachdem, welche Anweisungen sie erhielten. Den Jungen zu finden, war inzwischen genauso wichtig, wie die fehlenden Seiten des Codex aufzutreiben. Er musste diese goldene Aura haben.

Dr. John Dee hatte um die Wende vom 19. zum 20. Jahrhundert einmal kurz in Ojai – es hieß damals noch Nordhoff – gewohnt, als er die umliegenden Grabfelder der Chumash-Indianer wegen ihrer kostbaren Grabbeigaben geplündert hatte. Er hatte den Ort gehasst. Ojai war zu klein, zu abgeschieden und in den Sommermonaten schlicht zu heiß für ihn gewesen. Viel wohler fühlte Dee sich in den Großstädten, wo es einfacher war, unsichtbar und anonym zu bleiben.

Er war mit dem unternehmenseigenen Hubschrauber von San Francisco nach Santa Barbara geflogen und hatte dann an dem kleinen Flughafen einen unscheinbaren Ford gemietet. Damit war er nach Ojai gefahren und rechtzeitig zu dem spektakulären Sonnenuntergang angekommen, der die Stadt in lange, elegante Schatten tauchte. Ojai hatte sich in den circa hundert Jahren, in denen er nicht mehr hier gewesen war, dramatisch verändert ... Aber er mochte es immer noch nicht.

Dee bog auf die Hauptstraße ein und fuhr langsamer. Flamel und die anderen waren ganz in der Nähe, das spürte er. Aber er musste jetzt vorsichtig sein. Wenn er sie spürte, konnten sie – vor allem Flamel und Scathach – auch ihn spüren. Und er wusste immer noch nicht, wozu die Hexe von Endor in der Lage war. Es machte ihm schwer zu schaffen, dass eine der mächtigsten Erstgewesenen in Kalifornien lebte und er bisher absolut nichts davon gewusst hatte. Er hatte sich eingebildet, er wüsste, wo auf der Welt sich die wichtigsten Älteren und unsterblichen Menschen aufhielten. Dee fragte sich auch, ob es etwas zu bedeuten hatte, dass er die Morrigan den ganzen Tag über noch nicht erreichen konnte. Er hatte sie in regelmäßigen Abständen auf dem Weg hierher angerufen, doch sie ging nicht an ihr Handy. Vielleicht spielte sie eines dieser nie endenden Online-Strategiespiele, nach denen sie süchtig war. Wo Bastet war, wusste er ebenfalls nicht, aber das kümmerte ihn auch nicht. Sie machte ihm Angst, und Dee neigte dazu, Leute, die ihm Angst einjagten, umzubringen.

Flamel, Scathach und die Zwillinge konnten überall in der Stadt sein. Nur wo genau?

Dee ließ ein wenig Energie in seine Aura fluten. Er blinzelte, als sich seine Augen plötzlich mit Tränen füllten, und blinzelte noch einmal, um wieder einen klaren Blick zu bekommen. Plötzlich waren die Menschen in dem Wagen neben ihm oder die Fußgänger auf dem Bürgersteig von unterschiedlich gefärbten und sich ständig verändernden Auren umgeben. Einige waren lediglich schwach getönte Rauchkringel, andere wiesen dunkle Stellen auf, Punkte und Streifen in kompakten Schlammfarben.

Am Ende entdeckte er sie per Zufall. Er fuhr die Hauptstraße hinunter und war gerade am Libbey-Park vorbeigekommen, als er den schwarzen Hummer in der Fox Street stehen sah. Er parkte direkt dahinter. Im selben Moment, als er aus dem Wagen stieg, sah er im Park beim Brunnen kurz eine reingoldene Aura aufleuchten. Dee kräuselte die Lippen zu einem kalten Lächeln.

Dieses Mal würden sie ihm nicht entkommen.

Josh Newman saß auf der niedrigen Brunneneinfassung im Libbey-Park direkt gegenüber dem Antiquitätenladen und starrte ins Wasser. Zwei Schalen in Blütenform, eine etwas größer als die andere, standen übereinander in der Mitte des runden Beckens. Aus der oberen Schale sprudelte Wasser, das über den Rand in die untere, größere Schale floss und von dort in das Becken. Über dem Plätschern des Wassers konnte man fast die Verkehrsgeräusche vergessen.

Josh fühlte sich allein und von Gott und der Welt verlassen.

Als die Hexe ihm gesagt hatte, er müsse den Laden verlassen, war er unter den Arkaden entlanggegangen und vor der

Eisdiele stehen geblieben, angelockt vom Schokoladen- und Vanillearoma. Er hatte draußen gestanden und die Liste exotischer Eissorten studiert und sich gefragt, warum die Aura seiner Schwester nach Vanille roch und seine nach Orangen. Sie machte sich nichts aus Vanille-Eiscreme; er war derjenige, der verrückt danach war.

Er tippte mit dem Finger auf die Karte: Blaubeereis mit Schokoladenstückchen.

Dann fuhr er mit der Hand in die Tasche seiner Jeans ... und bekam Panik, als er feststellte, dass sein Geldbeutel nicht mehr da war. Hatte er ihn im Wagen liegen lassen? Hatte er ...? Er erstarrte.

Er wusste genau, wo er ihn hatte liegen lassen.

Als er seinen Geldbeutel zum letzten Mal gesehen hatte, lag er zusammen mit seinem leeren Handy, seinem iPod und dem Laptop auf dem Boden neben dem Bett in seinem Zimmer im Weltenbaum. Dass der Geldbeutel weg war, war schlimm genug, aber dass der Computer fehlte, war eine Katastrophe. Seine sämtlichen E-Mails waren darauf, seine Schularbeiten, ein halbfertiges Referat, mit dem er hätte Pluspunkte sammeln können, die Fotos der letzten drei Jahre – einschließlich des Trips nach Cancún an Weihnachten – und mindestens 60 MP3-Downloads. Er konnte sich nicht mehr erinnern, wann er die Daten das letzte Mal herausgespeichert hatte; es musste schon länger her sein. Josh wurde schlecht und plötzlich rochen die Düfte aus der Eisdiele gar nicht mehr süß und verlockend.

Durch und durch unglücklich ging er bis zur Ecke und überquerte die Straße an der Ampel beim Postamt, wandte sich dann nach links und ging Richtung Park.

Der iPod war ein Weihnachtsgeschenk seiner Eltern gewesen. Wie sollte er ihnen erklären, dass er ihn verloren hatte?

Doch noch schlimmer als der Verlust seines iPods, des Geldbeutels und selbst seines Computers war der Verlust seines Handys. Das war der absolute Albtraum. Die Nummern sämtlicher Freunde waren dort gespeichert, und er wusste, dass er sie nirgendwo sonst aufgeschrieben hatte. Weil ihre Eltern so viel unterwegs waren, waren sie meist nur ein oder zwei Halbjahre an einer Schule gewesen. Seine Schwester und er hatten immer schnell Freundschaft geschlossen – vor allem Sophie – und hatten noch Kontakt zu Leuten, die sie vor Jahren an Schulen in ganz Amerika kennengelernt hatten. Wie sollte er sie ohne die Mailadressen und Telefonnummern je wieder erreichen können?

In einer Nische vor dem Eingang zum Park war ein Wasserspender, und Josh beugte sich hinunter, um einen Schluck zu trinken. In die Wand darüber war ein Löwenkopf aus Metall eingelassen und darunter eine kleine rechteckige Tafel mit der Aufschrift: *Liebe ist das Wasser des Lebens, trinke reichlich davon.*

Josh ließ das eiskalte Nass über seine Lippen laufen und richtete sich dann wieder auf, schaute hinüber zum Laden und fragte sich, was darin wohl gerade passierte. Er liebte seine Schwester immer noch, aber liebte auch sie ihn? Konnte sie ihn überhaupt noch lieben, jetzt, wo er so ... *gewöhnlich* war?

Im Libbey-Park war es ziemlich still. Auf dem Spielplatz in der Nähe hörte Josh Kinder toben, doch ihre Stimmen waren hoch und schienen aus weiter Ferne zu kommen. Drei alte Männer, alle in kurzärmeligen Hemden, langen Shorts, weißen

Socken und Sandalen saßen auf einer Bank im Schatten. Einer der Männer fütterte ein paar dicke, faule Tauben mit Brotkrumen. Josh setzte sich auf den niedrigen Rand des Brunnenbeckens und ließ die Hand ins Wasser hängen. Nach der drückenden Hitze war das herrlich kühl. Er fuhr sich mit den Fingern durchs Haar und spürte, wie ihm Wassertropfen den Nacken hinunterliefen.

Was sollte er tun?

Gab es überhaupt etwas, das er tun konnte?

In etwas mehr als 24 Stunden hatte sich sein Leben – und das seiner Schwester – vollkommen und vollkommen unbegreiflich verändert. Was er bisher lediglich für frei erfundene Geschichten gehalten hatte, hatte sich plötzlich als erzählte Wahrheiten herausgestellt. Aus Mythen waren geschichtliche Ereignisse geworden, aus Legenden Fakten. Als Scatty erwähnt hatte, dass das geheimnisvolle Danu Talis auch Atlantis genannt wurde, hätte er sie fast ausgelacht. Für ihn war die Geschichte von Atlantis immer ein Märchen gewesen. Doch wenn Scathach und Hekate, die Morrigan und Bastet echt waren, war es auch Danu Talis. Und die Erkenntnisse der Archäologie, das Lebenswerk seiner Eltern, waren plötzlich nichts mehr wert.

Tief drinnen wusste Josh, dass er auch seine Zwillingsschwester verloren hatte, die einzige Konstante in seinem Leben, die Person, auf die er immer hatte zählen können. Sie hatte sich auf eine Art und Weise verändert, die er nicht einmal ansatzweise verstehen konnte. Warum war nicht auch er erweckt worden? Er hätte darauf bestehen sollen, als Erster dranzukommen. Wie es wohl war, solche Kräfte zu besitzen?

Aus den Augenwinkeln heraus sah Josh, dass ein Mann sich

ein Stück von ihm entfernt ebenfalls auf den Brunnenrand gesetzt hatte, doch er ignorierte ihn. Geistesabwesend kratzte er an einer der blauen Kacheln, mit denen das Becken ausgelegt war.

Was sollte er nur tun?

Statt einer Antwort kam immer die Gegenfrage: Was *konnte* er tun?

»Bist du auch ein Opfer?«

Es dauerte einen Augenblick, bis er begriff, dass ihn der Mann rechts neben ihm angesprochen hatte. Er wollte aufstehen, denn die goldene Regel im Umgang mit seltsamen Vögeln lautete: Keine Antwort geben und sich nie – aber auch gar nie – auf eine Unterhaltung einlassen.

»Wie es scheint, sind wir alle Opfer von Nicholas Flamel.«

Erschrocken schaute Josh auf – und musste feststellen, dass er Dr. John Dee vor sich hatte, den Mann, dem er nie mehr in seinem Leben begegnen wollte. Das letzte Mal hatte er ihn im Schattenreich gesehen. Da hatte er das Schwert Excalibur in der Hand gehabt. Jetzt saß er ihm gegenüber und wirkte mit seinem maßgeschneiderten grauen Anzug seltsam fehl am Platz. Rasch schaute Josh sich um. Er erwartete, Golems zu sehen oder Ratten oder sogar die Morrigan, die irgendwo im Gebüsch lauerte.

»Ich bin allein gekommen«, sagte Dee mit einem höflichen Lächeln.

Joshs Gedanken überschlugen sich. Er musste zu Flamel, musste ihn warnen, dass Dee in Ojai war. Er überlegte, was wohl passieren würde, wenn er einfach aufstand und losrannte. Würde Dee versuchen, ihn mithilfe von Magie aufzuhalten – vor all den Leuten? Josh blickte hinüber zu den drei alten Männern, und ihm dämmerte, dass sie es wahrscheinlich noch nicht einmal merken würden, wenn Dee ihn hier mitten in Ojai in einen Elefanten verwandelte.

»Weißt du, wie lange ich schon hinter Nicholas Flamel oder Nick Fleming oder wie er sich sonst noch genannt hat, her bin?«, fuhr Dee fort, leise und im Plauderton. Er lehnte sich zurück und ließ die Finger durchs Wasser gleiten. »Mindestens fünfhundert Jahre. Und immer wieder hat er mich abgehängt. Er ist raffiniert und gefährlich. Als ich ihn 1666 in London in die Enge trieb, legte er ein Feuer, das fast die ganze Stadt in Schutt und Asche legte.«

»Uns hat er gesagt, dass Sie das Große Feuer gelegt hätten«, sprudelte es aus Josh heraus.

Trotz seiner Angst war er jetzt neugierig geworden. Und plötzlich fiel ihm einer der ersten Ratschläge ein, die Flamel ihnen gegeben hatte: »Nichts ist, wie es scheint. Stellt alles infrage.« Josh fragte sich nun, ob dieser Rat auch auf den Alchemysten selbst anzuwenden war. Die Sonne war untergegangen und es war kühl geworden. Ein Schauer überlief ihn. Die drei alten Männer schlurften davon, ohne dass auch nur einer von ihnen in seine Richtung geschaut hätte. Er war jetzt zwar allein mit dem Magier, doch seltsamerweise fühlte er sich nicht bedroht.

Dees schmale Lippen deuteten ein Lächeln an. »Flamel sagt niemals und niemandem alles«, meinte er. »Wie habe ich es immer ausgedrückt? Die Hälfte von dem, was er sagt, ist gelogen, und die andere Hälfte ist auch nicht die Wahrheit.«

»Nicholas behauptet, dass Sie mit den Dunklen Älteren zusammenarbeiten und sie wieder in die Welt zurückbringen wollen, sobald Sie den vollständigen Codex haben.«

»Korrekt in allen Einzelheiten«, erwiderte Dee und überraschte Josh mit dieser Antwort. »Obwohl Nicholas die Geschichte ganz ohne Zweifel etwas verdreht hat. Ich arbeite tatsächlich mit den Älteren zusammen, und ich suche auch nach
den letzten beiden Seiten von Abrahams Buch der Magie, das
gemeinhin der Codex genannt wird. Aber nur, weil Flamel und
seine Frau es aus der Königlichen Bibliothek im Louvre gestohlen haben.«

»Er hat es *gestohlen*?«

»Ich will dir mal ein bisschen was über Nicholas Flamel erzählen«, begann Dee geduldig. »Sicherlich hat er dir auch einiges über mich erzählt. Er war schon viel im Lauf seines
Lebens: Arzt und Koch, Buchhändler, Soldat, Lehrer, Rechtsge-
lehrter und Dieb – und natürlich: Alchemyst. Aber er ist heute,
was er immer war: ein Lügner, ein Scharlatan und ein Gauner.
Er stahl das Buch aus dem Louvre, als er entdeckte, dass es nicht
nur das Rezept für den Unsterblichkeitstrank enthält, sondern
auch das für den Stein der Weisen. Er braut den Unsterblichkeitstrank jeden Monat, damit Perenelle und er immer genauso
alt bleiben wie damals, als sie ihn zum ersten Mal getrunken
haben. Mit der Formel für den Stein der Weisen verwandelt er
billiges Kupfer und Blei in Gold und gewöhnliche Kohle in Diamanten. Er nutzt eine der außergewöhnlichsten Sammlungen
wissenschaftlicher Erkenntnisse, die es auf der Welt gibt, ausschließlich für sich, zu seinem persönlichen Vorteil. Und das ist
die Wahrheit.«

»Aber wie steht es mit Scatty und Hekate? Gehören sie zum
Älteren Geschlecht?«

»Oh, absolut. Hekate war eine Erstgewesene und Scathach

gehört der nächsten Generation an. Aber Hekate war eine bekannte Kriminelle. Sie war wegen ihrer Experimente mit Tieren aus Danu Talis verbannt worden. Heute würde man sie wohl eine Gentechnikerin nennen. Sie schuf zum Beispiel die Wer-Clans und brachte den Fluch der Werwölfe über die Menschheit. Ich nehme an, du hast einige ihrer Experimente gesehen – die Eber-Menschen. Scathach ist nichts weiter als ein angeheuerter Schläger, dazu verdammt, als Strafe für ihre Verbrechen für den Rest ihrer Tage im Körper eines jungen Mädchens ausharren zu müssen. Als Flamel merkte, dass ich ihm auf den Fersen war, hatte er nur die beiden, an die er sich wenden konnte.«

Josh war hoffnungslos verwirrt. Wer sagte die Wahrheit? Flamel oder Dee?

Außerdem fror er. Es war zwar noch nicht ganz dunkel, doch ein feiner Nebel hatte sich über die Stadt gelegt. Es roch nach feuchter Erde und ganz entfernt nach faulen Eiern. »Und was ist mit Ihnen? Versuchen Sie wirklich, die Älteren zurückzubringen?«

»Aber natürlich!« Dee klang überrascht. »Es ist wahrscheinlich das Einzige und Wichtigste, was ich für diese Welt tun kann.«

»Flamel sagt, dass die Älteren – die *Dunklen* Älteren, wie er sie nennt – die Welt vernichten würden.«

Dee zuckte mit den Schultern. »Glaub mir, er lügt. Das Ältere Geschlecht wäre in der Lage, die Welt zum Besseren zu verändern …« Dee bewegte die Finger im Wasser und die Wellen breiteten sich träge aus. Plötzlich sah Josh Bilder im Brunnen, Szenen, die Dees beruhigende Worte unterstrichen. »Vor langer, langer Zeit war die Erde ein Paradies. Es gab eine unglaublich hoch entwickelte Technologie, und dennoch war die Luft rein, das Wasser klar und die Meere waren nicht verschmutzt.«

Im Wasser erschien das sich kräuselnde Bild einer Insel unter wolkenlos blauem Himmel. Riesige Felder mit goldenem Weizen erstreckten sich von Ufer zu Ufer. Die Bäume hingen voller exotischer Früchte.

»Das Ältere Geschlecht hat die Erde nicht nur geformt, es hat sogar einen primitiven Hominiden auf den Weg in die Evolution gebracht. Doch die Erstgewesenen wurden durch den dummen Aberglauben des verrückten Abraham und die Zauberformeln aus dem Codex aus ihrem Paradies vertrieben. Aber sie starben nicht – es gehört viel dazu, einen Erstgewesenen umzubringen –, sie warteten einfach ab. Sie wussten, dass die Menschheit irgendwann wieder zu Verstand kommen und sie zurückrufen würde.«

Josh schaute wie gebannt auf das glitzernde Wasser. Vieles von dem, was Dee sagte, klang glaubhaft.

»Wenn wir sie zurückbringen können, haben die Älteren die Macht und die Fähigkeiten, die Welt zu erneuern. Sie können die Wüsten erblühen lassen ...«

Im Wasser erschienen gewaltige Sanddünen, auf denen saftiges, frisches Gras wuchs.

Ein anderes Bild entstand. Josh sah die Erde aus der Luft wie bei Google Earth. Ein riesiger dunkler Wolkentrichter hatte sich über dem Golf von Mexiko gebildet und trieb Richtung Texas. »Sie können das Wetter beeinflussen«, sagte Dee, und der Tornado löste sich auf.

Dee bewegte die Finger, und das unverwechselbare Bild eines Krankenhausflurs tauchte auf, mit einer langen Reihe von Zimmern, in denen alle Betten leer waren.

»Und sie können Krankheiten heilen. Vergiss nicht, diese Geschöpfe wurden wegen ihres Wissens und ihrer Macht als Götter verehrt. Und nun versucht Flamel, uns daran zu hindern, sie auf die Erde zurückzubringen.«

Es dauerte eine halbe Ewigkeit, bis Josh die Ein-Wort-Frage herausbrachte: »Warum?«

»Weil er Älteren wie Hekate und der Hexe von Endor dient, die wollen, dass die Welt in Chaos und Anarchie versinkt. Wenn es so weit ist, können sie aus ihren Schattenreichen hervorkommen und sich zu Herrscherinnen über die Erde erklären.« Dee schüttelte traurig den Kopf. »Es schmerzt mich, dies zu sagen, aber du bist Flamel völlig gleichgültig, genauso wie deine Schwester. Er hat sie heute in schreckliche Gefahr gebracht, nur um auf die Schnelle ihre Kräfte zu wecken. Die Älteren, mit denen ich zusammenarbeite, nehmen sich drei Tage Zeit für die Erweckungszeremonie.«

»Drei Tage«, murmelte Josh. »Flamel hat gemeint, es gäbe niemanden mehr in Nordamerika, der mich erwecken könnte.« Er wollte Dee nicht glauben … und doch erschien alles, was der Mann sagte, *vernünftig*.

»Wieder gelogen. Meine Älteren könnten dich sehr wohl erwecken. Und sie würden es gründlich und gefahrlos tun. Schließlich ist die Sache nicht ohne.«

Dee erhob sich langsam, kam um das Becken herum und kauerte sich neben Josh, sodass er auf gleicher Augenhöhe mit ihm war. Der Nebel verdichtete sich und wälzte sich in Wirbeln und Strudeln um den Brunnen. Dees Stimme war seidenweich, ein gleichbleibend sanfter Ton, harmonisch verbunden mit dem Kräuseln des Wassers. »Wie heißt du?«

»Josh.«

»Josh, wo ist Nicholas Flamel jetzt?«

Selbst in seinem halbwachen Zustand hörte Josh in seinem Kopf eine Alarmglocke schrillen – sehr leise und sehr, sehr weit entfernt. Er konnte Dee nicht trauen. Er *sollte* Dee nicht trauen... Und doch klang so vieles von dem, was er sagte, *glaubwürdig*.

Dee ließ nicht locker. »Wo ist er, Josh?«

Josh wollte den Kopf schütteln. Auch wenn er Dee glaubte – es klang alles so logisch –, wollte er zuerst mit Sophie reden, er wollte ihre Meinung und ihren Rat einholen.

»Sag es mir.« Dee hob Joshs schlaffe Hand und hängte sie ins Wasser. Wellen breiteten sich aus und formten schließlich das Bild eines kleinen Antiquitätenladens mit Glaswaren direkt gegenüber des Libbey-Parks. Mit einem triumphierenden Lächeln sprang Dee auf und wirbelte herum. Konzentriert schaute er über die Straße, aktivierte seine Sinne.

Er hatte ihre Auren sofort gefunden.

Das Grün von Flamel, das Grau von Scathach, Endors Braun und das reine Silber des Mädchens. Er hatte sie und dieses Mal gab es keine Fehler, kein Entkommen.

»Du bleibst hier sitzen und siehst dir die hübschen Bilder an«, murmelte Dee und klopfte Josh auf die Schulter. Auf dem Wasser erschienen exotisch verschlungene Muster. Faszinierend. Hypnotisierend.

»Ich bin bald wieder da.« Dann rief er, ohne auch nur einen Muskel zu rühren, seine bereitstehende Armee herbei.

Mit einem Schlag wurde der Nebel dunkel und undurchdringlich. Es stank nach faulen Eiern und noch etwas anderem:

nach Staub und trockener Erde, nach Feuchtigkeit und Schimmel.

Über Ojai brach das Grauen herein.

KAPITEL ACHTUNDDREISSIG

*N*icholas Flamels Hände begannen schon grün zu leuchten, als er die Ladentür öffnete und ärgerlich das Gesicht verzog, weil die Glocke fröhlich bimmelte.

Die Sonne war untergegangen, während die Hexe mit Sophie gearbeitet hatte, und ein kalter Nebel war von den umliegenden Bergen herunter ins Tal gezogen. Er wirbelte durch die Hauptstraße von Ojai, schlängelte sich durch die Bäume und überzog alles, was er berührte, mit winzigen Wassertröpfchen. Autos schlichen die Straße entlang, doch ihre Scheinwerfer schafften es kaum, die Nebelschwaden zu durchdringen. Menschen waren keine mehr unterwegs. Sie waren alle vor der Feuchtigkeit in die Häuser geflüchtet.

Scatty trat neben Flamel. Sie hatte ein kurzes Schwert in der einen Hand und ein an der Kette baumelndes Nunchaku in der anderen. »Das gefällt mir nicht. Ganz und gar nicht.« Sie atmete tief ein. »Riechst du das?«

Flamel nickte. »Schwefel. Der Geruch von Dee.«

Scatty rasselte mit dem Nunchaku. »Langsam geht er mir wirklich auf die Nerven.«

Irgendwo in der Ferne schepperte es metallisch, als zwei Autos zusammenstießen. Die Alarmanlage eines Wagens begann zu tuten und dann hörte man einen Schrei, hoch und voller Panik, und dann noch einen und noch einen.

»Es kommt. Was immer es ist«, bemerkte Flamel grimmig.

»Ich habe keine Lust, hier hängen zu bleiben«, sagte Scatty. »Lass uns Josh finden und zum Wagen gehen.«

»Abgemacht. Wer den Rückzug antrat, lebt länger.« Flamel schaute noch einmal in den Laden. Die Hexe von Endor hielt Sophie am Arm fest und flüsterte ihr eindringlich etwas zu. Immer noch kräuselte weißer Rauch um das Mädchen herum und Fetzen von weißer Luft fielen wie Verbandsreste von ihren Fingern.

Sophie beugte sich vor und küsste die alte Frau auf die Wange, dann drehte sie sich um und lief zu Flamel und Scatty.

»Wir müssen los«, sagte sie atemlos, »wir müssen hier weg.« Sie hatte keine Ahnung, was sie auf der Straße erwartete, aber mit ihrem neuen Wissen hatte sie keine Probleme, im Nebel alle möglichen Monster zu vermuten.

»Und macht die Tür hinter euch zu!«, rief die Hexe.

Im selben Moment flackerten sämtliche Lichter auf und erloschen dann. Ojai lag im Dunkeln.

Die Glocke bimmelte noch einmal, als das Trio die Tür hinter sich zuzog und auf die menschenleere Straße trat. Der Nebel war so dicht geworden, dass die Autofahrer gezwungen waren, am Straßenrand anzuhalten. Es floss kein Verkehr mehr auf der

Hauptstraße. Alles war unnatürlich still. Flamel wandte sich an Sophie. »Kannst du sagen, wo Josh ist?«

»Er wollte im Park auf uns warten.« Sie kniff die Augen zusammen, um besser zu sehen, doch der Nebel war so dicht, dass selbst sie kaum die Hand vor Augen erkennen konnte. Flankiert von Flamel und Scatty trat sie vom Bürgersteig auf die Straße. »Josh? Wo bist du?« Der Nebel schluckte ihre Worte und dämpfte sie zu einem Flüstern. Sie versuchte es noch einmal: »Josh?«

Keine Antwort.

Plötzlich kam ihr ein Gedanke und sie streckte die rechte Hand mit gespreizten Fingern aus. Ein Luftstoß ging von ihrer Hand aus, doch er hatte keinerlei Auswirkung auf den Nebel, außer dass sich Strudel bildeten und um sie her tanzten. Bei Sophies zweitem Versuch fegte ein eisiger Wind über die Straße und schnitt einen sauberen Korridor in den Nebel. Er streifte auch die hintere Stoßstange eines mitten auf der Straße abgestellten Wagens und hinterließ eine Beule. »Huch«, murmelte Sophie, »ich glaube, ich muss noch ein bisschen üben.«

Eine Gestalt trat in die Lücke im Nebel, danach eine zweite und eine dritte. Und keine war lebendig.

Am nächsten bei Sophie, Flamel und Scatty stand ein vollständiges Skelett, groß und aufrecht. Die Reste eines blauen Uniformmantels der US-Kavallerieoffiziere hingen in Fetzen an ihm und in den Knochenfingern hielt es den rostigen Stumpf eines Schwerts. Als es ihnen den Kopf zuwandte, knirschten die Halswirbel.

»Totenbeschwörung«, keuchte Flamel. »Dee hat die Toten aufgeweckt.«

Eine weitere Gestalt tauchte aus dem Nebel auf: Es war die Leiche eines Mannes mit einem riesigen Hammer, wie ihn die Streckenarbeiter der Eisenbahn bei sich trugen. Dahinter kam ein weiterer Toter; das Fleisch, das noch an ihm war, glich gegerbtem Leder. Zwei lederne Pistolengürtel schlackerten um seine Hüften, und als er die Gruppe sah, griffen seine Skelettfinger automatisch nach den nicht vorhandenen Waffen.

Sophie war starr vor Schreck. Der Wind aus ihren Fingern legte sich. »Sie sind tot«, flüsterte sie. »Skelette. Mumien. Alle tot.«

»Du sagst es«, bestätigte Scatty sachlich. »Skelette und Mumien. Es hängt davon ab, in welcher Art von Boden sie beerdigt wurden. In feuchter Erde gibt's Skelette.« Sie machte einen Schritt nach vorn, ließ das Nunchaku wirbeln und schlug einem weiteren Haudegen, der versucht hatte, ein verrostetes Gewehr an die Schulter zu heben, glatt den Kopf ab. »Trockene Erde ergibt Mumien. Aber egal ob Skelett oder Mumie, wehtun können sie dir immer noch.« Der skelettierte Kavallerieoffizier mit dem abgebrochenen Schwert holte aus und sie wehrte den Hieb mit ihrem eigenen Schwert ab. Seine rostige Klinge zerbröselte. Scatty holte ein zweites Mal aus und trennte den Kopf vom Körper, der augenblicklich in sich zusammenfiel.

Obwohl sich die schlurfenden Gesellen vollkommen lautlos bewegten, hörte man jetzt von allen Seiten Schreie. Und obwohl der Nebel sie dämpfte, waren Angst und schieres Entsetzen deutlich herauszuhören. Die Bewohner von Ojai hatten mitbekommen, dass die Toten durch ihre Straßen marschierten.

Der Nebel wimmelte nur so von den Gestalten. Sie näherten sich dem Trio von allen Seiten und kesselten sie mitten auf der Straße ein. Im Wirbel der Nebelschwaden wurden für kurze Zeit immer mehr Skelette und Mumien sichtbar: Soldaten in den zerfetzten blauen und grauen Uniformen des Bürgerkriegs; Farmer in altmodischen Arbeitshosen; Cowboys mit abgewetzten Lederstulpen über zerrissenen Jeans; Frauen in langen, weiten Röcken, die in Fetzen an ihnen hingen; Minenarbeiter in speckigem Wildleder.

»Er hat den Friedhof einer dieser alten, verlassenen Städte um Ojai geöffnet!«, rief Scatty. Sie stand mit dem Rücken zu Sophie und verteilte Hiebe in alle Richtungen. »Die Kleider hier stammen alle aus der Zeit vor 1880.« Zwei Skelett-Frauen in den Resten ihres Sonntagsstaats mit passenden Hauben kamen mit ausgestreckten Armen auf ihren Knochenfüßen über die Hauptstraße geklappert. Scattys Schwert schnitt ihnen den Weg ab, doch langsamer wurden sie deshalb nicht. Scatty steckte das Nunchaku in den Gürtel, zog das zweite Schwert, kreuzte die Waffen vor sich und schlug dann beide Köpfe gleichzeitig ab. Sie kullerten in den Nebel, während die Skelette zu Knochenhaufen zerfielen.

»Josh!«, rief Sophie noch einmal mit vor Verzweiflung ganz hoher Stimme. »Josh! Wo bist du?« Vielleicht waren die Mumien und Skelette zuerst bei ihm gewesen. Vielleicht tauchte er im nächsten Augenblick aus dem Nebel auf – mit leerem Blick und verdrehtem Kopf. Sie schüttelte sich, um die schaurigen Gedanken loszuwerden.

Flamels Hände leuchteten kalt und grün und in der feuchten Luft lag der Geruch nach Minze. Er schnippte mit den Fingern und schickte eine grünlich lodernde Flamme in die Nebelbänke. Sie glühte smaragdgrün und aquamarinblau, doch ansonsten zeigte der Zauber keinerlei Wirkung. Als Nächstes warf Flamel eine kleine grüne Lichtkugel zwei schwankenden Skeletten direkt vor die Füße. Feuer züngelte über sie weg und verbrannte die Reste ihrer Südstaaten-Uniformen. Sie kamen dennoch mit klappernden Knochen näher und hinter ihnen waren hundert weitere.

»Sophie, hol die Hexe! Wir brauchen ihre Hilfe!«

»Aber sie kann uns nicht helfen«, rief Sophie verzweifelt. »Sie hat keine Kraft mehr. Alle Kraft, die sie hatte, hat sie mir gegeben.«

»Alle?«, keuchte Flamel und duckte sich unter einer Faust weg. Er legte die Hand mitten auf den Brustkorb des toten Schlägers und gab ihm einen Schubs. Das Skelett taumelte in die Menge und zerfiel. »Okay, Sophie, dann musst *du* etwas tun!«

»Was denn?« Was konnte sie gegen eine Armee von Untoten ausrichten? Sie war fünfzehn Jahre alt!

»Egal! Irgendetwas!«

Ein mumifizierter Arm schoss aus dem Nebel und eine Faust traf sie an der Schulter. Es fühlte sich an wie ein Schlag mit einem nassen Handtuch.

Angst, Ekel und Wut verliehen ihr Kräfte. Sie konnte sich zwar an nichts mehr erinnern, was die Hexe ihr beigebracht hatte, doch dafür übernahm jetzt ihre Intuition – oder vielleicht instinktiv auch das von der Hexe vermittelte Wissen. Sophie ließ ihre Wut und Verzweiflung in ihre Aura einfließen. Die leuchtete in reinem Silber auf und plötzlich war die Luft erfüllt von intensivem Vanilleduft. Sophie hielt sich die zur Schale geformte rechte Hand vors Gesicht, blies hinein und schleuderte ihren Atem unter die Toten. Eine zwei Meter hohe Windhose, ein Minitornado sozusagen, wuchs aus dem Boden, saugte die am nächsten stehenden Toten ein und zerrieb ihre Knochen. Die Splitter spuckte er wieder aus. Sophie warf einen zweiten und einen dritten Luftball. Die drei Tornados wirbelten zwischen den Skeletten und Mumien umher und schlugen Schneisen der Verwüstung. Sophie fand heraus, dass sie die Tornados in eine bestimmte Richtung lenken konnte, indem sie einfach nur dorthin schaute. Schon wirbelten sie zu der angepeilten Stelle.

Plötzlich dröhnte Dees Stimme aus dem Nebel. »Gefällt dir meine Armee, Nicholas?« Der Nebel dämpfte den Klang und machte es unmöglich zu sagen, woher die Stimme kam. »Als ich das letzte Mal in Ojai war – es ist schon über hundert Jahre her –, entdeckte ich einen wunderbaren kleinen Friedhof direkt unterhalb der Three Sisters Peaks. Die Stadt, zu der er gehörte, gibt es längst nicht mehr, aber die Gräber samt Inhalt sind geblieben.«

Flamel wehrte sich verbissen gegen schlagende Fäuste, kratzende Fingernägel und tretende Füße. Es war keine echte Kraft hinter den Hieben der Skelette und den Schlägen der Mumien, aber was ihnen an Kraft fehlte, machten sie durch Masse wett. Sie waren einfach zu viele. Unter Flamels rechtem Auge bildete sich ein blauer Fleck und auf seinem Handrücken prangte ein langer Kratzer. Scatty tänzelte um Sophie herum und verteidigte sie, während sie die Tornados dirigierte.

»Ich weiß nicht, wie lange der Friedhof in Betrieb war. Ein paar hundert Jahre bestimmt. Ich habe auch keine Ahnung, wie viele Leichen dort begraben wurden. Ein paar Hundert, vielleicht auch ein paar Tausend. Und ich habe sie alle gerufen, Nicholas!«

»Wo ist er?«, fragte Flamel mit zusammengebissenen Zähnen. »Er muss in der Nähe sein – er muss sogar sehr nah sein, um diese vielen Leichen dirigieren zu können. Ich muss wissen, wo er ist, damit ich etwas gegen ihn unternehmen kann.«

Sophie spürte, wie eine Welle der Erschöpfung sie überkam, und plötzlich knickte einer ihrer Tornados ein und verschwand. Die beiden verbleibenden wankten hin und her – umso stärker, je mehr Sophies Kräfte nachließen. Die Erschöpfung war der Preis dafür, dass sie zaubern konnte, das wurde ihr jetzt klar. Aber sie musste noch eine Weile durchhalten. Sie *musste* ihren Bruder finden.

»Wir müssen hier weg.« Scathach fing Sophie auf und hielt sie aufrecht. Die Skelette unternahmen einen erneuten Vorstoß und Scatty schlug sie mit präzisen Schwerthieben zurück.

»Josh«, murmelte Sophie müde. »Wo ist Josh? Wir müssen ihn finden.«

Auch wenn der Nebel Dees Stimme verzerrte – die Schadenfreude darin war unüberhörbar, als er sagte: »Und soll ich dir verraten, was ich noch entdeckt habe? Die Berge hier haben im Lauf der Jahrtausende außer den Menschen auch noch andere Kreaturen angelockt. Das Land hier ist mit Knochen übersät. Hunderte von Knochen. Und denk dran, Nicholas, ich bin zuallererst und vor allem anderen ein Totenbeschwörer.«

Der Bär, der aus der grauen Nebelbank auftauchte, war mindestens zweieinhalb Meter groß. Die schneeweißen Knochen ließen die gewaltigen, degenähnlichen Krallen noch gefährlicher erscheinen.

Hinter dem Bären tauchte das Skelett eines Säbelzahntigers auf. Dann ein Puma und noch ein Bär – etwas kleiner als der erste und noch nicht ganz so lange tot.

»Ein Wort von mir hält sie auf«, rief Dee. »Ich will nur die Seiten des Codex.«

»Nein«, murmelte Flamel grimmig. »Wo ist er? Wo versteckt er sich?«

»Wo ist mein Bruder?«, fragte Sophie verzweifelt und schrie auf, als eine Knochenhand in ihr Haar fuhr. Scatty hackte sie am Gelenk ab, aber die Hand blieb im Haar hängen wie eine bizarre Spange. »Was haben Sie mit meinem Bruder gemacht?«

»Dein Bruder überdenkt gerade seine Möglichkeiten. Es gibt in diesem Kampf noch andere Parteien als die eure. Und jetzt, wo ich den Jungen habe, brauche ich nur noch die Seiten.«

»Niemals.«

Der Bär und der Tiger stürmten durch die Menge der Leichen, stießen sie beiseite und trampelten über sie hinweg, so eilig hatten sie es, zu dem Trio zu gelangen. Der Säbelzahntiger erreichte sie als Erster. Der glatte, glänzende Schädel war riesig und die beiden nach unten zeigenden Reißzähne mindestens 20 cm lang. Flamel stellte sich zwischen Sophie und das Katzenskelett.

»Gib die Seiten heraus, Nicholas, oder ich lasse die untoten Bestien auf die Stadt los.«

Nicholas durchforstete verzweifelt sein Gehirn nach einer Zauberformel, die das Tier aufhalten würde. Er bereute es jetzt bitter, dass er sich nicht eingehender mit Magie beschäftigt hatte. Er schnippte mit den Fingern und eine winzige Lichtkugel rollte dem Tiger vor die Füße.

»Ist das alles, was du zustande bringst, Nicholas? Meine Güte, du zeigst Schwächen.«

Die Kugel platzte und es gab einen grünen Fleck auf dem Boden.

»Er ist nah genug, dass er uns sehen kann«, sagte Nicholas. »Ich muss nur einen einzigen kurzen Blick auf ihn werfen können.«

Der Tiger trat mit seiner rechten Vorderpranke in den grünen Lichtfleck. Und blieb kleben. Er versuchte, den Fuß zu heben, doch zähe grüne Schleimfäden hielten ihn am Boden fest. Dann trat er mit der linken Pfote in den Lichtfleck und auch die blieb kleben.

»Doch nicht ganz so schwach, was?«, rief Flamel.

Doch der Druck der anderen Tiere auf den Tiger hielt an und schob ihn vorwärts. Plötzlich lösten sich die knochigen Pranken und die riesige Bestie flog nach vorn. Flamel konnte gerade noch die Arme hochreißen, bevor sie mit aufgerissenem Kiefer auf ihm landete.

»Mach's gut, Nicholas Flamel«, rief Dee. »Jetzt brauche ich mir die Seiten nur noch zu greifen. Als Leiche wehrst du dich nicht mehr dagegen.«

»Nein«, flüsterte Sophie. Nein, so durfte es nicht enden. Sie war erweckt worden und die Hexe von Endor hatte all ihr Wissen auf sie übertragen. Sie musste etwas tun können. Sophie öffnete den Mund und schrie. Ihre Aura flammte silberweiß auf.

KAPITEL NEUNUNDDREISSIG

Josh erwachte mit dem Schrei seiner Schwester im Ohr. Es dauerte ein paar Sekunden, bevor er wusste, wo er war: Er saß auf dem Rand des Brunnenbeckens im Libbey-Park, und um ihn herum waberte dichter, stinkender Nebel, in dem er verschwommen irgendwelche Schattengestalten wahrnahm.

Sophie!

Er musste zu seiner Schwester. Rechts von ihm, mitten in dem grauschwarzen Nebel, flackerte grünes Licht. Silber blitzte auf, ließ den Nebel von innen aufleuchten und warf monsterhafte Schatten. Sophie war da, auch Flamel und Scathach, und sie kämpften gegen diese Monster. Er musste zu ihnen.

Mit zitternden Knien stand er auf und sah direkt vor sich Dr. John Dee.

Dee war von einer blassgelben Aura umgeben. Der Mann hatte ihm den Rücken zugekehrt und stützte sich mit beiden Armen auf der niedrigen Mauer neben dem Trinkwasserspender ab, aus dem Josh zuvor getrunken hatte. Dee konzentrierte sich ganz auf das Geschehen auf der Straße, das er ganz offensichtlich befehligte. Er zitterte vor Anstrengung, die scheinbar endlose Schlange der Gestalten unter Kontrolle zu halten. Skelette – es waren alles Skelette! Erst jetzt bemerkte Josh, dass sich noch andere Wesen im Nebel verbargen. Er erkannte die sterblichen Reste von Bären und Tigern, Berglöwen und Wölfen.

Josh hörte Flamel rufen und Sophie schreien, und sein erster Gedanke war, sich auf Dee zu stürzen. Aber wahrscheinlich wäre er gar nicht erst an ihn herangekommen. Was konnte er gegen diesen mächtigen Magier ausrichten? Er war nicht wie seine Zwillingsschwester. Er besaß keinerlei magische Kräfte.

Aber das hieß noch lange nicht, dass er zu nichts zu gebrauchen war.

Von Sophies Schrei ging eine Schockwelle eisiger Luft aus, die den Säbelzahntiger pulverisierte und die am nächsten stehenden Skelette zurücktrieb. Der riesige Bär sackte zu Boden und begrub ein Dutzend Skelette unter sich. Die Druckwelle hatte auch ein paar Nebelfetzen weggerissen, und erst jetzt erkannte Sophie, mit welcher enormen Macht sie es zu tun hatten. Das waren nicht Dutzende oder Hunderte, das waren Tausende Toter aus dem Westen der USA, die da die Straße heruntermarschierten. Dazwischen liefen die knöchernen Reste der Tiere, die jahrhundertelang in den umliegenden Bergen gejagt hatten. Sie wusste nicht, was sie noch tun konnte. Der Einsatz ihrer magischen Kräfte laugte sie völlig aus. Erschöpft sank sie gegen Scathach, die sie mit dem linken Arm auffing, während sie mit dem rechten das Schwert schwang.

Flamel versuchte, sich verbissen zusammenzureißen, aber auch seine Energiereserven waren erschöpft, und er war in den letzten Minuten merklich gealtert. Die Falten um seine Augen herum waren tiefer, seine Haare weniger geworden. Scathach wusste, dass er es nicht mehr lang aushalten würde.

»Gib ihm die Seiten, Nicholas«, drängte sie.

Er schüttelte störrisch den Kopf. »Nein. Das kann ich nicht. Ich habe mein ganzes Leben dem Schutz des Buches gewidmet.«

»Wer den Rückzug antritt, lebt länger«, erinnerte sie ihn.

Wieder schüttelte er den Kopf. Er stand vornübergebeugt da und atmete keuchend. Seine Haut war totenbleich, nur auf den Wangen leuchteten zwei unnatürlich rote Flecken. »Das ist die Ausnahme von der Regel, Scathach. Wenn ich ihm die Seiten gebe, ist das unser aller Untergang – Perenelle und die ganze Welt mit eingeschlossen.« Er richtete sich auf und wandte sich den Gestalten zu. »Könntest du bitte Sophie wegbringen?«

Scathach schüttelte den Kopf. »Ich kann die Bestien nicht abwehren und gleichzeitig Sophie tragen.«

»Könntest du allein entkommen?«

»Ich könnte mir den Weg freikämpfen«, erwiderte sie vorsichtig.

»Dann geh, Scatty. Flieh. Geh zu den anderen Älteren. Nimm Kontakt zu den unsterblichen Menschen auf, erzähle ihnen, was hier passiert ist, bekämpfe die Dunklen, bevor es zu spät ist.«

»Ich lasse dich und Sophie hier nicht im Stich«, sagte Scathach bestimmt. »Wir stehen das zusammen durch – bis zum Ende. Wie immer das aussehen mag.«

»Zeit zu sterben, Nicholas Flamel«, rief Dee aus dem Nebel.

»Ich werde dafür sorgen, dass Perenelle in allen Einzelheiten von diesem Augenblick erfährt.«

Ein Zittern ging durch die Menge der Menschen- und Tier-Skelette, dann preschten alle auf einmal vorwärts.

Ein Ungeheuer tauchte aus dem Nebel auf.

Riesig und schwarz, mit zwei großen weißgelben und Dutzenden von kleineren Augen, die alle funkelten und glühten, stob es mit wildem Gebrüll mitten durch den Libbey-Park-Brunnen, zermalmte ihn zu Staub, zerschmetterte die Wasserschalen und stürzte sich auf Dr. John Dee.

Der Totenbeschwörer konnte sich gerade noch zur Seite werfen, bevor der schwarze Geländewagen in die Wand donnerte und mit der Schnauze nach unten darin stecken blieb. Die Hinterräder hingen in der Luft, der Motor heulte. Die Fahrertür ging auf, Josh stieg aus und ließ sich vorsichtig auf den Boden gleiten. Er presste die Hand auf die Brust, wo der Sicherheitsgurt ihn gehalten hatte.

Die Hauptstraße von Ojai war mit den Überresten der längst Toten übersät. Ohne Dee, der sie konzentriert befehligte, waren sie zusammengefallen zu nichts weiter als einem Haufen Knochen.

Josh stolperte auf die Straße und suchte sich einen Weg zwischen Knochen und Kleiderfetzen hindurch. Unter seinen Füßen knirschte es, aber er schaute gar nicht hin.

Und plötzlich waren die Skelette verschwunden.

Sophie hatte keine Ahnung, was geschehen war. Sie hatte ein donnerndes Röhren gehört, das Kreischen und Knirschen von

Metall und Stein. Und dann Stille. Und in der Stille waren die Toten umgefallen wie gemähtes Gras. Was hatte Dee noch auf Lager?

Eine Gestalt kam im wirbelnden Nebel auf sie zu.

Flamel sammelte den letzten Rest seiner Energie in einer massiven Kugel aus grünem Glas. Sophie straffte die Schultern und versuchte ebenfalls, noch etwas Energie zu aktivieren. Scathach ließ die Fingerknöchel knacken. Man hatte ihr einmal vorhergesagt, dass sie an einem exotischen Ort sterben würde. Konnte man Ojai als exotisch bezeichnen?

Die Gestalt kam näher.

Flamel hob die Hand – und Josh trat aus dem Nebel.

»Ich habe den Wagen geschrottet«, sagte er.

Sophie stieß einen Freudenschrei aus. Sie rannte auf ihren Bruder zu – und aus dem Freudenschrei wurde ein Schrei des Entsetzens. Das Bären-Skelett hatte sich wieder aufgerichtet und stand nun mit erhobenen Pranken hinter Josh.

Scathach setzte sich in Bewegung. Sie stieß Josh unsanft zur Seite, sodass er in einem Knochenberg landete, und parierte mit ihrem Schwert den Hieb der Bärentatze. Funken sprühten. Eines nach dem anderen rappelten sich die Skelette wieder auf. Zwei riesige Wölfe erhoben sich, tauchten bleich aus dem Nebel auf ...

»Hierher! Los, kommt! Hierher!« Die Stimme der Hexe drang von der anderen Straßenseite zu ihnen herüber und das helle Rechteck einer offenen Tür leuchtete einladend.

Scatty stützte Flamel, und Josh musste seine Schwester halb tragen, als sie über die Straße zum Laden rannten. Die Hexe von Endor stand in der Tür, schaute mit blinden Augen in die

Nacht und hielt eine altmodische Öllaterne hoch. »Ihr müsst hier weg.« Sie zog die Tür zu und legte die Riegel vor. »Das wird sie nicht lange aufhalten«, brummte sie.

»Ich dachte … ich dachte, du hättest keine Kraft mehr«, flüsterte Sophie.

»Ich habe auch keine mehr.« Ein Lächeln huschte über Doras Gesicht. »Aber der Ort hier hat noch welche.« Sie führte sie durch den Laden in ein winziges Hinterzimmer. »Wisst ihr, was Ojai zu etwas so Besonderem macht?«

Etwas krachte gegen die Tür und sämtliche Glaswaren klirrten und klimperten.

»Unter der Stadt kreuzen sich Kraftlinien.«

Josh öffnete den Mund und hatte schon das Wort »Kraftlinien« auf der Zunge, als Sophie ihm ins Ohr flüsterte: »Energielinien, die sich über den ganzen Globus ziehen.«

»Woher weißt du das?«

»Keine Ahnung. Wahrscheinlich von der Hexe. Viele der berühmtesten Gebäude und archäologischen Fundstätten der Welt befinden sich am Schnittpunkt von Kraftlinien.«

»Genau.« Dora klang hochzufrieden. »Ich hätte es nicht besser erklären können.«

Das kleine Hinterzimmer war leer bis auf ein langes, schmales rechteckiges Etwas, das an der Wand lehnte und in vergilbte Ausgaben der *Ojai Valley Times* eingeschlagen war.

Draußen wurde weiter gegen das Schaufenster gehämmert und das Kratzen von Knochen auf Glas machte sie alle nervös.

Dora riss die Zeitungen ab und enthüllte einen Spiegel. Er war über zwei Meter hoch, gut einen Meter breit, staubig und fleckig, und das, was sich darin spiegelte, war leicht verzerrt und verschwommen. »Und wisst ihr, was mich überhaupt nach Ojai geführt hat?«, fragte die Hexe weiter. »Hier kreuzen sich sieben bedeutende Kraftlinien. Sie bilden ein Tor.«

»Hier?«, wisperte Flamel. Er wusste um die Kraftlinien und hatte von den Toren gehört, die die Erstgewesenen benutzten, um die Welt innerhalb von Augenblicken zu durchqueren. Dass immer noch welche existierten, hatte er nicht gedacht.

Dora tippte mit dem Fuß auf den Boden. »Genau hier. Und weißt du, wie man ein von Kraftlinien gebildetes Tor öffnet?«

Flamel schüttelte den Kopf.

Dora streckte die Hand nach Sophie aus. »Gib mir die Hand, Kind.« Sie nahm sie und legte sie auf das Glas. »Man nimmt einen Spiegel.«

Augenblicklich begann der Spiegel zu leuchten, das Glas glühte silbern und wurde dann klar. Als sie hineinschauten, sahen sie nicht mehr sich selbst, sondern einen kahlen, kellerähnlichen Raum.

»Wo?«, fragte Flamel.

»Paris.«

»Frankreich.« Er lächelte. »Daheim.«

Und ohne zu zögern trat Flamel in das Spiegelglas. Es nahm ihn auf, als wäre es aus Luft, und jetzt sahen ihn die anderen in dem Raum im Spiegel. Flamel drehte sich um und winkte sie zu sich herüber.

»Ich hasse diese Tore«, murmelte Scatty. »Mir wird immer ganz schlecht davon.«

Auch Scatty sprang durch das Glas und kam neben Flamel wieder auf die Füße. Als sie sich zu den Zwillingen umdrehte, sah sie aus, als müsse sie sich gleich übergeben.

Das Bären-Skelett trottete einfach durch die Ladentür und riss sie dabei aus den Angeln. Die Wölfe und Pumas folgten. Vasen fielen um, Spiegel gingen zu Bruch, und Glasfigürchen zersprangen, als die Bestien durch den Laden trampelten.

Ein mit Schrammen und blauen Flecken übersäter Dee kam hereingerannt und stieß die Tiere beiseite. Ein Puma schnappte nach ihm und er gab ihm eins auf die Schnauze.

»Jetzt hab ich euch!«, rief Dee triumphierend. »Ihr sitzt in der Falle und kommt nicht mehr raus!«

Doch als er ins Hinterzimmer trat, traf ihn wie ein Schlag die Gewissheit, dass seine Feinde ihm wieder einmal entwischt waren. Es dauerte nur einen Herzschlag lang, bis Dee die Lage erfasst hatte: den hohen Spiegel, die beiden Gestalten darin, die herausschauten, die alte Frau, die neben dem Mädchen stand, deren Hand wiederum aufs Glas drückte... Der Junge stand auf der anderen Seite und hielt sich am Spiegelrahmen fest. Dee wusste sofort, worum es sich handelte. »Ein Krafttor«, flüsterte er ehrfürchtig. Immer waren es Spiegel, die als Tore fungierten. Irgendwo am anderen Ende der Kraftlinie musste wieder ein Spiegel stehen.

Die alte Frau nahm das Mädchen und schob sie durchs Glas. Sophie purzelte Flamel vor die Füße und drehte sich sofort wieder um. Ihre Lippen bewegten sich, doch es war nichts zu hören. *Josh.*

Dee fixierte den Jungen und befahl: »Bleib, wo du bist, Josh.«

Josh wandte sich dem Spiegel zu. Das Bild darin verblasste schnell und war nur noch verschwommen zu erkennen.

»Was ich dir über Flamel gesagt habe, war die Wahrheit«,

sagte Dee eindringlich. Er brauchte den Jungen nur noch eine oder zwei Minuten lang abzulenken, dann würde der Spiegel seine Kraft verlieren. »Bleib hier bei mir. Ich kann dich erwecken. Dir Macht verleihen. Du kannst mithelfen, die Welt zu verändern. Sie besser zu machen!«

»Ich weiß nicht…«

Das Angebot war verlockend. So verlockend. Aber Josh wusste, wenn er bei Dee blieb, würde er seine Schwester vollends verlieren. – Wirklich? Wenn Dee seine Kräfte ebenfalls weckte, wären sie einander wieder ebenbürtig. Vielleicht war das auch eine Möglichkeit, sich seiner Schwester wieder anzunähern…?

»Schau doch hin«, sagte Dee und zeigte auf das immer schwächer werdende Bild im Spiegel. »Sie haben dich erneut im Stich gelassen. Du bist ihnen nicht mehr wichtig.«

Im Spiegel blitzte es silbern auf – und mit einem Mal sprang Sophie wieder aus dem Glas heraus und ins Zimmer. »Josh? Beeile dich«, keuchte sie, ohne Dee anzusehen.

»Ich…«, begann er. »Du bist wegen mir zurückgekommen?«

»Natürlich bin ich wegen dir zurückgekommen. Du bist mein Bruder. Wie könnte ich dich je im Stich lassen?«

Sophie griff nach seiner Hand, zog ihn zum Spiegel und dann mit einem Ruck durch das Glas.

Dora gab dem Spiegel einen Schubs, sodass er umkippte und in tausend Stücke zerbarst. »Huch!« Sie drehte sich zu Dee um und nahm ihre dunkle Brille ab, damit er ihre Spiegelaugen sehen konnte. »Du solltest jetzt besser gehen. Du hast ziemlich genau drei Sekunden Zeit.«

Dee schaffte es nicht ganz auf die Straße, bevor der Laden explodierte.

KAPITEL VIERZIG

FILMGESELLSCHAFT SORGT FÜR CHAOS
IM BESCHAULICHEN OJAI

Der jüngste der vielen Horrorfilme der Enoch-Studios sorgte gestern in der Innenstadt von Ojai für Verkehrschaos und Panik. Die Spezialeffekte waren für einige Bewohner etwas *zu* realistisch, und in der Rettungszentrale gingen Notrufe ein von Menschen, die behaupteten, die Toten marschierten durch ihre Straßen.

John Dee, Vorstand der Enoch Films, einer Tochtergesellschaft der Enoch Unternehmensgruppe, entschuldigte sich vielmals für die Verwirrung. Grund dafür seien ein Stromausfall und ein für die Jahreszeit ungewöhnlich dichter Nebel gewesen, der aufgetreten sei, als gerade eine Szene aus dem neuen Film gedreht werden sollte. »Das hatte zur Folge, dass die außergewöhnlichen Effekte außergewöhnlich gruselig wirkten«, erklärte sein Sprecher.

Aufgrund des allgemeinen Chaos fuhr ein betrunkener Autofahrer durch den historischen Libbey-Park-Brunnen und kam in der erst kürzlich renovierten Pergola zum Stehen. Dee versprach, Brunnen sowie Pergola baldmöglichst wieder in ihrer alten Pracht erstrahlen zu lassen.

Ojai Valley Nachrichten

EXPLOSION ZERSTÖRT ANTIQUITÄTENGESCHÄFT

Gestern zerstörte eine Gasexplosion am späten Abend das Ladengeschäft der seit Langem in Ojai ansässigen Dora Witcherly. Durch einen elektrischen Defekt entzündeten sich Lösungsmittel, mit denen die Besitzerin ihre Antiquitäten säuberte und polierte. Miss Witcherly war zum Zeitpunkt des Unglücks im Hinterzimmer des Ladens. Sie blieb unverletzt, doch die Tatsache, dass sie dem Tod nur knapp entronnen war, beeindruckte sie offenbar wenig. »Wenn Sie so lange gelebt haben wie ich, überrascht Sie nichts mehr«, meinte sie.

Miss Witcherly versprach, den Laden bald wiederzueröffnen.

Ojai Online

KAPITEL EINUNDVIERZIG

Tief in den Katakomben von Alcatraz lag Perenelle Flamel auf einer schmalen Pritsche, das Gesicht der hinteren Zellenwand zugekehrt. Draußen auf dem Flur klackten die Krallen der Sphinx auf den kalten Steinplatten auf und ab. Perenelle überlief ein Schauer. In der Zelle war es eiskalt und nur Zentimeter von ihrem Gesicht entfernt lief grünlich gefärbtes Wasser die Zellenwand herunter.

Wo war Nicholas? Was war geschehen?

Perenelle hatte Angst, aber nicht um sich selbst. Die Tatsache, dass sie noch am Leben war, bedeutete, dass Dee sie zu irgendetwas brauchte und sie ihm früher oder später gegenüberstehen würde. Und wenn Dee eine Schwäche hatte, war es Hochmut. Er würde sie unterschätzen... Und dann würde sie zuschlagen. Es gab da eine ganz besondere Zauberformel, die sie in den Karpaten in Transsylvanien gelernt hatte und die sie sich für ihn aufsparte.

Wo war Nicholas?

Sie hatte Angst um Nicholas und die Zwillinge. Sie konnte kaum einschätzen, wie viel Zeit vergangen war, doch nach den Falten auf ihren Handrücken zu urteilen, war sie um mindestens zwei Jahre gealtert, also mussten zwei Tage vergangen sein. Perenelle seufzte. Nicholas und sie hatten nur noch einen knappen Monat Zeit, bevor sie an Altersschwäche sterben würden. Und wenn niemand mehr da war, der sich ihnen in den Weg stellte, würden Dee und seine Handlanger die Welt erneut in Dunkelheit stürzen. Das wäre das Ende jeder Zivilisation.

Wo war Nicholas?

Perenelle blinzelte ein paar Tränen fort. Die Genugtuung, sie weinen zu sehen, wollte sie der Sphinx nicht gönnen. Die Wesen des Älteren Geschlechts hatten für menschliche Gefühle nur Verachtung übrig. Sie hielten sie für die größte Schwäche der Menschheit. Perenelle aber wusste, dass sie ihre größte Stärke waren.

Sie blinzelte erneut, und es dauerte einen Moment, bis sie begriff, was sie sah.

Das stinkende Wasser, das an der Wand herunterlief, hatte sich verändert und bildete nun ein flaches Muster. Sie schaute genauer hin und versuchte, in dem Muster etwas zu erkennen.

Im Wasser erschien ein Gesicht. Das von Jefferson Miller, dem Geist des Wachmanns. Die Wassertropfen formten Buchstaben auf der moosbewachsenen Wand.

Flamel. Zwillinge.

Die Worte standen keinen Herzschlag lang da, bevor sie wieder zerflossen.

In Sicherheit.

Jetzt musste Perenelle heftig blinzeln, um weiter klar sehen zu können. Nicholas und die Zwillinge waren in Sicherheit!

Ojai. Krafttor. Paris.

»Danke!«, hauchte Perenelle tonlos, als Jefferson Millers Gesicht sich auflöste und die Wand hinunterfloss. Sie hatte noch so viele Fragen – doch jetzt wenigstens auch ein paar Antworten: Nicholas und die Geschwister waren in Sicherheit. Sie waren offenbar in Ojai gewesen und hatten die Hexe von Endor getroffen. Die musste das Krafttor geöffnet und sie nach Paris versetzt haben, woraus man schließen konnte, dass die Hexe ihnen auch sonst geholfen und Sophie in die Luftmagie eingewiesen hatte.

Perenelle wusste, dass es der Hexe nicht gegeben war, Joshs Kräfte zu wecken, doch in Paris und überall in Europa lebten Erstgewesene, die vielleicht helfen konnten, die Josh erwecken und die Zwillinge in der Magie der fünf Elemente ausbilden konnten.

Perenelle drehte sich auf der Pritsche um. Die Sphinx kauerte jetzt vor ihrer Zelle, den Frauenkopf vorgeneigt, die mächtigen Flügel auf dem Rücken zusammengefaltet. Sie lächelte träge.

»Es geht zu Ende, Unsterbliche«, flüsterte die Sphinx.

Perenelles Lächeln war strahlend. »Im Gegenteil. Jetzt fängt es erst richtig an.«

ANMERKUNG DES AUTORS

Nicholas und Perenelle Flamel haben tatsächlich gelebt. Dr. John Dee ebenfalls. Mit Ausnahme der Zwillinge fußen tatsächlich alle Figuren in *Der unsterbliche Alchemyst* auf historischen Persönlichkeiten oder mythologischen Wesen.

Ganz am Anfang, als mir die Idee zu meinem Buchprojekt kam, dachte ich noch, mein Held müsse Dr. John Dee sein.

John Dee hat mich schon immer fasziniert. Zur Zeit von Königin Elisabeth I. – einer so wichtigen, prägenden Epoche – war er eine herausragende Persönlichkeit. Dee zählte zu den genialsten Männern der damaligen Zeit, und alles, was in meinem Roman über sein Leben erzählt wird, ist geschichtlich verbürgt. Er war Alchemist, Mathematiker, Geograf, Astronom und Astrologe. Er legte das Datum für die Krönung von Königin Elisabeth fest, und als er Teil ihres Spionagenetzwerks war, unterzeichnete er seine verschlüsselten Nachrichten tatsächlich mit »007«. Die beiden Nullen standen für die Augen der Königin, und das, was aussah wie eine 7, war Dees persönliches Kürzel. Gewisse Anhaltspunkte lassen darauf schließen, dass Dee das Vorbild für Shakespeares Prospero war, der Hauptfigur in seinem Drama *Der Sturm*.

Die Idee, eine Buchreihe zu entwickeln, die einen Alchemisten zur Hauptperson haben würde, hatte sich über mehrere Jahre in meinem Kopf verfestigt, und ich hatte bereits ganze Stapel von Notizbüchern mit Entwürfen gefüllt. Es schien irgendwie logisch, dass es Dees Reihe werden sollte. Während ich andere Bücher schrieb, kam ich immer wieder auf diese Idee zurück, fügte neues Material hinzu, verflocht die Legenden der Welt miteinander und schuf so den komplexen Hintergrund für die einzelnen Bände. Ich erkundete die Schauplätze, besuchte sie immer wieder und fotografierte alles, was ich in der Reihe beschreiben und verwenden wollte.

Jede Geschichte beginnt mit einer Idee, aber erst die Figuren – die nach und nach lebendig werdenden Figuren – treiben diese Idee voran. Die Zwillinge sind mir als Erstes eingefallen. Es ging in meiner Geschichte immer um einen Jungen und ein Mädchen und in der Mythologie sind Zwillinge stets etwas ganz Besonderes. So ziemlich jedes Volk und jede Überlieferung kennt eine Zwillingsgeschichte. Als meine Geschichte weiter Form annahm, kamen die Nebenrollen dazu: Scathach und die Morrigan und später Hekate und die Hexe von Endor. Aber ich hatte den Helden noch nicht gefunden – den Mentor und Lehrer der Zwillinge. Dr. John Dee war als Romanfigur zwar wunderbar, aber für meinen speziellen Zweck einfach nicht der Richtige.

Dann hatte ich im Spätherbst 2000 geschäftlich in Paris zu tun. Sich in Paris zu verirren, ist fast ein Kunststück, wenn man weiß, wo die Seine ist, denn man sieht für gewöhnlich immer eines oder mehrere der berühmten Wahrzeichen der Stadt wie den Eiffelturm, die Kirchen Sacré Cœur oder Nôtre Dame – aber ich habe es irgendwie geschafft. Ich war in der Kathedrale von Nôtre Dame gewesen, hatte auf der Pont d'Arcole die Seine überquert und war in Richtung Centre Pompidou gegangen… Und irgendwo zwischen dem Boulevard de Sebastopol und der Rue Beaubourg verirrte ich mich. Ich war nicht völlig orientierungslos, so ungefähr wusste ich noch, wo ich mich befand, aber es wurde langsam Nacht. Ich bog von der Rue Beaubourg in die schmale Rue du Montmorency ein, und als ich hochschaute, stand ich genau unter einem Schild mit der Aufschrift AUBERGE NICHOLAS FLAMEL. Es war das Haus, in dem Nicholas Flamel und seine Frau einst gewohnt hatten, und eine Tafel erklärte, dass es aus dem Jahr 1407 stammte und somit eines der ältesten Häuser von Paris war.

Ich ging hinein und stand in einem reizenden Restaurant, wo ich zu Abend aß. Es war ein seltsames Gefühl, in demselben Raum zu sitzen, in dem der legendäre Nicholas Flamel gelebt und gearbeitet hatte. Die freiliegenden Deckenbalken sahen aus, als stammten sie noch aus dem ursprünglich errichteten Gebäude – was bedeutet hätte, dass auch Nicholas Flamel sie gesehen hätte. Im Keller unter mir hätten er und Perenelle ihre Lebensmittelvorräte und den Wein gelagert, und ihr Schlafzimmer wäre in dem kleinen Raum direkt über mir gewesen.

Ich wusste damals schon eine ganze Menge über den berühmten Nicholas Flamel. Dee, der eine der größten Bibliotheken Englands sein Eigen nannte, besaß Flamels Bücher und hatte sie aller Wahrscheinlichkeit nach aufmerksam gelesen.

Nicholas Flamel war einer der berühmtesten Alchemisten seiner Zeit. Die Alchemie ist eine eigenwillige Mischung aus Chemie, Botanik, Medizin, Astronomie und Astrologie. Sie hat eine lange und bedeutsame Geschichte, wurde im alten Griechenland und in China studiert, und es heißt, dass sie die Grundlage der modernen Chemie bildet. Genau wie bei Dee entsprechen auch sämtliche in *Der unsterbliche Alchemyst* genannten Lebensdaten von Nicholas Flamel den Tatsachen. Wir wissen eine ganze Menge über ihn, da nicht nur seine eigenen Werke noch existieren, sondern zu seinen Lebzeiten auch viel *über* ihn geschrieben wurde.

Flamel wurde 1330 geboren und hielt sich als Buchhändler und Schreiber über Wasser, indem er für Kunden Briefe schrieb und Bücher kopierte. Eines Tages kaufte er ein ganz besonderes Buch: Abrahams Buch der Magie. Auch dieses Werk hat es wirklich gegeben, und Nicholas Flamel hat uns eine sehr detaillierte Beschreibung des kupferbeschlagenen Bandes hinterlassen, der auf einem rindenähnlichen Papier geschrieben war.

In Begleitung von Perenelle reiste Flamel über zwanzig Jahre lang quer durch Europa und versuchte, die seltsame Sprache zu entschlüsseln, in der das Buch verfasst war.

Niemand weiß, was Nicholas Flamel auf dieser Reise erlebte. Belegt ist, dass er, als er Ende des 14. Jahrhunderts nach Paris zurückkehrte, außerordentlich reich war. Rasch verbreitete sich das Gerücht, er habe in Abrahams Buch die beiden großen Geheimnisse der Alchemie entdeckt: wie man den Stein der Weisen herstellt, der gewöhnliches Metall in Gold verwandeln kann, und wie man den Tod überwinden und unsterblich werden kann. Weder Nicholas noch Perenelle wollten die Gerüchte bestätigen, aber sie gaben auch nie eine Erklärung dafür ab, wie sie zu ihrem enormen Reichtum gekommen waren.

Nicholas und Perenelle lebten dennoch weiterhin bescheiden und gaben einen Großteil ihres Geldes für wohltätige Zwecke aus. Sie gründeten Krankenhäuser und Waisenhäuser und ließen Kirchen bauen.

Aus Überlieferungen geht hervor, dass Perenelle zuerst starb. Kurz darauf, im Jahr 1418, wird der Tod von Nicholas Flamel vermerkt. Sein Haus wurde verkauft und die Käufer nahmen es auf der Suche nach seinem immensen Reichtum praktisch auseinander. Es wurde nie ein Geldschatz gefunden.

Eines Nachts wurde das Grab der Flamels geschändet, und man entdeckte – dass es leer war. Waren sie an einem geheimen Ort begraben worden oder etwa gar nicht gestorben? Die Gerüchteküche in Paris brodelte – und die Legende von den unsterblichen Flamels wurde geboren.

In den Jahren darauf will man die Flamels in ganz Europa gesehen haben.

Als ich die Auberge Nicholas Flamel an diesem Abend verließ, schaute ich mir das Haus noch einmal an. 600 Jahre zuvor lebte und arbeitete hier einer der berühmtesten Alchemisten der Welt, ein Mann, der sich der Wissenschaft verschrieben hatte, der ein riesiges Vermögen gemacht und es wieder weggegeben hatte und dessen Haus von der dankbaren Pariser Bevölkerung instand gehalten wurde. Sogar Straßen wurden nach ihm und seiner Frau benannt (die *Rue Nicholas Flamel* und die *Rue Perenelle* im 4. Arrondissement).

Ein Unsterblicher.

Und in diesem Augenblick wusste ich, dass der Mentor der Zwillinge nicht Dee sein konnte. Sophie und Josh würden von Nicholas und Perenelle ausgebildet werden. Als ich an diesem feuchten Herbstabend vor dem Haus der Flamels stand, fanden sich alle Teile des Buches zusammen, und die Geheimnisse des unsterblichen Nicholas Flamel nahmen Gestalt an.

Vordereingang zur Auberge Nicholas Flamel in der Rue du Montmorency in Paris

Und so geht es weiter mit

BAND 2

in der Reihe

Ich sterbe.

Wie meine Frau Perenelle werde ich mit jedem Tag, der vergeht, ein Jahr älter. Keinen Monat mehr haben wir zu leben.

Aber in einem Monat kann viel geschehen.

Dee und seine dunklen Gebieter haben Perenelle gefangen genommen. Nach so langer Zeit konnten sie sich endlich den Codex verschaffen, Abrahams Buch der Magie. Aber zufrieden sein können sie nicht.

Inzwischen wissen sie, dass Sophie und Josh die in dem alten Buch erwähnten Zwillinge sind. Sie sind die Zwillinge aus Prophezeiung und Legende, umgeben mit Auren von Silber und Gold, Bruder und Schwester mit der Macht, die Welt entweder zu retten – oder sie zu vernichten. Die Kräfte des Mädchens wurden erweckt. Die des Jungen schmerzlicherweise noch nicht.

Jetzt sind wir in Paris, meiner Geburtsstadt, der Stadt, in der ich den Codex zum ersten Mal in Händen hielt und von der aus ich mich aufmachte, um ihn zu verstehen. Auf dieser Reise begegnete ich dem Älteren Geschlecht, löste das Rätsel um den Stein der Weisen und entschlüsselte schließlich das letzte Geheimnis: das der Unsterblichkeit.

Ich liebe diese Stadt. Sie birgt so viele Geheimnisse und beheimatet Erstgewesene wie Unsterbliche der menschlichen Art. Hier werde ich eine Möglichkeit finden, Joshs Kräfte zu wecken und mit Sophies Ausbildung fortzufahren.

Ich muss.

Für sie – und für die ganze Menschheit.

Aus dem Tagebuch von Nicholas Flamel, Alchemyst
Niedergeschrieben am heutigen Tag, Freitag, den 1. Juni,
in Paris, der Stadt meiner Jugend

SAMSTAG, 2. Juni

Kapitel Eins

Die Wohltätigkeitsauktion hatte erst nach Mitternacht begonnen, nachdem das Gala-Dinner beendet worden war. Inzwischen war es fast vier Uhr morgens, und erst jetzt näherte sich die Versteigerung ihrem Ende. Auf einer digitalen Anzeigetafel hinter dem berühmten Auktionator – ein Schauspieler, der viele Jahre lang James Bond verkörpert hatte – war zu lesen, dass die Gesamteinnahmen bereits über eine Million Euro betrugen.

»Stücknummer zweihundertundzehn: zwei japanische Kabuki-Masken aus dem frühen neunzehnten Jahrhundert.«

Ein aufgeregtes Flüstern ging durch den voll besetzten Raum. Die Kabuki-Masken aus massivem Jadestein waren der Höhepunkt der Auktion, und man erwartete, dass sie über eine halbe Million Euro einbrachten.

Der große, schlanke Mann mit dem kurz geschnittenen schneeweißen Haar war bereit, das Doppelte zu zahlen.

Niccolò Machiavelli stand etwas abseits, die Arme leicht über der Brust gekreuzt, sichtlich bedacht darauf, dass sein schwarzer, maßgeschneiderter Seidensmoking nicht zerknautscht wurde. Er hatte steingraue Augen und sein Blick glitt abschätzend über die anderen Bieter. Im Grunde waren es nur fünf, auf die er achten musste: zwei private Sammler wie er selbst, ein unbedeutendes Mitglied des europäischen Adels, ein amerikanischer Filmschauspieler, der es in den achtziger Jahren kurzzeitig zu einer gewissen Berühmtheit gebracht hatte, und ein Antiquitätenhändler, der wahrscheinlich für einen Kunden mitbot. Der Rest der Gesellschaft – eine Mischung von Berühmtheiten aus Unterhaltung und Sport, ein paar vereinzelte Politiker und die üblichen Leute, die bei jeder Wohltätigkeitsveranstaltung zu finden waren – war entweder müde, oder ihr Budget war erschöpft, oder sie wollten nicht mitbieten für die geheimnisvollen Masken, die aus irgendeinem Grund irritierend wirkten.

Machiavelli sammelte seit langer Zeit Masken und diese beiden sollten seine Sammlung japanischer Theaterkostüme vervollständigen. Die beiden Masken hatten zuletzt 1898 in Wien zum Verkauf gestanden, aber damals war er von einem Prinzen aus dem Hause Romanow überboten worden. Machiavelli hatte geduldig gewartet. Er hatte gewusst, dass sie wieder auf den Markt kommen würden, sobald der Prinz und seine Nachkommen gestorben waren. Und er hatte gewusst, dass er immer noch da sein würde, um sie zu kaufen. Das war einer der vielen Vorteile, wenn man unsterblich war.

»Sollen wir mit einem Gebot von hunderttausend Euro beginnen?«

Machiavelli schaute auf, fing den Blick des Auktionators auf und nickte.

Der Auktionator nickte seinerseits. »Monsieur Machiavelli, einer der großzügigsten Sponsoren dieser Veranstaltung, bietet einhunderttausend Euro.«

Applaus brandete auf und etliche Leute drehten sich nach ihm um und hoben ihr Glas. Niccolò dankte mit einem höflichen Nicken.

»Höre ich einhundertundzehn?«, fragte der Auktionator.

Einer der privaten Sammler hob die Hand.

»Einhundertundzwanzig?« Der Auktionator blickte erneut zu Machiavelli hinüber, der sofort nickte.

Innerhalb der nächsten drei Minuten kamen die Gebote Schlag auf Schlag und trieben den Preis auf zweihundertfünfzigtausend Euro hinauf. Es waren nur noch drei ernsthafte Interessenten übrig: Machiavelli, der amerikanische Schauspieler und der Antiquitätenhändler.

Machiavellis schmale Lippen verzogen sich zu einem seltenen Lächeln. Die Masken würden ihm gehören! Das Lächeln verging ihm allerdings, als sein Handy in seiner Anzugtasche zu vibrieren begann. Einen Augenblick lang war er versucht, es zu ignorieren – schließlich hatte er seinen Mitarbeitern strikte Anweisung gegeben, ihn nur im äußersten Notfall zu stören. Dann zog er das superschlanke Nokia heraus.

Ein Schwert pulsierte sacht auf dem LCD-Display.

Machiavellis Miene versteinerte sich. Schlagartig wusste er, dass er die Kabuki-Masken auch in diesem Jahrhundert nicht würde kaufen können. Er drehte sich auf dem Absatz um, verließ den Raum und drückte das Handy ans Ohr. Er hörte noch, wie hinter ihm der Hammer des Auktionators auf das Pult krachte. »Verkauft. Für zweihundertundsechzigtausend Euro.«

»Ich bin da.« Machiavelli sprach italienisch, die Sprache seiner Kindheit.

Die Verbindung war schlecht, es knackte und knisterte, und dann kam von der anderen Seite der Welt, aus der Stadt Ojai nördlich von Los Angeles, eine Stimme mit englischem Akzent. Der Anrufer sprach ebenfalls italienisch, aber in einem Dialekt, den man in Europa seit über vierhundert Jahren nicht mehr gehört hatte. »Ich brauche deine Hilfe.«

Der Mann am anderen Ende der Leitung stellte sich nicht vor. Das war auch nicht nötig, denn Machiavelli wusste, wer es war: der unsterbliche Magier Dr. John Dee, einer der mächtigsten und gefährlichsten Männer der Welt.

Niccolò Machiavelli verließ rasch das Hotel. Auf dem großen, gepflasterten Quadrat des Place du Tertre blieb er stehen und holte tief Luft. »Was kann ich für dich tun?«, fragte er vorsichtig. Er hasste Dee und wusste, dass das Gefühl auf Gegenseitigkeit beruhte. Aber sie dienten beide den Dunklen Wesen des Älteren Geschlechts, und das bedeutete, dass sie schon jahrhundertelang zur Zusammenarbeit gezwungen waren. Machiavelli war auch etwas eifersüchtig auf Dee, weil dieser jünger war als er – und man es ihm ansah. Machiavelli war 1463 in Florenz geboren und somit 64 Jahre älter als der Magier.

»Flamel ist wieder in Paris.«

Machiavelli straffte die Schultern. »Seit wann?«

»Gerade angekommen. Über ein Krafttor. Ich weiß nicht, wo er herauskommt. Er kommt mit Scathach.«

Machiavellis Gesicht verzog sich zu einer hässlichen Grimasse. Das letzte Mal, als er der Kriegerprinzessin begegnet war, hatte sie ihn durch eine Tür gestoßen. Die Tür war zu gewesen, und er hatte fast einen Monat gebraucht, bis alle Splitter aus seinem Rücken entfernt waren. Eine ganze Woche lang hatte er nicht sitzen können.

»Außerdem haben sie zwei Humani-Kinder dabei. Amerikaner«, sagte Dee. Seine Stimme kam mal laut und mal leise über die transatlantische Verbindung. »Zwillinge«, fügte er hinzu.

»Sag das noch einmal.«

»Zwillinge«, schnaubte Dee. »Mit Auren aus reinem Gold und Silber. Du weißt, was das bedeutet.«

»Ja«, murmelte Machiavelli. Es bedeutete Ärger.

»Hekate hat die Kräfte des Mädchens geweckt, bevor sie mitsamt ihrem Schattenreich unterging. Ich glaube, die Hexe von Endor hat das Mädchen in der Luftmagie unterrichtet.«

»Was soll ich tun?«, fragte Machiavelli vorsichtig, obwohl er bereits eine sehr gute Idee hatte.

»Finde sie«, schnaubte Dee. »Und nimm sie gefangen. Ich bin auf dem Weg nach Paris, aber bis ich da bin, dauert es vierzehn oder fünfzehn Stunden.«

»Was ist mit dem Krafttor?«, wollte Machiavelli wissen.

»Zerstört von der Hexe von Endor. Und mich hat sie auch beinahe umgebracht. Ich hatte Glück, dass ich mit ein paar Schnittwunden und Kratzern davonkam«, erwiderte Dee und beendete dann das Gespräch, ohne sich zu verabschieden.

Niccolò Machiavelli klappte sein Handy zu und tippte sich damit an die Unterlippe. Irgendwie bezweifelte er, dass Dee Glück gehabt hatte. Hätte die Hexe von Endor seinen Tod gewollt, wäre nicht einmal der legendäre Dr. John Dee davongekommen.

Machiavelli drehte sich um und ging über den Platz dorthin, wo sein Fahrer seit Stunden mit dem Wagen wartete. Wenn

Flamel, Scathach und die amerikanischen Zwillinge über ein Krafttor nach Paris gekommen waren, gab es nur wenige Plätze in der Stadt, wo sie gelandet sein konnten. Es sollte nicht allzu schwierig sein, sie zu finden und gefangen zu nehmen.

Falls er es sofort schaffte, hatte er fünfzehn Stunden Zeit, sich mit seinen Gefangenen zu befassen, bevor Dee dazukam.

Und in dieser Zeit würden sie ihm alles sagen, was sie wussten. Ein halbes Jahrtausend auf dieser Erde hatte Niccolò Machiavelli gelehrt, außerordentlich überzeugend aufzutreten.

»Wo genau sind wir?«, wollte Josh Newman wissen. Er schaute sich um und versuchte zu begreifen, was gerade geschehen war. Eben noch hatte er im Laden der Hexe von Endor gestanden. Sophie hatte ihn in einen Spiegel hineingezogen, ihm war es kurz eiskalt über den Rücken gelaufen, weil er völlig desorientiert war, und er hatte die Augen zusammengekniffen. Als er sie wieder öffnete, stand er in einem kleinen Lagerraum – zumindest sah es so aus. Farbeimer, ausziehbare Leitern, Scherben von Töpferwaren und ein Bündel Kleider mit Farbspritzern standen und lagen vor einem großen, ziemlich gewöhnlich wirkenden, schmutzigen Spiegel, der an der Wand befestigt war. Eine einzelne schwache Glühbirne beleuchtete den Raum.

»Wir sind in Paris«, antwortete Nicholas Flamel gut gelaunt. »In der Stadt, in der ich geboren wurde.«

»Wie das?«, fragte Josh. Er schaute seine Zwillingsschwester an, doch die hatte das Ohr an die einzige Tür gepresst, die aus dem Raum führte, und lauschte angestrengt. Sie machte eine abwehrende Handbewegung. Josh schaute Scathach an, doch die hatte beide Hände über den Mund gelegt und schüttelte nur den Kopf. Sie sah aus, als müsse sie sich gleich übergeben. »Wie sind wir hierhergekommen?«, fragte Josh Flamel.

»Über diese Erde ziehen sich jede Menge unsichtbare Kraftlinien«, erklärte der. »Dort, wo zwei oder mehrere solcher Linien sich kreuzen, ist ein Tor. Heutzutage sind sie sehr, sehr selten, doch in vorgeschichtlicher Zeit benutzte das Ältere Geschlecht sie häufig, um innerhalb von Sekunden von einer Seite der Welt auf die andere zu gelangen – genau wie wir gerade. Die Hexe öffnete das Tor in Ojai und jetzt sind wir hier in Paris gelandet.«

»Ich hasse die Dinger«, murmelte Scatty. Selbst bei dem schwachen Licht sah man, dass sie ganz grün im Gesicht war. »Warst du jemals seekrank?«, fragte sie.

Josh schüttelte den Kopf. »Noch nie.«

Sophie richtete sich auf. »Josh wird in einem Swimmingpool schon seekrank.« Sie grinste und legte das Ohr wieder an die Tür.

»Seekrank. Genauso fühlt es sich an. Nur schlimmer.«

Sophie hob den Kopf und schaute Flamel an. »Hast du eine Ahnung, wo in Paris wir hier sind?«

»In irgendeinem alten Gemäuer«, meinte Flamel und stellte sich neben sie.

Sophie schüttelte den Kopf und trat einen Schritt zurück. »Da bin ich mir nicht so sicher.« Mit ihren neu erweckten Kräften und dem Wissen der Hexe von Endor kämpfte sie beinahe ständig mit den zahllosen Empfindungen und Eindrücken, die auf sie einströmten. Das Gebäude, in dem sie sich befanden, fühlte sich nicht alt an, doch wenn Sophie ganz genau hinhörte, konnte sie das Gemurmel zahlloser Geister unterscheiden. Sie legte die Handfläche auf die Wand, und sofort hörte sie Stimmen, die sich im Flüsterton unterhielten, sowie leise gesungene Lieder und entfernte Orgelmusik. Sie nahm die Hand weg und die Geräusche in ihrem Kopf wurden leiser.

»Es ist eine Kirche«, sagte Sophie. Dann runzelte sie die Stirn. »Sie ist neu … modern, spätes neunzehntes, frühes zwanzigstes Jahrhundert. Aber sie wurde über den Resten eines viel, viel älteren Bauwerks errichtet.«

Flamel stand an der Tür und schaute über die Schulter zurück. Seine Züge waren plötzlich kantig, die Augen lagen tief in ihren Höhlen. »In Paris gibt es viele Kirchen«, sagte er, »aber wie ich meine, nur eine, auf die diese Beschreibung zutrifft.« Er griff nach der Türklinke.

»Moment mal«, mischte sich Josh rasch ein, »meinst du nicht, es könnte hier eine Alarmanlage geben?«

»Ach wo«, erwiderte Flamel leichthin, »wer würde denn eine Alarmanlage in eine Kirche einbauen?« Er öffnete die Tür.

Sofort begann eine Sirene zu heulen und rote Alarmlampen fingen an zu blinken.

»Nichts wie raus hier«, brüllte Flamel über den Lärm hinweg.

Sophie und Josh folgten ihm dicht auf den Fersen. Scatty übernahm die Nachhut; sie war im Moment nicht ganz so schnell und grummelte bei jedem Schritt vor sich hin.

Sie befanden sich in einem schmalen Korridor, an dessen Ende wieder eine Tür war. Ohne zu zögern drückte Flamel sie auf – und sofort schrillte die nächste Sirene los. Er wandte sich nach links und stand in einem riesigen Raum, in dem es nach altem Weihrauch und Wachs roch. Reihen von ewigen Lichtern warfen ein warmes Licht auf Wände und Boden und ließen zusammen mit den Alarmleuchten eine riesige Doppeltür erkennen, über der »SORTIE«, »Ausgang«, stand. Flamel lief darauf zu.

»Nicht anfassen …«, begann Josh, doch Nicholas Flamel hatte bereits nach der Klinke gegriffen und zog daran.

Ein dritter Alarm heulte los und über der Tür blinkte ein rotes Licht.

»Das verstehe ich nicht – warum ist sie nicht offen?«, rief Flamel. »Diese Kirche ist immer offen.« Er schaute sich um. »Wo sind denn die Leute alle? Wie spät ist es eigentlich?«

»Wie lange dauert es, um über ein Krafttor von einem Ort zum nächsten zu gelangen?«, fragte Sophie.

»Wenige Augenblicke.«

Sophie schaute auf ihre Uhr und rechnete kurz. »Der Zeitunterschied zwischen Paris und Ojai beträgt neun Stunden, richtig?«

Flamel nickte.

»Dann ist es hier jetzt ungefähr vier Uhr morgens. Deshalb ist die Kirche geschlossen.«

»Die Polizei ist sicher schon unterwegs«, meinte Scatty düster. Sie griff nach ihrem Nunchaku. »Ich hasse es, wenn mir schlecht ist und ich kämpfen muss.«

»Wie geht es jetzt weiter?«, wollte Josh wissen.

»Ich könnte versuchen, die Tür mit Luftmagie zu sprengen«, schlug Sophie vor.

»Das verbiete ich dir!«, rief Flamel. In dem pulsierenden Licht leuchtete sein Gesicht in regelmäßigen Abständen rot auf. Er drehte sich um und zeigte über etliche Bankreihen auf einen kunstvoll gestalteten Altar aus weißem Marmor. Kerzenlicht ließ ein blau-goldenes Mosaik in der Kuppel darüber erahnen. »Das ist ein nationales Baudenkmal. Ich lasse nicht zu, dass du es zerstörst.«

»Wo sind wir?«, fragten die Zwillinge wie aus einem Mund und sahen sich um. Jetzt, wo ihre Augen sich an das Dämmerlicht gewöhnt hatten, erkannten sie kleine Seitenaltäre, Statuen in Nischen und reihenweise Kerzen. Sie erkannten Säulen, die hoch aufragten in das Dunkel über ihren Köpfen. Das Gebäude war riesig.

»Das ist die Basilika Sacré-Cœur.«

Niccolò Machiavelli saß auf der Rückbank seiner Limousine, tippte Koordinaten in seinen Laptop und beobachtete, wie eine Karte von Paris mit hoher Auflösung auf dem Monitor erschien. Paris ist eine unwahrscheinlich alte Stadt. Die erste Besiedelung reicht über 2000 Jahre zurück, doch bereits davor hatten Generationen von Menschen auf der Insel in der Seine gelebt. Und wie viele der ältesten Städte der Erde war auch Paris am Schnittpunkt mehrerer Kraftlinien gegründet worden.

Machiavelli drückte auf eine Taste und ein Netz von Kraftlinien legte sich über die Stadt. Er wusste, dass er nach einer Linie suchen musste, die mit den USA verbunden war. Nachdem er sämtliche Linien, die nicht von Ost nach West verliefen, ausgeblendet hatte, blieben noch sechs Möglichkeiten übrig. Mit einem perfekt manikürten Fingernagel fuhr er zwei Linien nach, die direkt von der Westküste Amerikas nach Paris führten. Eine endete an der Kathedrale von Nôtre Dame, die andere in der etwas neueren, aber nicht weniger berühmten Basilika Sacré-Cœur auf dem Montmartre.

Welche Linie hatte Flamel wohl benutzt?

Plötzlich heulten mehrere Sirenen durch die Nacht. Machiavelli drückte den Knopf für den elektrischen Fensterheber und die getönte Scheibe senkte sich mit leisem Sirren ab. Frische Nachtluft strömte in den Wagen. In der Ferne, über den Dächern auf der anderen Seite des Place du Tertre, tauchten die Lampen um Sacré-Coeur den beeindruckenden Kuppelbau in grellweißes Licht. Rote Lampen, die Alarm anzeigten, blinkten um die Kirche herum.

Dort also.

Machiavellis Lächeln war grausam. Er öffnete ein Programm auf seinem Laptop und wartete, während die Festplatte surrte. *Enter Password*. Seine Finger flogen nur so über die Tastatur, als er eintippte: *Discorsi sopra la prima deca di Tito Livio*. Kein Mensch würde dieses Passwort je knacken. Es war der Titel eines seiner weniger bekannten Bücher.

Ein Textdokument erschien auf dem Bildschirm. Es war in einer Kombination aus Latein, Griechisch und Italienisch geschrieben. Früher mussten die Magier ihre Zauberformeln und Beschwörungen in Büchern niederschreiben, den »Grimoires«, wie diese unentzifferbaren Zauberbücher genannt wurden. Machiavelli hatte sich immer der neuesten Technologie bedient und so hatte er seit einiger Zeit seine Formeln auf der Festplatte.

Jetzt brauchte er nur noch eine Kleinigkeit, um Flamel und seine Verbündeten auf Trab zu halten …

»Ich höre Sirenen«, sagte Josh, der das Ohr an die hölzerne Tür gelegt hatte.

»Zwölf Polizeiautos sind auf dem Weg hierher«, sagte Sophie.

Sie hatte den Kopf zur Seite geneigt, die Augen geschlossen und lauschte. Ihr Bruder wurde wieder an das Ausmaß der Kräfte erinnert, die bei seiner Schwester geweckt worden waren. Sämtliche Sinne waren geschärft, sie sah und hörte weit mehr als gewöhnliche Sterbliche. Gewöhnliche Sterbliche wie er.

»Wir dürfen der Polizei nicht in die Hände fallen«, sagte Flamel verzweifelt. »Wir haben keine Pässe, kein Geld und keine Erklärung für unser Hiersein. Wir müssen verschwinden!«

»Wie?«, fragten die Zwillinge gleichzeitig.

Flamel rieb sein Kinn. »Es muss noch einen anderen Eingang geben …«, begann er – und hielt abrupt inne. Seine Nasenflügel bebten.

Josh sah, dass auch Sophie und Scatty auf etwas reagierten, das er nicht riechen konnte. »Was … was gibt's?«, fragte er. Dann plötzlich stieg ihm ein Hauch in die Nase, den er am ehesten mit Stallmist verband. Es war ein Geruch, wie man ihn im Zoo auffing.

»Ärger«, antwortete Scathach, schob das Nunchaka in den Gürtel und zog ihre Schwerter aus den Scheiden. »Ganz gewaltigen Ärger.«

Danksagung

Auf dem Umschlag eines Buches erscheint normalerweise nur ein Name, doch hinter diesem Namen stehen Dutzende von Menschen, die an der Entstehung des Buches beteiligt waren. Gleichermaßen herzlich – die Reihenfolge hat nichts zu bedeuten – möchte ich mich bedanken bei …

Krista Marino, der geduldigsten aller Lektorinnen, die sagte: »Denk an die Perspektive …«

Frank Weinmann von der Agentur *Literary Group*, der sagte: »Das kann ich verkaufen.« Und der es dann auch tat.

Michael Carroll, der es als Erster und als Letzter gelesen hat und meinte: »Lass uns reden …«

O. R. Melling, die fragte: »Ist es schon fertig?«

Claudette Sutherland, die sagte: »Du solltest bedenken …«

Und nicht zu vergessen: Barry Krost bei BKM, der ohne Zweifel der Großvater des Alchemysten ist, was John Sobanski dann wahrscheinlich zu seinem Neffen machen würde!

Michael Scott
Die Geheimnisse des Nicholas Flamel
Der dunkle Magier

512 Seiten   ISBN 978-3-570-13378-1

Die abenteuerliche Jagd nach dem magischen Buch, mit dem allein
Nicholas Flamel sich seine Unsterblichkeit erhalten kann, geht
weiter! Flamel und die Zwillinge Josh und Sophie sind nun in Paris
gelandet, der Geburtsstadt Flamels. Nur ist Nicholas´ Heimkehr alles
andere als friedlich, denn Dr. John Dee – der dunkelste aller dunklen
Magier – hat in Paris in dem skrupellosen Niccolò Machiavelli einen
gefährlichen Verbündeten. Dee und Machiavelli gelingt es, Josh auf
ihre Seite zu ziehen ... Höchste Zeit, dass Sophie in der zweiten
magischen Kraft ausgebildet wird: der Feuermagie.

www.cbj-verlag.de